那遥远星光

刘二彦◎主编

李智勇　王彩霞　张艳辉　仇素敏　李振辉　肖焕蕊◎副主编

每个孩子都是一颗创作的种子

花山文艺出版社

河北·石家庄

图书在版编目（CIP）数据

那遥远星光 / 刘二彦主编 . -- 石家庄 ：花山文艺
出版社，2025. 5. -- ISBN 978-7-5511-7673-6

Ⅰ . I247.7

中国国家版本馆 CIP 数据核字第 20240QU591 号

书　　名：那遥远星光
NA YAOYUAN XINGGUANG

主　　编：刘二彦

副 主 编：李智勇　王彩霞　张艳辉　仇素敏　李振辉　肖焕蕊

责任编辑：王　霞

美术编辑：王爱芹

出版发行：花山文艺出版社（邮政编码：050061）
　　　　　（河北省石家庄市友谊北大街330号）

销售热线：0311-88643299/96/17

印　　刷：北京一鑫印务有限责任公司

经　　销：新华书店

开　　本：700毫米×1000毫米　1/16

印　　张：24

字　　数：370千字

版　　次：2025年5月第1版

印　　次：2025年5月第1次印刷

书　　号：ISBN 978-7-5511-7673-6

定　　价：68.00元

2219 班合影

2221 班合影

2223 班合影

2217 班合影

2222 班合影

2206 班合影

2203 班合影

刘二彦　　　　李智勇

王彩霞　　指导教师　　张艳辉

仇素敏　　　　　李振辉

肖焕蕊

序　怀揣梦想　从这里出发

　　石家庄市第四十中学是一片沃土，不同花期的孩子都可以绽放自己的光彩。班级集体创作小说的种子已在这里生根发芽，枝繁叶茂，结出硕果。2019 级、2020 级、2021 级创作的三本小说集正式出版后，2022 级的孩子们也行动起来，在老师的指导下，他们广泛阅读，请教名家，交流碰撞，分工协作……最终创作了第四本、第五本小说集。我惊喜于孩子们的创作如此执着，一届推动一届，一部接着一部，每一部小说都可圈可点。

　　呈现在您眼前的《那遥远星光》是 7 个班近 400 名学生集体智慧的结晶。

　　我们坚信：每个孩子都是一颗创作的种子，班级集体创作小说有着丰富的育人价值。基于语文学科，集体创作是一次提升核心素养的学科实践；基于自我成长，集体创作是提升综合素养的一次美好体验；基于学生培养，集体创作是促进其做有理想、有担当、有本领的新时代好少年的积极探索。在集体创作中，知识增长多少肯定会因人而异，但素养的提升却不可估量。在集体创作中，每一个孩子都勤于思考，善于想象，勇于探究，学会合作……

　　集体创作小说，让孩子们不仅拥有了一个"聪明的脑"，也拥有了一颗"温暖的心"；集体创作小说，让孩子们的思维在碰撞中闪光，彰显出青春的力量。

　　孩子们会主动从阅读中汲取养分，学过的一篇篇文章、一个个技巧，都会变成创作的灵感，从字里行间甚至能偶尔窥见大家的风采。他们用自己稚嫩的笔触去书写社会现实，去思考未来发展，同时通过小说创作的方式将自己的感受表达出来：他们给生活艰难的人物勾勒出美满的结局，冲淡现实的苦涩；给处于少年阶段的人物安排迷茫的困境，并找到解决现实问题的方式……少年用最纯粹的目光看待这丰富多彩的世界，目光所及，都是爱和希望。

孩子们在小说这片沃土中耕耘，春兰秋菊，各擅胜场。在选题、构思、交流、创作、修改、绘图等过程中，每一个孩子都通过分工合作完成着自己的使命，正所谓"大鹏之动，非一羽之轻也；骐骥之速，非一足之力也"，正是因为集体的力量，才有了这一届又一届、一本又一本的传承与创新。请相信我们的孩子们，他们的思维远比我们想象的更开阔，青春的力量远比我们感受的更强大。

集体创作小说，让孩子们展开天马行空的想象，彰显青春的模样。

孩子们勇于创新，拥有更多元的审美、文化和选择，属于他们的光芒正在闪耀。聚焦小人物的现实主义题材凝聚着他们对社会发展的思考，多维空间中的穿梭跳跃暗含他们对未知领域的好奇，青葱少年的拼搏故事正是他们努力追求梦想的写照，光怪陆离的宇宙奇观在未来也许会被一一印证……我们都有幸遇见这样一个和谐美好、科技发达、文化繁荣的社会，这样一个包容、创新、多元化的时代。在这个美好的时代，他们自信坚定，无所畏惧，不忘初心；心中有火，眼里有光，满腔热爱，不负韶华。这才是少年应有的模样。

怀揣梦想，从这里出发。这是专属于他们的最耀眼的光芒。

石家庄市第四十中学党委书记　李云红

2024 年 6 月

目　录

未来·2050

第一章　不一样的代课老师……………………………… 003

第二章　是便利还是麻烦………………………………… 007

第三章　一张旧照片……………………………………… 012

第四章　两个爸爸………………………………………… 016

第五章　神奇的工厂……………………………………… 019

第六章　"妈妈版"慧宝………………………………… 022

第七章　神秘的新朋友…………………………………… 025

第八章　厨房历险………………………………………… 029

第九章　表情教学………………………………………… 032

第十章　泳池惊魂………………………………………… 036

火种不灭

第一章　白夜与黑昼……………………………………… 043

第二章　文明遗赠………………………………………… 050

第三章　Aleph 文明……………………………………… 068

第四章　天火之日………………………………………… 075

第五章　曲率方舟 ⋯⋯⋯⋯⋯⋯⋯⋯⋯⋯ 092

第六章　起航 ⋯⋯⋯⋯⋯⋯⋯⋯⋯⋯⋯⋯ 096

第七章　希望的曙光 ⋯⋯⋯⋯⋯⋯⋯⋯⋯ 104

番　外　神性界 ⋯⋯⋯⋯⋯⋯⋯⋯⋯⋯⋯ 112

宇宙回响

第一章　探索 ⋯⋯⋯⋯⋯⋯⋯⋯⋯⋯⋯⋯ 117

第二章　黑洞 ⋯⋯⋯⋯⋯⋯⋯⋯⋯⋯⋯⋯ 120

第三章　初探 ⋯⋯⋯⋯⋯⋯⋯⋯⋯⋯⋯⋯ 122

第四章　相遇 ⋯⋯⋯⋯⋯⋯⋯⋯⋯⋯⋯⋯ 127

第五章　决心 ⋯⋯⋯⋯⋯⋯⋯⋯⋯⋯⋯⋯ 130

第六章　寻访 ⋯⋯⋯⋯⋯⋯⋯⋯⋯⋯⋯⋯ 133

第七章　Q023 ⋯⋯⋯⋯⋯⋯⋯⋯⋯⋯⋯⋯ 138

第八章　秘密 ⋯⋯⋯⋯⋯⋯⋯⋯⋯⋯⋯⋯ 141

第九章　意义 ⋯⋯⋯⋯⋯⋯⋯⋯⋯⋯⋯⋯ 145

第十章　归途 ⋯⋯⋯⋯⋯⋯⋯⋯⋯⋯⋯⋯ 154

第十一章　发现 ⋯⋯⋯⋯⋯⋯⋯⋯⋯⋯⋯ 157

第十二章　亮星 ⋯⋯⋯⋯⋯⋯⋯⋯⋯⋯⋯ 161

第十三章　归来 ⋯⋯⋯⋯⋯⋯⋯⋯⋯⋯⋯ 166

第十四章　天意 ⋯⋯⋯⋯⋯⋯⋯⋯⋯⋯⋯ 169

最后防线

卷一　使命

第一章　失联 ⋯⋯⋯⋯⋯⋯⋯⋯⋯⋯⋯⋯ 175

第二章　空城 ⋯⋯⋯⋯⋯⋯⋯⋯⋯⋯⋯⋯ 180

第三章　真相 ⋯⋯⋯⋯⋯⋯⋯⋯⋯⋯⋯⋯ 184

卷二　末世

第四章　新任务·····················190

第五章　同伴·······················193

卷三　解药

第六章　重返月球···················197

第七章　张鸿之死···················204

第八章　动荡·······················208

第九章　叛逃·······················210

第十章　冲击·······················214

卷四　暗涛

第十一章　一切还未结束·············219

第十二章　一切的终结···············222

第十三章　最后防线·················227

迷雾中的古城

第一章　成立探险队，谋划寻古城···········231

第二章　梦想的启程，危险的开端···········235

第三章　迷路雨林中，偶遇神秘人···········240

第四章　合力建木筏，顺流寻古城···········244

第五章　古城在眼前，神秘人消失···········249

第六章　韩哲遇危险，团队齐营救···········253

第七章　分头寻宫殿，齐心破困难···········257

第八章　误落进地道，惨遭中毒花···········261

第九章　紧急寻解药，开启新探索···········265

第十章　误入无名道，巧计逃禁地···········269

第十一章　继续寻神器，危险重重现·········273

第十二章　取舍难抉择，探险终成长·········276

尾 声 …………………………………………… 280

重塑·星际求生

第一章 误入 …………………………………… 285

第二章 深渊 …………………………………… 293

第三章 怪物 …………………………………… 300

第四章 危机四伏 ……………………………… 310

第五章 逃离 …………………………………… 316

第六章 枯木逢春 ……………………………… 323

第七章 新的开始 ……………………………… 329

永 生 计 划

楔 子 …………………………………………… 335

第一章 监狱风波 ……………………………… 336

第二章 一场骗局 ……………………………… 339

第三章 正式启动 ……………………………… 343

第四章 物极必反 ……………………………… 346

第五章 荒芜岛屿 ……………………………… 350

第六章 荒岛生存 ……………………………… 354

第七章 疯狂行为 ……………………………… 357

第八章 质疑永生 ……………………………… 359

第九章 永生再生 ……………………………… 362

后 记 …………………………………………… 364

未来 · 2050

第一章　不一样的代课老师

今天是周末，肖凌云百无聊赖地躺在沙发上，随手打开了电视。

"早上好，这里是正在为您直播的早间新闻《早闻天下》，今天是2050年6月19日星期日，首先我们来看一组国际新闻。随着仿真机器人技术水平的不断提高，仿真机器人与人类生活的联系日益紧密。人和机器人结婚在Ａ国已被法律允许并受法律保护，当地时间6月18日10对由人和机器人组成的新人在中心教堂举行了隆重的集体婚礼……"

肖凌云腾地一下从沙发上跳起来大喊："奶奶！奶奶！快来看哪！人和机器人结婚了！"奶奶迈着小碎步从卧室走出来，边戴老花镜边嘀咕："瞎说！我才不信呢。"奶奶眯着眼睛，仔细观察。只见屏幕上一对对新人，新娘穿着洁白的婚纱，美丽端庄；新郎穿着黑色的西服，精神抖擞。奶奶疑惑地问："不都是人嘛！哪儿有机器人哪？"肖凌云激动地说："奶奶，他们中有一个是仿真机器人。现在的仿真技术水平可高了，不但看不出来，摸着都跟真人一样。"

肖凌云说着不由自主地摸了摸自己的胳膊，思绪一下子回到了上周五的课间。

"肖凌云！"班主任高老师严厉斥责道，"这又是你自己代家长签的字吧？你爸爸的笔迹我都记住了。你怎么仿都不像，不要想着糊弄人，拿回去给我重新签字！"肖凌云垂头丧气地从办公室走出来，想着爸爸每天早出晚归，本打算早上拿给爸爸签字的，可匆忙之中就忘了，感觉自己现在一肚子的委屈。此时上课音乐响了，肖凌云急匆匆地往教室方向跑去，一个趔趄，被高出一点儿的进门砖差点儿绊倒，幸好一只温暖又有力的大手及时拉住了自己的胳膊才站稳了脚跟。肖凌云抬眼报以感激的目光，只见一位轮廓分明、眼睛深邃的青年男子微笑着说："肖凌云同学，你好！禁止在楼道、走廊追逐、打闹！下次注意！"肖凌云急忙点头："好的，谢谢老师！"肖凌云回到座位上缓过神来，心想：这个老师怎么认识我？我好像没见过他呀。说话也怪怪的，像背课文似的……

正当肖凌云思索的时候，上课音乐停止，门口的教务主任走上讲台对同学们说："这堂数学课临时由李老师给大家上，大家欢迎李老师！"在稀稀拉拉的掌声中只见刚刚扶起自己的那位青年男子步伐稳健地走上了讲台。教务主任和其他几个老师则坐到了教室后排的座位上。

"同学们好！我，姓李，大家可以叫我，李老师，今天由我来教大家数学。"

随后李老师在智慧黑板上用手指画出了一个三角形，标出了 A、B、C 三个角，并过点 A 画了一条底边的垂线和∠BAC 的角平分线，准确标出交点 E、D 的位置。肖凌云看得眼睛都直了：学校原来有这样一位神奇的老师，竟能徒手画直线！老师问大家三角形外角和内角的关系，这个问题非常简单，全班齐声说出答案。老师继续说："设∠B=α，∠C=β，当α=80°，β=50°时，那么∠A 的度数是多少呢？"同学们都踊跃举手。"看来这道题同学们都会！"李老师微笑着边擦除数值边说："去掉这个条件，直接用 α、β 来表示∠A，同学们还会做吗？"肖凌云不屑地一笑，心想：这不和上一问是一样的吗？换汤不换药罢了！只见最不喜欢数学的金胖子上台也写出了答案并得意地撇了撇嘴角，下巴都快扬到天上去了，他趾高气扬地迈着大步走下讲台。李老师又问道："当点 E 在 AD 延长线上运动时……"同学们努力思考着，笔尖在稿纸上不停地写着。肖凌云看同桌欧阳志轩写了足足有半张稿纸，李老师也停在了欧阳志轩旁边看了一眼说："欧阳志轩同学非常棒！"李老师在黑板上将欧阳志轩的解题方法板书了出来。欧阳志轩偷偷地对肖凌云说："神了，老师竟然有过目不忘的本领！这么多步骤居然和我的稿纸一字不差！"李老师笑着继续说："不过我有更简单的方法。"只见老师标出了一个类似"8"字的模型……

　　同学们在李老师的讲解下茅塞顿开。李老师讲完这种方法后，又找到了另一个"8"字模型。同学们都被李老师超强的逻辑思维能力所折服，欢呼着，为老师鼓起掌来。

　　李老师又出了一些题，也是从简单慢慢引申到复杂。有道题居然引出来了6种不同的方法。肖凌云突然发现自己今天变聪明了。课讲完了，李老师一直保持着他那特有的微笑，对同学们说："今天的课就上到这里，同学们下课！"与此同时，下课音乐也响了起来。

　　不知什么时候校长坐在了教室的后排，只见校长那几缕稀疏的头发整齐地背在头上，随着轻快的步伐一颤一颤地在头上跳动。校长不高，圆圆的脸上泛着油光，一双小眼睛总是含着亲切目光。他走到同学们中间问："李老师的课讲得怎么样？""好！"同学们齐声回答。校长爽朗地笑起来，眼睛眯得更小了，顺手拍了拍身旁肖凌云的肩膀，说："这位同学，你来谈谈你上完这堂课的感受吧！"肖凌云站起来挠了挠头，思考了一会儿说："校长好！李老师的讲解从易到难，逻辑清晰，我都听懂了。"校长笑呵呵地点点头。肖凌云又挠了挠头，疑惑地问："嗯……李老师还知道班上好多同学的名字，包括我……我怎么不记得在哪儿见到过他呀。"后排的老师们咯咯地笑出了声。校长眼里闪着神秘的光，欲言又止地看了一眼肖凌云，示意他坐下，接着问："同学们，还有没有其他人要发言？"同学们逐渐活跃起来，一个接一个站起来说。

　　"李老师说话口齿清晰，一字一顿的，跟播音员一样。"

　　"李老师画图不用尺子就画得特别直，特别规范。他是怎么练的呀？太神了！"

　　"李老师笑容满面，上课很亲切。"

　　"李老师的字写得特别工整，跟印刷的一样。"

　　…………

"好！好！"校长示意同学们坐下，满面春风，他故作神秘地说："你们知道吗？李老师其实是一个仿真机器人！他的眼睛就是一部扫描仪，看了一眼你们的学籍照片和名字，就都记住了。"看着同学们惊讶的表情，他继续说："你们知道吗？机器人在'学习模式'下可以自己编辑程序，就像你们坐在教室里上课吸收知识一样。咱们学校数学组前两天给仿真人上了一堂课，今天他居然就可以给你们当老师了，神奇吧！"说完两个小眼睛又眯成了一条缝，开心地笑出了声。教室里顿时一片哗然。

　　嘈杂中，校长提高嗓门，继续说道："现在啊，学校正在尝试将仿真机器人运用于理科教学。如果成功，这可是我们教育行业迈出的一大步啊！"肖凌云吃惊地张大了嘴巴，用手摸了摸被李老师抓住的胳膊，那双手是有温度的、有肉感的呀！怎么就成了机器人了？他还是难以置信。

　　…………

　　"主人，我们的快递到了，我需要去取快递。"

　　肖凌云摸着自己的胳膊，思绪被慧宝打断了。

2219班张墨臻创作

第二章　是便利还是麻烦

　　慧宝，是爸爸为了照顾年迈的奶奶和肖凌云定制的一款智能家务机器人。她的样子是个20多岁的年轻姑娘，皮肤白净，身材匀称，外形完全就是人类，看不出丝毫破绽。慧宝每天早晨6点准时起床，根据家里每个人的口味、食量和身体状况搭配出营养均衡的早餐，绝对不会出现单一的食物，最关键的是一周7天都不会重样。慧宝叫肖凌云起床，总是先轻轻拉开窗帘，让阳光照在肖凌云的脸上，接着她开始哼起舒缓的轻音乐，当肖凌云意识回笼后，音乐节奏逐渐加快，变得活泼轻快。对于这种叫醒服务，肖凌云很满意。肖凌云和爸爸出门后，慧宝的主要任务就是照顾年迈的奶奶和收拾家务。在每天早饭、晚饭后，慧宝都会推着轮椅，陪着奶奶去小区散步。中午奶奶休息后，慧宝会自动躺到充电床上充电一小时，完成每日的充电蓄能。

　　刚才，正在做家务的慧宝收到快递柜发来的一条短信。

　　"您有一件快递已到达快递柜，请凭取件码完成取件。"原来肖凌云爸爸将快递接收电话与慧宝的系统绑定，快递柜传输给肖凌云爸爸的短信会自动转发一份给慧宝，她就可以自己去快递柜取快递。

　　得到小主人肖凌云的允许后，慧宝来到快递柜下，用眼睛扫描条形码，随后，一个快递箱传送到了慧宝面前。慧宝使用自己的扫描摄像头，拍下了包裹中的物品，然后传输给肖凌云爸爸就回家了。

快递包裹里是爸爸刚给肖凌云买的一套《数学探秘》和《SEE 中外沟通》。肖爸爸打算今年暑假给肖凌云请位机器人老师，为肖凌云好好拓展数学和中英文化。

下午，慧宝备好奶奶晚上要吃的药，正准备为奶奶捏肩、按摩。

她先是用眼睛（内含扫描摄像头）对奶奶的身体进行全方位的扫描，片刻后，只听慧宝一字一顿地说道："主人，您的血压为高压130毫米汞柱，低压95毫米汞柱，属于正常，希望您每天按时服药。此外，您的腰椎间盘突出较严重，肩周炎较严重，其他部位基本正常。汇报完毕。"奶奶听完满意地点点头，让慧宝开始按摩。

慧宝边为奶奶捏肩，边询问奶奶舒服的位置，每当慧宝听到奶奶"就是这儿！就是这儿！"的声音，就开始着重按摩那个地方。按摩时，慧宝先是打开手部理疗仪为奶奶进行理疗，再使用手部的可塑性物质，扩大手掌接触面积，减轻压力，使奶奶感觉更加舒适。奶奶微闭着眼，享受着慧宝的按摩，脸上带着淡淡的笑，时不时还哼哼两声。

肖凌云一边看电视，一边打趣道："奶奶，您这待遇和慈禧老佛爷差不多了。""去，净瞎说。慈禧可不是什么好人。"奶奶笑骂道。

奶奶接着闲聊："小慧啊，你上回做的米糕特别好，是怎么做的？我也学学。"上次慧宝做的米糕让她念念不忘，刚出炉的米糕飘着薄薄的热气，混杂着米的清香飘散开来。每一块米糕都蒸得恰到好处，让人垂涎欲滴。

"主人，您需要的资料我马上发给您。"叮咚一声，慧宝说，"米糕的制作方法已经发给您了。"奶奶很惊喜地坐起来，戴上老花镜，翻看着手机。

"糕里的白糖换成蜂蜜行不行？"

"非常抱歉，我不清楚。"

"蒸的时间再长点儿会不会更软糯？"

"非常抱歉，我不清楚。"

"放点儿蜜枣会不会更好？"

"非常抱歉，我不清楚。"

…………

"哎，我说你怎么什么都不清楚啊。"奶奶埋怨着。

"非常抱歉，我会加强学习的。"慧宝认真回答道。

奶奶很失望，颤巍巍地起来走进了厨房，准备起食材要做米糕。

"奶奶我帮你！"肖凌云也屁颠屁颠地跑进了厨房。"去吧去吧，去写你的作业吧，别添乱了。"奶奶说着把孙子轰走了。

傍晚，爸爸下班了，奶奶的米糕也做好了。肖凌云吃到米糕后，赞不绝口："这米糕软糯白嫩，香甜可口，滑而不腻，吃了简直能让人飘飘欲仙，生而有乐，乐在其中……绝对是上等珍品啊。"肖凌云这一番话逗得奶奶哈哈大笑，连一向严肃的爸爸都笑得呛了起来。奶奶正想也拿一块尝尝，就听见慧宝在背后说："您有糖尿病，建议控制糖分摄入。您有糖尿病，建议控制糖分摄入。您有……"奶奶实在烦了："好了好了，我不吃了可以了吧，哎，你这个慧宝！"说着放下了手中的米糕。

第二天早饭后，到了奶奶每天出门散步和采购的时间了。慧宝推着奶奶走向菜市场。

到了熟食店，奶奶兴奋地和店主老马打着招呼。

"老马，好久不见，是回咱们安阳了吗？"

"哎，老家有点儿事，回去住了一阵子。……这是你家机器人吗？挺别致的啊。"

"是，这是机器人慧宝，照顾我挺周到的。"奶奶说着看向慧宝，慧宝却一动不动，默不作声。

从熟食店出来后，奶奶语重心长地对慧宝说："慧宝，你要有礼貌，看到老乡在那跟我说话，你得赶紧去打个招呼问问好啊……"

慧宝点头，道："好的，主人，我会加强对环境的研判。"

奶奶在轮椅上絮絮叨叨："还有，买菜呀，你比如买黄瓜要买这种顶花带刺的，这样才新鲜。"慧宝说："主人，请您放心，我的芯片中已经植入了分辨瓜果蔬菜和肉蛋奶新鲜程度、辨别生产日期的程序了。我可以根据一日三餐的餐谱完成食材的挑选与购买。"边说着，慧宝边用眼睛扫描商家的收款码，完成结账。

回家途中，一位老太太正在打扫小区卫生，奶奶赶紧叮嘱："慧宝啊，这是我的一个老姐妹，就是朋友，上去要先跟人家打招呼，记住了吗？"

奶奶与老姐妹一阵寒暄，老太太问道："这就是你们家那个家务机器人？哈哈，还挺好！"

奶奶正要介绍，只听慧宝说："您好，我是机器人慧宝，见到您很高兴。"

老太太听后一阵夸赞："这机器人还挺懂事。"

"谢谢。请问您是做什么工作的？"慧宝问道。

那位老太太看看机器人，又看看奶奶；奶奶看看老姐妹写有"物业保洁"的制服，又看看慧宝。突然奶奶和这位老姐妹都哈哈大笑起来，奶奶指着慧宝说："你这个机器人，你看不见她衣裳上写着的字吗？哎呀，笑死人了。"

…………

2219班陈又暄创作

"慧宝啊，你这干点儿活儿挺在行，一让你和人说话你就掉链子！"回到家后奶奶还在抱怨。

"主人，什么是'掉链子'？我听不懂。我会加强学习的。"

"哎，怎么说你呀！"奶奶哭笑不得。

…………

书房里，几道数学题把肖凌云愁得唉声叹气。"天啊，这么难的题谁会做啊！"肖凌云一边思考，一边狠狠地捻着头发。

正在苦恼之时，慧宝端着切好的水果慢慢地过来了，肖凌云眼睛一亮，慧宝刚来就可以完全掌握全家人的喜好，完成各种家务。要是再能像上周五"李老师"那样教数学课就好了。一个听自己话的全能私人老师！肖凌云为这个想法欣喜若狂，恨不得立刻让慧宝教自己数学。可是目前的慧宝能做的也仅仅是买东西算算账，复杂的题她并不会。

肖凌云突然想到，同学欧阳志轩的爸爸就是开发机器人的，被欧阳志轩吹得和神一样，也许他可以帮忙。于是，他也顾不得时间已经很晚，立刻拨通了欧阳志轩的电话，两人聊得正欢时，慧宝突然说话了，把肖凌云吓了一跳。

"主人，我会加强学习的。但是我的内存小，我需要更高端的系统。"原来刚刚自己和欧阳志轩的对话慧宝都听到了。肖凌云又惊又喜，赶紧把慧宝的话说给欧阳志轩，并约定好明天一起到欧阳爸爸的公司去。

第三章　一张旧照片

　　"欧阳志轩，你爸爸的公司在哪儿啊？"坐在车上，肖凌云忍不住问道。"在哪儿？这个嘛，嘿嘿……反正应该能找到，不对，是肯定能找着。"欧阳志轩笑着，脸上的肉挤作一团。"卖啥关子呀！快点儿说吧。"肖凌云也笑起来，假装生气地钩住欧阳志轩的肩膀。欧阳志轩挠挠头，解释道："我也说不太好，我爸电话里也没说清。不过没关系，我爸给我发了定位。按照导航走，准没错。"

　　肖凌云摆弄了一下车上的电子屏，发现他们的目的地位于离市中心 50 公里远的郊区。在两人的闲聊中，公司到了。

　　远远地看到一幢大楼耸入云端，"哇！帅呆了！这是谁老爸的公司？这么有才！"仰头看着直入云霄的大楼，欧阳志轩夸张地自我表扬着。肖凌云微微地笑着，心想这公司实力应该非同一般。

　　二人走到近前，厚重的大门缓缓打开。不知从哪里传来机械的声音："欧阳志轩你好，肖凌云你好，请到 12 层总工办公室等候。"乘电梯，走进总工办公室，一个魁梧的男士从桌前站起来，笑容满面地冲他们走来，欧阳志轩一屁股坐在沙发上，笑嘻嘻地说："爸，你这公司也太远了吧，害得我们走半天。哦，对了，这是我最好的哥们儿肖凌云。肖凌云，这是我爸。""叔叔您好。"肖凌云礼貌地打着招呼。

　　"你好啊，肖凌云！坐，坐。"欧阳志轩爸爸微笑着回复，"欧阳志轩整天在家里念叨你，现在终于见到本人了！欧阳志轩说你想给慧宝更新下配置，是吗？"看见肖凌云仰起脸，满眼期待地点了点头，欧阳志轩爸爸想了想，继续说下去："唔，太专业的我给你讲不明白，让她能教你数学这一点肯定没问题。现在是你想要修改慧宝的外形吗？想让她变成谁的模样？有照片是最好。"

肖凌云闻言翻开手机相册。他看到一张照片，不自觉停了下来。

照片里肖凌云和妈妈站在海边，落日时分，天边半个太阳，海里半个太阳，橙红色的海水闪着粼粼波光，像一块华贵的地毯向远处铺展开来。天空渐变着颜色，几缕白云被夕阳染上一抹温柔的黄。照片里肖凌云光着上半身，笑得很开心，紧紧牵着身边妈妈的手。

肖凌云一时怔住了，仿佛又置身于那时的沙滩。海浪拍击着沙滩的清脆乐声在耳边响起，独属于海边的咸味萦绕于鼻尖，他好像又看见了妈妈熟悉的笑容，还是那么温柔，那么灿烂。

从很小开始，肖凌云就被爱好游泳的妈妈带着去海边。还记得有一天，水面像碧色的丝绸在阳光下起伏，肖凌云一不留神走到了较深的区域。等他反应过来，海水已经漫过了他的胸脯。肖凌云吓了一跳，不受控制地被波浪推倒，海水不断涌入他的口鼻。他的手脚不停地扑腾，大脑一片空白，感知却越发清晰，窒息的感觉痛苦又漫长，海水显得刺骨般冰寒……

仿佛过去了一个世纪，他在茫然无助中被一只有力的手抓住了。破水而出，肖凌云被妈妈拥进怀里。绷紧的弦瞬间放松，他后知后觉地感到鼻腔与眼睛进水的刺痛。阳光照在身上暖暖的，肖凌云紧紧攥着妈妈的手。妈妈蹲下来和肖凌云平视，内疚地向他道歉。肖凌云看着那双泛红的眼睛，原本心里存留的恐惧竟烟消云散。

那以后，肖凌云对学游泳一事更加上心，很快能自如地下水。爸妈也经常在周末带他去附近的海滩，下午去，傍晚看过落日就回家。妈妈本来担心肖凌云会对游泳有阴影，后来看见他非常热衷游泳才放下心来。肖凌云没有告诉妈妈，他游泳时总会想起那天妈妈温暖的手，每次下水都安心得很！

那一天，爸妈带着大点儿的肖凌云又去了海滩。在落日最美的时刻，爸爸给妈妈和肖凌云拍了一张合照。这一次他们在海边待到很晚，天已经黑透了，爸爸妈妈才带着肖凌云回家。走在沉寂的夜色里，爸妈都没有说话。肖凌云觉得有些奇怪，却没多想。他不知道这将是他们一家三口最后一次一起来到海滩。

2219 班尹怡霖创作

那之后，妈妈的状态越来越差，不在家的时间越来越长，回家后也很疲惫，原本厨艺精湛的她从此再也没有进过厨房，总是卧床休息，陪孩子游泳就更是奢望了。懂事的他不知道发生了什么，但知道自己不该打扰妈妈。不知从什么时候开始，妈妈再也不回家了，她住在了医院里，一直躺在白色的床上。聪明的肖凌云明白了一切，他很害怕，却不询问父母，只是更加贪恋与母亲在一起的时光，仿佛这样就能延缓分别那天的到来。

这终究是徒劳。

几个月的时间眨眼飞逝，肖凌云永远忘不了那一刻。妈妈躺在病床上，身上戴着各种肖凌云不懂的仪器，虚弱地注视着他，仿佛要将肖凌云的模样永远刻进心里。她用尽全身气力，声音小得像羽毛轻抚，却在肖凌云心里掀起惊涛骇浪："凌云，你一定要听爸爸的话，一定要开开心心的，想游泳就游泳，想吃什么就吃什么……"肖凌云不记得自己说了什么，只记得眼前的世界模糊一片。妈妈轻轻攥着肖凌云的手，低声念叨着："对不起……没事的，啊。凌云，不哭……"

纯白的病房熄灭了肖凌云世界里一半的光明。那天将他从海水的桎梏中解救出来的人，永远闭上了那双带有泪痕的、充满歉意和爱意的眼睛。从那之后，妈妈不见了，爸爸的笑脸也不见了。一股酸楚之情漫上他的心头，眼睛一阵涩痛。看着照片里妈妈熟悉的笑脸，肖凌云感觉有些喘不上气，大脑发蒙。

猛然间，肖凌云感觉有人拍了拍自己的肩膀，是欧阳志轩爸爸。"你想让慧宝变成妈妈的模样吗？"欧阳志轩爸爸温和地看着肖凌云。肖凌云瞬间明白了，自己的事情欧阳志轩爸爸很可能知道，那一定是"大嘴"的欧阳志轩说的。

"可不可以……"刚说了半句，他忽然发觉自己的声音不受控制地颤抖。瞥见欧阳志轩爸爸的表情平静自然，肖凌云也放松了许多。他冷静下来，下定决心，组织好语言。

再次抬头，肖凌云缓慢却坚定地说："我想让慧宝变成妈妈的样子。"

第四章　两个爸爸

"走，我带你们去见一个人！"

说完，欧阳志轩爸爸带他们走进一个类似电梯一样的箱体，这箱子悬浮着，透过玻璃向外面看透光性极好，视野也极为开阔，就连装饰绿植上的一滴露珠都能清楚地看见。就在他们像刘姥姥进大观园似的左右张望时，欧阳志轩爸爸迅速地在操作键盘上输入了一串指令，箱体的门缓缓地关闭，加速感席卷而来，电梯平稳地疾驰着。欧阳志轩爸爸介绍说，这种电梯是通过四通八达的光轨连接，看似易碎的玻璃外壁实则坚硬无比。

电梯大门缓缓打开，欧阳志轩爸爸招呼两个孩子向左走去。只见旁边的屋子里有两个穿着白大褂的人围着一个机器人，像是在维修。再往前走，另一个屋子里，机械手臂正在制造一块芯片一样的东西，忙得不亦乐乎。不一会儿，两个孩子来到一道机械安全门前，欧阳爸爸往前一凑，听得一声"智能识别成功"，安全门被打开。"这就是爸爸的实验室。"欧阳志轩感叹道。只见最里面的窗旁站着一个人，看背影，肖凌云感觉特别熟悉，好像在哪里见过，回头看看欧阳志轩，一向嬉皮笑脸的欧阳志轩也一脸严肃，显然对这个背影也很迷惑。

"欧工，孩子们到了。"那个叫欧工的人慢慢地转过身来。当看清那人的面孔时，两个孩子双眼圆瞪，嘴巴微张，脸上写满了惊诧与错愕，被吓呆了，"爸？！两……两……个爸爸？"欧阳志轩忍不住喊了出来！肖凌云发现两个爸爸都在微笑着看着欧阳志轩，而欧阳志轩就像雕塑一样愣在原地，出现一瞬间的呆滞，眼神十分复杂，有疑惑更有惊惧。"不是，只有一个爸爸。"看到孩子们惊呆了的神情后，两个爸爸同时开口，"只有一个是你真正的爸爸，而另一个则是仿真机器人。你们猜猜哪个才是你真的爸爸。"说完两个爸爸站到了一起。两个爸爸好似在做镜面运动，两人的五官、身材，做的动作、表现出来的神态，甚至说话时每个字的口型都一模一样。

"我猜什么呀！我不猜！"欧阳志轩显然是生气了，边说边回头往外走，一时间，剩下的人都慌了，两个爸爸赶紧向肖凌云使眼色，肖凌云赶紧追了出去。

好一阵劝说，欧阳志轩才消了气，答应回来听他们解释。

回到实验室，两个爸爸停止了说话，同时看着欧阳志轩。

欧阳志轩绷着脸，在两个爸爸身边转了好几圈，肖凌云更是云里雾里，因为他根本也没有见过真"爸爸"。

欧阳志轩突然停下来，问："我的生日是几月几日呀？"

两个爸爸同时回答："10月15日。"

欧阳志轩又问："那我最喜欢的食物是什么？"

两个爸爸又同时回答："红烧肉。"

欧阳志轩再问："那我最喜欢的动画片是什么？"

两个爸爸还是同时回答："《熊出没之续十五》。"

大部分两个爸爸都可以答出来，对问到具体某个活动的一些细节时，有时候得到答案是不记得了，这也很正常，因为欧阳志轩自己也记不清楚了。他让爸爸们蹲下来，发现有一个头上有一缕白发。欧阳志轩记得前两天爸爸带自己一起去看电影，还帮爸爸将自己不小心掉到爸爸头上的爆米花拿掉，没有发现这里有白发呀。对！没有白头发。"你是真的！"欧阳志轩坚定地说，激动地握住这没有白发的爸爸的手。只见另一个爸爸说了一句："代号21690110，启动关机模式。"这个没有白发的爸爸随后闭上了双眼，站在了原地。肖凌云看得目瞪口呆，欧阳志轩也愣住了，不过

未来·2050

2219班王傲之创作

马上反应过来，非常生气地转向真爸爸，质问道："上周陪我去看电影的难道是机器人吗？！你什么时候长出来的白头发？我，我每天都在管机器人叫爸爸吗？啊……"欧阳志轩感到整个人都混乱了。

欧阳爸爸一脸严肃地拍拍欧阳志轩的肩膀说："爸爸也不想你经常见不到爸爸，这个机器人，爸爸费了很多时间将我们生活的点点滴滴都录入他的数据库了。这是我们公司最新的研发成果，当然，我的孩子就成为实验其性能的首选人。"欧阳志轩既伤心又委屈：多长时间才来陪我一次，来了却还是一个假爸爸。"你……你到底还是不是我爸爸？！"接着他便偏过头去，皱着眉头，微微咬着下嘴唇，不再看爸爸。

欧阳爸爸赶紧赔不是，笑着说："看来，我的研发成果很成功啊。孩子，不是每次都是机器人爸爸陪你，好多次周末真的是我本人。你看我被你批评得手心都出汗了。机器人目前可没有这个功能啊。"两个孩子扑哧笑出声来，欧阳志轩说："爸，我们知道你忙，也都理解你，你没时间陪我们就算了，千万别弄个机器人糊弄我啊，你这叫欺骗你知道吗？对了，不会我妈也被机器人骗了吧？"欧阳志轩瞪大眼睛，一脸幸灾乐祸的表情。"说什么呢，你妈当然知道了！"欧阳爸爸也笑了起来。

第五章　神奇的工厂

　　"你们都大了，上初中了。今天我就带你们了解一下智能机器人的发展现状。"

　　说话间欧阳爸爸带着两个孩子来到电梯前，介绍说这是当代最快且最舒服的电梯，速度每秒20米左右，欧阳志轩吃惊地说："这么快！这简直就是跑车级的电梯呀！"这番话引得大家哈哈大笑。肖凌云不解地问："这么快的速度，我们乘坐时为什么没有感到不适呢？"欧阳爸爸笑着说道："问得好！这正是这项工程的技术难关，这个超高速电梯涉及超大容量电动机、曳引悬挂系统、高精度导轨、高性能微处理、减振降噪技术、智能减震滚轮导靴、轿厢气压缓解等技术研究，已成为超高速电梯发展的关键技术……它使用了磁悬浮技术，利用磁铁的相互吸引和排斥，使物体悬浮在空中，不像以往旧式电梯需要牵引绳，它在移动时与电磁导轨上的电磁线圈相互作用，由于不存在摩擦，磁悬浮电梯在运行时非常安静且舒适，还可以达到极高的速度，同时还非常节能……"

　　"好好好，别再说了，我听得脑袋都快炸了！"欧阳志轩捂着脑袋大声说道。伴随着阵阵笑声，大家进入了电梯。不一会儿就到了，电梯门缓缓打开，眼前的一幕使肖凌云和欧阳志轩都惊呆了：这是一个操作机房，目光所及之处全是庞大的机械臂，操作机房中央有一个巨大的屏幕。欧阳爸爸坐在操作台前，用虚拟键盘把屏幕切换到云通快递的分拣中心。屏幕上正在展现的是快递的"智慧配送"过程，欧阳爸爸望着屏幕，说："30年前，快递物流行业是世界经济发展的高速催化剂，现在我们迎来了全球数字化、智能化，包裹首先在仓库进行自动化分拣，此过程均由智能机械臂完成，经过红外线称重测量扫描后，快递无人机根据包裹上面的电子运单条形码进行配送，最后运送到家门口，运输过程中，快递无人机使用 AI 算法选择最优路线，送快递的无人机直接将货物送到收货人所在楼层配置的自动收发货物阳台，无人机在放下包裹会自动拍照作为签收证明。如有顾客需要寄出包裹，会有无人机跑腿服务到顾客家的智能收发货阳台取货，整个城市上空全部是无人机按照各自运行路线井然有序地工作。如果遇到较大体积、较重的货物，也是根据体积、重量自动匹配物流车型送到指定仓库。关于快递包裹的外包装箱，所有快递包裹早已经取消了传统的泡沫箱、纸箱、塑料袋等一次性的包裹材料，因为此类包装会增加材料成本，污染环境。目前，每件快递包裹外使用一种可根据货物大小，利用 4D 打印技术，以高科技纳米纤维材料制作的轻如翼、薄如纸、坚如钢的包裹袋。每个包裹袋身带有快递二维码，用于区分货物信息，每次下单完成配送工作后，该包裹袋上的二维码能自动更新作为下一单的追踪单号，由此实现无限次重复利用。"两人听完不禁拍手叫好。肖凌云挠挠头，不解地问："那包裹万一丢了呢？"欧阳爸爸笑着说："每个包裹都有专属信息，他们的信息都在物联网数据库里，物联网技术可以精准定位包裹的位置和状态，确保货物不会丢失。""欧阳志轩你能不能听得专心点儿？"发现欧阳志轩走神了，欧阳爸爸突然提高了嗓门。"好的好的，你接着说，接着说。"欧阳志轩冲着肖凌云吐了吐舌头。

欧阳爸爸说："我再带你们去一个地方。"

欧阳爸爸又带他们来到一个类似火车站的地方，里面停放的全是一列一列的车厢。

欧阳爸爸介绍说，这是空中悬浮车，每辆悬浮汽车全在一个透明管道中，他们乘坐悬浮车来到了第十层的大厅，看上去好像一个候车大厅，大厅有多个安检口，每个安检口都有机器工作人员在安检扫描出入的人员，核查证件。在一面全是监控屏幕的地方，欧阳爸爸停下了脚步，问孩子们："你们知道每个屏幕分别是什么地方吗？"屏幕中的影像两人感到十分亲切，人们有说有笑，人群熙熙攘攘……两个孩子一个一个推测：教室？公园？商业区？工厂车间？老年人活动园区？欧阳爸爸摇摇头说："这里是一个封闭的模拟社区。只要通过安检，就可以到达你们屏幕中的场景。""这个社区里面有真人和仿真人，他们都像在真实社会一样学习、工作、生活。机器人通过在这个社区里面积累经验，达到自我学习并自动升级，从而快速地学会人类社会的相处之道，以弥补机器人的缺陷，更好地进入社会。"欧阳志轩抓抓脑袋，不解地问："你说机器人自动升级？和游戏里的积累经验从而升级一样吗？"欧阳爸爸轻轻点点头："本质是一样的，机器人通过内部的智能芯片进行升级。暑假的时候公司可以邀请你们二位来微型模拟社区里面体验一周。"欧阳爸爸看着两个孩子有些许紧张但又充满期待的眼神，微微一笑，"放心，仿真机器人的芯片里面都设置了基本道德底线和禁区，任何不良行为都会受到基础道德程序的拦截。他们会比人类更有原则，到时候你们就知道了。肖凌云家的机器人是否升级，可以等你们暑假体验之后再说。"

参观结束时天色已晚。

肖凌云这一天过得充实而刺激，回到家给奶奶和爸爸讲得眉飞色舞，他非常期待暑假的体验生活，爸爸笑了笑，也同意了。"到时候我去你姑姑家住一段时间，省得整天一个人在家闷得慌。"奶奶也欣然同意了。

2219班李宇塘创作

未来·2050

第六章 "妈妈版"慧宝

每一天,肖凌云都在盼望着暑假的到来,盼望着慧宝升级那一天的到来。"改造之后,慧宝就能辅导我写作业了。如果她还能像妈妈那样会做菜该多好!"肖凌云自言自语道。

暑假终于到了。

肖凌云和欧阳志轩一起来到欧阳爸爸的公司,一同前来的,还有慧宝。欧阳爸爸说:"是把她改造成妈妈的模样,对吧?""是的,"肖凌云赶紧补充说,"叔叔,除了模样像我妈,能辅导我数学作业,能不能再加一个功能?""什么功能?""就是让她特别会做菜。现在慧宝只会做一些简单的菜,来回就那几样,我和奶奶都快吃吐了。我妈做饭那可是很厉害的。"说完,肖凌云不好意思地笑了笑。"没问题,你想让慧宝做什么菜?"肖凌云瞬间来了精神,赶紧说:"越多越好。能不能让慧宝学会做广东菜?广东菜量小,口味淡,适合我奶奶。还有川菜,口味比较辣,适合我爸。还有湘菜。也别光做南方菜,东北大锅炖也很好吃……除了中国菜,还可以做西餐。"肖凌云接着道,"像什么汉堡、比萨、薯条这些快餐,以及高档一点儿的牛排和意大利面……"在一旁笑得浑身肉颤的欧阳志轩突然说话了:"肖凌云,你干脆说世上所有美食都会做得了,就在家里天天点菜吃,不要这么贪得无厌吧?"欧阳爸爸听了,呵呵地笑起来,笑得肖凌云不好意思起来,"我就这么一说,最关键是能辅导我作业,尤其是数学。"

对慧宝的大改造开始了。

技术人员操控机械手对慧宝的头部进行改造，欧阳爸爸则在旁边给两个孩子讲解："慧宝本体是由3大部分组成的，分别是控制部分、传感部分和机械部分，当然她的体内还有6个子系统，分别是驱动系统、机械结构系统、感受系统、机器人—环境交换系统、人机交换系统和控制系统。首先咱们要升级的是中控系统，就是要给慧宝装上大脑——负离子中枢芯片。生态负离子生成芯片技术是当前全球领先的技术。别看它的体积小，它的知识存储量相当于上千部百科全书，而且运行速度超级快，可以达到每秒千亿次的浮点运算速度。"肖凌云看到了那个电机。一个长度近15厘米的长方形芯片，通过它透明的外壳可以看到内部许多金属线路叠在一起，迷宫一般。"其次就是她的传导系统了。"欧阳爸爸开始了他热情洋溢的讲解，仿佛整个人已完全陶醉其中了。"传导系统相当于我们人体的神经系统，需要及时把大脑的指令发送到身体各个终端去。必须保证机器人每时每刻都在运转，一旦没有了指令，机器人所有的运动就会停止。传导系统由上千个智能多元传感器组成，包括高频信号感受器及低频信号传导器。高频信号感受器根据敏感元件的不同类别，能够快速感知来自外界的力、热、光、电、磁和声音等物理效应，可以辨别气味、温度、颜色和其他敏感信息，高频信号感受器能对所有传进来的信号做出分辨，并迅速反馈给大脑中枢。低频信号大多由中枢系统发出，主要用来支配机器人身体各个终端的行为。慧宝身上第三个部分也是我们最值得骄傲的地方，"欧阳爸爸面带微笑，兴奋地讲道，"其他机器人虽然智能，但永远是一台冰冷的机器，而我们的机器人是有温度的。他们的身体内部有一套独立运行的液态系统，系统内流淌着他的血液——电涌，一种淡蓝色的液体。这些液体通过机器人背部的一个智慧电机进行输送，并且能将机器人所感到的自己体内以及外界的所有信息以最快的速度传向多元件转换器。慧宝还能用它来提高或降低自身温度，以更好适应外部环境，保护内部各系统的正常运转温度。"看到肖凌云惊讶地张大了嘴巴，欧阳爸爸继续解释道："电涌中有3种物质，第一种是阴离子，他们日常会捕捉外界的电子，并把这些电子传到各个系统中，为系统供能；第二种是备用核外电子，当外界没有足够的电子时，这些核外电子就会补充其他系统的耗能，不过他们很少派上用场，因为机器人捕捉电子的能力已经很先进了；第三种是金属原子，它不仅能保持电涌的液态和稳定，还能模拟人的体温。"当欧阳爸爸准备给机器人注入电解液时，肖凌云看到了机器人的内部，这里并不像他想象的全是电线，而是类似电路板的金属线路，像双向电机里的线路一样，还有一条条淡蓝色的像血管一样的管线通往身体各个终端末梢，这让他感到大为震惊！"科学的力量是很强大的，孩子们，用不了多久，我们就要和机器人一起共同生活了。"最后，技术人员在慧宝身体框架外部又粘贴上一种纤维层，外部再贴上最新研制的肉质纤维膜，就像人体的肌肉一样。

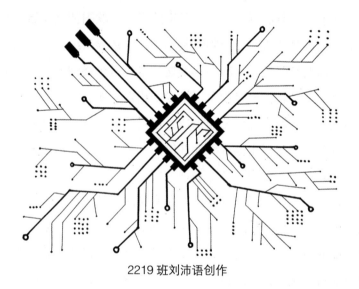

2219班刘沛语创作

　　一个小时后，慧宝的外貌改变了，熟悉的面庞，和善的双眸，温暖的笑容……是妈妈！慧宝变成了妈妈的模样！肖凌云瞳孔放大，嘴唇微微上扬，双眼因为兴奋而泛红，他看看欧阳爸爸，又看看慧宝，心中似波涛汹涌的大海。欧阳爸爸微笑着告诉他："你们现在跟我去10层，那里是个很有趣的地方，机器人改造后需要静置，需要熟悉周围环境，再进行调试。肖凌云，不要着急，再等等，几天后，你就能再见到'妈妈'了。"肖凌云用力地点了点头。

第七章　神秘的新朋友

在公司的"未来社区"，欧阳志轩的爸爸跟工作人员简单交代了几句，然后回头叮嘱肖凌云和欧阳志轩："接下来的行程工作人员会帮你们安排好，我还有工作要忙，就不一直陪着你们了。希望你们积极参与活动，尽情享受这美好的一周。"

目送欧阳爸爸离开后，工作人员微笑着说道："欢迎二位客人参观未来社区，接下来的几天由我担任二位的向导，我会安排好你们的体验行程。简单介绍一下，我姓刘，你们可以叫我小刘。现在请二位跟我来。"

刘向导带着他们经过了一道道安检门，最后经过一道大门，天地豁然开朗，就像到了室外一样，蓝天白云，阳光和煦，微风拂面，还能听到一阵阵鸟语蝉鸣，真是惬意！车流声，交谈声，音乐声……仿佛这里与外面真实的世界没什么两样。

"我们现在还是在公司里吗？"肖凌云疑惑地问刘向导。"是的，是在公司。"小刘礼貌地回答。

"看！这是肯德基，那是粤菜馆，这里应该是条美食街！我喜欢！"欧阳志轩突然冒了一嗓子。

跟随着刘向导的脚步，他们依次走过敬老院、游乐场、海洋馆，最后进入了一所航空大学的宿舍。刘向导说："这里就是你们本周将要居住的房间。"

随后，又递给了两人两张写满字的纸和两块手表。

"这是你们这5天的活动安排表，这是你们的手表，这块手表可以帮助你们联系到我，手表内有二维码，可以付款，手表上会在每天的用餐时间提醒你们到食堂用餐，错过了可就要饿肚子了啊。如果找不到路，手表可以为你们导航，今天你们熟悉一下学校环境，明天早上8点我会准时过来。"

刘向导走后，欧阳志轩小声地对肖凌云说："我听我爸说过，这个社区中生活着许多仿生机器人。你猜，这个刘向导是不是机器人。"

"这我可看不出来。感觉和咱们一样啊。"肖凌云耸耸肩说。

两人决定要出宿舍门散散步，他们在校园里看着来来往往的人群，尽力寻找其中的机器人，可一无所获。

走着走着，他们来到了篮球场，场上热闹非凡。

场上的两支队伍，分别穿着红色和蓝色的队服。身穿红色队服的队员个个身材高大，肌肉厚实，一眼就能看出他们都是体育生。而身穿蓝色队服的队员大多身体单薄，个子也明显要矮。欧阳志轩一脸坏笑地说："这，这，实力也太悬殊了吧，蓝队这不是找打吗？"

比赛的哨声吹响了。

红队瞬间展开了猛烈的进攻。只见一名队员带球，轻描淡写地过掉了防守蓝队队员，向着蓝队的篮圈突破，红队其他队员也同时上前配合进攻，蓝队马上就处于下风。红队队员持续突破，很快便到了蓝队的篮圈下，持球的红队队员自信地起跳，将篮球高高举起，就要送入篮中，就在这时，一道蓝色的身影闪过，蓝队10号队员仿佛在一瞬间高高跳起，伸出手用力一拍，将红队队员手中的球拍落在地，完成了一次完美的盖帽儿。蓝队10号队员落地后迅速转身，带着从地上弹起的球，向对方篮圈冲去。红队队员们见状赶忙上前围堵，此时，蓝队10号做出了场上所有人都预料不到的决定：他突然停下，将球举起，来了一个标志性的干拔！只见篮球从半场高高飞起，在空中画出一道完美的弧线，唰地清脆一响，篮球精准地落入了红队的篮圈中。

欧阳志轩与肖凌云两人被这一幕深深地震撼了。

　　"这个不是人！肯定是机器人！你说呢？哎，问你呢。"欧阳志轩凑过来对着看呆的肖凌云说道。

　　比赛结束了，蓝队凭着 10 号队员一己之力，以 43 ∶ 40 的比分赢下了比赛。

　　欧阳志轩二人跑去向那个男生搭讪。肖凌云说："你好，我叫肖凌云，你的篮球打得真好，我十分佩服你！我们交个朋友吧，你叫什么名字？"

　　"我叫欧阳志轩，我们俩是最好的哥们儿。我不是佩服你，我是崇拜你……"欧阳志轩不停地插话。

　　那个男生笑了笑，说："认识你们很高兴，我叫李墨谦。"

　　肖凌云注意到李墨谦脸上好像渗出了小小的汗珠，但他不敢肯定。

　　李墨谦走后，欧阳志轩鬼鬼祟祟地对肖凌云说："这哥们儿可能是一个机器人，咱们以后还是不要和他玩了。"

　　肖凌云听后有些不悦，问："为什么他是仿真人就不可以和他玩了？你们家没有机器人吗？为什么要排斥它们呢？"

2219 班柳子言创作

欧阳志轩连忙解释道："不不不，我不是这个意思，但是最好还是要和仿生机器人少接触，这个人这么厉害，打起架来咱俩可不行。"见欧阳志轩还是这么没正形，肖凌云气得懒得理他。

　　这时，手表提醒他们该去食堂吃饭了，肖凌云一言不发地走在前面。

　　一进食堂，欧阳志轩就看到李墨谦正在食堂角落的餐桌吃饭，他惊讶地说："看，那哥们儿正在那儿吃饭呢，嗯，看来本尊判断错误了，他不是机器人。"两人打了饭，走到了李墨谦身旁坐下，跟李墨谦聊起了天。吃完饭，李墨谦带肖凌云和欧阳志轩参观了学校的游泳池、体育馆、阅览室和教学楼。他们一路上欢声笑语，十分开心，但在途中，肖凌云也观察到了李墨谦的不对劲儿。

　　晚上三人分手后，肖凌云对欧阳志轩讲述了自己的发现：李墨谦会出汗和他在食堂吃饭的行为，并不可以完全确认他不是仿真人，今天下午李墨谦带咱们参观学校的时候我一直在观察他。我发现，他在呼吸时，胸口起伏的频率完全不变。

　　"我就说嘛，他是机器人，不要和他玩，你还跟我怄气。"欧阳志轩一脸未卜先知的得意。

第八章　厨房历险

第二天，肖凌云和欧阳志轩刚走进 101 教室，就被眼前的景象惊呆了：烧烤架、抽烟机、案板、菜刀……这完全是最原始的烧烤配置啊！这是要把他们当真正的厨师培养啊！一旁的台面上摆满了诱人的肉类和配料：

色泽鲜亮的猪肉、羊肉、牛肉、鸡肉、鸭肉，还有一堆不知名的肉。

新鲜的菠菜、油菜、生菜、白菜、娃娃菜、韭菜，还有一堆不知名的菜。

各色调料。白色的、黄色的、酱色的、黑色的，还有一堆不知名的。

…………

丰富多样的食材令人眼花缭乱。

"同学们，食材已经准备好了撒，我们今天要学做烤肉。学会了以后可以给你们家男人或婆娘做顿撒……"老师是一个小个子的中年阿姨，说着一嘴四川话，马尾辫随着说话有节奏地摇晃。虽然看起来胖胖的，和蔼可亲，但是那努力睁大的眼睛还是闪烁着犀利的光。老师话音未落，欧阳志轩就已经迫不及待地冲到了一大堆食材前面，好奇地拿起一片午餐肉看了看，就要往嘴里塞，幸好一只"手臂"及时地挡在了他的面前，一个一脸严肃的同学说道："你好，同学，要听老师的话，不要动材料！我是仿真人 6457854，你也可以叫我小强。"欧阳志轩尴尬地说道："小强同学，你好，你好，我就是看看是不是真肉。"于是怯怯地收回手，继续认真听课。

前面的准备工作相对简单，加之老师讲得十分细致，虽然整个过程大家进行得磕磕绊绊，但最后就连许多对人类生活还很陌生的初期机器人也都完成了。肖凌云甩了甩手上的水，用衣袖擦去脸上的汗，无奈地看了看旁边的欧阳志轩：他全然不顾手上还残留着的猪油，双手扒着碗沿，仔细地查看着那已经被他折磨得不成样子的几块腌猪肉，嘴里不停地嘟囔着："奇怪，这里为什么……""看啥子看嘛。"老师显然对欧阳志轩已有些不满。"老师，我在观察腌猪肉。"说着，欧阳志轩抓起碗中的一块，想要证明给老师看，可不料肉上的酱料太滑，没拿稳，肉一下子掉在地上。"你这个娃儿！叫你不要瞎碰，你偏碰，吃不了了该'背时'。"老师指着欧阳志轩大声嚷道，两条短粗的眉毛挤成一团。欧阳志轩委屈地撇过头，小声嘟囔道："我也不是故意的嘛，凶什么凶。"扭头看到肖凌云和小强干得有模有样，心里更加不服气。

"接下子我们要开始烤了，先……"开火进行得很顺利，可步骤上看似简单的"放入少许的孜然"却让机器人们犯了难。"少许，少许是什么意思呢？"摸不着头脑的小强在肉上裹了一层厚厚的孜然。"叫你们做个事，抠是老火得很！你们这弄得不是老多，就是这么一点点，要怎么个吃法？"

同学们的操作逐渐变得游刃有余，可随着越来越多的肉串被放上烤炉，教室里的烟大了起来，欧阳志轩和肖凌云不住地咳嗽起来。他们正想着调大功率，突然，教室里传出了阵阵警报声，霎时红光四起，欧阳志轩吓了一跳，失手撞翻了旁边一个烤锅，火势顺势蔓延开来，燎着了旁边的纸巾，烟雾顿时腾起。一些不明所以的同学慌了起来，瓷器碎裂的声音也就和着警报声、尖叫声一起，在101教室里横冲直撞。小强似乎也被吓到了，站在那里不知所措。尽管老师大喊着试图维持秩序，可是混乱的场面仍然持续着。几个烤炉被撞翻了，那火那烟，好似也一瞬找到了出口，从锅中忽地冒出，仿佛发了疯似的，四处乱窜。锅下的火焰越发猛烈，一簇簇火苗向上跳跃着，发出吱吱的声响，先是蓝又是黄再是红，滚滚的浓烟不知道是哪里来的，向上蹿去。浓烟升腾，周围的世界被浓烟笼上了，只看得见烟和火，周围尖锐的喊叫声、破碎声一次次地撞击着肖凌云的耳膜，冲击着他的神经。滚滚浓烟中，抱头蹲在教室角落的肖凌云模糊地看到了小强的身影，只见他的身上忽然闪出一道蓝光，随之而来的是灭火喷雾和驱烟剂的声响……周围渐渐安静下来，浓烟散去，露出一片狼藉：满地油腻腻的猪肉，蔬菜被烧得黢黑，各种调料洒了一地……大家还未从惊恐中缓过神来，只听"防火警报已解除，灭火成功"，教室里的机器人们瞬时安静了。原来他们把油烟误当成了着火之前的烟，因而触发了体内的火警警报，才酿成了这一切……

"真是精彩的一天！"

"可不是嘛！"

肖凌云和欧阳志轩躺在宿舍的床上，回忆着这件事最终的结果：烟雾散去后，满口四川腔调的老师狠狠斥责着机器人们，可他们却满不在乎地认为自己立了功，社区警察随后也赶来了，他们将机器人们带走并修复程序去了。老师被气得不行，可这些被警察强行带走的机器人却仍然面无表情地争辩着……"这些机器人怎么没有表情啊？冷冰冰的。"肖凌云不满地抱怨道。

"是啊是啊，这可不行！一点儿都不好玩儿！"

2219 班杨紫安创作

"那咱们明天要干什么？""明天……哎？明天咱们教机器人们学微笑吧！"欧阳志轩嘿嘿地笑着说。"学微笑？"想了想，肖凌云也忍不住偷笑。

欧阳志轩和刘向导沟通后不久，公司还真的批准了明天的体验项目：笑。

带着强烈的期待，两人进入了梦乡。

第九章　表情教学

第三天到了。肖凌云和欧阳志轩需要教全体学员不同的"笑"。

肖凌云首先走上讲台，在黑板上写上两个大大的字"微笑"，然后大声读了出来"微笑"，并解释："微笑呢，就是不出声地笑，嘴巴微微向上扬起，像我这样。"肖凌云示范了一个自认为标准的微笑。

"这哪里是微笑，就是皮笑肉不笑嘛。"台下的欧阳志轩忍不住和旁边的人掩口交流。

肖凌云继续说："微笑是一种礼貌，人和人相处时保持微笑体现的是良好的修养。"台下的仿真人都鼓起面部，嘴张开成"O"形，嘴角使劲上扬，嘴部呈倒三角形，眉毛挑起，又说了几遍，但仍然是那个皮笑肉不笑。肖凌云十分无奈，只好继续往下教。

"大笑是一种非常爽朗、豪放的笑，在生活中也十分常见。当一个人遇到非常高兴的事，或是成功了，实现了自己的某个理想、愿望时，就会发出这种笑声。大笑的嘴巴咧得非常大，整个脸就像是一个'大'字……""哈哈哈，你笑死我了，你会把别人教傻的。"欧阳志轩再也忍不住了，旁若无人地敲着桌子仰天大笑起来。

台下的学员也纷纷模仿欧阳志轩，仰着脸，纷纷敲着桌子大笑，场面顿时乱作一团。

"不对不对，大家停，停！不用敲桌子，不用敲桌子。"肖凌云急得直跺脚。

经过一上午的训练，也只是有部分学员"笑"得有模有样了，或许他们本来就是真人，不用教。没办法，时间有限，室内训练只能到此为止。

两人带着学员走出教室，去室外场景进行"笑"的实战训练。

他们和人们一个个打着招呼，露出了那瘆人的僵尸一般的微笑，人们也只是回了个"你好"，背后一凉，便赶紧溜走了。

这时，只见有一个人在人群中惊慌失措地跑着，手里拿着一个钱包，后面的女人大喊着："快抓住他！有小偷啊！"学员们听到后便立马追赶上去，他们一边飞跑着，一边哈哈大笑，不仅路人惊恐地躲让开，连那小偷也不停地回头看着，估计小偷实在是太害怕背后的"人"惊悚的笑了，一个趔趄摔倒，磕头如捣蒜："好汉，哥哥，大爷，爷爷……我错了，我错了，你们别这样。"最终，小偷被警察带去派出所了。

肖凌云和欧阳志轩终于知道问题出在哪里了，便召集大家开会，强调："真人学员不要瞎捣乱，跟着起哄，把仿真人往沟里带。还有，有人犯了错误就不要大笑了，当然也不要生气，可以微笑着给他讲明道理……"

不一会儿，众人来到图书馆，馆内异常安静，只能听见呼啦呼啦的翻书声。突然，哈哈一声打破了这片宁静，肖凌云和欧阳志轩正要训斥仿真人，却发现是两个小孩子发出了笑声。这时，代号2219的仿真人走了出来，到两个小孩儿面前，面无表情地嘴角上扬，"微笑"着对他们说："图书馆请保持安静，不要打闹。"两个孩子看到后，愣了几秒便大哭着跑开了。"妈妈，妈妈，有坏人。"留下众人在那里面面相觑。

"本来应该很好玩哪，没想到这一天这么失败。"在无尽的懊恼中，肖凌云和欧阳志轩结束了第三天的体验。

第四天的安排是做敬老院义工。

敬老院很大。

一进门就看到一个小型花园，花园中间是一座假山，假山上流水潺潺，细流旁是娇艳欲滴的花草。再往里走是圆形长廊，长廊里，有的老人在散步，有的在聊天，有的在下棋。

老人们看到志愿者们来了都开心地围了过来。刘向导热情地说："叔叔大爷们好，这些志愿者我们都做好了分工，大家不用着急。"只见老人们像找到了自家孩子一样，一对一地领着离开了。肖凌云和欧阳志轩被刘向导安排去打扫宿舍一楼的楼道卫生。他们看到其他义工手脚娴熟地忙前忙后：打扫卫生，收拾杂物，换洗床单……穿梭于多个房间之间。欧阳志轩偷偷凑到肖凌云的身旁说："这些志愿者应该都是仿真人吧？"

"嗯，我觉得那露着8颗牙微笑的肯定是。我们昨天的教学很成功嘛！"说完，两人都忍不住捂嘴偷笑起来。

刘向导和院长一边攀谈一边巡查。

"陈大爷，对小强的服务还满意吗？"院长关切地询问一位胖胖的老人。

"满意！满意！你们的服务越来越好了！"

陈大爷竖起了大拇指。可能耳朵不好使，陈大爷说话嗓门儿特别大，引得肖凌云和欧阳志轩也时不时地关注这边的情况。小强面带标准的"八齿微笑"正有条不紊地铺着床单。陈大爷温和地对小强说："上次你做的脚部按摩很舒服，你帮我去打盆温水，我泡泡脚后你再帮我做个按摩吧？"小强微笑着说好的，便利索地从水房打来了温水。陈大爷享受地躺在椅子上一边泡脚一边欣赏着一首经典老歌《时间都去哪儿了》。

欧阳志轩偷偷跟肖凌云说："我也想有一个笑容可掬的人伺候着，一边享受按摩一边看好莱坞大片，太'NICE'了！"肖凌云嘲笑道："要不要再配点儿可乐、薯条或汉堡？""你想得太周到了！"欧阳志轩闭眼一副陶醉的样子。肖凌云打趣道："醒醒吧！干活儿吧！"

"高院长！……来人哪！"肖凌云和欧阳志轩的聊天被这突如其来的呼喊声打断，是陈大爷在呼救。人们快步朝陈大爷房间走去。只见陈大爷非常生气地责问小强："刚才你为什么屁股对着我？"小强转过身，依然面带微笑，眼睛盯着门外。

"对，对，对，就是这样。"陈大爷指着小强现在的模样喊道。

"陈大爷，我是按您的吩咐在看外面的路。我也很奇怪您为什么让我看路。"小强微笑着回答。

陈大爷哭笑不得地说："我什么时候让你看路了？""您说有水，看路！"小强笑答道。"哎呀，"陈大爷着急地用手捶头，无奈地叹了口气说，"地上有水，有盆，要'看路'，'看路'是注意脚下的水和盆，不要摔倒了。不是让你去看马路！"围观的人都被这一幕逗乐了。

这时，刘向导和高院长也进来了，陈大爷向院长诉苦："高院长，今天小强按摩得非常不好，他哪儿是在按摩，简直就是折磨。手啪啪啪啪地打在我身上，是在拍蚊子吗？我这一把老骨头都差点儿让他拍散喽。"陈大爷委屈得都要哭了。

刘向导问小强怎么回事，小强笑着答道："陈大爷说了两遍，快点儿吧！快点儿吧！所以我就比平时速度快了两倍。"陈大爷听完脸色变得十分痛苦，解释说："我让你别站那儿看了，快点儿过来给我按摩。快点儿按摩！快点儿按摩！不是你想的那个意思。"大家都被小强的理解力逗得哈哈大笑。陈大爷无奈地说："滚！你给我滚出去，别在这里待着了。"只见小强立马躺在地上像个保龄球一样地向门外滚去，一边滚脸上还带着标准的8颗牙的微笑。刘向导制止了小强，小强被带走了。肖凌云和欧阳志轩现在却笑不出来。欧阳志轩和肖凌云决定找刘向导承认错误，承认自己教微笑没有教好。刘向导说："不是你们的问题。机器人的理解力和对现实情境的判断能力都还不行，我们对机器人的研究还要进一步加深。再加上人类的语言中有很多比喻义、言外意，这对机器人来说理解起来确实比较难。小强的自学能力还是比较强的，你看昨天教的微笑就一直在运用。"说完哈哈笑了两声。

2219班李雨嫣创作

第十章　泳池惊魂

　　在微型社区体验的时间，一眨眼就过去了，很快来到了最后一天。肖凌云和欧阳志轩闷闷地看向今天的日程表，上面显示着：组队自由活动。肖凌云跟欧阳志轩商量："两个人玩儿太没意思了吧！"欧阳志轩嘿嘿笑了两声："对，英雄所见略同，我想邀请那个谁，就打篮球特厉害的那个。""李墨谦？"肖凌云微微一笑表示赞成。随后欧阳志轩拨打了李墨谦的电话，李墨谦爽快地答应了。他们相约于上午10点在航天大楼前集合。

　　肖凌云和欧阳志轩早早地到了，而李墨谦则在10点整才到。他们进入大楼后，看到航天人员在一个巨大游泳池里模拟失重环境下操作各种水下仪器。看到这么好玩的游泳池，一向稳重的肖凌云有点儿跃跃欲试，游泳可是他最擅长的运动！或许是受母亲的影响吧。他很想去感受一下游泳失重的感觉。欧阳志轩知道肖凌云的想法后，表示大力支持。但在穿过门时，报警器嘀嘀嘀地响起来了。他被工作人员告知，只有李墨谦可以去体验，因为只有他的手表里才有通行证。当李墨谦体验失重游泳时，肖凌云和欧阳志轩只能眼巴巴地看着。

　　"李墨谦回来了，看我的。把你的手表给我。"欧阳志轩说。

　　"干吗？"肖凌云问道。

　　"你别管。"

　　和李墨谦一阵狂聊后，李墨谦就先离开了。鬼机灵的欧阳志轩拿着一块手表偷偷递给肖凌云："去吧，能用。""偷换的？"欧阳志轩眨了眨眼，肖凌云懂了，片刻犹豫后，肖凌云刷手表进了更衣室，换上专业的宇航服。肖凌云走出了更衣室，眼前的失重游泳池深不见底，比从窗户看不知震撼多少倍，他有点儿兴奋，片刻犹豫后纵身跳了进去。一进水中，肖凌云便被一种奇妙的不真实感所笼罩，他感到四肢变轻了许多，就连宇航服也像羽毛一样轻飘，就在他陶醉于失重的感觉之中时，忽然听到背后"吵架"的声音，肖凌云疑惑地转过头，看到两个人正在岸上争吵着什么，一个慢慢地说："我的游泳技术比你好。"一个慢慢地回答说："我的游泳技术比你好。"顿时，肖凌云明白了：说话这么一板一眼，估计是机器人。

就在这时，户外的广播也随之响起："失重游泳池异常，失重游泳池异常，所有无关人员请撤离，所有无关人员请撤离。"肖凌云闻讯赶忙游出水面。

与此同时，控制中心警报声嘀嘀嘀地响起。"刘工！失重游泳池1189号出现异常！"那个被叫作刘工的人转过头，急忙下了一道命令："撤离无关人员！控制1189号，运至实验室！"随着杂乱的脚步声，乌压压来了一群人，肖凌云头部受到了一记重击，失去了知觉。

在游乐场玩耍的欧阳志轩和李墨谦也感受到了气氛的异常，不知道游泳池那边出了什么状况。"糟糕，不会是肖凌云出事了吧？"欧阳志轩有点儿担心。"肖凌云？你不是说他去厕所了吗？""哦，是，是去厕所，估计去完厕所闲着没事又去游泳池了……"看着欧阳志轩吞吞吐吐的样子，李墨谦推测这是在撒谎。李墨谦好像推测到了什么，一边奔跑，一边大喊："赶快去航空大楼！"

当李墨谦和欧阳志轩赶到航空大楼时，工作人员说大楼已经封锁了，刚才有个仿真人可能程序出错被控制住了，需要运回研发基地重新修改。欧阳志轩意识到肖凌云出事了，赶紧给刘向导打电话。

无人接听。

再打。

再打……

通了！

"喂，我是肖凌云，不对，肖凌云机器人，不对不对。"刘向导安抚说："别急，欧阳志轩，慢慢说。""肖凌云不见了！他戴了李墨谦的手表进到失重游泳池游泳了，好像还被运回研发基地了，这可怎么办哪！"欧阳志轩说话都带了哭腔。

"他有可能被当作仿真人打包了，我马上过去。"

"肖凌云戴了我的手表？"李墨谦突然问道。

"啊，是呀。他特别想游泳，我就偷偷地把你俩的手表换了。"欧阳志轩有点儿心虚地说道。

"你真是的，那是我们仿真人专用的手表，专用的游泳池！"李墨谦着急又生气地说。

"哦，闹了半天，你真是个机器人！怪不得。"欧阳志轩也生气了。

那边，肖凌云醒来后发现自己在漆黑的箱子里，手脚被绑，嘴被封住，他感觉自己被运来运去，都快不能呼吸了。一会儿，他又隐隐地感觉自己被放到了传送带上，缓缓地行进着，还有吱呀吱呀的仪器声，突然，他眼前一黑，因为缺氧昏了过去。

当他再次睁开眼睛的时候，蒙蒙眬眬地看到了一个胖胖的身影，哦，是欧阳志轩，欧阳志轩身后是刘向导。"肖凌云！你醒啦！你没事吧？"肖凌云不知道发生了什么事情，呆呆地望向他们，刘向导告诉肖凌云多亏了慧宝，她当时也在航空大楼，那个泳池是专门针对仿真人开放，用来练习危险水域救人和航空专业仿真人培训用的。当肖凌云进入泳池后因为不是仿真人，在游泳池扫描仪器那边被扫描判断为异物并触发了警报。慧宝在撤离时认出了肖凌云，当她想重新返回时被工作人员拦截，她便一直跟随装运肖凌云的货车到了转运中心，并给大家发了求救信号，大家根据慧宝的求救信号赶到转运中心，及时把肖凌云从传输带上救下了，避免了他进入高速传输的危险。

肖凌云非常惭愧地低下了头："对不起，给你们添麻烦了。"他猛地一抬头问："慧宝，慧宝在哪里？"刘向导将长得像妈妈的仿真人的手递给了肖凌云，说："她被改造升级了，认识认识吧。"肖凌云看着这个改造成妈妈的"慧宝"，眼泪不禁流了出来，一时间百感交集。欧阳爸爸也进来了，看着肖凌云说道："肖凌云，你看，你爸爸过来接你了，你们可以回家了，以后可别调皮了，这次太危险了。好好对待慧宝哇，呵呵。"肖凌云眼含热泪，冲着欧阳爸爸点点头。

从那天开始，他们开启了新生活，慧宝也以一个全新的形象重新走进了肖凌云的家，展现了她的很多新本领：辅导肖凌云作业，烹制更丰富的美味佳肴，陪奶奶聊天，照顾肖凌云，甚至还去参加过肖凌云的家长会……肖凌云心里很是感激慧宝。

又是一年暑假。

肖凌云、肖凌云爸爸和慧宝，来到了肖凌云一家三口曾经常常去的海滩。时间还早，水天交界处只有一抹鱼肚白。慧宝在他身旁，脸上挂着温和的微笑。踩在熟悉的沙滩上，肖凌云又想起了和妈妈的合照里的洒在海

2219 班李姝瑶创作

面上绝美的夕阳，那似乎是世界上最美好的景色。但他心里没有过多伤感，只有淡淡的释然。他知道，去的尽管去了，未来已然到来。

正在他又陷入回忆时，天边的景象抓住了他的目光：远处探出脑袋的太阳轻巧地一跃，圆润的橙红色爬上了蓝天。太阳的颜色渐渐变成了橙金色，位置也缓缓地上移。此时此刻，天上一个太阳，海里一个太阳，交相辉映，橘黄色的海水闪着波光，像一块华美的地毯，向远处铺展开来。

他们三人都呆愣住了，静静地看着海上日出的美景。肖凌云在失去母亲后从未来过这片海滩，他只记得日落的美丽，却忘记了海上日出的震撼。太阳完全离开了海面，变成一抹温润的白，沙滩上的景物更加清晰耀眼，一切都明媚起来，饱和度调高了两成。这又是肖凌云没想到的。以往他们三口人看过日落就在夜色中回家，他不知道日出后的海滩是怎样美好。

漫步在清晨的沙滩上，肖凌云静静地想，未来会是什么样？机器人会和人类一样具有情感和意识吗？……

"肖凌云，你在想什么呢？"慧宝突然问道。

"我在想一个人。"肖凌云笑了笑。

火种不灭

第一章　白夜与黑昼

1. Z 市

2030 年 6 月 1 日，星期六，Z 市。

今年夏天似乎比之前来得更早、更猛烈。就连夜晚也貌似被月亮反射的光映照得微微发亮了些。

这天是儿童节，湛蓝的天际上有一丝云彩的点缀，一轮璀璨的太阳散发出炽热的光芒，照亮大地，勾勒出清晰的影子。阳光投射在人们的脸上，仿佛火焰般灼热。孩子们在阳光下肆意地玩耍。

这一天，Z 市约 4.7 万人中暑，其中孩子就有大约 3 万人。Z 市气象局也紧急发布了高温预警，还不到三伏，气温就已经达到了 43 摄氏度，而且还有逐步上升的趋势。预计在本年 7 月 13 日至 8 月 5 日期间，气温将升至 50 摄氏度以上。其他地区中暑的人也较以往更多了。

政府也十分重视这次的中暑事件，告知大家多囤物资，尽量减少外出，并且修改了一系列关于环境保护的法案，试图减少温室气体的排放。

但是，温度的大幅升高不是因为温室气体的排放……

2. W 市

夏季的时候，夜晚变亮了许多，一些普通人可能并没有察觉出来，但对于精密的科学仪器来说，这变化堪称天翻地覆。

"直播间的朋友们，看过来看过来啊。这大热天快热死了，我给大家表演一个铁板煎鸡蛋。"一名男子身穿发亮的白色防晒衣，旁边手机架上放着一个带着小遮阳伞的手机，正在路边蹲着直播。他把自己带来的铁板放在太阳直晒的地方，然后熟练地打了一个鸡蛋放在了铁板上。"不着急啊，等一等太阳。"他已经是满头大汗，说完这句话以后，他立刻跑到了一边的阴凉处，只留下了正在直播的手机和铁板。

不到 2 分钟，刚放的鸡蛋边缘已经微微泛白。4 分钟后，鸡蛋成了一个完美的温泉蛋。

这时，正在直播的手机发出了一连串的彩铃。男子一大步跨过去拿起手机，手机此时已经烫得如同一块烧红了的烙铁，好像随时都有可能爆炸。但他还是接起了电话。电话那头传来的是一个焦急的男声，他一下子就听出这个声音是天文系刚转来的实习生小薛。

"老张啊，研究所里出了点儿事，你看有没有时间过来一下？"

男子名叫张博文，设计院里大伙儿都喊他老张。"加班啊，行，先说说出啥事了？"张博文赶紧问道。

"是月亮的事儿，这事儿一时半会儿我也说不准，你还是尽快过来吧！"

张博文十分郁闷，这大热天的还得回去加班，他是一个天文学家，在研究所里是最清闲的一类人。他想着，反正在设计院也没有什么活儿，闲着也是闲着，不如开个直播赚点儿外快，没想到一做竟然就火了，每天都能赚上个百十来块钱。

"好了，直播间的朋友们，我要回去加班去了。但浪费可耻，咱们可不能浪费掉鸡蛋，拜拜！"说完，他拿起那个在铁板上晒得正好的鸡蛋，一口塞进嘴里，然后边走边关掉了手机直播。

张博文走上自己的小车，飞快地向研究所的方向开去。打开研究所的大门，张博文一下就看见一脸惊慌的小薛。

"到底发生什么事了？为什么这么慌慌张张？"张博文问道。

小薛把他拉到一边，找了个位置，然后坐下给张博文倒了一杯茶水。他悄悄跟张博文说："月亮竟然开始接近我们了！"

"真的假的？"张博文差点儿喷出一口水来，"不应该每年都在以3.8厘米的距离远离地球吗？怎么开始接近了？"

"别紧张嘛！你看我故意装得紧张一点儿你就吓得不行，只是近了一点儿，还远远大于地月洛希极限临界点。但就这小小缩短，咱们所里的量子计算机竟然算出最近会有一次持续很久的日食。然后我刚刚又测量了一次，你猜怎么着，计算机模拟显示地月的距离正在反复横跳，达到一个临界值后又开始远离！"

"你是不是偷偷把计算机玩坏了啊？怎么出来的结果这么离谱！"

"我发誓我根本没有。说回正事，我已经把这个结果报给上边了，如果量子计算机得出的结果是正确的，那么将在7月22日产生一次时间超长的日食。2034年3月20日还有一次，咱们这里正好是一个最适合观测这次日全食的地方，到时候咱俩一起，咱们一早在设计院楼上的天文台碰面。"

"好嘞！"张博文笑着答应了。

3. W市天文台

2032年7月22日上午8点11分，W市天文台

张博文接过小薛递过来的眼镜，戴上后，他望着天空那个正在不断升起的巨日，心中升起了一丝慌乱。

"连太阳那样雄伟的恒星，也会被遮住光芒啊！"

因为昨天刚下过雨，天空有些闷热，但是比起前几日的炎热来说仍然凉爽了很多。天文台还有很多跟张博文一样来看日食的人。早上的晨雾还

火种不灭

未散尽，一颗晶莹的露珠在草叶上折射着一缕晶莹的阳光，滑下草叶，然后消失在泥土里。太阳正在冉冉升起，似乎势不可当，要冲破笼罩大地的迷雾，给世界带来光明与温暖。

2032 年 7 月 22 日上午 8 点 32 分，W 市天文台

日食开始了……

天空中那颗永远都会高高挂着的烈阳，此刻正在被黑月慢慢侵蚀。人们好奇地望向天上那颗光芒万丈的火球，有的人拿起了手机要把这百年难得一遇的奇观记录下来。张博文并没有显得太过激动，他毕竟是天文系的员工，2009 年武汉日食的时候，张博文哭着求父母带他去看，那时他才 12 岁，对新鲜的事物总是有着无尽的好奇心，那次日食给他留下了不可磨灭的记忆。

2032 年 7 月 22 日上午 9 点 12 分，W 市天文台

太阳被侵蚀了一小部分，但它的身躯仍然宏伟，仍在为我们洒下万丈光芒。这次日食让张博文想起了自己的父母，父亲在他即将中考前突发了心脏病，离开了人世。张博文因此没有好好复习，差点儿就考不上高中。

2032 年 7 月 22 日上午 10 点 26 分，W 市天文台

赤日仍然高高地挂在天边，但已经没有了往日的光耀与璀璨。烈日，如风中残烛一般。因为那次去武汉，张博文的母亲落下了病根儿，等到高中的时候，他在学校住宿，很久才能回一次家，他想着等暑假的时候一定要回家好好地孝敬母亲。到了高三毕业的长假，本该是他考了 690 多分，要回家和母亲一起分享这份喜悦的时候，他接到了母亲的病危通知。等到了回家的时候，在自己眼前的只有一张病危通知书和躺在重症监护室里的母亲。他见了母亲最后一面后，母亲住进了一个小盒子。他按照母亲的意思，把母亲埋葬在了父亲的墓旁边。

那天，他哭了很久……

2032 年 7 月 22 日下午 1 点 16 分，食甚

迷雾再次笼罩大地，从光中诞生出来的无边黑暗直破苍穹，大地在无垠的深黑下荡然无存。人们期待的日环食并没有出现，取而代之的是一个巨大的黑色空洞。正是正午时分，天空却如同午夜。直到下午 7 点，残阳才逐渐从巨大的黑月后出现，但已是傍晚，天文台上的人们正在陆陆续续回家时，天空中出现了一道道刺目的闪电，瞬间亮如白昼。

天空中突然响起了防空警报，人们四散而逃。

大约 300 年前，一颗蓝超巨星在即将结束它在宇宙数亿年的流浪生涯，变为一片璀璨的星云时发生了一次巨大的氦闪爆炸，在那远得无法想象的外太空，爆炸产生的闪电撕裂了宇宙，强大的能量化为电磁辐射和高能光粒子的洪流，以光速涌向宇宙的各个角落，能量的巨浪轻易地推开了遮住那颗蓝超巨星的星际尘埃，向太阳系扑来。

它的强光在冷寂而广阔的太空行走了几百年后，终于到达地球。

几十年以来，科学家普遍认为那只是一片星云。

20 点 18 分，这绝不是人们过去看到的那种蓝天，这天空蓝得如同饱和度增加了 10 倍的彩色相片，这天空纯净到极点，就像是曾经灰暗天空下露出的血肉，好似马上就要流出血来。

人们还没有反应过来，长长的紫色电弧在纯蓝的天空之中出现，越来越密，雷声震耳欲聋。空气中充满了静电，一些金属制品开始噼里啪啦闪起了火花，皮肤上的汗毛都竖立起来。

叫喊声此起彼伏。人们慌不择路地跑回了家，张博文跟小薛两人用尽了浑身的力气，快速跑回了研究所，爬上了研究所的最高层，那里有一台超高精度的天文望远镜。

"张哥，你看看这个。"小薛一脸凝重地指着天文望远镜的镜筒，示意张博文也看看。

张博文没有说话，只是默默地看了一眼，蓝色的光芒仍在不停充斥着夜空，它的强光从宇宙中的一个点迸发出来，经过地球大气的散射，就像是天空悬挂着一只巨大而又刺目的毒蜘蛛。

"张哥，你先看着，我去楼下的量子计算机计算一下多久可以结束。"

小薛快速地往楼下跑去，电梯是停电的，所以他得往下走 20 多层楼。他气喘吁吁地打开了计算机的备用电源，开始在计算机输入问题。

"2023 年 7 月 22 日的耀斑爆发什么时候可以结束？"

黑色的显示屏上浮现出一连串白色的汉字：

"正在请求获取望远镜权限。"

"正在读取……"

"预计会在 2032 年 7 月 23 日 4 点 36 分 52 秒完全结束。"

小薛快步跑上楼，正好碰到下来找他的张博文。

"张哥，现在怎么办？"

"不知道，走一步看一步吧！"张博文望着天上的蓝色光幕，快步走到了量子计算机的旁边。

"2032 年 7 月 22 日耀斑爆发的那颗蓝超巨星被命名为'黄昏'，并计算出'黄昏'的运动轨迹。"

2221 班韩朋成创作

"黄昏"的光芒仿佛预示着世界即将陷入永恒的黑暗。

"正在录入信息……"

"正在计算……"

黑色的显示屏上浮现出一连串足以令人绝望的信息："预计'黄昏'将在 267 年后抵达太阳系，其中误差在 20 年左右。在撞击太阳后坍缩为一个黑洞。"

"请给出此危机的解决方案。"张博文点了支烟，颤抖着手输入。

"无法计算。"

回应他的只有量子计算机上黑白分明的 4 个字。

4. 灾难来临

自那一天起，人们心中的恐惧与绝望交织在一起，每个人都感受到了灾难临近的压力。

因为过量的电离辐射，在接下来的 10 年里，间接导致了超过 200 万人被诱发癌症。之后，人们将那一天称为"白夜与黑昼"来警示自己的后人。

那一天，是人类灾难的开始。

此后，几乎每两年就要发生一次超长的日食。受蓝超巨星引力影响，月亮一直在不断移动，两极的冰也在不断融化，受月亮引力的影响，潮汐变得飘忽不定，海平面大幅上升，沿海地区不再适宜居住。

人类的前方，黯淡无光……

第二章　文明遗赠

2032 年 8 月 4 日下午 4 点，旧联合国会议大厅

"各位，我相信 7 月 22 日那天的异象，你们看得一定很清楚，地球已被'黄昏'困在重重危机之中，是时候做决策了！"圆环中心的那个座位上端坐着一位庄严的中年人，他是这次会议的主持人。

"我们的未来，掌握在你们的手里。现在，你们的面前都有一个投票器。而'黄昏'将在 280 年后毁灭地球。投票器上有蓝色跟红色两个按钮，这也代表着两种选择。红色是同意，蓝色反之。如果你选择同意，则代表着为 300 年后的光明而努力。如果你们想好了，就请开始投票！"

大家纷纷拿起手中的投票机，有人犹豫，有人果断，有人想要放弃，有人则无所畏惧。人生的选择有几次呢，何况这是人类的选择呢？

"投票结束！现在，我们将为了更美好的明天而去奋斗！"

人们齐刷刷地从座位上站了起来，当危机来临时，唯一的选择就是孤注一掷了。每个人的瞳孔中此刻都有一束光，它异常纯洁，异常明亮。

2032 年 8 月 7 日上午 10 点 24 分

"联合国正式更名为新联合国，即刻起，新联合国将举全球之力驱散'黄昏'，所有国家在'黄昏计划'面前一律平等，'黄昏'终将过去，黎明一定到来！"大厅中响起了热烈的掌声，这声音排山倒海，气壮山河！

2032 年 8 月 9 日下午 6 点 30 分，新联合国资源科

"我再重申一遍，我们的目的是探索宇宙，尽我们的努力为组织带回尽可能多的资源。现在，无论有什么想法立刻说出来！"资源科主任叫孙涛，为人十分严格，行事雷厉风行。在他发飙之前，会议室已经"安静"了快一个小时了。

2032 年 7 月 30 日晚上 11 点，孙主任的办公室

"喂，赶紧回办公室看电脑，有好消息。"孙主任急忙将手机放进兜里，飞奔回房间，扑向电脑。"您的申请已被同意，新联合国将支持资源科的行动，感谢您的付出。"孙主任的脸上露出了久违的笑容，这是他今年第一次发自内心的笑。

他急忙从兜中拿出手机，飞速地摁着："8 月 1 日上午 8 点，陆地训练场，所有成员全部到位，违者重惩。"他伸了下懒腰，望了望墙上的表，11 点 30 分了，他如释重负。

2032 年 8 月 1 日上午 8 点，陆地训练场，小雨滴答不停的声音缠绕在耳边，地面上积起了许多水洼，一条条银丝落在上面，泛起了阵阵涟漪。战士们整齐地列阵，心中也像这一汪汪水一样，激动万分，多么好的机会啊，为拯救人类献出自己的一份力量。

"稍息，立正！"孙主任那直冲云霄的声音回荡在训练场里。搜集和探测物资的任务并不难，因此孙主任选用的是身体素质较强的军人作为先遣队员。他们来自世界各地，在同步翻译耳机的帮助下心连心，如同一座铜墙铁壁，无坚不摧。

"知道你们要执行什么任务吗？"

"知道！"

"有信心完成任务吗？"

"有！"

雨渐渐停了，只不过云还在阴着脸。

"好！为了让你们在不熟悉的地方进行勘探、监测、数据记录等操作时能更好地完成任务，接下来你们要接受为期一整年的技术训练。在这期间，我和防卫科的同志会对你们进行周期性的体能训练，以确保你们到了那地方不会死！既然参加了这个活动，就要有决心，有足够坚定的意志！"

"能否完美地完成任务？"孙主任嘹亮的声音响起。

"能！"一万多名战士异口同声。这是他们作为军人的本能，也是人类的本能。

2032 年 8 月 31 日上午 9 点，陆地训练场，晴空万里

"这个是紧急脱离装置，万不得已不要摁。"

"你们在太空有可能会遇到高能粒子流和强辐射，只要待在飞行器里就一切都好……"

2032 年 10 月 31 日下午 3 点，室内训练场，特大暴雨

张博文坐在沙发上看着天气预报。"由于蓝超巨星带来的一系列打破太阳系常规的物质，地球正处于危机中，两极的冰川融化，预计未来一周将有超过 4 天的特大暴雨……"电视里传出一阵机械的声音。

"见鬼了，这天气百年难遇啊。"他皱起了眉头。

2032 年 11 月 30 日凌晨 2 点，"神威"超级计算机量子计算机操控中心

信息科的科员在每时每刻地监视"黄昏"与那颗蓝超巨星的情况。

"这是从'夜视'显示器上提取的光谱，我怎么看怎么觉得不对劲儿。"

"等等，波长在有规律地来回变化，你看这里，波长为 700 纳米，可是这里突然变成了 320 纳米，快去申请'神威'的使用权限！"主任瘫在沙发上，眉头拧成了一股绳。

"是。"

大约 10 分钟过去了。

"拿到了。"

"传入数据。"

操控室中一片死寂，所有人的心都提到了嗓子眼儿，谁也不知道"黄昏"会怎样运动，飞出预定轨道，离开太阳系？还是直线加速，加快地球的毁灭？无从得知。这次计算大概会持续一两天，那时命运又会将地球推向哪一种毁灭呢……

2032 年 12 月 1 日上午 8 点，"宇宙"发射场，晴空万里

"飞船与地面要时刻进行着量子通信，一切问题都要与调度中心联系。"

轰——

"天山十二号"满载物资朝国际空间站起航了。

"伏羲二号"从塔台上发射，它将搭建起完整的太空量子通信系统。

这时的"宇宙"忙得像个交通枢纽。

2032 年 12 月 1 日晚上 9 点，新材料与装备研发实验室

"飞船实物还没做出来？"

"快了。"研发科主任尴尬地开口。确实，相比于太空，深海研究不知道难了几倍。首先要克服的是压强，10000 米深海的压强高达 101 兆帕，好在有了碳纳米管这种新型材料。其次是动力，潜艇要在海下持续作业，不可能使用煤、石油、天然气等低效能源，因此要选用更加合适的能源。

为此，热核科室的研究员正在研发一种便携式的核反应堆，平常安装在飞船上，为其提供动力，同时还能利用互逆作用为飞船降温，在先遣队下海研究时可将其拆卸下来，给外骨骼机甲提供额外动力。

但是，速度太慢了，一切都太慢了……

2032 年 12 月 2 日凌晨 0 点，"神威"超级计算机与"无"量子计算机操控中心

"完蛋了。"

火种不灭

2032 年 12 月 2 日早上 6 点，中心会议室

"肃静！"首长在台上大吼道，"接下来我要宣布一个紧急通知。"说完，他深深地吸了一口气，"之前我们探测到的'黄昏'是个假象！量子计算机收到的'黄昏'信号是来自蓝超巨星的高能粒子流和离子云，真正的'黄昏'正在以略小于光速的速度朝太阳系移动，预计 174 年后到达，其氦闪半径远大于整个太阳系，并会坍缩为黑洞。"

乱了，完全乱了，彻底乱了。

醒了，完全醒了，彻底醒了。

自那天起，人们脸上再也没有了真正的微笑，取而代之的是永久的严肃。

2033 年 8 月 1 日上午 8 点，陆地训练场，小雨

"又是小雨啊……"孙主任叹了口气，"训练结束了，同志们，能源是一切的基础，你们为人类带来能源，你们是人类的希望！下面，我来宣读先遣队及队员名单，每个队伍共 4 人，外加一台仿生机器人。"

"第一组，队长李想，队员有张博文、叶雨、云安延。"

"第二组……"

张博文那双敏锐的眼睛仔细观察着他的同伴们。

李想，一米八左右，快 40 了，果然队长少不了强健的体魄。他不同于任何人。他并没有抱着电脑、手机等现代设备，而是不停地翻看一本书，十分认真。

张博文瞄了一眼书上的封皮，"真是个十足的怪人。"张博文自言自语道。

叶雨，这人真是充分体现了"全副武装"这一词，头戴式全息显示仪，同步翻译耳机，碳纤维外骨骼机甲，外置微缩计算机……嘴里还念念有词。

"虽说又是个怪人，但好像还不错，印象挺好的。"

最后是云安延了，终于是个正常人了，浑身上下没有一点儿异常。

"你好。"张博文打了声招呼。

云安延左右看了看，确定是自己后才说："你好！"

2033 年 8 月 1 日上午 11 点 50 分，食堂

4 人围坐在一张圆桌旁，桌上摆满了丰盛的饭菜，还有几瓶啤酒。李想、云安延和张博文相谈甚欢，唯独叶雨一直在鼓捣他的电脑，突然他开口道："各位，计划有变，中午 12 点，发射场，咱们该出发了。"三人脸上露出些许不悦，但很快又收了回去，毕竟工作大于一切。

2033 年 8 月 1 日中午 12 点，"宇宙"发射场，小雨

"先遣队员共有 15000 人，4 人一队，共分为 3750 队，考虑到时间紧张，发射场将启用全部发射口，每批 10 队，每次发射间隔 30 分钟，播报完毕。"播报员的声音给予了即将出发的队员一些安慰，谁知道在未知星球上会遭遇什么呢？

"请 1 至 10 号队伍进入舱内，发射倒计时 10 分钟。"

"走吧，老李，那两个人已经进去了。"张博文催促道。老李的目光投在了月亮上，由于引力异常，月亮离地球更近了，以至于白天也能清楚地看见月亮。"举头望明月，低头思故乡，今日一别，何时再见哪！"说罢，他提着头盔，走向舱内。

"发射倒计时 9 分钟。"

飞船的内饰非常不错，这里就像是一间 200 多平方米的别墅，每个人都有一间单独的卧室，各种仪器摆放得错落有致，飞船的尾部是核反应堆，里面发着幽幽的蓝光。

"发射倒计时 8 分钟。"

先遣队员的机甲已按照张博文的方法做了处理，非常坚硬，装备科还为其进行了简化设计，更加便捷。

"发射倒计时 7 分钟。"

"叶雨，和我来调试一下量子通信。"张博文内心很激动，他打小就

火种不灭

对太空充满了兴趣，甚至是疯狂，他难以按捺自己的兴奋。"收到。"叶雨从飞船尾部小步跑了过来。

"发射倒计时 6 分钟。"

"检查液态氢氧是否稳定，一会儿点火可别出岔子。"负责人对工作人员说道。

"发射倒计时 5 分钟。"

"观众朋友们，现在我们看到的是'宇宙'发射场，先遣队员们已准备就绪，为我们的地球带来能源，带来希望！"

"发射倒计时 4 分钟。"

来了……

"发射倒计时 3 分钟。"

去了……

"发射倒计时 2 分钟。"

出发了……

"发射倒计时 1 分钟。"

回来了……

"3——2——1，点火！"

发射场上火光四射，搭载着人类希望的飞船踏上了征程……

2033 年 8 月 1 日中午 12 点，塞浦路斯海沟，深度 100 米

"哎哟，磕我头了……咱这潜水艇就不能造得像飞船那么大吗？"一个美国金发小伙抱怨道。他叫汤姆沃克，怀着一腔热血想干出一番事业，机缘巧合加入了资源科。

"知足吧，海底好多暗礁，你把潜艇修那么大，等着挨撞啊？"坐在驾驶室里的大哥教育道。他之前是国际太空站的特级航天员吴烨磊，在太空待了四五年后回到地球，他显然上了岁数，头发都有些发白了。

坐在一旁的另一个队员靠在舱壁上睡着了，手里还握着沃特 14 号激光枪。

美国小伙见状，赶忙从他怀里抢走了枪，生怕走火。这位有些打瞌睡的队员曾经在其他的深海干过数不胜数的科研工作，曾经还以全满分的成绩夺得第 114 届神射手的冠军。

一串履带发出的声音从舱内深处传来，和太空先遣队一样，世界防卫组织同样为深海先遣队配备了一个仿生机器人，不同于太空的是，深海先遣队的人数由 4 人削减到了 3 人。考虑到潜艇体积远小于飞船，食物等消耗品储备可能不足以满足 4 人长时间深海作业，所以适当减少人数是必要的。

"RN-1028 深海先遣队请注意。"

机器人的屏幕已经同步到了地表资源科的计算机上，量子通信技术让两者身隔万里也能顺利对接。老吴将方向舵打到无人驾驶模式，快步来到机器人旁。

汤姆将钟晨摇了摇，见他没反应，捏住了他的鼻子。

"我去！你干吗？我睡得正香呢！"

钟晨吓得一激灵，一扭头，发现屏幕里的孙主任正凝视着他，他吓了一跳，从座位上弹了起来。

屏幕里传来孙主任严肃的声音："RN-1028 先遣队，你们是深海先遣队里我最看好的一支，上层讨论后，决定将你们派到最危险的塞浦路斯海沟进行研究。""不就是拿我们当炮灰吗……"汤姆喃喃自语。"你们的任务是探索深海，寻找有价值的信息和资源。是否明白？""是！"三人回答。机器人的屏幕渐渐黑了下来："通信结束。"

2033 年 8 月 2 日凌晨 0 点，塞浦路斯海沟，深度 6000 米

"各位，注意了，我们已到达塞浦路斯海沟海平面下 6000 米处，我们的目的地是海平面下 8000 米处。"老吴开始手动操作潜艇，"接下来我会亲自驾驶潜艇，直至寻找到合适的着陆点，你们的任务是整理装备，然后协助我寻找着陆点。""收到。"两人迅速地行动起来。

嗖嗖，咔，啪——两人将重骨骼机甲穿在身上，拿上激光枪，还背上了一把榴弹炮备用。随后来到老吴旁边操纵起了仪器。

"水质正常，未见异常物质，水中辐射值处在正常范围，此区域可以着陆。"

钟晨盯着水质监测仪和天然放射性核素监测仪一动不动。汤姆打开了全息地形探测仪，该仪器的设计原理是利用超声波遇障碍物反弹，再用计算机模拟地形，最后在全息显示仪上生成三维地形图，十分方便。

"前方大约210米处有一个平台，其主要成分为二氧化硅，坚硬，可以着陆。"

"收到。"老吴在屏幕上设置了着陆点，开启自动驾驶，便去穿机甲了。

"听着，机甲手臂上有定位和小型实时地图，发现有队员失散立刻停止工作，搜救队友，头盔里的中微子通信系统在水下依旧可以运行，随时保持联系。"老吴向大家展示了定位和地图，"8000米的水下水压十分恐怖，就算是穿着纳米涂料的碳纳米管盔甲也要畏惧三分，所以任何行动都必须向我请示，注意安全。"

"明白！"

"再次检查装备。"

"检查完毕，一切正常。"

"RN-1028深海先遣队，任务开始！"

"是！"

2033年8月2日凌晨0点27分，塞浦路斯海沟，深度8302米

嘟噜嘟噜嘟噜——

潜艇在进行气体交换，通过排放和吸收浓缩空气实现快速降低气压。

几人在海中漫无目的地游着，与其说游，倒不如说是走，装备组为机甲的脚添加了螺旋桨，靠小反应堆提供动力，队员只需要保持平衡就行了。头盔上的两束探照灯很亮，仿佛点亮了整个世界。

盯着海底的生物，汤姆陷入了沉思："这什么东西啊，这么丑？还有那个东西，呕——""管虫，白毛虾。你心理素质这么差吗？"钟晨嘲讽道，嘴角微微翘起。汤姆刚想反驳，却被老吴打断了："全员警戒，前方有情况！"三人立刻警觉起来，端起激光枪，减缓了脚步。

远远望去，那里竟然冒着光，好似在诱惑着探险者落入深渊。

再靠近一点儿，确认了，是蓝光，那美丽的颜色不仅没有给队员带来放松，反而使他们更加警惕。

100米，三根高高的石柱从海床上伸出，上面刻着晦涩的符号，让人难以理解。

50米，一片废墟出现在先遣队的面前，队员们惊呆了，愣在原地，久久不能平复。

0米，到了。

这里的房子、门、窗都很大。"墙上是錾制石块，花纹很有特色，很显然不是现代人类的。"汤姆打开了工具箱，取出了一个密度测试器。其余两人来到古城大门旁，这里异常黑暗，钟晨拿出了探照灯，对准门框。"不可思议！"老吴大吃一惊，"这城门竟然是用木头做的，这东西应该有年头了。"

"老吴，下来了！"汤姆抱着錾制石块缓缓移动，"这东西真沉啊，刚测了一下，密度竟然约为 $8.0g/cm^3$，仅次于液态铁镍啊。"钟晨将石块装进重力密封箱中。老吴对着墙上的文字若有所思，自言自语道："神性界，原人，生命之树……"

突然，老吴向潜艇飞快地游："待在原地，我马上回来。"

5分钟后。

"来了，我说这东西咋这么眼熟，我今天早晨在分队伍时一直在看一本书。"说着，他从包里拿出了一本牛皮书，这书做了防水防压涂层处理，和在地球上一模一样。

"我早上还在纳闷儿，这书上咋画了这么多不明不白的符号，现在我明白了。"

老吴将书比在石柱子的文字旁："看，一模一样。这下面还有中文翻译呢！"

"啊？我怎么觉得是英文啊？"

汤姆若有所思："莫不是这东西根本不是现代人类的，而是这古城的？"

"唯一能解释得通的，就是这本书是按照观察者的思维来进行翻译的，真神奇。"

"你这书哪里来的？"钟晨疑惑道。

"历史文明科的副主任给我的，是之前的先遣队在这片海域发现的。"

"事不宜迟，我来翻译。"汤姆一把抢过书，将脸靠过去，"翻译还有点儿时间，老钟，你去把潜艇开过来吧。""我多大啊，你就叫我老钟。"钟晨和老吴移步至潜艇处，缓缓驶向古城。

2033 年 8 月 2 日凌晨 2 点 30 分，塞浦路斯海沟古城，深度 9775 米

众人困意渐渐浓重。三人移步至潜艇内，虽说潜艇的体积远小于飞船，但是每人单独一间卧室还是能满足的。

三人吃过晚饭，老吴和钟晨已经睡着了，房间里鼾声四起。只有汤姆的房间还亮着灯，他一吃完饭就回到了房间，着手翻译。

2033 年 8 月 2 日早上 6 点整，潜艇，深度 9776 米

在汤姆坚持不懈的奋斗下，他成功破译出了符文的意思——真理的瑰宝，永恒。

他立马召集其他二人。

"走吧，有宝藏！"汤姆浑身激动，方才熬夜的疲劳瞬间化为乌有，"带上 SH-3，一会儿我要传数据，我有预感，有好东西。"

其余二人四目相对，表示很无奈。

2033 年 8 月 2 日上午 8 点 12 分，古城内，深度 8789 米

三人快马加鞭，已经进入了第一层城墙。

"周围的石砖有蓝光，不会有脏东西吧。"钟晨颤颤巍巍地吐出这句话。

"哈，之前还笑我呢，现在怎么尿了。"汤姆大笑。

远处隐约出现了三根比城门外那根还要高的柱子。众人环顾四周，并没有发现危险，便继续前进。

"到了，SH-3，过来，打开我刚做的'翻译系统'。"汤姆得意地仰起了头，"让我看看这根石柱上写的是什么。'慈悲、严厉、温和'，这都是什么？"

"看这样子马上就要到达目的地了。"钟晨悬着的心，稍微落了下来，"早点儿离开这鬼地方吧。"

2033 年 8 月 2 日下午 1 点 2 分，古城内的中心祭坛，深度 9983 米

"这是什么东西，这么高？"老吴问道。

"四方形，周围还有雕像之类的东西，我想是个祭坛。"钟晨在老家时这种东西见多了。

"那不妨顶端走一趟？"汤姆端起手中的激光枪，示意两人进行戒备。

"嗯，出发。"老吴下达了命令。

2033 年 8 月 2 日下午 1 点 17 分，中心祭坛顶端，深度 9836 米

"太不可思议了，这里居然有类似于集成电路之类的东西，而且我的计算机貌似还能读取什么信息。"说着，汤姆搭建起了单频信息交互通道。

正在读取：0%……6%……

"一切正常，接下来等进度条走满就行了。"汤姆伸了个懒腰。

"不妙，周围有窸窸窣窣的动静。"钟晨敏锐地发现了异常。

"喂，地面吗，请将 RN-1028 号潜艇移向这个坐标。"

老吴发送了一串坐标："我们得到了未知文明的信息，请监控四周状况，协助我们获得信息。"

两人做出了瞄准的动作。

周围一群巨大的、灰白色的大王具足虫一样的生物向着队员们移动。

两人瞬间慌了，赶快按下了生物驱散声波的发生器。

火种不灭

发生器启动了，但是那些生物还在向这边靠拢。

"快用枪射击他们！"

地面突然传来轰隆隆的巨响，地面裂开了！滚烫的熔岩不断冒出，刚开始的熔岩凝固成了黑石，可越来越多的熔岩喷涌而出，灼烧着海床，慢慢溢了上来。

"快跑！"汤姆吼道。

钟晨和汤姆飞快地向潜水艇的方向赶去。潜艇来了，老吴一把抓住保险绳，扣在汤姆和钟晨的腰间。老吴在外骨骼机甲的帮助下，用他那强大的臂力一把将二人甩上了潜艇。随后和 SH-3 一起挂在了潜艇的后面。在他们走了之后，身后的裂隙越来越大，灼热岩浆如喷泉一般奔出了裂隙。

"好险，要是再晚一秒咱们就得在阴间相遇了……"

2033 年 8 月 2 日下午 3 点 32 分，塞浦路斯海沟，深度 8354 米

老吴和 SH-3 顺着保险绳爬进了舱内，老吴的左膝在碰撞中磕伤了，其他人并无大碍。

"呼——"三人长舒了一口气。

这时，汤姆从背后拿出了一块漆黑的石头，整体呈现六棱柱形，刻满了不知名的符文。

2033 年 8 月 2 日下午 6 点 45 分，塞浦路斯海沟，深度 5321 米

还有 5000 多米。

高强度的探索使队员们疲惫不堪，三人一同进入了梦乡。

2033 年 8 月 2 日晚上 8 点 12 分，塞浦路斯海沟，深度 2513 米

当！当！当！警告！警告！内外气压差正在急剧增大，潜艇平衡被严重破坏。

"发生什么事了？"老吴从床上惊醒。

"三头'鲸鱼'袭击了潜艇，中仓段三号口受到了撞击。"汤姆稳住了潜艇，"地面，我们遭到了袭击，请求支援！攻击物是一种会发光的'鲸鱼'！"

"我来反击，小钟，快，修复受击区域，否则10分钟后我们都得玩儿完。"老吴架起了机枪。

"老吴，地面派来的潜艇正全速赶来，预计半小时后相遇，它会连上我们的潜艇，然后一起加速，逃出蓝鲸的攻击范围。撑住，我来了——"汤姆取了一些高爆波形炸弹，飞快地装上了潜艇的发射装置。

不同的波相撞形成的音爆和超声波暂时减缓了蓝鲸的攻击。

哔，气压系统恢复，启动应急装置。

"看来钟晨成功了。"老吴自言自语道。

2033年8月2日晚上8点24分，"敖丙"号搜救艇，深度1320米

"看，那里有亮光，快过去！"

"收到！"

嗖——两条镍铬合金锁链从"敖丙"号尾部射出，在RN-1028号潜艇的头部迅速地拴了两圈。

"3，2，1，加速！"

四条蓝色火焰从喷射孔中喷涌而出，两艘潜艇犹如两条巨龙，势如破竹，那些蓝鲸根本追不上，被远远地甩在后面。

"得救了，这次不能再出幺蛾子了吧？"说罢，钟晨便靠着墙，迷迷糊糊地睡着了。

2033年8月4日中午12点，新联合国会议厅

"让我们恭喜RN-1028深海先遣队顺利完成任务，带回了珍贵的未知文明信息。接下来的工作就交给信息科的同志们吧，感谢你们的辛苦付出，请好好休息吧。"

三人聚在了一起，面面相觑，长舒一口气："解放了。"

这是开拓的第一步，也是人类对抗"黄昏"的"第一步"。

2033 年 8 月 2 日中午 12 点 17 分，茫茫宇宙

"猎鹰"先遣队的旅行开始了，漫长的飞行，宇宙中的点点繁星哪一颗才是地球？哪一颗才是我们的新家？

张博文坐在窗边凝视着，心里不免生起对故乡、对亲人的思念。

2034 年 9 月 2 日下午 3 点 32 分，艾斯洛夫六号表面

经过了一年多的太空飞行，"猎鹰"先遣队来到了艾斯洛夫六号。信息科的"希望"探测器在 10 年前收到了来自此星球的辐射信号，推测该星球上应该有丰富的核燃料原矿。在其同步轨道上飘行时，四人不断地向该星球发射探测器，得到了艾斯洛夫六号的球形地图，但并没有发现任何生命迹象。

"博文，你带了土质分析仪了吗？"李想随手捧起了一团土，只见那土直接穿过了李想的手掌。

"没。我回趟飞船，等我下。"张博文缓步走向飞船。

叶雨从背包中拿出了钛合金龙骨，冲着云安延挥了挥："云，快过来，搭实验室了，老李，你也来帮帮忙吧。"

他们要在这颗未知的星球上进行一系列的勘探活动。叶雨在出发前给便携式实验室加装了龙骨，使其更加坚固且轻便。

10 分钟后，张博文手提分析仪，提取了一些外星土壤。

铀 0.568%，镭 0.0152%，这里放射性元素的含量竟然这么高。

转眼间，一座银灰色的简易基地出现在平原之上。

"信息科的信息可真灵，这里果然有大量的核燃料原矿。"张博文转身进入基地，打开了自动探矿仪。它顺着自己发射的激光进入了地底。

"等着吧，还有一个小时它就回来了。"张博文又沏上了一杯他最爱的红茶。

"如果探测仪检测到矿物的话，我们长达一年的太空之旅就可以早点儿结束了。"

四人一同举起杯子："敬我们美好的运气，哈哈哈！"

2033 年 9 月 2 日下午 4 点 32 分，临时基地

轰——探测仪从土中钻出了头，四人急忙围过去，张博文拿出了计算机，并将其接入仪器。

"在东方 124 米处发现铀矿矿脉，大多数铀的存在形式为沥青铀矿，其中夹杂着一些小型钚矿，该星球地壳结构稳定，可完全开采。"

"我天，这走了狗屎运了吧，就 100 多米，这么近？"李想惊叹道。

"不妨过去看看。"叶雨启动了 TX-2023，将他同步上探测仪的定位，"引路吧，小家伙。基地就留在这里吧，可以当个应急补给站。"

四人重新登上飞船，云安延在飞船尾部进行警戒。

2221 班刘可创作

火种不灭

2034 年 9 月 2 日下午 5 点整，多索雷斯高地绿油油的一片，铀元素有金属光泽，所以到处都在闪着光。

"裸露的放射性矿脉还是第一次见。"叶雨拿着摄像机将图片传回了地球。

"幸亏我们的防护服有防辐射的功效，不然我们就要变异了。"

张博文和李想合力将组装了一半的全自动矿物开采装置搬到了空地上，张博文对着使用说明继续组装起来："这东西真麻烦，我在地球培训的那一整年也没搞懂这大块头是咋运行的。"

"有了他，我们就不用待在这里，就能回地球了对吧。"云安延眼中冒出了光。

"当然，新联合国会定期派出货运飞船来取走矿物。叫上那两人一起去飞船里休息吧，我一个人就行了，大概还有半小时。"张博文脸上露出了微笑。

2034 年 9 月 2 日下午 6 点 21 分，飞船内

"抱歉，多弄了半小时。"张博文尴尬地笑了笑，"咱们，返航？"

"稍等一下，我联系一下地球。"叶雨打开了地球同步通信，"喂，能听见吗？这里是艾斯洛夫六号，我是'猎鹰'先遣队的成员，叶雨。"

"收到，请讲。"

"我们在该星球上发现了大量铀与钚矿脉，已成功搭建采矿装置，并连接了新联合国的系统，一切运行正常，队员全部幸存，请求返航。"

"收到，请稍等，我们正在核查信息。"

只有两分钟，但四人早已归心似箭，等不及了。

"审核完毕，'猎鹰'全体成员听令。我代表新联合国向你们致敬，你们出色地完成了任务，我们将在两个月后向该星球派遣运输飞船，'猎鹰'这个名字将沿用至 N-2140 号宜居星球探索队，让'猎鹰'继续在太空中翱翔。2034 年 9 月 10 下午 6 点 30 分，任务完成，即刻返航！"

"收到！"

朋友们，回家了。

2033 年 8 月 25 日下午 1 点，信息科计算机室

在得到了 RN-1028 先遣队带来的未知文明信息以后，信息科主任立刻召集了大批人马着手破译。功夫不负有心人，在 15 天后，那份文件被成功破译，并翻译完毕。信息科主任将此事上报至了最高层，所有人都决定对其进行深入研究。

下面是文件主要内容：

我们的文明正经历着难以想象的灾难，估计只能支撑两三天了，我们将我们所掌握的最高科技记录于此，留给那些走入绝路又有勇气探索的新文明。生命永生的秘密就藏在脑中，让意识控制自身的所有，可重获新生。

第三章　Aleph 文明

1. 探索

2034 年 9 月 9 日下午 5 点

星球的温度在夜晚开始逐渐下降。

"猎鹰"即将带着大量的矿石返回阔别已久的故乡。

2034 年 9 月 10 日下午 6 点 32 分

飞船的启动装置被开启，"猎鹰"即将归巢！

"张老哥，等你回地球了最想吃到什么呀？"

"嗯……我想吃……"

话还没有说完，飞船发生一阵剧烈的颠簸。

"这是怎么回事？"李想大声喊着。

"我也不知道，我感受到飞船正在被引力波拉拽至星球的另一面！"

"这究竟是什么力量，居然可以带动整个飞船，而且我竟然看不到是
什么抓住了我们。"

云安延说话语速极快，他的双手不停地操作着操控台上面的按键，可
是无论怎么操纵，飞船就是无法摆脱现在的控制。最后云安延只能颓废地

坐在座位上。

"张博文，恭喜你，现在咱们可能是被未知引力体捕获了，我刚刚进行探查，发现并非星球上的磁场，这种力量超过这个星球的磁场本身。"

众人只能祈祷着，祈祷着那一丝回家的希望。

2. 捕获

飞船不知道被拖曳了多久，经过一阵剧烈的颠簸，整个飞船的船体开始向下进行俯冲，像是一只猎鹰一样，这种俯冲的速度险些让船舱内的四个人吐出来。

在飞船上住的这些年里，他们并非没有经历过陨石的冲击，这种俯冲的感觉他们也曾体会过，只是当前的这个速度已经接近水中声速，也马上要超过他们自身能够承受的范围。

"这到底是什么生物，居然有这样大的力量，上千吨的飞船居然可以如此轻松地拉出来，不知道的还以为咱们是刚孵出来的鸡崽儿。"叶雨则是因为这种俯冲力，现在正蹲在墙角处，不断干呕着，可是嘴里仍旧不停地吐槽着。

就在这个时候，飞船突然间落在地面上。在地面上经过一阵颠簸，飞船平稳住了。船舱中的几个人终于缓过神来，他们晃了晃自己的脑袋，平稳地坐在原来的位置上，手中不自觉地握紧了自己的武器。

张博文给自己的武器上了膛，其他三个人也检查着手中的东西，方便有人攻击的时候进行反抗。

他们的飞船如今就像是被网捕住的鱼一样，怎么都挣脱不开，但是那些人到现在都没有出面，其实四个人隐约之间已经感觉到不妙，却仍旧要挣扎。他们渴望生存。

这种苦苦求生的想法在巨大的未知面前显得非常可笑。

突然，飞船的门被人从外面打开，根本没有使用任何已知的手段，就将大门上的控制权夺走。

门外是一个长相与人类几乎无二的生物。

"我通过你们在这颗星球上的活动，确认你们的文明是贪婪的，无底线的。

"不必用这种眼神来看着我们，对于我们来说，感情已经在进化中逐渐消失，我们可以读懂你们的情绪，但是这种情绪对于我们来说没有任何用处，所有的事情都需要用理性的思维去思考，而情感则是你们的文明一直不能进步的重要原因之一。

"有情感就意味着有私心，有私欲，有贪婪，而只有摒弃掉那些东西，才能够使所有人一心都扑在科技与文明的发展之中。为了方便，我已经将你们的认知打上了滤镜，所以你们会看到我是一个人类的样子。你们可以自由活动了，30天后我将决定你们的命运与文明的命运。当然，这30天内，你们可以随意向我询问任何问题。"

虽然飞船已经被 a 文明所夺取，但是李想出了飞船之后，一眼望去便可以知道这只不过是这群人的临时居所而已，他们总共的人数不过也才5个人。

但是这5个人的能力确是非比寻常。张博文亲眼看到其中一个"人"轻轻一勾动手指，一块石头凭空悬浮变成了一颗金属球体。

"这艘飞船来自一个叫作地球的地方，这个地球归属于太阳系，这群被称为人类的种族给这个坐标取名为太阳系。"

另一个人说完话之后，一挥手面前就是整个太阳系的 3D 模型，整个太阳系飘浮在半空之中 , 随着这些人手指的点动，那些星球仿佛是可以被他们攥在手中的玩具一样。

这些三级文明人，对张博文他们四个零级文明人很是不屑，他们并不觉得这四个零级文明的人会对他们的计划产生什么影响，所以并没有阻止他们探听情况，而且这些人居然允许四个人可以在飞船中行走，其实张博文无意之间已经观察到了，在暗中有微型的摄像机，应该是这群三级文明人在观察零级文明人是如何生活在这个世界上的。而他们四个现在之所以能如此自由，是因为被当作了实验对象。这种情况对于他们来说有利有弊，不过至少现在可以保全生命。他们必须想办法与地球取得联系，只有这样才能够保证地球的安全。

四个人在吃东西的时候发现一个三级文明人站在他们的身旁，手中在不断地记录数据。

"你们难道不需要吃东西吗？"

三级文明人摇摇头。

"三级文明突破了其他等级文明的一些定律，用你们的知识来讲，应该是叫作能量守恒定律，我们并不需要这种东西来约束我们。我们不仅仅是文明在进化，我们的身体也在不断进化。我们对于食物的需求已经非常少，尤其是对你们所谓的美味的需求更是少之又少。我们只需要完成任务就行，这是我们活着的意义，同时，我们并不需要吃任何东西，因为我们会转化一些元素来自由合成自己的养分。"

其实，无论是如何高等的文明生物，都会有自己的性格，而面前的这个三级文明人，性格就是喜欢说话。他与其他四个三级文明人不太一样，更喜欢与面前的几个陌生人探讨什么是地球，而四个人也耐心地为他讲解地球的情况。

3. 刷新认知

就在他们聊得正起劲儿的时候，突然之间一个声音传过来，寻找陪在他们面前聊天的这个人。第一次用语言屏蔽了他们几个，他们此时并不知道这些高等文明人在讲些什么。

高等文明的飞船不断向外探索，这些日子里除去留下来的两个高等文明人，其他几个人都出去探查这颗星球的矿物质了。高等文明的飞船需要更大的能量才能够启动，与张博文等人的飞船并不一样，张博文等人的飞船需要燃烧的燃料已经备齐，除非是穷途末路，否则的话并不需要他们再去其他地方寻找。

叶雨在外面闲逛的时候，突然之间看见不断朝着天空喷涌而出的黑色液体。

"那，那不是石油吗？"

听到叶雨的喊叫，其中一个高等文明人望了过去。

"石油对于我们来说没有多大的用处，而且会对环境产生威胁。虽然我们的文明已经发展到了一定的程度，但是并不代表着我们可以肆意挥霍本星球的自然资源。"

就在这个时候，另一个高等文明人突然之间跑了过来，他的手里面拎着一个银黑色的盒子，那个盒子已经被热量灼得通红，但是那个高等文明人应该是隔绝温度的，他并没有感觉到难受，反而很兴奋地朝着现在留存在原地的人说："铈矿石，这个东西我们刚刚已经探测过了，可以散发出巨大的能量，有放射性物质，铈矿石的温度足够咱们的飞船启动，而且我们在不远处发现一个巨大的矿石坑，那里存在着许多铈矿石。"

一听到有放射性，四个人连忙退后，这些高等文明人不惧怕这种放射，

2221班杨紫涵创作

可是他们是普通人。

当看到四个人退后的模样，高等文明人皱起了眉。一切不断刷新着四个人的认知，地球的文明只是零级，而跨越了多个等级的高等文明，超越地球文明太多。很多东西已经是他们四个人的认知所达不到的，仅仅是展现在他们面前的那点儿东西就已经足够让人惊叹。

当把铈矿石放到飞船上后，可以明显地听到飞船的轰鸣声。

10月8日下午3点

一只手搭在了飞船的数据接口，那只手正在飞快地读取着人类的历史。

"我将要让你们离开。""人"对着先遣队的四个人说，"但是，你们的文明必须毁灭。你们的文明只会无休止地自我毁灭，同类相残。我们已经探索到你们地球的时间，经过计算，大约在300年后，我们先遣舰队将抵达地球。"

四个人神情变得惊恐起来，300年的时间，地球无法脱离Aleph的魔爪。到那个时候，整个地球面临的就是毁灭。

4. 救赎

夜晚的风呼啸而过，张博文站在山坡之上，看着已经陷入黑暗之中的森林，有萤火虫明明灭灭地飞舞着，像是天上的星星。

"你说，我们再回去之后有没有机会对抗整个Aleph文明啊。"

"你知道自己在说些什么吗？按照现在的情况来说，根本不存在这种可能性，你应该看到了高等文明飞船上的科技有多么恐怖，光是他们的药物就是我们上百年来都无法达到的水平。知道喝了百草枯之后会导致身体器官纤维化吧？我在与他们闲聊的时候发现，纤维化这个词对他们来说，就像是小感冒一样。你应该知道这意味着什么，他们的医疗水平已经达到了多么恐怖的地步。他们的能力已经被激发到用意念去控制物品，他们身边的科技已经发展到我们无法探索的高度。"

叶雨的每一句话里面都饱含着绝望，太阳系即将被毁灭这个事实，他已经不得不承认，应该说他们四个人都在用不同的方式去接受着。

张博文抬起头，望向满天的星辰。

"地球在数以亿万年的进化中挣扎求存，人类在不断的探索中寻找着一线生机。300年的时间不长，也不短，你怎么就那么肯定一定不会有解决的方式呢？"

两人转头发现李想和云安延也在。

"或许我们的拯救是一个空谈，可是连努力都不愿意的话，我们才是最大的罪人！"

李想说的话无比坚定，那不是在幻想，而是坚定地想要去实现这个说法。他们现在的首要任务就是让地球的人知道已经有高等文明将要灭杀人类的消息。必须让地球知道这个消息！300年的时间，一切都未可知！

临别的前一小时，"人"伸出了他的手，拍了拍张博文的肩膀，同时也获得了人脑的所有原理。

"人"将那个黑色的盒子送给了张博文。

飞船起飞了，"人"在地面上挥了挥手，那是再见的意思。张博文看到了他的动作，出了一身冷汗。

第四章　天火之日

1. 瓶颈

2033 年 9 月 23 日，脑科学实验室

在全球顶级的 MindX 脑科学实验室里，为实现古文明的脑科学永生计划，这里集结了全球顶尖的脑科学专家。

实验室里一片忙碌的景象。研究员们紧锣密鼓地调试着传感器和仪表盘，使用着复杂的设备进行实时数据分析和数据挖掘。整个实验室忙碌而有序。

助理叶明将几份研究报告送到洛川博士的办公室。

洛川博士 40 岁，是人类永生计划 MindX 脑科学研究的全球负责人。敞开的白大褂里面是雅灰色的西装，透过眼镜，睿智而深邃的眼神，让本来就有棱角的脸庞，更加引人注目，从那笔挺的身材可以看出他是个严于律己的人。

"博士，这是最新的研究进展。"叶明将报告送到洛川手里，没有多说一句话。

洛川看完之后，皱了皱眉头。

"叶明，通知 MindX 永生计划的所有科研组的负责人明日上午 9 点在会议室开会，此次会议非常重要，务必通知到每个人。"

"好的，博士。"叶明推门离开。

洛川言简意赅地吩咐完助理，望着窗外深蓝色的夜空，立刻被深邃的夜空迷住了。自从接受了MindX永生计划的任务，他的心情一直很沉重。他很清楚，这是一项多么艰巨的任务，也知道这项计划的实施要付出生命的代价，这项不可控的研究，需要大量人体实验，这听起来很残忍。但他能做的只有把实验的代价降到最小。

次日上午9点，脑科学MindX永生计划研究组8位负责人全部到齐，洛川博士最后落座主席位，扫视了一圈与会人员之后，直奔主题。

"各位，我们MindX计划的终极目标是让大脑永久接管小脑和脑干的功能，从而全面控制细胞来改变自身生命结构，从而使一些科学家可以更好地思考问题，从而解决'黄昏危机'，如果成功，这将是人类对抗'黄昏'中重要的一环。

"当下的第一步是通过脑科学实现大脑的强化，使大脑能够暂时接管小脑和脑干的功能。研究的报告显示，我们现在的大脑和文明遗迹时期的大脑在结构和功能上都有较大的不同，目前人类的大脑还不足以替代小脑和脑干，而我们今天的议题是如何研究出解决方案。"

研究A组负责人杨震若有所思地开口："大脑的强化可以通过手术来解决，只是这个成本过于高昂。大脑是个极其精密的仪器，一次手术并不能彻底解决，可能需要多次手术来完成，还需要不断地跟踪和反馈。最关键的是现在尚未清楚具体的差别是什么。"

研究B组负责人左丹松接话："大脑的强化可以通过植入芯片来一次性解决，而对于替代小脑和脑干的功能，可以通过服用或注射药物来改变大脑功能和水平，从而达到增强意识控制的效果。"

"这个主意不错，既考虑了大脑生理结构的改变，又兼顾功能性改变。"

"这是一个不错的方案。"

会议室里大家议论纷纷。

洛川说："大家的方案很可行，根据飞船带回来的古文明遗迹的资料显示，前人类也曾经遇到过类似的推动大脑进化过程，如果药物注射能够很精准地强化大脑，完成我们的目标，实施成本应该会更低。"

研究 C 组负责人林毅，45 岁，生化研究专家，极其擅长新药物研发，说到药物研发，林毅最有发言权。

"对于研究和开发大脑的药物，是我们组的强项，那么请洛博士为我们提供查阅古文明遗迹资料的权限，我们将从开发注射药物的角度去考虑来突破当前脑科学研究的瓶颈。"大会进展非常顺利，林毅组接下了这次新挑战。

洛川给林毅组申请了高额的研发经费，林毅许久未能点燃的激情，再次在心中燃烧起来。

2. 古文明新发现

林毅所在小组的会议室中，桌上堆放了满满一摞资料。古文明遗迹的绝密资料整齐地摆在桌上。

还有脑科学进展研究的几份厚厚的报告。林毅让 6 个人各自拿走资料回自己的研究室进行整理和研究。

全组 6 个人，从清晨进入各自研究室，一直忙到日落西山，一天全靠几杯咖啡撑着，纷繁的数据信息快要把人淹没，却理不出丝毫头绪。林毅站起伸了一个懒腰，通过信息传输器对大家说："今天就到这里，大家好好休息，明天进行讨论和汇总，梳理一下今天的成果。"

次日上午 9 点，会议室里只来了 5 个人，最年轻的林清瑶竟然没来参会。

林毅是个行动派，和 6 位生化小组的成员组队以来，林毅对林清瑶印象深刻，她虽然是在美国出生并长大的华裔，但能讲一口流利的汉语。年仅 30 岁，却眼光敏锐而独具创造力，唯一让人头疼的就是她团队意识弱，喜欢独自行动。

林毅皱起眉头，略有不满："林清瑶和谁一起搭档？马上给她打电话，让她立刻过来开会！"

李卓远立刻联系林清瑶，电话拨通了："清瑶，会议……"

话还没有说完，就被干脆利落的女声打断："我知道，我现在在实验室，有重大发现，请博士再给我15分钟，我会给大家一个惊喜。"说完，不等李卓远回答就挂断了电话。

李卓远手机悬在耳边，愣在原地，呆呆看向林毅。

林毅无奈地笑了笑，带领大家开会。

"如果想使用药物改变大脑的功能，我们必须清楚哪种药物能产生这样的作用，或者人类当前的大脑缺少什么东西。"李卓远首先发言。

"是个好问题，那么大家在研究古文明遗迹的资料时，有没有什么相关的发现？"林毅引导大家。

会议室里一片静寂，大家都在皱着眉头整理思路。突然，一阵紧促的脚步声打破了寂静。会议室的门被林清瑶狠狠推开，她气喘吁吁，露出一张喜悦的笑脸。

"哟，惊喜来啦，清瑶快坐。"

林清瑶快步坐在离门最近的座位上，激动开口："据我了解，深海科考队在进入古文明遗迹时，曾遭遇古文明变异的蓝色巨鲸——光鲸，它拥有极强的再生能力，普通的激光不能伤其分毫，而且在受伤后会以肉眼可见的速度愈合伤口，简直是一个不死战士。这个蓝色巨鲸身上有秘密，我的惊喜就来自它。"

说到这里，大家的目光都聚焦在林清瑶身上，期待她的惊喜。

"我对科考队拿回来的蓝色巨鲸部分组织，尝试进行了实验提取与基因监测，发现了一种特别的成分，这种成分使其能够让肌体打开身体的极限，产生很强的防御和再生能力，甚至让机体细胞繁殖超越海弗利克极限，能够保持接近无限的分裂和繁殖，也就是接近永生状态。"

"这个成分只对机体有作用吗？对大脑或神经有作用吗？"林毅进行追问。

"应该不只是对机体有作用，机体的变化来自脑神经的刺激和传输，因此应该是首先对脑神经的高度强化作用，甚至能控制大脑的意识功能，

那遥远星光

这些在文献中有提到，至于具体的作用，需要通过实验来验证。"

冥冥之中的指引，让林毅看到了希望之光。

"鉴于此次新发现，我将任命林清瑶为临时项目组长，主持对这个成分的全面实验和研究，直接给我汇报，期望有重大突破，能顺势研发出强化和改变大脑功能的药物。我们组的其他成员届时要全力配合清瑶，大家要团结一致，攻克难关。"

会议室里响起一阵掌声，大家都欢欣鼓舞，真诚地为林清瑶加油。唯独梁笠的脸上闪过一阵不甘心的落寞。作为生化组副组长，最年长的专家，梁笠有资历和科研能力，本应该是组里的佼佼者，却被一个30岁出头的小姑娘给碾压，这个落差就像一个石子投向平静的湖面，在梁笠心中荡起了一阵阵涟漪。

会议结束后，林毅将当前的重心进行了调整，安排生化小组停止手头的所有工作，转而研究这种成分，同时将最新的进展汇报给洛川，洛川调派了另外两个小组支援林毅的研发。

林清瑶夜以继日地进行研发和实验，三个小组有序分工齐头并进，终于在一个月后，搞清楚了这个成分的主要作用就是促进某种物质的分泌，而这种物质的适量分泌正好可以起到最初的让大脑强化升级、兼容替代小脑和脑干的作用，让小脑和脑干能够同步备份和处理复杂的信息，实现人类脑部的超量级的升维，为未来脑部的意识上传和下载，甚至通过脑磁波的形式交流打下了基础。

林清瑶临时领导的项目组，开始了药物研发的攻坚阶段，开始研发"Mind"以促进某种物质分泌，让人类能够自由控制这种物质的分泌，实现自主控制大脑功能的目标。

然而最麻烦的是这个"Mind"的开发需要调和各种成分之间的剂量，这个药物虽然非常强大，但是如果成分之间的剂量稍有差池，就会对大脑造成不可逆的损伤，甚至完全掌控人的意识和大脑，同时肌体上会超越人类身体的极限，成为庞然大物，后果不堪设想。

另外除了技术上的突破，还有一项关键的要素需要突破：来自古文明

火种不灭

的"荧光蓝鲸"的特殊成分如何批量产生。

林清瑶带着这些问题来到林毅办公室，林毅和洛川都在，洛川看着眼前这个年轻的研究人员，心中满是惜才爱才之意。

林清瑶倾吐了自己的顾虑之后，洛川直接开口："告诉你一个好消息，关于分析和合成'荧光蓝鲸'的特殊成分，别的项目组有新的突破，有望实现地球上的批量生产，这个顾虑你可以打消了。"

"完美，简直太让人兴奋了。"林清瑶情不自禁地双手鼓掌。

关于"Mind"的研发洛川考虑到需要全局调配，所以重新将项目重担交给林毅负责，林清瑶只负责自己专业的部分。

"'Mind'药物研发到什么程度了？"林毅关心地问。

"目前不太稳定，有成功的时候，但还在实验调配精准的比例，对于实验，接近人类大脑的动物测试已经通过，人类药物志愿者的真人实验，刚刚开始进行，实验部分都是副组长梁笠在主导。梁笠博士最近很拼命，几乎每天住在实验室，似乎对研发进度很着急，我也说不好，就是和别人的状态不一样。"林清瑶担心地说。

"我直接找梁笠谈谈，这个实验非常危险，在做人体实验时一定要谨慎，尤其要做好实验失败的预案，避免悲剧发生。"林毅说着，安排林清瑶回去工作。

"梁笠是非常优秀的科研人员，实力顶尖，只是有些傲气，脾气有点儿古怪，你要多关注梁笠的状态。"洛川叮嘱林毅。

洛川和林毅脸上闪过一抹凝重，谁都不敢想象"Cogito"注射失败后，人产生变异变成庞然大物该如何面对。

洛川和林毅分头开始布控安保措施，防止因为生化实验导致的悲剧事件发生。

对于这样的悲剧事件，人类的承受力是有限的。

每一次的失败都可能引发社会的恐慌和质疑，甚至可能导致对科研工作的全面否定。

因此，洛川和林毅在布控安保措施的同时，也在思考如何更好地与公众沟通。

3. "拟态"事件

2033 年 10 月 11 日

半个月过去了，"Mind"药物研发目前在剂量控制和攻坚阶段，研究人员在剂量控制方面反复调试，目前已经出来了最优的比例。

人体实验志愿者已经签了第一批，共 3 个人。

梁笠和李卓远负责人体实验环节。

人体实验环节在一个非常封闭的实验室，看起来像个手术室，人体实验志愿者被绑在大大的手术操作台上，脑部和四肢被固定，并连接着电脑和医疗监察仪器，实验室画面直接切到了会议室的大屏幕上，研究室所有成员都可以看到。

尽管实验数据显示"Cogito"的药物指标已经符合预期了，但是谨慎的李卓远却有一种隐隐的不安。

第一个人体实验志愿者已经安静地躺在操作台上了。梁笠的助手从操作台上小心翼翼地取来已经准备好了的药品，对梁笠说："梁博士，一切准备就绪，等待您的指示。"

助手匆匆走近梁笠面前，一手拿着托盘上的药物，一手拿着记录笔，迫不及待地等待着梁笠的指示。

"好，全部准备妥当，开始注射。"梁笠的念头，仿佛是这个实验室的主旋律。

梁笠亲自拿着针头为志愿者进行注射。他高度紧张，一刻也不敢放松。同时有些兴奋，因为他相信自己已经掌握了这种药物的秘密。

透明的液体按照指定剂量，注射完成。人体实验志愿者还是平静地躺在操作台上。

15 分钟之后，实验的数据变化出现了。

人体志愿者脸上露出愉悦的笑容，似乎很享受这个状态。

他的身体极限被打开了，意识变得非常清晰。数据显示他正在控制自己的心跳，生命体征得以优化。

但这种状态并没有维持太久，他开始失去对时间和空间的感知，身体开始异变。

在各种数据传输与分析仪器发出的低嗡声中，梁笠发现了一个异常。人体实验志愿者的脑部功能不断地向着更高级的方向发展，而这一变化，也改变了他的性格和外貌。

随着"Mind"在他体内不断蔓延，他的身体变成了一个直径急剧膨胀的红色怪物，肌肉虬结，暴露在体外，像是一个生肉堆。他的四肢开始变形，一只眼睛突出眼眶外，丑陋恐怖。肉食动物一般的爪和牙齿飞快生长，无比锋利，闪着冷冷的寒光。

他的智力变得极低，只有简单的本能，其余功能都被大脑接管，他想要用锐利的爪子抓住什么东西，痛苦咆哮着。

他对实验室的博士和助手进行了一次扑杀，四肢的束带已经被挣脱。

监控室洛川发现异常，在声控器中命令实验室的所有人员通过逃生门快速避险，全副武装的生化保卫队已经赶来。

梁笠双目失神，呆在原地，他不相信自己会失败，喃喃地说："这是我反复调试的药剂，怎么会这样，他竟然变成了怪物！"李卓远拼命拉着梁笠离开。研究室警报连连，研究中心所有工作都被打乱了。

"Mind"的副作用太大了，第一个人体实验志愿者变成了怪物，他用怪力挣脱了操作台上所有的束缚，像个猛兽一样，实验室50厘米厚的合金门在他锋利的"骨质尖爪"面前就像是纸糊的，轻易地被他破坏。在人们的恐惧的惊呼声中，他一路狂奔逃出了研究中心。

全副武装的生化保卫队全部被击溃了，他猎杀着所有看见的人类，失去了理智和人性，在"Cogito"的强烈作用下，掀起了一系列的滥杀行为。

他逃出了研究中心，身体也变得更加危险。他攻击了附近的居民，无论是成年人还是小孩儿，任何物品都不能阻挡住他的力量。居民们惊慌失措，没有人敢出去。

整个地区已经失去了控制权，陷入了混乱和崩溃中。

当地的警察也出现了，他们已经采取了行动，但他们不知道如何间接干预怪物的活动。他们很快意识到，仅凭他们的力量，面对这种怪物，是不可能击败他的。

甚至连空军都出动了，空军试图击败他，但是子弹只能让他短暂停留……

整个地区的所有能源控制权被军队接管，只有他们才有能力彻底清除这个怪物。他们重装武器，然而，怪物仍然在攻击人类。

最后，特警部队启用了超级武器——高能粒子激光束。在密集的枪声中，一道光束划过灰蒙蒙的天空，怪物头颅在高能粒子激光束下泯灭。

他的残骸开始变形，从一个庞然大物，迅速缩小为普通人形，膨胀的肌肉变成了枯萎的干柴，丧尸般的牙齿和利爪脱落了。这具躯体远远看去依然被红色皮肤覆盖，就像一柄红色的大刀，它被命名为"拟态"。

"拟态"事件终于平息了，但其带来的巨大损失，引起了舆论和公众的不满。

洛川站在漂亮的落地窗前，望着窗外，"拟态"事件的始末他已调查清楚，"Cogito"药物注射之前的药物数据和分析报告也全部是正常流程，这次"拟态"事件是生化实验过程中的一次试错，确实给附近居民带来了一些伤亡，那是不是要停止"Cogito"药物的研发呢？比起全人类的覆灭，有些人注定要牺牲，要成为人类进化中的先行者，而 MindX 永生计划的所有科学家们，都必将成为人类永生计划捐躯者，这也是他们的使命和荣光。

智能助手提示语响起："梁笠博士到访！是否会客？"

洛川回应后，梁笠推门进来。

梁笠脸色铁青，憔悴的面容下一双有神的眼睛，闪着光芒，洛川从这深邃的眼神里，看到了执着和不甘。

"梁笠博士，有事？"

梁笠并不绕弯子，他是来打申请的也是来试探的，他想看看 MindX

永生计划总负责人的决心。

梁笠开门见山地说："洛川博士，我知道这次人体实验失败造成了'拟态'事件，生化药物开发是艰难的，但是作为科学家我们不能畏难，所以，我申请提取'刀状拟态'的 DNA，做深度监测分析，验证是不是 EPF，即药物注射过量导致脑肽过量分泌而引起的机体变异！"

洛川问："你不害怕潜在的危险？"

梁笠为之一振："加入 MindX 永生计划时我就已经将个人生死置之度外，我这个人虽然傲气，但不是没有骨气，永生计划就意味着冒险，而我心甘情愿为我的科学信仰和真理献身，这是我们的使命！"

洛川笑了笑，在梁笠这里得到了满意的答案，林毅已经组织 MindX 计划的研究者联名申请继续开发"Cogito"。

洛川冲梁笠点点头，然后说："我知道了，你会得偿所愿！"

在军方的监控下，洛川负责的 MindX 永生计划实验中心，对之前的"刀状拟态"进行了 DNA 监测和分析，与梁笠的假设一致，确实是药物注射过量，导致分泌过多引发的变异。

梁笠开始在实验室里对这把"刀"进行测试。他发现，这把"刀"用来攻击 EPF 患者遗落下来的触须，它的效果要比任何其他武器都要好。更重要的是，这把"刀"的使用几乎不会对正常人造成伤害。那么这把"刀"中的某些成分是不是可以防止 EPF 异化呢？这是不是下一个突破口？

4. 新突破

由于"拟态"事件太过于恐怖，迫于舆论和公众压力，研究中心迁往一个荒无人烟的小岛，一些人在秘密进行着脑科学的研究。他们明白做这件事有极大的危险，但他们还是要在这个领域里寻找新的突破。

2033 年 10 月 28 日

"拟态"事件发生后的第 17 天，整个 MindX 永生计划研究中心全部人员搬迁到一个荒无人烟的小岛，这里一面环山，三面环水，方圆几百里没有居民，是个绝佳的实验基地。

梁笠将"拟态刀"的提取物和实验报告结果，上交给了林毅和洛川，申报成立"Cogito"2.0 的研发计划。

很快计划被批准了，以林毅为组长、梁笠为副组长的 12 人"Cogito"2.0 计划开始落实。

"Cogito"2.0 计划，将会继续在原来的药物成分上进行提纯和精度配比，同时加入"拟态"提取物"Nirvana"。

为了完成"Cogito"2.0 计划，林毅、梁笠、林清瑶、李卓远成立了四人先锋队，四人有明确的分工，林毅和林清瑶负责继续研究"Cogito"原有成分的配比，而梁笠和李卓远负责研究"拟态"提取物"Nirvana"的调节机制和风险控制。

MindX 研究中心搬到这座小岛的时候，正值春末，岛上的景色姹紫嫣红，像仙境一样，而这帮脑子里一心装着科学与实验的科学家，却把这美景当作了背景板，无心留恋，只有实验受挫的时候，才会在大自然中寻找心灵的慰藉。

2034 年 2 月 5 日

转眼间，100 天过去了，岛上四时不同，季节变换，就像人换上了新衣裳，这座小岛此时换上了层林尽染、红中带黄的秋季新装。

先锋四人组在实验室里反复地推演和实验，终于把"Cogito"2.0 的假想一步步地变成了现实，"Cogito"2.0 成功了！

他们的新药物"Cogito"2.0 还成功通过了两批不同年龄层的人体实验。在小岛的另一半，你能看到注射了"Cogito"2.0 的人体志愿者们，好似获得了新生，他们拥有超越当前人类的体能和健康状态，还拥有升级版的大脑。

梁笠看到他们快乐的样子，眼里竟然流露出羡慕，他无奈地摇了摇头。

这是一个秋日的中午，金色的阳光照耀着美丽的小岛，远处的海面上，波光粼粼，泛着白色的光芒，深蓝色的海水美丽得就像一块蓝绿色的宝石。

先锋四人组一起放松地在餐厅用午餐。四个个性不同的人，以前是不太可能成为朋友的，孤傲的梁笠，崇尚自由的林清瑶，宅男李卓远，还有一个圆融但和蔼正直的林毅，四人看起来竟然有些和谐。

林毅问："梁笠博士，你为什么工作这么拼命？"

梁笠沉思片刻："我想让人类成为最聪明的物种！"

林清瑶快人快语："我看你是想让自己成为最聪明的物种吧！"

大家被林清瑶的话逗笑了。

梁笠严肃的脸上，也露出了笑容。

5. 天火之日

"Cogito"药物 2.0 已经基本控制了大脑脑肽的分泌，注射者会在药物起效后，完成大脑的升级，使大脑替代小脑和脑干，同时身体也会突破极限，细胞产生快速更新。

但是"Cogito"药物 2.0 只是刚刚能实现大脑的接替功能，刚刚突破临界值，药物的作用时长不足三个月，需要持续地注射，需要提高药物的注射浓度和剂量来达到预期的效果。

"Cogito"2.1 很快进入研发阶段，这次研发小组用一个月的时间完成了药物的开发和测试，理论上是对"Cogito"2.0 的升级，能实现性能的飞跃，但是同样意味着风险和不可控。

对于进入人体实验阶段，测评小组一直持保留意见，一方面志愿者的招募进入尴尬阶段，"Cogito"2.0 实现的效果目前并没有副作用，也没有异化，因此志愿者更愿意接受"Cogito"2.0 的人体实验，岛上原来已经注射"Cogito"2.0 的志愿者全部拒绝接受"Cogito"2.1 的注射。

另一方面，风险的不可知让测评小组左右为难，鉴于上次"拟态"事件的发生，他们暂时无法给出人体实验的判断，只能说明情况提交给洛川。

洛川了解了"Cogito"药物 2.1 的全部情况，却意外地发现办公室有一封人体实验志愿书，申请人竟然是梁笠。

洛川既惊讶又费解，背后隐藏了什么信息。

洛川让助理通知梁笠到办公室。

办公室里，洛川一脸疑惑地望着脸色灰暗的梁笠，他才50多岁，对于科研学者来说应该是最富经验且朝气蓬勃的年龄，作为研发团队的核心成员为何要做人体实验志愿者？

洛川拿着志愿书对梁笠说："说说原因。"

梁笠竟然笑了："我想让人类成为最聪明的物种。"

洛川看穿了梁笠的谎言："梁博士，我想听真实原因。"

梁笠道出自己已经身患绝症，所剩时日不多，只想完成自己的心愿。

洛川："注射'Cogito'2.0不是更好的选择吗？"

梁笠反问道："你真的认为'Cogito'2.0是安全的选择？"

洛川若有所思："你的意思是考虑到药效的时长，再次注射时同样风险巨大？"

梁笠道出研究的真相："不错，人类的脑构造并不像前人类，所以无法自主产生脑肽。'Cogito'2.0的确能促成脑肽的产生。

"但是每个人对'Cogito'的抗药性完全不一样，所以'Cogito'并不存在绝对安全。当注射量较少的时候，产生的脑肽将不够让脑部产生联系，使用者在联系途中，脑干或小脑的部分脑细胞会死亡。

"注射量过大的时候，产生的脑肽会直接将小脑脑干的信息量传递给大脑，而大脑处理不了如此巨量的信息就会直接在接管所有功能的情况下随意'发号施令'。

"这个时候大部分细胞会疯狂消耗身体内其他细胞的养分，在达到一个临界值后，脑部会彻底疯掉，但肉体生前的记忆还会储存在疯掉的大脑里，那些脱离了掌控的细胞可以改变自己的形态，但他们没有记忆，所以不能自主改变，大脑中残存的记忆让那些细胞自主地形成个体，变成面目全非的怪兽。"

洛川耐心地听着梁笠分析："'Cogito'的意思是'我思故我在'，

利用的是人类意识的力量，其中最重要的是恐惧的力量，恐惧是人类最原始、最深刻的力量，如果过量注射了'Cogito'，那么心灵具象化的结果将会非常恐怖，会出现'拟态'这种EPF异化的情况，甚至会出现更强大的异化怪兽。

"'Cogito'2.0其实是个半成品，在刚刚足量的临界点上，需要结合人类意识的力量，这批人体实验志愿者现在看似安全，也许是'Nirvana'调节机制在起作用，但是调节作用是有限的，需要与'荧光蓝鲸'的作用博弈，通过数据显示，岛上已注射'Cogito'2.0的志愿者白天是正常状态，而夜晚却十分难熬，这就是意识在争夺与博弈，很快就是第二次注射的日子，谁能保证不会出现第二个、第三个'拟态'。如果放弃注射就会出现脑肽分泌不足直接死亡，这哪里安全？"

洛川沉吟道："脑科学永生的秘密等未知领域太过强大，已经超出我们人类的认知，我们到底是走向哪里？"

梁笠心意已决，决定要以身试药。坚定地说："向死而生，是我作为

2221班李冰玉创作

科学家的选择！"

洛川："所以在你看来作为'Cogito'2.1 人体实验者，对科学的探索更有价值？"

梁笠微笑着，没有回答。

洛川从费解到惋惜，再到敬意，他用崇敬的眼光，看着这位科学家前辈。

2034 年 5 月 17 日

10 天后，在人体志愿实验室，梁笠安静地躺在操作台上，心情平静，他愿意接受任何后果，万一异化，他会在清醒的时候快速离开小岛，减少对大家的伤害。

为他注射的是李卓远，他的好搭档。

当一切都准备就绪，李卓远开口道："向死而生，是魔鬼也是天使，你准备好了吗？"

梁笠叮嘱着："准备好了，一定要备份我的所有数据，并保存注射前后的 DNA 样本。"

李卓远感到一切都如此庄重，他从助手的托盘上拿起"Cogito"2.1，淡紫色的液体，却不知道这到底是通向黎明还是黑暗。

李卓远强装镇定地把药剂注射完成，紧密地关注着梁笠的状况，电脑仪器上的数据，并没有异常。

十几分钟之后，梁笠感觉自己的脑袋变得异常清醒，一切都变得异常明晰。他竟然念叨起来："我好像可以控制自己脑肽的分泌！"

电脑上数据开始起伏，李卓远竟然看不懂到底发生了什么！

梁笠感觉自己的身体细胞被换新了，感觉自己似乎年轻了好多岁，身体一阵轻松又充满力量，那种极致愉悦的状态，不可名状。

突然他的双眸发出耀眼的紫罗兰色光芒，皮肤变成紫红色，生物电磁场也发生了巨大的变化。他感到大脑中有一股强大的力量在涌动，几乎无法控制。他惊恐地发现，自己已经变异成了一个 EPF 患者。

他感到一股强烈的冲动，想要向外释放那股力量。在一阵剧烈的疼痛中，他咆哮着，背部肌肉快速生长，还有东西想要从身体破出。一瞬间，他全身变为紫罗兰色和赤红色，身后生出翅膀，变异成为最强的 EPF，药效开始爆发，他用仅存的理智，驱使自己离开小岛，他的身体变成了一道白色的光芒，以不可见的速度消失在大家眼前。

李卓远被这瞬间的变化震惊了，还没有回过神来，而梁笠已经变异成紫色六翼怪兽飞走了……

洛川、林毅和岛上的核心研究成员，都看到了这一幕，他们能感受到梁笠用最大的意识去抵抗药物，用仅存的理智让实验中心免受破坏。全体人员心照不宣地起立致敬这位伟大的科学斗士。

在小岛的另一个实验室里，同样发生了不可思议的现象。

12 名曾经注射过"Cogito"2.0 药物的志愿者药效时长即将到期，在进行第二次注射"Cogito"2.0 药物突然产生变异，志愿者们变成了和梁笠一样的紫色怪兽，身负双翼，似乎受到了某种召唤，纷纷冲出小岛，飞向海面。

2221 班刘雨萱创作

夜幕降临，12 声钟响，狰狞的雷霆划破天幕，大海之上，人们惊恐地发现，一位神秘的紫罗兰色和赤红色交织的巨大人影出现在太平洋中心，他身后生有 6 双羽翼，手持一把巨镰，有 12 名使徒相随。火焰在他身体四周聚集，于高空向太平洋上的商船降下炽热的火焰。方圆几十公里，赤红的火光漫天。舞动的火焰映在锋利的镰刀上，他漠然投下目光，看着人们惨叫着被烈焰焚尽。巨大的商船在大海中沉没，将海上的渔民和商船残骸永远葬在海底。12 名使徒用镰刀带来灾难与死亡，咆哮的血海将海上的船只吞没……

这场灾难造成了至少 9 万人的死亡，高达 700 亿的经济损失。最强 EPF 和他的使徒，仅存在了 24 天随后便消失不见。

这场灾难被称为"天火"。

铺天盖地的新闻和报道，让脑科学 MindX 永生计划再度冲上风口浪尖，联合国高层明令禁止了脑科学的继续研究，这种禁忌的科学在人类社会中带来了无法控制的灾难。然而，对于那些深信脑科学力量的科研工作者们来说，禁令只是一道阻碍，他们仍然坚定地在地下深挖掩体，秘密研究脑科学和破解永生的秘密……

第五章　曲率方舟

1. 漂泊的星宿

2033 年 9 月 19 日

北斗仰首望向天空。

有的人在深海迷失方向，有的人要看星象寻人。

北斗的"南十字"船队是如今仅存的水上探索队伍。自那场"天火"以后，地球环境剧变，海洋生态急转直下，联合政府已明令禁止海洋探索。北斗作为科研院总部的特派人员，带领 10 人组成的小队寻找古代遗迹残留，常年漂泊在海上。

"北斗姐，发现正前方有巨鲸尸体。"

"来了。"

巨鲸的尸身在腐烂，不，不如说在消失。从边缘开始，一点点分解掉，肉眼几乎不可见，再溶于海水。不出 10 天，这具身体就会无影无踪，好像从未出现过一般，这是"天火"的恶果。据统计，超过 80% 的海洋生物在放慢繁衍后代的节奏，并且生命明显缩短，正在一步步走向毁灭。

北斗站在甲板上，看到几个船员正在费力地处理鲸鱼尸身，剖出心脏，又用升降梯将那一人高的巨鲸心脏运到船体下方的真空舱去。

这是北斗被科研院委托的第二项任务——在海上寻找海洋生物并好好保存它们。院长和北斗交代这项任务是"顺便"，是为恢复生态做研究。但从每次与她对接的负责人态度来看，科研院对这个"顺便"的任务十分重视，这可能有着复杂的动机……

不过，这些不重要了。现在要准备回程了！

2033 年 10 月 15 日方舟计划科研组

所有人都等待着，整间大厅安静得落针可闻。

"教授！教授！"夏若的声音打破了这份安静。她右手高举几份材料，气喘吁吁地推开大厅的门，"曲率驱动的设计被总部采用了！"

原本都在工作的众人，一听这话全激动地围在了她身边，只因自联合政府决定实行"方舟计划"起，一直是他们研究组负责设计方舟，而这些学术精英提出的构想，却一直没有被实现。每天都有人用投影来讲解新的设计思路，却没有人的设计能禁得住全组人员的核实检验。直到半个月前，夏若心血来潮提出通过曲率驱动，大家才恍然般散去，转而去计算压缩空间的可行性。结果是有极大概率成功，他们不敢拖延，拿着"半成品"方案找总部确认，没想到真的被采用了。

"被采用的意思并不是已经定稿，总部的老师说我们还有几项理论要完善，"夏若指着稿纸上被圈出的部分，"首先是内外空间差异的取值区间，还需要再精确几十个小数点，以确保现有动力装置足够推动；其次是方舟的建材，总部已经开始人工合成，但需要组里抽调人手去配合实验，去计算材料性能；还有对方舟的精密调控和具体外观设计等，都是大工程……此外最重要的一点是生物基因库也是我们负责的，现在陆地生物的活体和基因已经收集完毕，进入收尾阶段。海洋生物 DNA 并不在这里，总部会把它们从'南十字'转移过来，请做好准备……"

众人听罢纷纷点头，从夏若手中接过自己负责的板块，回到座位上。

火种不灭

2. 我会留下

2033 年 10 月 31 日傍晚，李闻到访了"南十字"所在的海湾。

北斗刚从船上下来，神情复杂地对李闻说："要开始了吗？我是说，方舟计划。"

李闻脸上有几分尴尬："北斗姐，我们不能讨论这个，这是……"

"这是机密，对吧？我早就猜到了，总部这么重视安置海洋生物这个'顺便'任务，你每次来都要带走一些'珍贵品种'说要自己养着，其实那些以你的名义带走的小家伙们，都已经被送进方舟计划实验室，编入基因库了吧？"

"北斗姐……这是迫不得已……地球不是久居之地，只有舍弃这些，才能换人类未来……"李闻低声解释。

"我明白了，只是科研院，真是残忍又自私呢。"北斗颔首，"今天的事我当没发生过，生物资料都在我的私库里，让你的人去取吧。"

结束了这场不算愉快的谈话，北斗独自走在海边。海风是涩的，把潮水吹得起起落落，打上岸边，溅起一串串水珠。

今日的夜空黯淡，迷雾掩住发亮的星星，像潮汐般时隐时现。

"无论如何，我一定会留下，直到生命尽头。"北斗想着，她的眼眶渐渐湿润了。

3. 启程之前

2034 年 5 月 21 日夏若和"方舟计划"所有成员出现在方舟前，方舟分为四部分。头部设计得锐利流畅，是整个舟体的"先驱"部分，有一定的自我保护机制，配备可靠的火力，可以抵御一般的意外情况；中部是驾驶舱和生活区域，最多可容纳 200 人日常生活，同时储备燃料、食物和书籍等必需品；尾部作为动力持续推进方舟前行，必要时可以与主体分离，而此时中部代为执行提供动力的使命；保存生物 DNA 的"火种"作为独立小舱室"挂"在中部外围，与中部贴合紧密，可以承受极大拉力而不与主体分离。

方舟整体形态庞大、流畅，令人向往。

"这将是我们缔造的神话！"霍教授抬起手，指向不远处屹立的方舟，"我们是唯一的参透曲率驱动的人类！一切，都为了未来。"

方舟已然带上火种，它将穿破茫茫宇宙，寻找一根枯枝，重燃火光……

火种不灭

第六章　起航

1. 来自伊甸的耳语

2034 年 1 月 2 日，方舟建成前 3 个月

　　人们似乎还是低估了 a 文明前进的速度，低估了除自己之外的文明的能力。就在大家紧锣密鼓地按照设计图筹备方舟之时，毫无预料地，也毫无准备地接到了 a 文明先遣队飞船已经赶到太阳系外围的消息。数据显示，如果照现在的计划，地球恐怕已经撑不到方舟全面建成之时，就会被敌人的武器摧毁，片甲不存，他们必须守好他们的火种，否则人类的主宰时代将会在 a 文明到来的那一天画上句号。

　　全体研究员们本来激动的心好像被泼了一盆凉水，此刻仅剩了徐徐冒出的、绝望的黑烟。教授们的头上流下几滴无措的汗，他们用哆嗦的手抽出纸巾，力度大到好像要搓烂抽纸的纤维。几分钟前还喧嚷不断的研究室，此刻却静得像一摊死水，空气似乎都凝滞在这里。

　　突然，门被一个小科研人员撞开了。人们的目光瞬间转到了他身上，似乎把他看成了救命稻草。

　　"不好了……教授……"

　　"我们的卫星检测到一艘疑似 a 文明的飞船在太阳系外围向地球发射

了一个物体……"

"我把报告拿给了这方面的专家们……他们说……这似乎是一种新型的武器……"

"怎么办，教授？"小科研人员着急地说道。

此刻科研人员们更安静了，一声不吭，如同矗立在雨中的泥雕。暴雨冲刷着人们凉透的心。此时，角落里的一名科员 q 发话了："方舟还没有全面建好……但如果是现在组织'火种'离开地球，倒也不是不可以。只不过，要再次压缩人选，我们现在建成的方舟只有 14 艘，盛不下原来那么多人。"

"那可不行，"a 科员站了起来，"方舟人员已经压缩至最简，没有办法再次删除了！"

"那也不能死守下策，再犹豫不决，如果连火种都灭了，人类就不可能延续下去了！"科员 q 叫嚷道。

"可……"a 科员还想辩解。

此时，教授 d 猛地拍了一下桌子："安静！"他向 q 微微点了点头，"我认同你的想法，这确实是目前看来，防止被对方直接击败的最好的一步棋了。"说罢，他抓起了电话："通知各处，方舟计划提前实施，删除不必要人等及物品，最大限度保留人类文明！"

人们散去忙碌了，如同之前一样。

2. 流言傀儡

2034 年 1 月 3 日凌晨

他们心中已经全然没了希望。随着消息如病毒一样地扩散在各个国家，原先唠家常的百姓，口齿间只剩了他们眼中那未知的"逆光之种"，它给人们带来前所未有的悲哀，使他们心中对死的预想如同雨后的春草般疯长，又如崩溃的瘟疫横行于人间，又好比收魂的牛头马面一样在人们身边晃起镣铐。

因为无知，所以恐惧；因为恐惧，所以无措。对未来的担忧如同潮水一样洗涤着人们早已脆弱的心，与权威官方的沉默无言相比，民间传闻愈演愈烈，安全感早已如同被虫蛀的古建筑一样摇摇欲坠。

市井杂谈，百口皆异，竟无一准确。

此刻最高层的人们正在谨慎地完善紧急计划。原先的名单删去了四分之三，他们舍去了许多，仅留下了他们认为必需的所有。"逆光之种"的发射，对所有地球上的人类来说，相当于已经开启了历史的倒计时。秒表甚至已经清晰地摆在了他们面前，如同给死刑犯查看他们被执行的时间。

而几天后在微博发布的一篇名为"专家对'逆光之种'的深入研究"的文章，则是那一把抵在他们心窝处的手枪。

"逆光之种"在上面被描述成了一个童话故事中的怪物：拥有惊人的速度、可怕的覆灭力与残忍的外表，还有那骇人听闻的名字。所有人为它劳心，文章成了人人皆知的焦点，每一夜人们都在心惊胆战中睡去，害怕怪物的吞噬。

孩子们从大人的只言片语中想象了许多，当大人们辗转反侧的时候，天真的他们只是抱紧了手上的玩具熊，睁着明亮的大眼睛，望着夜晚可能出现的"流星样子的怪兽"。

全球的经济危机开始了，人们疯了一样地购买与储存，连黄金也变得廉价，甚至不如大米、面包和牛奶值钱。企业破产，职员失业，股票的曲线降到了冰点，越来越多的人流浪街头，越来越多的人在徒有四壁的房子内"幸福"地拥着未来数年的口粮。富翁掷数金为得一物以食，穷人裹紧棉被只求挨过冬天。黑色星期四再度上演，在那个血色的黄昏，一桶桶牛奶被倾倒进了下水道，流淌在人们饥渴之心的尽头。

人们不知道所谓的真相，他们只能一步一步地靠近自己认为的终点。走一步，再走一步，一步之遥，究竟是深刻的事实还是谎言？

他们一无所知，他们妄想一切。

他们洞悉甚浅，他们行迹已深。

他们命途多舛，他们心境坚强。

他们渴望转机，他们断送全部。

他们以为自己力如蜉蝣，无法撼动巨树。殊不知敌人眼中，他们才是最重要的棋子，正如在扑克牌中，最荒诞滑稽的"joker"，才是最大的那张。

"逆光之种"，它仅仅是让人们自生自灭的工具罢了。

3. 饕餮与谎言

2034 年 1 月 3 日凌晨 3 点

深夜已至，而高楼上的会议厅此时还灯火通明。

他们此刻正在讨论着事态的严重性。消息的密闭，反而使人们更加渴求听到所有，他们疯了一样地寻求一切。

领导者们的手抚上办公桌，秘书长焦急地宣读一张又一张的最新报告。他们在思考"方舟计划"是否要公布。原先这明明是个保密事件，可是纸终究包不住火。人民由震惊变为愤慨，人性本贪，在此刻体现得淋漓尽致。他们都想乘上方舟，去争夺更多活下去的权利。各地都掀起了暴动，他们用枪和刀互相攻击着同类，似乎这样做自己就能拿到"方舟"的邀请函。

他们中的一部分，那些理智早已被侵蚀完全的人，竟妄图玉石俱焚，甚至将枪口指向了寥寥无几的"方舟"。方舟仅剩 4 艘，他们不能旁观了，如果放任局面继续恶化，任何人都逃不出去了。

"要不……公布真相，但严格控制上船人员？"此刻，来自 q 国的代表轻轻叩了叩桌子，说道。

"有没有可能，这样做会让人们更加恐慌。"h 国的代表不耐烦地直接反驳了回去。

"他们不是在渴求真相，他们只是想活下去，"p 摊了摊手，"不公布这一切，我们确实有愧于他们。"

"可是如果……我有一个想法。"p 一字一句地说，"不如……说个善意的谎言？"

第二天，液晶电视上，全球热点新闻。

"近日'逆光之种'这一事件的爆发，引起了人们的注意……在此，联合政府最高领导人提醒大家，'逆光之种'到达地球的时间还远，我们应对 a 文明的飞船已几乎建造完毕，最后一定会使所有人安全撤离！请大家不要恐慌，安心生活。"

在电视前吃着早饭的 q 不解地扭头问妈妈："'逆光之种'是什么？"

妈妈想了半天，只是说："'逆光之种'是一种类似饕餮的生物，会吞噬它见到的一切。"

"那当'方舟'飞船出发时，我能带上我的玩具小熊和小猫吗？"q 又追问道。

妈妈望着那张天真的脸，只是低了低头。她不想欺骗女儿，更不想告诉女儿所有真相。现在，所有人能否登上"方舟"还是个未知数，更不要

2221 班徐高梓奕创作

说其他非生活必需品了。她只能摸了摸女儿的头，笑着说："那是当然啦，不仅这些，你的所有玩具都可以带进去，方舟就像是一个超级大的别墅，什么都能装下。"

"真的吗？"女儿仰起她红扑扑的小脸，眨巴着眼睛问。

"嗯，真的。"她望着女儿说道。

4. 旧日泡沫的残影

2034 年 1 月 4 日

一通电话，改变了她所有的念想。是丈夫的，他是个科研人员，恰好就在"方舟计划"的研究所工作，已经几个月没回过家了。出门前，他对她说有个大工程，有保密管理，会联系不上。今天他却反常地打了电话。

"喂，喂？f 吗？不要说出去，计划的保密性已经消失，方舟并不可能载下所有人，你我都不可能乘上方舟离开。方舟还未全面建成，能乘载人员很少，高层铁了心只让目前顶尖技术人员离开。注意安全，外面很乱。"

嘀、嘀、嘀……

随着电话挂断，女人的情绪也终于崩溃。她紧紧抓住手中的电话，嘴唇苍白，头嗡嗡作响。我的大脑还在思考吗？女人不禁想。

女人眼前忽然开始回想起"方舟计划"刚开始时的景象，那时候她还会带着女儿去下城区给贫苦人家送物资，看着他们的生活水平在自己的帮助下不断提高，女人自己也会打心底里高兴。同时也希望可以感化上天，给自己家留出登方舟的机会，哪怕让女儿上船，也好。但现在看来，自己所做的一切不过是一场笑话，就像是美丽的泡沫，诱人，但虚幻，近在咫尺，却又遥不可及。这种得知真相的无力感，实在不好受。她突然理解那些游走在街上靠抢劫来度过余生的人了。

"妈妈，刚刚是谁在和你打电话呀？"女儿来了。

再次看到女儿，女人的心终是放下一点儿，女儿天真纯洁的内心，总会成为她在末世中的唯一精神支柱。所以，为了守护女儿，也为了自己，不能让女儿知道这一切的真相。

"没什么，是妈妈的朋友在和妈妈闲聊。"女人说道。

"嗯嗯，我也有我的朋友哟。不过妈妈，从那个什么种子出现后，我和朋友们就再没见面了，我什么时候也可以见见自己的朋友哇？"女儿反问道。

女人再次沉默了，她很想许诺点儿什么，但在刚刚得知残酷事实的境遇里，她无法再吐出只言片语。女儿倒也懂事，见妈妈这样，只当是妈妈不想自己和朋友玩，回房间了。看着女儿离去的背影，女人竟想到了未来憧憬的生活。那时的天没有这么蓝，但活力、生机和希望洋溢在地球的各个角落。自己、女儿和老公，也幸福美满……

回忆毕，时间已是下午，该准备晚饭了。女人擦了擦手，转身走进厨房……

5. 为了没有眼泪的明天

2034 年 1 月 3 日中午 12 点

"各项工作负责人员，最后再检查一遍设备，要确保万无一失，这是人类生存的最后机会。"整个下午，类似这样的机械声几乎没断过。各个领域的精英人士带着身份证件在经过多层审查后进入方舟，踏上属于人类的新未来。Q 本来在研究所里做实验，突然被要求赶到总部，到了以后才发现方舟已经准备起航了。

距起航还有 4 小时：

所有人员均已上船，博士专家们清点着物资，心里对着地球做最后的告别。因为身份保密的缘故，登船的人都是只身前往，所以并没有出现电影中生离死别的景象。但不知为何，Q 在空气中闻到了伤心的味道，这使他的心情非常难受。

距起航还有 2 小时：

技术人员为乘客们细致地讲解着方舟的各个部位，博士专家们对这些人重复着登船的意义、目的，还有对未来的规划。Q 对这些实在提不起兴趣，便在各大舱室里巡视，让手头的事占据他的注意力。

距起航还有 30 分钟：

此时方舟上的所有人都回到了自己的座位，思索着自己承担的重大责任。Q 不知自己怎么了，明明平时精力那么充沛，今天却像是丢了魂似的，总是无精打采的。在疑惑中，他睡着了。睡梦中，随着发动机的剧烈响声，他们脱离了地球，脱离了重力的束缚，向外看，甚至能看到零星的陨石、卫星碎块。睁开双眼，他确实已身处于太空。在他们设置好的路线的前方，冒着幽幽的淡蓝光芒，好似在引诱他们向前探索。Q 无力顾及这些，因为他再次发现了疑似 a 文明的飞船，并且正全力向方舟行驶。恐惧迅速爬上心头，人类是否会一败涂地？！

第七章 希望的曙光

1. 袭击

2088 年 1 月 3 日，地球早上 6 点

灰蒙蒙的天空上出现了极为强烈的光芒，那是"黄昏"在生命的最后时刻爆发的耀斑。

在薄雾冥冥的天空之上，数以万计的巡航舰队如众星拱月般簇拥着这艘庞然大物，人们像被宣判了死刑般全部丧失了希望，都在心里确定着：是的，这绝对是 a 文明的飞船！所有人的脸色变得苍白，双手都无力地垂下，恐惧笼罩在每个人的心间……

一名方舟乘客一脸苦涩，那是自嘲的笑："我们根本没有办法与他们抗衡！他们的科技远超我们，而我们……将飞船提速至光速的 40% 也做不到……"

他身边一个人也垂头丧气地嘟囔道："是啊，本以为飞出了地球就可以逃离死亡，得到永生。可现在，不过是一场春秋大梦……"

"快看！"有人喊道。大家都抬起头来，看向窗外越飞越近的 a 文明飞船。

"这是……这是 a 文明的主力飞船！"一个年轻人叫道。远处那一大片飞船携着全人类的毁灭如潮水般涌来，那气势犹如万马奔腾，令人胆战心惊，压抑使人透不过气来！

越飞越近……

越飞越近……

死亡的钟声已然敲响……

a文明发射的那个东西越过了方舟，直奔地球！

"砰！"只见水蓝色的地球变成了死气沉沉的黑白色，如同一块凄凉的墓地，人类存在的痕迹被抹去……地球永远地停止了转动，地球上的人类全部灭亡……

前一秒的灿若繁星，转瞬却化为了永恒的回忆……

a文明没有停下，将矛头转向了刚刚起步的最后一艘方舟！由人类花费数十年心血建造的方舟陡然停滞在了空中，舱内的顶尖人才全部一命呜呼……

他们就静静地停在那里，静静地，永久地沉睡了……

没有死相凄惨，没有面目全非，唯有悲壮，唯有令人钦佩……

这是一个弱肉强食的世界，而低级文明的结局只有一个，那就是被高级文明撕碎、吞噬。

在幸存方舟中的人们，感到惊悚与骇然，如果方舟起步得晚一点儿，如果a文明再快一点儿。那消亡的又会是谁呢？

3号方舟驾驶室内一个中年男子吼道："现在a文明的舰队距离我们有多远！"

"舰长，大约2光年。"

"距离进入'逆光之种'的发射范围还有多久？"

一段沉默过后，有人说道："10分钟。"

庞大的a文明舰队泛着冷冽的寒光一路势如破竹，像碾碎蝼蚁般撕碎了人类曾经赖以生存的家园，地球四分五裂的残骸在宇宙中飞散，化为齑粉，方舟中的人类怒视着这惨绝人寰的一幕，愤怒但又深感无力，令人痛恨亦令人畏惧！此时的a文明舰队就像是一群嗜血的猛兽扑向人类最后的那几根稻草。

2. 生而为人

　　眼见 a 文明舰队向着 3 号方舟的方向冲来，3 号方舟上逐渐骚乱起来，人们焦躁不安，唯有一位老者，他没有躁动，没有大喊大叫，只是静静地坐着，在所有人都看向方舟后方的追击者时，他却出神地望向了 1 号方舟的机体，攥紧了手。"萧教授！"一个年轻男子飞奔向他——没错，他就是萧教授，他叫萧世忠，在 3 号方舟上的任务是领导几个年轻的国际科学联盟会的实习生，向他们传授自己的毕生经验。叫他的正是几个实习生中他最看好也是最喜爱的一个，名叫苏定文，与自己的孙子萧茗一般大。或许是因为这个原因，他格外关照苏定文——"教授啊，你怎么还这么不慌不忙的？！a 文明的船舰队马上就要追过来了！"苏定文喊道。教授仍不紧不慢："早就告诉过你了，遇见事不要慌，人固有一死，不如放平心态，耐心想想现在的处境该如何破局。"说完，萧教授深深地看了他一眼，"这许是老头子我教给你的最后一课了。"萧世忠又转头看向 1 号方舟，1 号方舟上载着他的孙子萧茗。萧茗一出生，妈妈就患上了 II 型黄昏辐射病，爸爸为了给妈妈治疗也欠了巨额债务，独自承担了一切后签下断绝亲子关系书，在他满月的时候自杀了。他全靠爷爷拉扯大，可爷爷也是科研的中坚力量，总是不能很好地照顾他。所以从小他就迫不得已学会了独立，爷爷每次见到他时都会心疼地把他搂进怀里，揉揉他的脑袋，往他手里塞一颗糖，并亲切地对他说："我们茗茗很苦，爷爷应该给他糖吃。"小家伙每次收到糖都很开心，似乎只有这时候他才是一个真正的小孩子。

　　萧世忠的心里充满了愧疚，孙子从小就缺少陪伴，平日里都是故作独立与坚强，其实他明白，小娃娃心里苦着呢，他能做的也只有给他颗糖，用他自己少得可怜的休假时间匆匆陪一陪孙子。为了弥补心里的愧疚，他才会格外关照这个与自己孙子年龄相仿的实习生。

2221班徐高梓奕创作

　　萧世忠的手越攥越紧，那里面静静地躺着一块他孙子最爱的糖，明天就是孙子的生日，他早早就准备好了生日礼物，可是因为出发仓促，上级下令不准带与研究无关的东西，他只好放弃生日礼物，偷偷摸摸带上了一块糖，当作孙子的生日礼物。

　　嘀嘀嘀的电话铃声传来，萧世忠举起电话，是孙子打来的方舟通信："爷爷，我们已经快脱离太阳系了，你那里还好吗，一定要注意安全啊！我们可还要相约在新世界见面哪！"萧世忠平静地说："我们很安全，不要担心我们，你在1号方舟上要照顾好自己，放心吧，我们终将重逢……"

3.　失去

2088年4月9日

　　萧世忠话音刚落，3号方舟就传来一阵急促且连续不断的警报声："方舟被命中，请大家保持冷静。"方舟上每个人都知道，这不过是一句安慰的话，被高级文明的武器命中，基本上已经无力回天了。人类的本性暴露了出来，即使是学识渊博、平时斯斯文文的学者也已被恐惧摄住了心魄，人群开始骚乱，怒吼声、祈祷声、哭泣声不绝于耳。随着一声枪响，一个西装革履的西方人倒在了血泊中，他拿着枪的手还在微微颤抖。萧茗听出了端倪，急切地问道："爷爷，怎么回事？"萧世忠自知凶多吉少，但却带着释然的笑意："3号方舟被命中了，凶多吉少，我已经老了，你无须为爷爷的离去而悲痛，为了我，活下去！……"萧世忠还来不及说完话，就已逐渐被粒子吞噬。萧茗眼睁睁地看着爷爷的脸逐渐僵硬，淡淡的笑意凝固在脸上，爷爷还是爷爷，但却已失去了生命……

几秒后，通信中断，萧茗无力地瘫坐在地上，泪水夺眶而出……

4. 险境

2088 年 4 月 9 日上午 8 点

3号方舟沦陷后几天，2号方舟也被 a 文明的神秘武器毁灭，人类最后的火种只剩下了1号方舟，但 a 文明却仍紧追不舍，势必要将人类从世上抹除。

"舰长，舰长！"一个年轻人一脸慌张地跑进驾驶舱。

"怎么了？"舰长沉声问道。

"a 文明要追上来了，大……大约在已经坍缩的蓝超巨星附近。"

舰长一脸凝重："全速行驶，人类最后的希望掌握在我们手中。"

蓝超巨星附近

a 文明的飞船正以光速的 70% 行驶，很快就能追上1号方舟了，a 文明对摧毁人类势在必得，准备发射可以轻松摧毁一个低级文明的大杀器——逆熵粒子。现在正是摧毁1号方舟的最佳时机，机不可失，时不再来！时间一到，逆熵粒子如设想般冲出，很快就能解决掉一个后顾之忧。但就在一切都像剧本般丝丝入扣时，逆熵粒子却突然被黑洞影响，在巨大的引力下被撕裂，其粒子瞬间被释放，瞬间感染了整片黑洞，在其呈几何倍数增长的速度之下，即使强如 a 文明也瞬间被冻结，像一具巨大的冰雕般横亘在宇宙之中。原本看见逆熵粒子飞来已经濒临绝望的众人惊得大呼！"a 文明的飞船被蓝超巨星捕获了！我们胜利了！我们真的胜利了！就算我们是零级文明又怎样？在任何时候我们都不能自轻自贱，光明终究会到来！希望终究会到来！人类的火种终究还是延续了下去！"

萧茗喜极而泣："是啊，人类的火种终于延续下去了！"但他望向遥远的太空，接下来人类又该何去何从呢？满载人类希望的方舟在宇宙中漂泊了十几年，人们心中的希望渐渐被时光磨灭，但萧茗仍然坚信人类可以找到新的家园，也总是语重心长地劝其他人心怀希望，但人们却对他的话不屑一顾。萧茗已经看了显示屏十几年，上面显示的永远是那单调的黑色。他想，就算有一点儿红色也是整个人类的希望啊。他回想起这十几年的工作，每天都有人嘲笑他，说他太执着，劝他放弃，可他从没想过放弃，因为他知道他责任重大。

又是平常的一天，萧茗又准时打开方舟的显示屏，但萧茗却惊讶地发现屏幕上赫然出现一个孤独的红点，在茫茫宇宙中显得毫不起眼，但萧茗却像疯了似的，大喊道："舰长！舰长！快来呀！有信号了！"声音中还带着哭腔，舰长闻讯，一脸麻木地走来，说道："这都几十次了，每次都只是宇宙中飘荡的杂乱信息，唉。"说着，打开了转译机，却呆在了原地——是一段坐标。而后，所有顶尖科学家都急忙赶来，也目瞪口呆。

几个月后，坐标之地

那是一颗星球，在这颗星球的上方，人们透过方舟的舷舱激动地向下观望着，这也是一颗水蓝色的星球，看起来与地球无异。之后，方舟派出先遣队通过地毯式搜索，观测出这颗星球是恒星系统的第七星！其生态环境几乎和地球一模一样。

"终于……我们终于找到了……太不容易了……"萧茗激动得哽咽着，所有人的眼眶里都泛起了泪花……

萧茗翻开贴身衣兜，找出了爷爷生前的照片，摩挲着照片上爷爷和蔼的脸庞，哽咽着："爷爷，我们找到了，人类有救了，你的心愿完成了……你在那个世界不要再偷偷给我藏糖啦，要多吃饭，您为研究耗尽一生，如今我只能在岁月里回头想你，爷爷……"萧茗的眼泪如断了线的珠子，啪嗒啪嗒，一滴落得比一滴急。

　　大家也都低声抽泣起来，只有舰长仰起头，努力不让眼泪落下来："我们终于在这浩瀚的太空中又拥有自己的家了……可是我们牺牲了多少呢？亲人、家庭、同胞、穷尽半生的研究心血……"

　　他们擦干眼泪，抬头望向前方。

2221班徐高梓奕创作

望见了光，耀眼的光！

望见了光，希望的光！

望见了光，穿透裂缝的光！

这束光将人类从黑暗中拉出来！

他们坚定地向光驶去，向希望驶去！

两个白发苍苍的老人在绿地里，春草做枕，白云为被，手里攥着四个方舟的大合影，他们也躺在回忆中。

番外 神性界

在路的尽头，有一个至终的世界：神性界。

3035 年 1 月 1 日 MindX 地下研究中心

洛川呆坐在地下的实验室里。

在研究被禁止后，他们就在暗无天日的地下研究所秘密研究了 7 年。

他手上正拿着一份最新的报告，不由得蹙起了眉。

关于"脑科学"目前有 4 个阶段。

阶段 1："0"，意为无。

这个阶段可以自由控制小部分身体的器官。

阶段 2："00"，意为无限。

这个阶段可以自由控制身体所有的器官、组织，并且可以直接改变身体内的器官。这个阶段，已经不再需要注射任何 Cogito。

阶段 3："000"，意为无限光。

这个阶段已经可以细致入微，自由改变身体的状态与形式。

阶段 4：神性界。

这个阶段已经成为原人亚当的境界，在这个境界已经可以被称为"神"。可以直接改变生命的形式，但是这一步之前，每一步都要如履薄冰。到了此等地步，改变的可以是灵魂。

"洛川博士，我们又有一名研究成员进入了'0'阶！"一名研究员飞快地跑来，向洛川汇报喜讯。

"现在一共有多少位研究员进入了序列？"洛川博士问道。

"报告博士，'0'阶段的一共43人，'00'阶段的，有15人，'000'阶段的，加上您只有4人。这4人分别是您、李卓远、林清瑶和林毅。"研究员答道。

"好的，我知道了。"洛川点点头，示意研究员离开。

3034 年 5 月 7 日

洛川正在给研究员讲解晋升序列的经验，所有的序列人员几乎都在。

"提升序列的方法有很多种，首先就是要提升自己大脑对身体的掌控。晋升序列时，身体会如同烈日灼烧一般疼痛，但那将是新生。想要晋升，就需要你对身体掌控得越多，也了解得越多，这种了解，是需要自己去了解，而不能通过一些外人的推测来进行。现在，你们可以自由提问，或者是去休息了。"洛川博士耐心地讲解道。

"洛博士，如果我们提升的不是肉体，那么我们的灵魂能不能来进行控制呢？抑或说，锤炼？"林清瑶举手问。

洛川的脑海中仿若惊雷炸开："你说得对，我们可以试试！如果成功了，'神性界'将不是遥不可及。"

3034 年 8 月 1 日

夜空的繁星如钻石般闪耀。

"黄昏"的光芒在天幕上如此璀璨。

在那天空之外，是失乐之园吗？

高塔般的光柱拔地而起。

"伊甸之门"已经开启。

共 104 名研究人员，72 名进入了"神性界"。

火种不灭

3034 年 9 月 4 日

在漫长的岁月之后，人类文明危在旦夕。

那 72 名研究员，共同进入了能量的世界。

他们以光速交流，瞬息之间，就已经决定帮助这个残缺的人类文明。

在 kether 星系的第七星，有一颗水蓝色的星球。如一颗晶莹的水晶球一般玲珑剔透。

一位勇敢的研究员，向方舟发送了这颗星球的坐标……

那遥远星光

宇宙回响

第一章　探索

时间从手指间滑过，落入银蓝色的丝带中。时光静默地看着变化的世界，不时用冷凉的手指指向地球。地球，已步入老年，全身上下满是黑乎乎的污泥、垃圾。地球用他那沉重、忧郁而又缓慢的声音说："万年前，我发善心孕育了人类，他们年复一年地变强大，几乎把我所有的地方都占了。他们却还不满足，先是大量捕杀动物，到后来满天垃圾……唉！"

透过浓黑的烟雾来到地球上，全地球最庞大的组织——星海组织也开始准备起来，他们邀请各个地方知名的科学家举行了一次隆重的会议。这次会议长达 5 个小时，会上科学家提出了种种假设与想法，星海组织会长陆晨决定将所有想法收集起来，想弄清楚大家更倾向于哪一个。调查的结果很快便公布了出来：大多数科学家认为建立虚拟的地球、让地球复原的方案可行。这个问题解决后，会长陆晨猛地想起地球目前对虚拟地球的建设并不够，需要有人去宇宙中看看是否有与地球相似的星球。

星海组织里，有一位年轻的成员，他叫谢忆年。谢忆年有着乌黑却时时散发出光的眸子，戴着一副金丝边框的眼镜，笑起来宛如星河般绚烂。他时常听到一个声音，这个声音一直在告诉他一些事。他从小便对宇宙十分好奇，经常趴在窗旁看夜色。听说了这件事，谢忆年决定去试试。

他叩响了会长的门。"进来。"陆晨抬起头，有一丝诧异从脸上闪过。谢忆年向会长讲述了他来的意图。在这期间，陆晨一直两手相扣，下巴轻轻地放在双手上。陆晨沉默良久，毕竟这件事情并没有人做过，像谢忆年这样在没有前人探索过的情况下坚决要求去，不免有些唐突，可能完成不了这次任务。谢忆年看到陆晨摇了摇头，明白陆晨担心的问题，他再度开口道："会长，我知道您所担心的问题，但能不能让我试一次。我想这个任务确实很艰巨，但这也是磨炼我意志的旅行，所以我想试试。"陆晨再度望向窗外，叹了口气，允许了。

陆晨让0028随谢忆年一同前往。0028是个机器人，他有丰富的知识储备，也善于随机应变。他们踏进蓝色的水晶仓，仓内滚动的水珠时而触碰到他们的鼻子，时而又在手指间滑动，但水珠每次触碰到他们，他们就会觉得眼皮又厚一层，最终他们坠入了梦乡。

醒来时，谢忆年发现自己已经在地球面前，于是他决定将地球变好。谢忆年先来到河边。河水污浊不堪，他将水中的各种垃圾、死鱼清理上岸，并要求工厂停止向河流排放污水，然后将发霉的水排放到过滤混合反应器

2223班王馨瑶创作

中进行混合与过滤处理，过滤后的水再排放到生物反应器，然后用紫外线消毒。处理好后他满意地笑了，又信步往前走去。他走到一片只剩树桩的地方，俯下身抚摩着它们。他走了许久才寻到一户人家，他向他们要了些种子，在被砍的树旁种下。谢忆年望着希望之种笑了。种子全都种好之后天空下起了细雨，黄豆粒大的水珠砸在他的身上，这种感受莫名让他觉得有些熟悉，再度睁眼，自己又回到水晶舱里。谢忆年这才知道，刚才的是个梦。

他们下了水晶舱，往前走，星河的灿烂让他们赞叹不已。忽然谢忆年觉得有轻微的风朝他吹来，他享受似的仰起头，可渐渐地，他发现不对劲儿：风势越来越大，之前的经验告诉他有危险。此时，一股强大的引力朝他们扑面而来，谢忆年的身子快速向后飞移。0028 迅速地拉住他的手，但他的力量也比不过引力。他们眼前一黑，昏了过去。

宇宙回响

第二章　黑洞

　　当他再次睁眼，却发觉自己已处在一片荒芜之中，灰蒙蒙的淡紫色硝烟萦绕着这片平原，空气冷得刺骨，周围稀稀拉拉的枯草和远处散发着幽蓝色的大树不由得勾起了他一段缥缈又清晰的记忆。

　　那时，他还是学生。走在学校偌大的图书馆里，他心中不由得升起一种无名的空虚感，那种感觉从心底荡漾到后颈，脑中一个空洞的声音不断回响："5年后，蓝色大树，时间开始……"没有任何感情，却又莫名熟悉。声音如鬼影般在谢忆年脑海里来回穿梭，贯通了他的五脏六腑，可是他非

2223班郭思嘉绘

但没有被侵扰，反而觉得十分舒适。清凉将他笼罩着，那句话也深深烙印在他的记忆里。他觉得这个声音不属于这里，像是缸底的回声。之后他试图从科学角度解释这毫无来由的声音，但因为太久没有进展便搁置了。

他再次看到这棵蓝色大树，脑海中猛然响起那个声音，依旧觉得十分清晰。此刻，他定了定神，正想仔细看时，眼前却见一片荒凉，几棵树歪歪斜斜地长着，远处稀稀疏疏地错落着几户人家。0028从他身旁吱吱呀呀地爬起来："主人，0028号检测到我们现在所处的位置是世界上有名的黑洞。黑洞并不是一片纯黑。当离黑洞很近的时候，引力会将人类的原子撕裂开，而穿越事件穹界是一条不归之路，因为引力强烈，终究会被吸到黑洞内部。要想离开事件穹界，除非你跑得比光还要快。"此时，一位老者向他们走来。"只有离开黑洞才能打开神秘多端、浩瀚无垠的宇宙之门，去寻找拯救地球的能量之源，人类才能摆脱劫难，才不会消失于茫茫岁月之中。"老者缓缓地说，"这里是黑洞，宇宙的中心。在这里，有一种超越光速逃离黑洞的方法——超动。"谢忆年一听，顿时来了精神，便问老者超动的具体方法。老者却说："我先把丑话说在前头，我们还没有完全控制超动，你在离开黑洞之后可能会被随机投放至太空的任意一个位置，所以我们一直没有离开。你要是现在想放弃，也可以在我们这里居住。"谢忆年踌躇了，但他仿佛无形中看到了会长那张憨厚乐观的脸，并且0028也说："主人，我们去吧。"谢忆年点点头，对老者说："我们当然要去了，不能刚开始就放弃。"老者说："真是劝不动你，好吧，今天午夜当'天空'全黑时，走到黑洞的最外围，就会离开这里。如果你后悔了，我房子的后门随时为你打开。""那你还是关上门吧。"谢忆年爽朗的声音回荡在这个浩渺的黑洞中，老人叹了口气，转过身走了回去。午夜到了，原本头顶幽幽的"光线"消失殆尽，谢忆年回头看了看这个小小的世界。偶然间看到了一扇开启的门和一丝柔和的人造"光"，谢忆年笑了笑。而就在此时一股强大的力量推搡着谢忆年，使谢忆年失去了知觉。

第三章 初探

点点星河似乎在他们眼前排列开来，在无尽的黑洞空间中他们不知被什么力量吸引着。也不知过了多长时间，一阵阵风向他们吹来，风力渐渐由弱变强，似乎又被一股力量所吸引着，这股力量突然将谢忆年卷入一阵蓝色暴雨中，他发现自己竟如在时空里穿梭一样，一颗颗星，意味着一段段时间。谢忆年感觉自己像是在星河间来回跳跃，迷迷糊糊中，他似乎看到了一个身影，极其熟悉又极其陌生，他似乎又被卷入一片汪洋大海中。

待他醒来后，他发觉自己处在一个昏暗的地方，身旁一扇舷窗透出了点点微光。谢忆年隐隐约约地看到窗外是辽阔的海洋，而此时，那悠悠回声再次响起："坦普尔特区 318 号，浩溯二号 19A 港。"谢忆年急忙拉起身旁的 0028，在微弱的灯光下，他们走出了这个房间，这时才发现他们身处一艘游船之上。这里两岸郁郁葱葱，树木间几块岩石在泉水的冲刷下仿佛泠泠作响，树梢上雀鸟相鸣，歌声嘤嘤成韵。谢忆年不禁陶醉其间，忽然一声尖叫打破了宁静。"你是谁？"一位穿着华贵的女人叫道。顿时，所有人的目光齐刷刷地看向谢忆年，人群中响起了一阵骚动："他是从哪儿来的呀？不会是从城外跑进来的吧？""把他赶出去！真是脏了我们的眼！"

几个士兵和机器人走了过来。而此时，一辆摩托艇飞驰而来，"跳下来，快！"摩托艇上的人喊道。谢忆年顾不得想，一把抓起 0028 就跳了下去。

小小的摩托艇再次飞驰而去，只留下士兵的叫骂声久久回荡。

而另一边，艇上的人却率先开口："小伙子，发生啥事了？你去哪儿？"在告知了男人情况和目的地后，艇上的人不禁感慨道："这些王公贵族，平时自诩文雅，可还不是这么傲慢粗俗。"

这时，一座高大的城墙出现在眼前。男人熟悉地从一个不起眼的缺口处驶出。摩托艇驶出后，周遭的景色也突然变化，原先优美的景色逐渐变得肮脏，谢忆年这才得知刚才他所在的行星叫水凌星，刚才那美丽的景色是首府浩溯2号内城的景象。"只有内城才是人住的地方，那些王公们根本不让老百姓进。"男人愤愤不平地说道。一路上，二人边聊边走，男人讲述了这个星球上的种种不平，谢忆年听后也很愤慨，而0028则默默记录下了这个星球的情况。

终于，摩托艇驶入了一个废弃港口，那人说："到了，小伙子，下去吧。对了，我叫尤国楠，你可以到珞梧德路118号找我。"谢忆年默默地谢过了这位大哥，走进了这个港口。

"你终于来了。"一个声音悠悠说道。"你是谁？"谢忆年警觉地问道。这时所有灯一下子亮了起来，谢忆年不禁浑身一颤。"吓到了吗？我叫裴峰，叫你来的人。"谢忆年这才松了一口气，裴峰严肃地说："我叫你来是为了推翻这个星球。"

裴峰展开了显示面板："正如你所见到的，水凌星政府的统治极其腐败，边疆总兵阳奉阴违……"谢忆年沉思片刻后问道："水凌星外围为什么会变成一片荒芜呢？"

"水凌星原本是一个生物多样、气候宜人、水能充沛的星球，但由于过度污染，生态环境逐步恶化，百姓生活在水深火热之中，而政府不但不顾及百姓，反而征收重税，形成了严重的阶级分化，平民百姓只能生活在城外，而那些皇亲贵族生活在舒适的城里。我让你来的目的就是为了彻底改变这个星球！"谢忆年听完后痴痴地望向窗外："那……我们该如何推翻他们呢？""我们应该先团结群众……"

裴峰与谢忆年在空旷而荒芜的城外走着，这与城里截然不同。

宇宙回响

"城外大概有多少贫民？"

"四五万人，是城里的3倍还多。"

"哈哈，这么多人？那举行起义绰绰有余！"

这个消息让谢忆年既高兴又低落，高兴的是这么多的人足够进行大规模起义，而低落的是水凌星的阶级分化竟到了如此严重的地步。

经过了将近半年的时间，裴峰与谢忆年成功地召集了城外的大部分贫民，通过大会决定由谢忆年担任总指挥，裴峰担任副总指挥。

又过了一个月后，农民们收集了大量的物资。谢忆年领导了一次大规模的起义斗争。这次起义规模十分庞大，对政府产生了巨大的打击。而且经过这次斗争，谢忆年的队伍变得越来越庞大，并且得到了人们的一致认可。

经过了这一次斗争，政府损失惨重，百姓斗志正盛，怎样取得根本的胜利，谢忆年陷入了沉思……

"目前，水凌星政府对我们领导百姓进行斗争的举动十分不满，如果我们再直接参与进来，将会遭到星际驱逐。"裴峰有点儿担心地看着谢忆年。

沉默了片刻，谢忆年冲着裴峰诡异地一笑："裴兄，请问水凌星人身体能量的补给是否特别依赖某种元素物质？"

"氯化钠！"裴峰十分不解谢忆年的用意。

谢忆年一听到氯化钠3个字便哈哈大笑起来："就是食盐的主要成分呗！跟我们一样啊！"谢忆年拍拍裴峰的肩膀，"咱就从这氯化钠入手！咱们让与氯化钠生产相关的行业的水凌星人控制供应量，不就可以迫使政府考虑百姓的意愿了吗？"

"不行啊，咱们现在不方便直接领导了！"

"哈哈！既然都是吃食盐的，那就能理解'非暴力不合作'了！"说完，谢忆年又哈哈大笑起来。

"噢——对，非暴力不合作！"两人会心地一笑。

就这样，水凌星人在各个地区进行了一场轰轰烈烈的氯化钠行业的非暴力不合作运动。没有战火没有斗争，只有默默的不合作态度。不久，各行各业的百姓纷纷响应，进而社会生产中断，财政陷入危机，政府统治出现僵局。水凌星的统治者被迫开始思考百姓们提出的彻底去除赋税、统治者也参与到劳动中来、按需分配、维持生态平衡的建议的合理性。

不久，水凌星解放了，而且恢复了往日的生机，百姓和乐，万象更新，水流潺潺，雀鸟嘤嘤！

一次偶然的机会，谢忆年了解到了这个星球的一种奇观——在每一年的冬至，在这个星球上的恩格角会有罕见的"黑昼"奇观。在那一天会有一段时间白昼如同黑夜一般没有任何光亮，并且十分危险：曾经在恩格角"黑昼"时待在那里的人都失踪了。所以人们只好在周遭岛屿上观看这个奇观。谢忆年敏锐地意识到这可能与超动有关，于是他不顾劝阻，带着0028来到了恩格角。同时，他还带来了许多物资——如果真的和超动有关，那么这些物资也许可以派上用场。果然，在那年冬至，当所有光线消失后，一股强大的力量推搡着谢忆年和0028，使他陷入沉睡。

等他再次醒来时，他环顾四周，发现这是一个他极其熟悉的地方——奇点黑洞。在此次冒险中，谢忆年更加同情底层人民的生活遭遇，而0028也记录了这个行星资料，同时也对人类思维更加理解。

在这里，谢忆年又一次找到了老者，将此次带来的物资全部交给他。在这些物资中，就有水凌星的杰出科研成果——万用水培箱。这种水培箱可以种植任何植物，水凌星再也不用因能源发愁了。在他询问老者的过程中，得知了老者也是在类似水凌星"黑昼"现象发生时被带到这个黑洞的。老者叹了口气说道："小伙子，你是唯一一个再次回到这里的人。老实说，我一开始对你并不抱有太大希望，但是看来你真的有过人的胆量和勇气。我也是时候告诉你超动的秘密了。"

在长夜之中，老者向谢忆年揭示了一个他前所未闻的宇宙的奥秘。据老者所言，宇宙中分布着6个神秘的星球，每个星球都代表着一个与奇点黑洞密切相关的力量。通过借助意念超动，谢忆年可以一次性获得前往任何他心灵所愿的地方的能力。然而，这个方法只能使用一次，并且需要利用6个星球分布的宇宙能量。只有通过意念超动的速度，才能唤起宇宙大爆炸的力量，最终解决地球面临的危机。

在这次超动中，谢忆年消耗了大量的能量，并且经历了一系列挑战和冒险。这使得他的身体和精神都疲惫不堪。为了重新积蓄能量和平衡身心状态，他将进入沉睡状态。在沉睡中，他将积蓄力量，重新连接宇宙能量，并为接下来的冒险做准备。

第四章　相遇

　　"主人，你还好吗？""我没……事，啊，有沙子进我的衣服里了。0028，这是在哪儿？""主人，根据我的资料显示，我们现在位于宇宙里最偏远的星球——水星。""水和食物还剩多少？"谢忆年问。"只够支撑两三天了。"0028回答说。

　　3天之后，他们来到了一个小镇上，二人赶紧走入当地的商店，来采购食物。就在他们结完账准备出商店时，一个人和谢忆年迎头相撞。那个人赶忙道歉。"裴峰！"谢忆年喊道。那个人见谢忆年叫他，赶忙抬起了头："谢忆年，还有0028！你们怎么在这里？"谢忆年向裴峰说明了他的任务和能力，"那你呢？"谢忆年问。裴峰也告诉了谢忆年两人走后水凌星发生的事。原来，他们当时虽然打败了水凌星的政府，但只是治标不治本，随即上任的各路官员还是像原来一样不停压榨人民，并且他们为了以防后患，对他们认为的危险人物（包括裴峰）进行了粒子时空对撞机——人造虫洞的实验。可谁知实验出错，将裴峰从原目的地001——错误宇宙送到了71231平行宇宙，裴峰侥幸活了下来。裴峰在这里待了一会儿，现在打算另找方法回到自己的宇宙。听罢，谢忆年对裴峰说："这样，我有穿梭平行宇宙的能力，你先跟着我，说不定我完成任务后就可以将你送回去了。"裴峰听了，低了头想了想，便答应了。就这样，三人带着水和食物再次踏上了旅程。

谢忆年三人误打误撞地闯入了雨林。雨林中，一片片雨雾弥漫着，一棵棵参天大树高耸不见其顶，一个个水洼随处可见。午后的阳光蓦然间从树缝之间穿插而入，照在水洼之上，恰似一块块白玉盘，晶莹生辉，三人沉浸在这美景当中。谢忆年和0028惊奇地发现，这里的污染指数居然只有2！要知道地球上的污染指数可是这里的50倍啊！一瞬间，谢忆年的思绪被拉回到了从地球出发前：狂风、飞沙，吞噬天地，就连天空也染上了一层诡异的紫灰，整个世界，宛如一曲哀歌……等着我，地球，等我……谢忆年心中仿佛做出了某个决定，紧接着大步向前走去。裴峰看见谢忆年这样惊讶，向他们解释道："这里的人们懂得保护环境，而且技术不发达，因此环境几乎没有遭到破坏。"谢忆年和0028才不管那么多，赶忙将这里作为模板，对空气、土壤进行采样。突然，身后传来一声叽的声响，裴峰回头一看，大叫一声："不好！"只见身后蹿出一头怪兽，它有卡车般大小，气息狂躁无比，满眼透红，一道道血丝肉眼可见；它有着鸡的毛发和鱼的鳍，头上两只角散发着幽幽白光，血盆大口里布满了锋利无比的巨齿，一滴滴腐蚀性的口水滴在地上，发出吱吱的声音。此刻，它已将自己

2223班郭思嘉创作

的目光锁定在谢忆年身上，凭借着粗壮的后肢，向谢忆年扑了过去。谢忆年却被脚下的树枝绊了一下，栽倒了，逃过了一劫。0028 解释说，这种生物十分凶猛，还可以在水中生活，唯一的缺点是……还没等 0028 说完，怪兽又张着大嘴向谢忆年冲了过去，吓得谢忆年赶忙向雨林深处跑去，0028 和裴峰只好追上去。0028 对裴峰说："这种生物一旦确定猎物，不将猎物杀死，决不罢休。"

谢忆年眼看那怪兽一直死盯自己不放，便慌不择路地钻进一个树洞。因为树洞口比较小，所以怪兽只有一个脑袋进来了，但仍不断地把自己的脑袋向里拱，谢忆年无奈只好往里退，结果发现怪兽卡在那里了。"哈哈哈，你不是挺嚣张吗？来呀，咬我呀！"谢忆年嘲讽道。可谁知，怪兽居然咬得动木头！谢忆年眼看退无可退，便大声呼喊裴峰。裴峰跳到了怪兽的后面，眼神中透露着威严。他手腕一翻，手中的小刀脱手而出，速度之快令人咋舌。小刀上下翻飞，闪耀着光芒，紧接着一道白色的刀光飞进了怪兽的要害——尾巴与身体连接之处，怪兽惨叫一声，蓝色的血液从尾部流到地上。谢裴二人还处于死里逃生的惊惧之中，只有 0028 注意到，怪兽的身体以肉眼可见的速度腐烂着，并散发出一股恶臭。直到闻到臭味，谢裴二人才发现这特殊的情况。此刻，三人都不约而同地意识到这是某种信号，但为时已晚。几十只怪兽已将他们团团围住。正当怪兽们要发起进攻时，天空突然黑云滚滚，电闪雷鸣。一时间，怪兽全都四散而逃，只剩下两人傻呵呵地乐着。正当他们看着溃逃的野兽时，0028 突然提醒道："主人，检测到危险等级为龙（当地的等级标，代表动物越凶残，危险等级越大）的水龙卷正以 25000km/h 的速度向我们赶来！"这时，几股直冲云霄的水龙卷，正以雷霆万钧之势，向他们冲过来。这几股水龙卷简直是与天齐平，其中还裹挟着大量的泥土沙石、花草树木、飞禽走兽。它们卷过了一条条河流，显得越发巨大。三人想以他们最快的速度逃离水龙卷，然而于事无补，很快都被卷了进去。谢忆年只感觉苦涩的水在自己的胸腔肺腑里翻腾，随着一种熟悉的感觉，谢忆年和 0028 被意念超动传送到了另一个地方……

至于裴峰，应该是被传送回了自己的宇宙了。

第五章　决心

　　谢忆年真是累极了。一次次的困难使他狼狈不堪，后退了3步之后，他双腿抽搐了一下，然后瘫坐在了地上，微微抬起头，渐渐地望向远处，光线下，是一片辽阔无垠的大草原。就在他坐着发呆的时候，0028向他走了过来，取出了一只装有一张纸的玻璃瓶递给了他——那是一封小小的书信，是老人临行前留给谢忆年的。信中说道："超动的本质是两个黑洞在经过碰撞之后使宇宙中的时间和空间发生了巨大的扭曲，从而使得黑洞中的生物有机会从黑洞中逃脱，只不过逃脱的生物无法逃回到原来的宇宙中，而是会被传送到另外一个平行宇宙中。这种通过两个黑洞碰撞而穿越到别的平行宇宙的方法就叫作超动。"

　　虽说这已经不是谢忆年第一次通过超动来到新世界了，但他还是有点儿慌张。好在他很快就制订出了一套详细的探索计划。

　　这时，0028在一旁问道："主人，我们接下来要去哪里？""接下来嘛，我打算先在这个世界探索一番，看看能不能学到建造虚拟地球的好方法。顺便找一找这个平行宇宙里的我，这些可能是我们回地球的关键。"

　　谢忆年带着0028来到了附近的一条小路旁，小路上的车流不算多，这个世界的汽车的造型和地球上的也非常相似，唯独不同的是这些汽车上都没有排气管。"0028，帮我分析一下这些汽车都是以什么为动力的。""报告主人，这些车辆均是氢能源驱动的，属于清洁能源。""氢能源……看来这个星球的科技水平很高啊，这么高的科技水平还能有这么好的生态环境，看来我们要在这里多学习一点儿了。"谢忆年和0028在路边搭上了一辆车，听了车主的简单介绍后，谢忆年决定和车主同行前往这个世界的首都乌纳达。

乌纳达是一座十分繁荣的城市，与地球环境剧烈恶化前的纽约曼哈顿有几分相似。谢忆年在一家书店附近下了车，来到报刊专栏，打算通过这些资料了解这个世界的基本情况。谢忆年找到的最早的一份报纸，是8年前出版的《希利尔帝国皇家军队报》，于是他决定就从这份报纸开始阅读。"希利尔帝国军队占领瓦莱达帝国首都，瓦莱达国王宣布投降，希利尔帝国统一世界。""帝国科技研究院发布的最新研究成果显示，目前我们已经具备了改造星球生态以及外星移民的技术。""皇帝塔莱锡二世发布诏令：用尽一切科技手段，尽可能恢复世界生态环境。""帝国科技研究院生态恢复指导小组调查所得的最新数据显示：目前帝国生态环境已恢复至无污染状态的87.69%，较五年前同比增长72.36%。"

"0028，看来这个世界对环境的重视程度要远超我们啊。快，把这些信息都扫描下来，全部储存到你的数据库中，以后或许会有用。"

"收到，主人。"

不到3分钟，0028就把所有的资料录入完毕了。谢忆年又带着0028来到附近的一家服装店。"0028，分析一下这些人的穿着特色，再帮我设计出一套记者的服装。"0028对大街上的人们进行了扫描，很快就设计出一套时尚的服装。谢忆年拿着这套服装图样与商店里的衣服进行了对比，买下了一件十分相似的服装。

3天后，帝国新闻发布会上，外交部部长正在整理发言稿，谢忆年乔装成一名记者混进了会场。"主人，我们来这里干什么呀？""当然是来对这个世界进行更深入的了解呀，顺便学习一下他们对环境污染的治理方法。""哦，嘿嘿，还是主人想得周到。""对了，0028，这次发布会我需要你全程录音，我打算就在这个世界做出建造虚拟地球的方案。""都交给我吧，主人。"

这里的夜晚没有皎洁的月亮，只有数不尽的星星在天空中闪耀。谢忆年

宇宙回响

无精打采地望着天空，心中充满了失望。"不一样，完全不一样……"谢忆年轻声念叨着。"主人，什么不一样？""0028，按理来说，科技水平越高，对生态环境的污染就应该越严重，可是为什么他们能把环境维持得那么好呢？而人类却没有一点儿环境保护意识呢？要不是这些贪婪的家伙，地球怎么可能会变成现在这个样子？如果地球环境不遭受污染，我们又怎会为了建造所谓的'虚拟地球'而来到这样一个陌生的世界呢？"寂静，一片寂静。谢忆年拿衣袖擦拭了一下眼角，便倒头睡着了。

谢忆年从天空中俯视着地球，突然，远处的一声长鸣吸引了他的注意。他身后，一列蒸汽机车正在缓缓开动，这是第一次工业革命，也可以说是环境污染的开始。突然间，斗转星移，昼夜变换，时光飞逝，等到阳光再次稳定下来的时候，眼前的景象已然变成了一座繁荣的大城市。谢忆年还没看清城市的面貌，画面又一转，他来到了郊外。这里的土地上布满了大大小小的工厂，一根根烟囱参天耸立，黑烟笼罩着整个天空，未经过任何处理的工业废水直接排进了一条清澈的小溪，下游乌黑的浑水与上游清澈的溪流全然不像是出自同一源头。一声声痛苦的呻吟仿佛来自地球的深处，萦绕在谢忆年的耳旁。谢忆年终于忍受不住这种折磨了，他猛地睁开眼睛，从床上坐起来，大口大口地呼吸着新鲜空气。他这才意识到自己刚才不过是在做梦罢了。那一声声痛苦的呻吟仍旧回荡在谢忆年的耳边，令他久久无法释怀。终于，他仿佛下定了决心似的，猛地从床上蹦下来，穿好衣服，唤醒0028："0028，我们该走了。""主人，可是现在才凌晨4点多呀，我们要去干什么？""我们要去……拯救地球了。"

夜色中，一位勇敢的探索者和一个智慧的机器人正在为他们一生所追求的事业迈出一个又一个坚定的步伐。

"哎，你听说了吗？""什么呀？""就是关于那个人和他一直带着的机器人的。""哦，那个呀，听说了听说了。""你说，他们是过来干啥的呀？""不知道，管他呢，反正只要影响不到我们不就行了吗？"……

关于某些人的猜测和谣言可能很快就会消失，但是他们的影响或许永远会被世人铭记于心。

第六章　寻访

　　谢忆年和 0028 对这个星球熟悉之后，在一片茂密的森林搭建起一所木屋居住下来。他们白天分头寻访，晚上碰头总结制订第二天的计划。谢忆年派 0028 对这个星球居民的服饰特征进行采集和分析，几天后，两套与这个星球的人们毫无差别的服装便从 0028 的手中诞生了，他们换上衣服按计划继续自己的工作。一段时间后，他们发现这里的人异常冷漠，问到的问题总只回答一部分，似乎有意隐藏着什么秘密。谢忆年想，也许只有找到这个平行宇宙中的另一个自己才能突破难关完成任务。谢忆年和 0028 陷入了困境，因为 0028 的定位系统没有关于另一个自己的任何信息，好像另一个自己从来就没有出现过，更别提在这个星球找到另一个自己。这天，夕阳西下，月亮升上夜空，大地被一片月光笼罩，阴冷静谧。谢忆年和 0028 又是一无所获，十分懊恼，只好回到森林深处的木屋中躺下来稍事休息。树叶沙沙作响，窗外十几个人影晃动，谢忆年和 0028 同时察觉到了窗外有人，他们两个急忙从床上爬起来。谢忆年说："我们被发现了。"屋外产生了一道屏障。人影忽然不见了，一切归于平静。渐渐地，困意袭来，他们睡着了……

　　第二天，谢忆年走出森林木屋，就看到了他和 0028 的画像，边上写着"注意外星来客，居民们保护好自己所管辖的森林"。谢忆年笑了笑，说道："没想到我们也会被称为外星来客！"这时告示旁的巡警看到了他和0028，立刻对他们展开追捕。紧急关头，0028的机器扫描到了自己的另一个主人——这个平行宇宙中的谢忆年。只是这个谢忆年的穿着和眼前的谢忆年有很大的不同。他衣衫褴褛，看起来很疲惫。谢忆年和0028根据扫描仪的位置马上去寻找另一个谢忆年。还不等谢忆年和0028庆幸找到另一个谢忆年的时候，巡警也气喘吁吁地赶到了。于是他们三人一起被巡警带到了统治者面前。

谢忆年好奇地问："您为什么要追捕我们呢？"统治者威严地冷笑着："10年前，我们星球来了两个自称来自外星球的人，对我们这里的森林大肆破坏，我们花费心血种植的树木，被他们一棵棵砍倒。他们离开后，我们星球的森林面积少了一半。从此我们发出告示，不再向外星来客提起自己星球的任何事，不欢迎任何来自外星球的人。发现可疑人物要马上上报并将其驱逐出境。昨晚我们发现了你们的行踪，所以一直跟随你们，待今日就要送你们离开我们的星球。"原来如此啊！谢忆年和0028恍然大悟，原来巡警的追捕和居民们的冷漠是有原因的。谢忆年用坚定的眼神看着统治者，向他说明了来这个星球的初衷。最终，他说服了统治者，他们留了下来。统治者贴出告示昭告大家，允许三人留在自己的星球寻访，但前提是要保护星球的一草一木。谢忆年和0028靠着自己的真诚和努力打动了统治者，让他们有更多的时间留在这个星球完成任务。他们三人千恩万谢地送走统治者，便交谈起来。交谈中得知，另外这个"谢忆年"叫谢屿，是木星人，来这儿和谢忆年的目的一样，也是为了寻找保护环境的方案。这使谢忆年大为震惊。很快，三人便熟识起来并有了统一的计划。

他们发现这个平行宇宙中有很多与自己居住的星球相同的地方，也有很多不同。宇宙仿佛被一个巨大的球面包裹着，同样有山峰、山谷，有平原、丘陵，有高原、盆地。其实这都是由宇宙能量分布形成的，能量高的地方是山峰，能量低的地方是山谷。能量分布不只是山峰、山谷那么简单，它像一幅崎岖起伏的山地景观图。这个地方同样有着星系、山川、海洋、城市以及各种生物，原住民和人类一样生活在三维世界里，他们的世界和宇宙边缘的世界构成了一对最合拍的平行世界，就像你与你的影子一样亦步亦趋。只是谢忆年他们惊讶地看到了很多不可思议的事情，那些比他们高而且壮的人们吃着木头，而且吃得津津有味；喝着海洋的水，喝得甘之如饴；还有人用石头榨出的汁直接拌着地上的土吃……一切是那么自然，那么随意。谢忆年他们难以理解这些人的味觉，更不敢像这些人一样随意就地取材进食，虽然他们早已饥肠辘辘、口渴难耐。他们突然听到头顶上空有类似滑翔机飞过的声音，猛地抬头看，却并没有看到滑翔机，反而看到一只很大很美、类似凤凰的大鸟飞过。它巨大的羽毛在太阳光的照耀下闪着五彩斑斓、美丽的光，是那么耀眼，那么绚丽。只一会儿的工夫，那只美丽的大鸟就飞得很远很远了。他们诧异极了，怎么可以飞得这样快？！一瞬间，他们看着天又惊呆了。天湛蓝湛蓝的，像透明的镜子那样明净，厚厚的白云，一团团如棉花，一阵阵如波涛，挂在天这边，缀在天那边，把天空装饰得如画一般。他们被天空的美景折服了，看着高高挂在晴空上的白云轻轻地飘，风就是它的旅行车，它像是有着自己的目标似的，只是不知去往哪个世界的尽头。耀眼的光芒照得他们眯起眼睛，看着这极明、极静、极宽广的湛蓝天空，他们那始终紧张的心放松下来，同时饥饿感也倍增，而且渴得更像整个沙漠都被装在嘴里似的。他们不约而同地产生了一个大胆的想法，就是要像那些原住民一样就地取食，尝尝鲜。他们抓起地上的一把土小心翼翼地放到了嘴里，天哪！这哪里是土的味道？不，应该说这不是他们居住的星球上土的味道。这土如蜜一般清甜，入口丝滑，只是有些干。他们跑向海边，不管这海水是不是咸，是不是有毒，捧起一捧水就往嘴里灌。雪碧，七喜，还是柠檬水？他们捧着的手顿住了，他们彻底愣住了，这海水也不是"曾经"的海水了。他们随手捡起一根木棍，也不顾牙齿的感受咬了下去，嘎嘣一声，脆的！还是香甜的！美味的土、海水和木棍令他们觉到神奇，他们无比开心，就像刚才看到的那只美丽大鸟一般想飞向湛蓝如画的天空。他们津津有味地吃着土和木棍，无比酣畅地喝着海水，大快朵颐。当他们吃饱喝足相视而笑时，瞬间领会到彼此的心思，开始收集石头，因为他们很好奇用石头榨出的汁会是什么奇妙味道。可当他们像那些人一样用手攥着石头，把手都攥疼了，却没有一丝汁液流出来，血倒是快流出来了。这时，谢忆年突然想到，那些人又高又壮，力气自然是不一般的。就像那只美丽的大鸟，振动一下它巨大的翅膀就可以飞出好几十米。这个星球太不一般了！虽然存在的景象看着一样，但其内质却大不相同。不，这个星球的景象更美！这个星球的一切看着简单、纯洁、质朴，但孕育的生机与能量却是如此强大而美好。这是为什么呢？他问0028，0028想想回答道："这个宇宙一定有着某种神秘力量是我们宇宙没有的，所以才会如此这般。"可谢屿却说道："不！你们没有发现吗？这里的一切更像我们最早的远古时期，但比那时更文明、更健康、更洁净。"他们都陷入了沉思，因为他们都想让自己居住的星球如这个星球一般，景象美如画，饮食甜如蜜，身体强又壮，最关键的是原住民虽然看似冷漠，但整体却又那么和谐。他们探讨思考着，想知道这个平行宇宙中到底有什么神秘能量。过了良久，谢忆年顿悟道："我知道了，你说得对。"他指着谢屿说："这里的大自然保持着最初的原始形态，没有被改变过、开发过，也不可能被过度开采，更没有那么多的人为合成化学元素，一切都保持着纯天然状态。这里的人们不是冷漠，而是简单淡然。他们热爱这肥沃土地、

2223班郭思嘉创作

广阔天空、广袤大海。他们不舍得去改变它们，他们尊重它们，他们尽自己所能去维护原生态环境，去呵护它们，用他们的智慧让这里的一切生态，良性循环。他们与大自然融为一体，相互造福。其实这种神秘的力量就是天地和谐，万物共生，均衡存乎万物之间。"

谢忆年的另一个自己产生了强烈的共鸣："对！人与自然是一种相互依存、相互影响的关系。人类应当尊重自然、保护自然，而不是盲目地开发和破坏自然。大自然是有语言的，人们应该去解读大自然的语言，感受大自然的美丽和力量。人类已处于主动地位，当人类的行为违背自然规律，资源消耗速度超过自然资源的再生能力，污染排放超过环境容量时，就会导致人与自然关系的失衡，造成人与自然不和谐。人类应该珍惜自然、感恩自然，保持与自然的和谐关系，这样才能实现人与自然的双赢。"

0028更是激动地说道："每一种生物都是大自然的组成部分，人与自然和谐相处，不只是出于对大自然的敬畏，也是为了人类自身最好的生存。天人合一，人鸟共和谐。绿水青山，美丽家园。"他们各自感到大脑充盈，身体充满力量，有了自己的计划，迫不及待地想返回他们所居住的星球了。这是他们在这个宇宙仅待了一小段时间就有的感悟，如果他们在这里一直待下去，肯定会有更多的发现、感受，会受益良多。但他们太想让自己居住的星球变好了，所以他们希望早点儿去下一个星球进行学习。

第七章　Q023

　　伴随着超动的激发，谢忆年和0028陷入了深沉的梦境。空间坍塌，时空错乱，一切仿佛回到原点，谢忆年的脑海中闪现出无数个过往的回忆：破败的地球，脑海中的声音，孤零零的蓝色大树，水能丰富的水凌星，瞬息万变的水龙卷以及另一个自己……一路上形形色色的事物让谢忆年更加坚定了自己的初心。光影变幻间，色彩层层相撞，像飞鸟翱翔穿过浩瀚星河。星光漫漫，乘着记忆，穿过银河，他们眼前渐渐浮现出一颗苍翠欲滴的行星——Q023行星。

　　"谢忆年，快醒醒，我们到了！"一阵急促的喊声唤醒了谢忆年。望着眼前的一切，谢忆年对这里充满了好奇。他缓缓地走上松软的沙地，似有千万颗岩石在跳舞。透过大气圈上的浓密绿植，隐约看到日落之处，橘红色的暖洋洋的光洒满了珙桐，红罩着绿，绿透着白。谢忆年的神态中带着对新世界的好奇，眼神里满是对未知的憧憬，嘴角带着期盼，一路跋涉，不断前行，去追寻更多新鲜的知识。向前走，阳光温馨恬静，脚下的风和煦轻柔。忽然，谢忆年抬头发现浩瀚的宇宙中有一颗颜色深似浓墨的行星，有点儿破败，又好像散发着细碎的灯光，双眸中尽是好奇。他赶忙叫0028看，询问道："0028，你快看，远处那黑乎乎的行星是哪颗星？看起来好像支离破碎的样子。""确认位置，检测到与您描述相符的行星，那是一颗被当地居民摧残到无法挽救的行星。"听到这儿，谢忆年瞳孔轻颤，眼中的光消失不见，他想起了满目疮痍的地球，心里不免感到一些遗憾。谢忆年走着走着，前面出现一片绿色的"海洋"，植被里荡起的有鸟儿的轻鸣，有昆虫的聒噪，也有蝴蝶的起舞；身旁有一棵高大似柳树的植物，舒展着娇嫩的枝丫，随风轻轻地摇曳着身姿……

许久，天色暗淡成蓝。包罗万象的天空，像一块蓝里透黑的幕布，银河犹如它的伤痕，而空中闪亮的明星，似乎填满了夜的不足，又好似点缀了它，如一颗颗银白的钻石。只只鸣虫在星月交辉中高歌，为周围增添了一丝神秘氛围。

谢忆年茫然地望向四周："那这个星球到底有哪些不一样的地方呢？"细细地思索了一阵后，谢忆年决定先和0028在附近看看，有没有虚拟地球需要的能源。走着走着，谢忆年才后知后觉地发现，这个星球上的陆地几乎都被植物覆盖。谢忆年让0028扫描调取这个星球的信息，看着数据分析，他感到十分诧异。在Q023行星上，没有草原、荒山，只有无穷无尽的植物，奇怪的是，这些植物中热带植物与寒带植物混合生长在一起，叶片的大小也都出奇地一致。谢忆年戴上特制的手套，想要采下一片叶子带回去研究，然而他的手却直直地从叶片里面穿过。这时，一阵喧闹声传来，一个白衣男子和几个身着黑衣的人走了过来，白衣男子说他是这里的负责人。他告诉谢忆年，Q023行星距离太阳很远，没有充足的阳光，植物没办法正常生长，但是以他们现在的科技水平无法保持空气中分子的平衡，所以只能利用3D实体创立系统制作出虚拟植物。这些热带植物通过体内的能源转换，把微弱的太阳光产生的热能放大上千倍后，将人们呼出的二氧化碳分解为氧气和水，为星球上的人们提供新鲜的氧气。而寒带植物则会吸收多余的氧气，通过系统设计的过滤组织释放出二氧化碳和能量，一部分能量再利用天空中的转换器变为热能，维持星球上的恒温。设计两种植物在一起生长就是为了让植物的作用发挥到最大，在最短的距离内实现最大的效果。由于这些植物是虚拟的，所以星球上的动物并不能以此为食，于是科学家们在每株植物的叶片上建立了一个数据包，当动物们吃到叶片后，数据包就会转换为维生素等营养物质，以此来满足动物基本的营养需求。而这些实体创立出的植物在陆地上、湖泊中，甚至在气层里，覆盖了整个星球。负责人还告诉他们，在城市的中心处，有这个星球上唯一的天

2223 班刘锐珩创作

然湖泊，湖泊的正上方是掌控整个星球生态运转的总基地。

0028 刚想调出这些植物的数据包，却发现这些植物的结构与地球上的植物结构大相径庭。谢忆年仔细看去，那一片片叶子、一瓣瓣花瓣都像是克隆的，叶脉纹理，哪怕是缺口也都完全相同，根茎处小小的一串串代码，都有着某种含义。谢忆年转身，恭敬地问负责人："先生，这些植物我们星球从没有过，可以为我介绍一下吗？"负责人有些得意地说："这是我们 Q023 最新的科研成果——'末日之叶'。顾名思义，它们可以在极端恶劣的环境下源源不断地提供自然资源。"说完，他又不无傲慢地加了一句，"那可比贵星球那个名为仙人掌的植物强多了。"后面的话谢忆年一句也没听进去，只记住了"可以在极端恶劣的环境下源源不断地提供自然资源"。"这……这种植物完全可以改变地球，地球有救啦！"他激动得快要喊出来。他让 0028 对这种植物进行细致分析，并进行采样。可就在他激动之时，负责人立刻阻止了 0028，并说道："抱歉，这是星球机密，不能让你们学习。"谢忆年顿时心灰意冷，原本发着光的眼睛变得茫然失神。他知道，这是帮助地球的最好的办法之一，他的声音不再像第一次那样高昂："那我们可以简单地研究研究它吗？"回答谢忆年的，只是负责人的沉默。

第八章　秘密

　　谢忆年思索了一阵后，发现自己的做法不合规矩，只好放回土壤样本，转念一想，又好奇地问负责人："建设生物圈，让各个星球的科研专家互相学习，共同进步，这不是很好的合作机会吗？为什么要严加禁止呢？"负责人继续保持沉默，谢忆年也没有再多问，但这反而激发了他的好奇心。

　　正在这时，一个小巧的机器人出现在两人身边，并自动打开机身下方的小抽屉，里面是一台无线耳机。谢忆年刚想询问负责人这是何意，负责人就走上前来，对着小机器人挥舞了两下手臂，机器人就自动合上抽屉，离开他们身边。随后，负责人向谢忆年介绍道："这是我们星球的管理设施，每个 Q023 星球的居民都要佩戴这个自带摄像头的无线耳机。耳机的输出设备在星球的总控中心，可以实时观看居民的一举一动。这样管理可以节省大量的人力和财力，节省下来的资源用于星球的更多科学研究。本来外来访客也是要佩戴的，但是为了表示友好，您就不必再戴耳机了。"谢忆年微笑应允，但是他心想：不允许采样？严密监视？这真的只是为了科学研究吗？

　　疑惑的种子一旦埋下，就很难清除了。从此，谢忆年的脑海里只有两个问题：一是如何合法合规采取土壤样本；二是脚下的这片土地，究竟埋藏着怎样的秘密。为此，谢忆年夜不能寐，辗转反侧，只希望能尽快解决这两个他最为关心的问题。

宇宙回响

谢忆年在位于星球首府的科研人才招待所下榻，这里的服务令谢忆年感到非常满意。不过有一点令谢忆年颇有微词：这里采用的是复古式装潢，木质地板和它发出的吱呀声令接受新式教育的他略感不适。当时他只当是星球间的审美观念不同，也就没将此事放在心上，只是日复一日地想着他关心的两个问题。

　　一天晨起，Q023星球上的自造光源亮起，将光和热洒向地表，今天是谢忆年在这里调查的最后一天。谢忆年起身下床，木质的地板依旧被他踩得吱吱作响。一夜无眠的谢忆年心烦意乱，木质的地板又让他怒从中起，于是便狠狠踩了一脚。这一踩，却让谢忆年听到了一丝细微的声响。他立马警惕起来，睡意也消了大半，向着书架，也就是声源处慢慢靠拢。他小心翼翼地把书移开，却发现书后的那一小块墙壁上，不是统一的木板，而是一块以假乱真的红色纸片！谢忆年被这突如其来的发现吓了一跳。直觉告诉他，这并不是简单的施工质量问题，纸片后面，就有他要追寻的问题的答案。

　　谢忆年借故支走了守在门外的智能机器人，深呼吸让自己快速冷静了下来。他用颤抖的手，划开了这张小纸片，出现在他眼前的，竟是一卷羊皮纸！在数万年前就被宣布绝迹、只在地球出现、制作方法早已失传的羊皮纸，为何会出现在离地球数千万光年的Q023星球上？带着这个大大的疑问，谢忆年展开这卷羊皮纸，看到的正是一列古文字和一列星际文字。

　　正在这时，敲门声响起。谢忆年急忙让0028拍下羊皮纸的内容，并快速复原房间，在和门外的负责人几番交涉后，终于获得了待在房间里的权利。他们躲到房间的角落里，0028强悍的翻译性能已经将信件翻译完成，并归纳总结成了一篇文章。谢忆年在触摸屏上轻轻一点，一段尘封的往事，也就此揭开。信中写道，写此信的人是一个没有名字的居民，偶然之间，曾经获得过某种技能，去过星球以外的地方，对外星世界的了解比较多，知道一些他民族其他人不知道的事情。他和他的祖辈都生活在"×××"（土著文字，可能是星球名）这个地方，他们信奉神明，从没有探索过外面的世界。他们民族从事农业和矿业生产，但和外星不同的一点是，他们不注重保护环境，导致整个星球平沙莽莽，星际灾害频发。突然有一天，这个星球遭遇了千万年不遇的强星际飓风，整个星球被夷为平地。更糟糕的是，星际飓风离开这里后，由于星体强引力的作用，星球被吹向离这里最近的开普勒 22K 星球。当时他就有所预感，可能会有很严重的后果。果不其然，在几个星历月后的某一天，狂风大作、飞沙走石，开普勒星人在星际边缘登陆，对原住民展开残忍的杀戮。事情传到族长那里时，开普勒星人已经凭借他们先进的装备，打破了原住民们的一次次顽强防守，攻破了星球上的多处城池。族长立即下令展开全面进攻，但是为时已晚。开普勒星人如入无人之境，短短 3 个星历月，就踏遍了这里的每一寸土地，游击队只能蜗居在一座山洞里，坚持抗争。据说开普勒星人在占领区，利用他们的先进技术，修建了一个叫作"生物圈"的高科技装置，还向外大肆宣传我们赖以生存的星球是他们的科研成果。这位原住民和他的数千名族人，在城池陷落、妻离子散后，还被开普勒星人强制征召，当作建设 Q023 星球的奴隶。原住民们只能对此忍气吞声。有一天，这位原住民在无意间听到负责人之间的谈话，得知勤勤恳恳的他们将要被灭族后，心中充斥着对侵略者的痛恨但又束手无策的他，记录下了他所知道的一切，把信藏匿在挖掘出的小暗格中，期待着有一天，这件罪恶往事能重现于世。他相信，真理永远不会被埋没！

谢忆年看完后，心中久久不能平静，他没有想到他苦苦追寻的问题竟是这样的答案。他对开普勒星人占据这个原住民赖以生存的星球、残忍杀戮原住民并对外界隐瞒事实的罪恶行为感到大为震惊。他急切地想要推开房门，质问门外的管家。但是他冷静下来，分析了目前的局势：此时在这个陌生的星球、陌生的环境中，他手无寸铁，无法对罪恶的根源造成有效的打击，反倒还可能丢了性命。为了寻求帮助，他不得不再次激发超动。他屈膝跳起，张开双臂，意念合一。经过他一番操作，两个黑洞出现在谢忆年面前，特殊的力量使两个黑洞迅速吸食在一起，巨大的银光笼罩着开普勒 22K 星球，形成了深不可测的时空裂缝，谢忆年走进时空裂缝，银光吞噬了他。随着谢忆年的进入，时空裂缝发出的银光渐渐消失，裂缝也渐渐闭合。他的目的地是 50 光年外的 HD12 星球。

"等等！"是一阵来自窗外的声音。与此同时，在星际引力的作用下，黑洞发生剧烈变形，导致无法构建出连接星系之间的通道。在猛烈的压力下，通道内部能量呈指数级增长，并将谢忆年弹出。

谢忆年趴在地上，渐渐睁开眼睛，窗外的光亮勾勒出了一个模糊的轮廓，但是轮廓并非虚像，正缓慢地向谢忆年的窗边移动。谢忆年本就紧绷的神经更加敏感，双眼紧张地盯着窗外，尽量缩成一团，默默感受着心脏被超动释放出的能量撕裂般的跳动。

"……您好。"随着双方距离的接近，轮廓反射的光芒渐渐消失，一位青年男性赫然出现在谢忆年和 0028 面前。男子清瘦的身上穿着极为宽大的棉衣，正别扭地挥手向谢忆年打招呼。谢忆年张大了嘴，但是没有发出声音。0028 及时扶起谢忆年，分析道："主人请不要害怕，经扫描显示，此人外表特征与您相似，身体机能等各项指标都与您基本一致，初步判断他为另一个平行世界的你。""请别害怕，我来自麒麟座 V3238，叫俞奕，来这里本是进行生态考察。我观察你已经有一段时间了，想与你进一步谈话和交流。目前宇宙中正在进行黑洞吞并，导致空间坍缩，超动无法正常使用。这里不太安全，请跟我去别处吧。"

第九章　意义

　　黑沉沉的夜，仿佛无边的浓墨重重地涂抹在天际，就连星星的微光也没有。不知如何是好的谢忆年为了星球建设，把另一个自己与0028召集到附近无人居住的房屋中，因为不能取得土地样本，他们的计划寸步难行。知道Q023星球上的往事后，他们心中无穷的正义感也被激发出来。当然，如果能够击败开普勒星人，获得土壤采样的许可，将样本带回地球进行全面研究，地球的重建也就指日可待了。随着讨论的深入，他们聊的话题也就越来越深入，涉及政治和战争的敏感问题也都被接连抛出，一系列大胆的猜想伴随紧张的心情充斥着三人的大脑。殊不知，房屋里所发生的一切，都处在严密的监听、监视之中。

　　星球负责人早就为了防止有人知道星球机密而在房屋中安装了微型监听器和监控设备。而刚才那些直达星球禁区的问题，也让负责人不安起来。"哼，我早就知道他们不简单。"他拿起监听终端附近的通信器，冷冷地发出指令："0911潜伏小队，给我干掉他们。"

　　"是。"

　　第二天一早，谢忆年一行三人准备上路考察，但是一切并不顺利。门口的陷阱，他们并没有过多在意。"可能是有人在捕猎，布置了陷阱吧？"可正当他们走到树丛时，远处微弱的脚步声打破了林间的静谧，一群全副武装的卫兵来到三人昨夜待的屋中。

“可恶，他们人呢？”

“老大别急，也许就在这附近。”

“分开找，今天一定要将他们干掉！”

在树丛后的三人听到对话后，意识到有人要追杀他们！求生的本能让他们逃离了所待着的地方。"可现在怎么办？"三人漫无目的地走在树林中，未知的恐惧袭满全身。还没商量好对策，谢忆年便眼尖地发现，三人衣服上竟都有追踪器！没心思想追踪器是什么时候被装上的，谢忆年立即将追踪器取下扔在一边。此时的另一边，负责人已经定位到他们所在的位置，并发给卫兵，三人还没走出几步，就听到了逐渐靠近的脚步声。

“谢天谢地，前面有个镇子，咱们先躲进去。”听到谢忆年的低声提醒，三人便铆足了劲儿向镇上奔去。卫兵的追赶速度很快，在镇子的转角处，谢忆年三人突然被一只手很用力地拽进了一条隐蔽的小巷。刚刚拽他们的那位瘦高的年轻人示意三人不要出声，就这样三人死里逃生，躲过了卫兵的追杀。谢忆年三人道谢过后，便向年轻人打听起现在的形势。年轻人笑着摇摇头，只是将他们带到了一处宏伟的船坞基地。

“你为什么带我们到这里来，你到底是谁？”

年轻人微笑着缓缓说："我是'Hydrogenium'组织成员之一，谢曦，量子力学理论物理研究员，待会儿会有一个人带你们进去，不用怕，我们欢迎所有追求真理的人。"

不一会儿，基地大门打开了。门内走出一个戴着眼镜的女青年，她向谢忆年微微颔首道："您好，我是赵雅，逻辑学研究者。因组织要求，我将带您去见我们的组织者之一——凯特尔。请往这边走。"谢忆年一行人跟随赵雅进入了电梯。

很快，电梯门打开了，谢忆年看向电梯外，被眼前的景象震惊了。门外是一个有400多平方米大的地方，整洁的白墙与工作桌显现出一股强烈的科技感，有好几百个人正在那里工作。这时一个头发雪白却十分年轻的人给他打招呼："你好，你就是谢忆年吗？我是凯特尔。这里是'Hydrogenium'组织F1办公区，我想邀请你们加入组织。""我吗，

那遥远星光

为什么？"谢忆年很不理解为什么他们想要自己加入组织。凯特尔笑了笑，说："我们的理念是相同的——'推翻政府对于人民知识上的蒙蔽，解放思想哲学'，这是我们'Hydrogenium'组织的理念纲领，我们认为你拥有独立思考的能力，所以希望你能加入。"谢忆年想了想，说："可以先帮我介绍一下你们组织吗？"凯特尔笑了笑说："当然可以。"

凯特尔对谢忆年说："以前这里其实是 5 万吨级轮辐状星舰船坞，现在被我们建成了'Hydrogenium'组织基地。我们共有 5000 多人，内部人员以科学家、哲学家居多，当然 5 万吨级的星舰船坞可利用的空间是极大的。我们还有战舰生产车间、高能环流加速器、行星生态模拟箱、大气环流监测系统、光量子量子计算机和离子井量子计算机等。当然实验数据也是相当丰富的。希望你能成为我们的一分子，这是我们能提供的对你们最有利的条件了，你们同意吗？"

"噗！哈哈哈哈！行啊凯特尔，没想到你还情商挺高……"

"安静，谢曦！"

谢忆年沉思了一会儿说："好，我们答应。"谢忆年三人加入了组织。

"嘿，真是太好了！哎，那边的小伙子，你叫啥呀？我看你的毕业论文《等离子体物理与聚变能》逻辑性不错，要不要考虑一下来我们高能物理研究院？"

"俞奕。不过你们为什么会有我的论文？"

"像凯特尔那样的组织层有自己的手段，不过也没人会关心那个的。来来来，我们正在测试大功率可控核聚变技术。"

"真的吗？那太好了。我们星球上的高能粒子加速器一般都不让普通人看的。"

"切，像那样无能的管理层我见得多了。不过没关系，我们欢迎所有追求真理的人！当然更欢迎天才喽。"

四人漫步在干净整洁的白色长廊里，但是一向温柔的谢忆年却没有参与谈话。不仅仅是因为工科出身的缘故，还有一种不知从何而起的暖融融的安全感，像是——家。

但现在的环境让谢忆年无法放松心情。谢忆年无助地躺在床上，心中泛起的恐慌与忧虑像一块巨石压在心底，压得他喘不过气。

装备，至关重要的装备。

当然，武器技术研究室研发和生产技术车间制造的武器质量肯定毋庸置疑。

可是数量呢？

5000人，尽管可以配备无人机组群辅助作战，可是想要对如此庞大的政府进行全面打击的话，胜算又能是多少呢？

谢忆年内心矛盾。他渴望光明，可是他不是军人，不是理论物理研究者。他不能够接受朝夕相处的战友接连倒在自己面前，而自己却只能眼睁睁地看着这一切。他转头望向窗外，时而有几颗微弱的恒星以自己独有的波长闪烁着。夜色黑得深沉，一眼望不到头，如有黑洞正在吞噬着内心。

在浩瀚的宇宙之中，自己又算是什么呢？只能用渺小来形容吗？

我不知道。

我怎么会知道呢？

清晨5点，Q023行星的母星正要将自己的光能洒向小行星，但是被人造光源抢先了一步。谢忆年三人被一阵刺耳的警报吵醒，"快！集合了！"俞奕喊道。谢忆年匆忙起身，穿好太空防寒内衬军服后拉起俞奕和0028奔向大厅。

"集合！"组长吼道，"所有人按照10×10方队列阵！各方阵报数！""1、2、3、4……""报告组长，所有方阵皆已就绪，听从指挥安排！"排在首位的战士说道。

"星海级太空驱逐舰主作战单位，D-01至D-30小队！"

"到！"

"前往001号发射港登舰作战。"

"质子级太空巡洋舰主作战单位，C-01至C-48小队！"

"到！"

"前往031号发射港登舰作战。"

"和平号航空母舰主战斗指挥部、联络部！"

"到！"

"前往080号发射港登舰作战。"

"单组战机自由作战单位！"

"到！"

"前往090号发射港登机作战。"

"无人机蜂群准备发射，基地智能巡航导弹发射台待命。"

谢忆年、0028和俞奕跟随其余297个星海级太空驱逐舰前锋小队成员快步穿行在舰船发射港的廊道内，随后在004号舰船停泊港口登上了1985号星海级太空驱逐舰。

发动机启动了，一段令人窒息的失重感过后，窗外的景色开始变换，不一会儿看到了政府的舰队。

"别紧张，全舰进入紧急备战状态！"D-04小队队长谢曦往日独有的幽默感此时荡然无存，显得沉着冷静。

"舰机自检系统完毕，左旋翼18毫米电磁导弹发射系统，注意雷达三维战场模型，向选定坐标处敌方歼击机开火，破坏阵形，为巡洋舰和独立作战系统争取时间！"

"选定坐标处发现敌方电磁波频段干扰源，持续向前推进，普通炮口端，摧毁它！"

1985号在充满光与热能的海洋中上下翻飞，远处的群星与近处的舰群构成一幅只属于他们的壮丽画卷，负责情报分析的谢忆年在舰室的廊道中来回穿行，窗外暴雨依旧，只是安静得可怕，只有对讲机中的嘈杂声。

突然舷窗外强光亮起，像是宇宙高能态的暴涨照亮了整个世界，释放着有几亿焦耳的热能，随后银色的水珠迸溅而出，仍旧红热的液态金属洒向宇宙，逐渐变得暗红，像是鲜血。

1839号巡洋舰核聚变反应堆被击穿，发生了爆炸，熔化和汽化的金属溅出，在冷寂的宇宙里又渐渐凝固，细吟着属于真理的悲歌。

谢忆年仰起头来，时间仿佛也凝固了，将他冻在正中心，严寒和一股巨大的无助感压迫着他，终于他再也无力支持，瘫坐在了走廊里，低下了头。

在这期间他没有思考，可是刚刚那一幕击中了他心里最脆弱的地方，他感觉到心脏在如同撕裂一般地跳动着，一阵绞痛贯穿了他的全身。

不……

我终究不是军人，不是理论物理研究者。

"所有武器终端进入紧急待命状态，对当前选定坐标的敌方母舰导弹发射台和甲板战机瞄准，牵制敌军火力！"

"喂，你是哪个部的？"

"对不起，我现在就去待命，只是还是接受不了……"

"……你是新来的吧？"

"是的，我是谢忆年。"

队长没有回话，转向了舷窗，窗外的星光和战火把斑驳的光点投射在他的脸上，他闭上了眼，对窗外所有的舰艇遗骸深深地鞠了一躬。交叠的光影构成了一幅壮丽的画面，他的剪影倒映在画中。

他缓缓地转过身，睁开眼，笑了。

宇宙倒映在他的眼睛里，这一方宇宙拥有了瞳孔，拥有了意义。

谢忆年微微张嘴，气流如同林间细微的山风刮过，但是这风中蕴含的意义本身却是沉重的。

"什么，才能算是活着呢？"

组长走开了，回到了喧杂的战火里，但是谢忆年没有。他独自一人徘徊在浩渺的宇宙中，群星仍旧静默地闪耀着，环抱着他，他在失重的空间里飞行，忽然间他看到了掉入黑洞前的自己——他在学校的图书馆里行走着，没有目的。

"活着……"

"什么，才能算是活着呢？"

他一直徘徊着，直到耀眼的白光又一次笼罩了舷窗，1985 号被敌军的球状闪电武器击中了。谢忆年又一次仰望天空，但他没有像设想的那样感受到深深的恐惧。

他闭上了眼，对窗外所有的舰艇遗骸深深地鞠了一躬。

他的剪影倒映在强光中。

谢忆年醒了。

他没有睁眼，但是他看到了蓝色的海洋，他行走在靛蓝色的浪里，他没有思考。

是风吧，像轻纱一样的风波动着，包裹着他，一种久违的安全感。

他仍旧没有睁眼，缓缓地走着，没有目的，没有思考。

突然在镜面的边界里出现了两个波动，是谢曦和俞奕。谢曦伫立着，一脸戏谑地望向远方的水墨样式的天空；俞奕则蹲在谢曦旁边，双臂环膝，没有表情，但是瞳孔里倒映着凡·高《星月夜》一样的悲哀。谢忆年睁开眼走了过去。

"谢曦！俞奕！"谢忆年向前跑去，"终于见到人了，咱们这是在哪儿啊，最后胜利了吗？哎，你们在等什么呢？"

谢曦转过身笑了起来："哈哈哈哈哈，没什么，也不会等到什么的。"他盘腿坐了下来，拍拍俞奕，"我们在默哀，默哀——他是一个明白人，可怜的聪明人！"俞奕则没有回话，保持着沉默。

"嗯，当然，我的学识可能还较为浅薄，能稍微加以解释吗？"谢忆年挂着一脸尴尬的笑容。

"没——关系，真理是相当简单的，不需要解释。这样吧，你的大学本科专业是？"

"行星环境大气保护。"

"工科……也没关系，量子力学了解过吗？"

"在组织里浅薄地了解过一点儿。"

"量子叠加，以你的语言简述一遍。"

"这……"

"说吧。"

"量子叠加是指一个量子系统可以同时处在不同量子态的叠加态上……"

谢忆年沉默了，他和俞奕一样蹲了下来。二维流形崩塌了，同时又永恒不变地存在着，高熵的粒子躁动地以自己那带有不确定性的自旋飞跃在由概率波叠加出的海洋里，组成一一映射的镜像。

　　这是粒子的风暴，宇宙能态的交叠。在这里，光速失去了意义。

　　"薛定谔……的猫……"

　　谢曦转过脸来，以戏谑的表情看着谢忆年，欣赏着他的恐惧。

　　"哎哟，真可惜——你也是聪明人。"

　　"我们现在处于量子叠加态，实体已经失去了意义，我们本身由概率波叠加形成。意识，也就是脑电波能够在能态的激发下形成磁场而转化为电场，形成电磁波。"俞奕的声音如冰川雪原中刮过的微风般没有感情，却强有力地说出了谢忆年没有回答的部分。

　　"没关系，不用那么紧张，遇到低熵的能级量子会发生坍缩的。"谢曦用带有调侃的语气回答。

2223 班王馨瑶创作

"可是概率波的叠加会使坍缩态处于完全随机的状态，在哪个宇宙，甚至是死是活都不一定。"俞奕站了起来，任由悲伤溢出。黑色的穹顶倾泻而下，溅起星云状的水花。

　　"不不不，你错了。"谢曦突然大笑起来，"哈哈哈哈！是概率，宇宙正是因为它才是如此让人着迷啊！"

　　"但是，你还是错了。"

　　"为什么呢？"

　　"什么，才能算是活着呢？"

　　俞奕和谢忆年同时沉默了，问题的本身很简单，但它却无人能解。意义与实在性随着时空崩塌、碎裂，化作粒子的风暴。概率波渐渐重合，量子世界坍缩了。

　　"再见了，真幸运，上帝确实在抛骰子，哈哈哈……"

　　谢忆年醒了。

　　一个人醒在漫漫的长夜之中。

　　远方的星云摇曳着微光，没有"生命"。

　　不，我错了。

　　究竟什么，才能算是活着呢？

第十章　归途

等谢忆年慢慢缓过神来，两个同伴早就没了身影，只剩下他和0028背对着一片广袤的草坪，心中不由得泛起悲凉。

几缕柔风从谢忆年的面颊上拂过，风里弥漫着泥土特有的湿润的气息。在微风里，他怔怔地看着青翠欲滴的草木。树梢上有几只色彩艳丽的鸟儿警惕地打量着他。天很蓝，是地球天空从未有过的蓝。这时0028号的声音在他耳边响起："主人，已确定大致时代——上新世。"谢忆年愣了很久才回过神来。他笑着呢喃："地球有救了！人类不会消失于茫茫岁月之中了！"

等谢忆年冷静下来后，他开始着手采集动植物的细胞样本。他将特制的细胞分离器安在了一棵长着针状叶子的树上，很快机器就在空气中投射出了该植物的信息：金钱松，最早的化石发现于白垩世的地层中……谢忆年在收集植物细胞的同时也放出了大量可跟踪并采集动物细胞的小型机器人，这种机器人虽然只有5毫米长，但极其实用，可以采集动物的细胞，并记录下它们的名称、外形与生活环境。在他们的努力下，附近的动植物细胞很快就被采集完毕，他们又开始向前继续采集。

突然，他眼前出现了一个莹蓝色与深蓝色交织形成的旋涡，一个充满神秘气息的旋涡。谢忆年潜意识里的那个声音又一次出现，并开始不断地催促他进入旋涡之中。谢忆年犹豫了半晌，最后还是决定进入其中一探究竟。进入旋涡后，一股难以抗衡的引力拉扯着谢忆年去往这片蓝色星河的深处。前进中，他的视线也逐渐模糊。谢忆年感觉头昏脑涨，他几乎站不稳，眼前一黑便昏倒在地。

不知过了多久，谢忆年才迷迷糊糊地醒来，此时周围一片昏暗，谢忆年一手撑着地坐在地上，另一只手揉揉眼睛向四周看去，惊讶地发现身旁有一个与他相貌相同、衣着相同的青年，这是另一个自己。他又向斜上方看去，深邃的空中飘浮着一个又一个如同地球般蓝色的水晶球，由远及近，由小而大，它们都散发着点点光芒，十分耀眼。透过水晶球，谢忆年看到了一个绚丽多彩的世界，那里有海洋、山川、森林，还有太阳、星辰、月亮。在这个世界里，所有美好都尽收眼底。他既惊讶又感慨……

他向旁边瞥了一眼：这是一个透明的柜子，下方贴着毁灭标签。谢忆年又看向柜里，里面被一片阴霾笼罩着，中间隐约有一个球形的物体。谢忆年蹲下身子，睁大眼睛并皱起了眉头仔细向内部望去，发现了一个灰蒙蒙的表面有着蓝绿棕花纹且泛着银光的球。球的上方贴着一个标签，一个熟悉的词语映入眼帘——地球。看到这里，他怔住了。

黑暗的墙壁上，突然呈现出惨不忍睹的画面——漫天黄沙，火舌舔着一切。披散着头发的母亲抱着儿子仰起头，露出一丝无奈和感伤。旁边一群人开枪射杀这对母子，至死母亲一直试图用身体保护着孩子，却无济于事。这时另一个自己开口说："正如你所见，地球已经陷入狂乱的无政府的时代，你确定要回去吗？不如和我在这里安全地活着。"

火焰与刚才那个场景在谢忆年眼中跳动，他垂下头去瘫坐在地上，天蓝色的光照着他的右半边脸，墙壁映出的红色侵占他的左半边脸。他猛地站起来，背着墙壁，面对另一个自己，双眼无神，两瓣嘴唇好像没张开，但声音却清晰得可怕："每个人的一生都有属于自己的使命，而我就是要守护我的家园！"随后他从另一个自己身旁离开，另一个自己伸手想要阻止，但手停在半空中，看着天蓝色的光将谢忆年的影子拉得好长。

七星共线时，谢忆年命令0028启动飞船穿过引力撕扯开的时空隧道。夜晚，谢忆年听到有人呼唤他，便起来查看。在舷窗外，他看到一块一块的碎片，正在放映着自己儿时的点点滴滴，可到一块碎片前他停下来了。蒙眬中看见一个中年男人和女人宠爱地对着一个小孩儿说："儿子，我和妈妈完成任务就回来给你过生日好不好？"小孩儿嘟着嘴生气地看着父母却无可奈何。随后父母两人身影越来越小，最后和光融为一体。谢忆年转头回到卧室，想到今天正是自己的生日，但自从父母殉职以后他已经好久没过生日了。他躺在床上沉沉地睡了过去。

在飞船上，另一个谢忆年走了过来，说："我之前骗了你，很久之前，我们星球的环境也很恶劣。全球性气候变暖，飓风、暴雨等灾害性天气频繁出现，流感等传染性疾病时有发生，给人们的生活和工作带来严重威胁和许多不便。这些都是人们不断地'伤害'我们星球的结果。大片的森林被砍伐，碧绿的青山被挖掘，美丽的草原变成荒漠，清澈的河水变成浊流。树林少了，青山秃了，草原荒了，河水黑了，人们生存的环境变坏，呼吸的空气变差，生活环境被许多有害的东西所'侵占'，病毒就趁机钻进人们的体内，从而让人患上一些疾病。然后，我们星球的领导人决定派我去寻找一个可以生存的星球，我很高兴能为人民作贡献，于是我怀着满腔热血踏上了旅途。但当我找到 Q023 星球时，一个坏消息传来——我的星球

2223 班孟祥硕创作

被一个黑洞捕捉，即将消失。我因为害怕，所以没有回去。是你的坚持执着让我明白了人生的意义，如今你走了，我也要去完成我的使命了。"

谢忆年拍着另一个自己的肩膀说："祝你好运，我们有缘再见！"他望向窗外，看到熟悉而又陌生的地球，目光更加坚定。

那遥远星光

第十一章　发现

　　谢忆年历经千辛万苦找到一种新的物质，这种物质叫作纳核，能够将污染的环境净化和复原。他欢呼雀跃而又小心翼翼地去收集时，却不小心触碰到那些紧紧包裹在纳核周围的莹蓝色物质。一瞬间，谢忆年眼前被大片大片的蓝色所取代，他所在的空间发生了巨大的扭曲，和0028一起被一股奇异的力量吸引到一个陌生的空间。眩晕感还未散去，淅淅沥沥的小雨伴着凉意涌入四肢，谢忆年不禁打了个寒战。环顾四周，一片死寂，人们全都表情悲哀地站着。这时，谢忆年被面前的东西吸引——那是一副晶莹剔透的水晶棺，躺在里面的人有着和谢忆年一模一样的脸。谢忆年心底一阵悸动，手不由自主地碰在了那水晶棺上。一时间，冰冷包裹着记忆从指尖传来，侵袭了他的大脑，四肢渐渐麻木，模糊的画面显示着，空间再一次扭曲了。随着空间的扭曲，那安静得只有雨声的葬礼被一阵阵低低的抽泣声替代，好像从未有人打扰过。

　　冰冷散去，谢忆年猛地睁开眼，映入眼帘的是一块巨大的屏幕，上面正播放着一则热点新闻："清云环保协会会长肖灵熙在家中服毒自杀，在场未发现遗书！"谢忆年盯着屏幕上那张再熟悉不过的脸，大脑里那些熟悉又陌生的记忆似岩浆一般不断翻滚。谢忆年深呼吸了几下，整理着那些杂乱的记忆。

　　肖灵熙，清云环保协会会长，一生致力于保护环境。他那一代的孩子，生活中是充斥着悲哀的。在他们小时候，这个星球正在遭遇一次大的变故。人类为了自己的利益，一点点地挖空了这个星球。终于，大自然惩罚了人类。天空最后的蓝不见了踪影，取而代之的是一望无际的灰，而在那层层压抑的灰中隐秘着的，是毫无生气的死寂……大地变成了荒漠，被污染的海水化作一个个海啸向人类扑来。肖灵熙的父母作为联合国环保协会人员，每每看到这种场景便心痛不已，他们力所能及地拯救每一个想要活下来的人，呼吁大家保护环境。只是，灾难已然来临，再怎么补救都效果甚微，最终父母不幸离世。在肖灵熙的童年里，人们的哀号与病痛常常化作梦魇蚕食他的神经。几只黑暗里的萤火虫忽明忽暗，指引着肖灵熙跌跌撞撞地向前走。父母死后，在父母朋友的帮助下，肖灵熙不负众望，继承了父母的衣钵，而后又独自创立了清云环保协会，和一群有志青年一起工作，使协会的影响力越来越大。一切都在变好，人们的环保意识越来越强，尽管还有一群人为谋求暴利擅自无止境地采矿。但在肖灵熙几次冒着生命危险记录下证据后，那群人为息事宁人只好停止挖矿，科技也为人们创造了一片安全的天地，直到睡前的一杯水和浑身的剧痛打碎了一切。

回过神来，回忆中的剧痛仿佛还痛入骨髓，面前的大屏幕依旧在播放着有关肖灵熙自杀身亡的新闻，只是上面的"自杀"二字显得有些讽刺。窗外的雨下个不停，使得房间里有些阴冷，谢忆年搜索了一下记忆，近乎冷漠地让0028用通信仪联系了肖灵熙记忆中最好的兄弟——曾煜溪。通信仪过了好一会儿才接通，谢忆年没等对方说什么，只开口说道："不要管其他的，来我家！"便挂断了通信仪，徒留对面的人呆愣在雨中。冰冷的雨水带着刺骨的寒气紧贴着肌肤，曾煜溪坐在悬浮车里，心中怀着一丝别样的希冀。

一阵急促的敲门声响起，谢忆年打开门，潮湿的气息扑面而来。面前的人眼圈红肿，脸上不知是雨水还是泪。在看到湿乎乎的谢忆年的那一刻，曾煜溪眼里的情绪混作一团，让人看不清里面，湿漉漉的手小心翼翼地碰了碰谢忆年还放在门把手上的手，感受着上面独属于常人的温度。他再也控制不住，紧紧地抱住了谢忆年。听着肩膀上压抑的哭声，谢忆年心底的情绪上涌，叹了口气，轻轻地抱住曾煜溪，半晌无言。曾煜溪松开谢忆年，眼里依旧是化不开的悲痛，说道："抱歉，是我太激动了，你是谁，为什么在灵熙家里？"谢忆年看着他，声音是不自觉的温柔："我是谢忆年，是平行世界的他，不用太惊讶。我本就与他有着许多相似之处，又有了他的记忆，所以没关系，现在的我，既是我也是他。我来到这里，是因为一个意外。我本在为了修复环境而收集纳核，但却触碰到了紧紧包裹着它的莹蓝色物质，不知为何空间扭曲，我便来到了这里。"

　　曾煜溪突然想到什么，缓缓地说："星际空间中有一种放射源会释放出一种罕见的莹蓝色物质。这种物质极不稳定，它来源于星环上巨大的星球磁场，在磁场释放的引力波中流动，这种物质会自动吸附寻找具有修复作用的物质，莹蓝色物质里包裹的东西应该就是你寻找的物质。"谢忆年惊诧地说："你是怎么了解到这些详细情况的？我记得书里并未记载过，我也是一次偶然才发现纳核的复原作用的。"曾煜溪好不容易稳定下来的情绪再次被触动，眼眶再次泛了红，哽咽着说道："肖灵熙带领我们几次深入对方组织收集他们非法采矿的证据时，偷听到他们的谈话——他们目前也派出了10艘飞艇在寻找这种物质。他们想控制并垄断这种物质，再向政府高价售出，以攫取更多的钱财。我们必须在他们之前找到这种物质，弄清楚这种物质的来源，让它在正道上发光发热。还需要消灭他们的飞艇……"听到此，谢忆年让0028进入太空，搜索飞艇的位置，同时发送暗号请求星海组织的增援。

　　黑沉沉的天空，点缀着无数美丽的星星，0028像条大鱼，在浩瀚星空的深处游动。突然，0028发现了拖着长长火尾的飞艇。0028立即发送定位信号给星海组织，星海组织收到信号后迅速派出一支太空舰队从背后包抄对方的10艘飞艇。在星海组织派出的指挥官下达"开火"命令后，光束炮、脉冲炮等武器瞬间针对敌人进行火力覆盖，一时间太空中布满了各种机器残骸，同时弥漫着剧烈的能量波动。突然，在大片的废墟中，闪烁出点点熟悉的莹蓝色光芒，0028快速地将这种物质收集起来，交到谢忆年的手上，谢忆年的脸上终于露出了欣慰的笑容。

谢忆年临走前，曾煜溪前来送行，他嘴角带笑，说道："恭喜你，拿到了你想要的物质，祝愿你成功。我也该回去了，该去完成肖灵熙毕生追求的环保使命了。"

　　谢忆年朝他挥了挥手，激发超动踏上了返回地球的道路。

第十二章　亮星

从上一颗星球向着另一颗有行星的恒星飞去，不久，谢忆年乘坐的宇宙飞船启动了引擎，准备跃迁到光速。

"飞船准备跃迁到光速，航线指向 NH558J2E4，是否确认？"他乘坐的宇宙飞船 AI 的声音响起，谢忆年道："确认。"

AI 答道："航线初始化完毕，飞船将在 30 秒后进入光速。"

核聚变的嗡嗡声消失了，取而代之的是一阵寂静，窗外星辰突然快速移动。30 秒倒计时结束，霎时间，宇宙发生了变化，所有的星星都向所指的那颗星星聚集，形成耀眼的红色。另一半宇宙就好像一个黑色的大碗，所有的星星都向碗底滑落，很快聚成密密的一团，发出璀璨的蓝光。

突然，引擎发出了一阵噪声，0028 立马飞去查看，飞船跌出了光速，还没等飞船播报，就晃了一下，又重新跃迁回了光速。

谢忆年飘去了主控制台，却发现驱动系统被锁定了，无法操作。谢忆年于是去找 0028，发现它正在检测"这个物质"。

"0028，飞船的驱动系统被锁定了，怎么都操作不了。"

"看来，就是'这个物质'搞的鬼了。"0028 说道。

谢忆年惊道："啊？这个物质有什么特别的吗？"

"目前我也不清楚。"0028 答道。

谢忆年向"这个物质"看去，两个人讨论很久也没有结果。

过了良久，两个人都昏昏欲睡，谢忆年发现它漆黑的外表上泛着星星点点的微光，还在缓慢地变换着颜色。红、橙、黄、绿、蓝、靛、紫，原来是可见光的 7 个颜色！谢忆年心里想，他又仔细观察了一会儿，发现"这个物质"的颜色正以特定规律闪烁。

谢忆年激动地说："0028！'这个物质'在以特定的规律闪烁！你快看看它想表达什么。"

"原来是这样，正在调取录像……正在分析……分析完成，该物质发出的信息为三亿组随机数，是解锁驱动系统的密钥。"0028 兴奋地说。

"太好了，我们现在就去控制台解锁驱动系统吧。"显然，谢忆年也很兴奋。

他们飘回控制台，将 0028 的接口一端接入超大型光子集成计算机，另一端接入总控制台，但进程还没完成，飞船就脱离了光速，系统也自动解锁，核聚变发动机的嗡嗡声出现了。

飞船 AI 说道："本段航程用时 26 小时，目前星际时间过去了 2023 刻，距启航点 286.5 光年。目前在 S74390E1 恒星系，该恒星系有一颗类地行星，目前飞船已泊入该星系轨道……"谢忆年听见后，向那颗行星望去，它发出了与"那个物质"相似的光，这让他们的精神为之一振。

"飞船。"谢忆年叫道。

"我在。"AI 说道。

"靠近亮星进行近距离探测。"

"航线初始化完毕，宇宙飞船将出现过载，请注意重力方向。"AI 说道。他乘坐的宇宙飞船向亮星飞去。

在无尽的宇宙中，那一颗闪亮的亮星在茫茫的星空中显得格外耀眼。0028 看着那宇宙中独一无二的亮星，也觉得不可思议，它马上利用自己的数据库和语言库，来与那颗未知的行星交谈。

交谈过程中，连一分钟都显得格外漫长。终于在令人难熬的半小时过后，0028 带给了谢忆年一个令人震惊的消息——那颗美丽的亮星竟然也是一颗非天然的星球。

谢忆年看着手里闪着微光的物质，渐渐地明白了一切——这个特殊物质竟然和那颗亮星的组成成分相同。谢忆年和0028都觉得不可思议，因为那颗星球作为一个人为制造的行星，能和手中的特殊物质配对上，显得太蹊跷了，更令人有些惊讶。

此时此刻，谢忆年在飞船的另一边深思，他觉得刚刚带上物质就碰到这个神秘的亮星，未免太碰巧了。就在这时，0028来到谢忆年所在的飞船舱内，和谢忆年一起讨论对策。在一番商讨过后，0028和谢忆年决定一起飞向那颗未知的神秘人造行星。

谢忆年缓缓走进控制室，0028在整理谢忆年将要出舱用的氧气服。飞船经过一段时间飞行后，来到那颗亮星的正前方。准备好一切后，穿着氧气服的谢忆年和0028先后出舱。

出舱后的谢忆年感受到的并不是昏暗，视野非常明亮。

"含氧浓度46%，空气湿度5%，目前温度42℃，不适合人类居住。"0028报出了目前探测到的数据结果。

谢忆年隔着磁力板跺了跺脚下的细沙，又扬了扬，跟沙漠差不多，暗黄，偏棕，看上去跟曾经废弃的行星一样，已经不再适合作物生长。

他又朝远处眺望，是沙漠，望不到头；天上倒也映射了那一座座沙丘，沟壑一道一道，分裂再延伸，像幅树状图，绵延不尽。它长着贪婪的嘴，妄想把一切吞噬殆尽；又像个猎人，一步步把猎物引向无底的深渊。

"0028！先去侦察，我收集样本。"谢忆年敲了敲耳边，手在身前画了半圈，敲了敲胸口，张开手又合上。

"0028已会意。"

0028开始上升，直到变成一个点，甚至看不见——这是他们的暗语。

谢忆年缓缓蹲下，抚摩着黄沙，静静地沉思着，期待着0028的归来。他修长的手指不断地捻着细沙，望着暗黄的细沙从手上滑落。

感受到徐徐而来的风，他知道0028回来了。

谢忆年冲过去，准备告诉0028自己所思考的，却看到0028身后跟着一个蓝色的"东西"。

宇宙回响

对，就是个"东西"——一颗蓝色的"花生"。谢忆年略有些惊讶地看着眼前的这个形似花生的"东西"，它通体散发蓝光，上下圆润，中间略细，真的像极了一颗花生。

"你是谁？一颗……花生？"谢忆年警惕地拿起机枪。

"它不是花生。"0028急切地说，"它是我刚发现的，它独身一人，没有武器我就把他抓了过来。我们就叫它'亮星生命体'吧。"

生命体转向谢忆年道："这样吧，我告诉你们关于亮星的一切。"

谢忆年震惊地待在远处，不自觉地放下了机枪："你竟然会说我们的语言？！"

"这不算什么，等我说完，你可能需要消化一阵子。""亮星生命体"似乎有些许得意，说的话意味深长。

"少废话，赶紧讲。"谢忆年又端起了机枪。

"亮星生命体"深吸一口气，开了口："想必你们也都多少猜到了，亮星是人为制造的。"

它停了一会儿，似乎在思考怎么继续，又似乎是下了很大决心，"2000年前，莫里斯卡制造了亮星，莫里斯卡是古罗马人，他是个天才，是地球上几千年来最聪明的人。他制造了亮星这个完美星球。我们'亮星生命体'，也就是你们所说的类人生命体，也就一起被创造了出来。莫里斯卡创造的元素比例是完美的，我们普遍地认为他创造亮星是想要让他自己在百年之后能有个去处，不过他死了，我们'亮星生命体'还存在，并且有了比世间万物高得多的文明。"

"你们的文明为什么会如此发达？"谢忆年问。

"因为亮星在运行过程中，可以选择自己的运行方向。控制与各星球的距离。只要亮星与其他星球的距离不超过400光年，就可以监听来自它们的'噪声'，这些噪声当然不是无用的，我们搜集'噪声'，用自己的自译解系统进行处理，就能基本获取该星球的文明，同时充实自译解系统的数据库。逐渐地，我们对其他任何星球文明的获取能力越来越高，到目前几乎是只需要0.01个地球年，我们就能完全掌握一个新的星球的文明，至于该星球的语言，更是可以瞬间被破译。"

　　"这么说，你们的文明是你们路过的所有星球文明的总和？这太不可思议了。"

　　"你错了！"

　　"我……哪儿错了？"

　　"你别忘了，1+1>2。"

第十三章　归来

　　谢忆年在与智人的日夜交往中发现，智人的思想远比地球人先进，知识也比地球人丰富许多，但是谢忆年却注意到智人的眼里总是暗淡无神，显得十分迷茫，没有任何希望，这样的眼神不禁让谢忆年怀疑智人是否是生物。

　　怀着这样的想法，谢忆年决定和 0028 去这个星球上探索一番，看看有什么有用的东西。

　　谢忆年向一个方向不知走了多远，只见一根高耸入云的柱子矗立在不远处，这让谢忆年顿时燃起了兴趣，想要仔细地看看这根柱子到底是什么。

　　一段时间后谢忆年便来到了柱子的脚下，想要去触碰这根柱子时，却被一股无形的力量推出了十几米远。这让他顿时瘫倒在地，晕了过去。

　　待到谢忆年醒来，0028 已在旁边等待多时，谢忆年环顾四周，发现自己身处在一个昏暗的房间中。0028 向谢忆年介绍道："是一队外出的智人发现了他并将他救下，这里是那些智人的家。他们刚刚出去，而那根柱子分布在这个星球各地，维持着星球运动，蕴含着巨大能量，智人也无法靠近。"

　　听完这些后谢忆年感到一阵头痛，0028 建议他到外面走走。刚走出门，谢忆年就被眼前的景象所震撼，放眼望去，不知多少个智人在奋力去建造一个十分科幻的建筑，他们密密麻麻地站在建筑上，犹如群蚁排衙，这种场面在地球上是天方夜谭。

此时，谢忆年突然瞥见一个奇怪的智人，他不知为何将手放到脑后，然后抽搐了起来。

此时，谢忆年看到那个奇怪的智人抖动的手中拿着一个光芒刺眼的亮片，持续不断地散发出诡异的红光，令人不安、恐惧。然后，光片从智人手中滑落下来。谢忆年看清楚了，那是一枚芯片。这也验证了谢忆年刚刚的猜想——那智人根本不是生物，而是毫无感情的机器人。

在芯片落地的一瞬间，所有的事物都像被按了暂停键一般静止了——除了那枚芯片。那枚芯片开始缓缓地旋转着，随即越来越快，散发出的不规律的红光汇聚成一条光线扫射过来。此时的0028与谢忆年浑身上下都被定住，惊异地看着光线扫描着一切，智人的头发丝、被定在半空中的垃圾甚至连飞扬的尘土和纸屑都不可思议地被红光扫射着，眼看红色的光线扫射到了谢忆年的身上。扫射完他和0028后，光线异样地波动了一下，这一微小的波动使谢忆年心头一颤。这是在干什么？智人们会不会发现他是地球人？无数的疑问涌上了他的心头。

在芯片扫射完一周后，光线又逐渐分散回了红光，又缓缓地停止了旋转，回到了原本的状态。

在芯片抽动了一下后，谢忆年发觉自己可以动了，便拉着0028要离开。此时所有智人的头都转向了他们，从眼中散发出与芯片一模一样的红光，机械的话语在他耳边响起来，让人不适。

"来自地球的人，我们不欢迎！"此时，那群智人眼中的红光越发强烈且不断地闪烁着，那一闪一闪的红光摄人心魄，谢忆年的胃里翻江倒海，他立即意识到是这红光的问题。他将双眼紧闭，试图用眼皮来抵挡这红光，但那红光仿佛能照入脑海、照入心灵一般。他所做的皆是无用功。此时，他也顾不上那么多了，拉着0028用尽了全身的力气向前跑去。随着体力的消耗，红光的影响也越来越大。起初，谢忆年可以勉强支撑，但现在他完全是靠着仅存的意志力和肌肉记忆在向前跑，渐渐地没有了意识。在晕倒前一秒，他睁开眼睛看向了0028，0028似乎没有受到影响。他在心中

宇宙回响

想着，但还没来得及解答自己内心的疑惑，身体就慢慢向前倾去，几乎就要倒在地上了。他感受到了身体的疼痛——像有人将自己的四肢生生地扯下来般的疼痛，皮肤似被火燎了般疼痛。突然，一只有力的大手抓住了谢忆年，他的眼睛模糊了，终于，他承受不住疼痛晕了过去。

再次醒来，他与0028又回到了虚无缥缈的宇宙隧道里。谢忆年在地上坐着，呕吐不止，他已经对红光产生了阴影，0028在旁边治疗着谢忆年。渐渐地，谢忆年的意识清醒了，他望向前方，远处的终点似乎永远不可到达……

他眼角噙着泪问0028："到底怎么了？"0028悲伤地回答："智人向咱们发起进攻时，宇宙又病态收缩了，我们被一股强大的吸力吸了回来。"

远处若有似无的红点闪着光芒，随即整个隧道迸发出剧烈的嘶吼声。那声音震耳欲聋，仿佛异域文明般神秘莫测。隧道中熠熠发光的星河此时裂成了纯黑的碎片，正洋洋洒洒地往深不见底的下方落去。"0028，我呼吸不了啦！"谢忆年卡着自己的脖子，脸涨得通红，大口大口地喘着粗气，胸前不停地起伏。0028正准备给他戴氧气瓶时，他突然一晕，一股湍急的水流将他冲向远方。

再次睁开双眼，谢忆年惊奇地发现自己躺在实验基地的床上。周围各式各样的实验仪器里盛满五颜六色的液体和气体，"星海组织"四个大字刻在每一个仪器上。他缓慢地走出去，天边的朝阳冲破鱼肚白的天空，远处黛青色的天际还隐隐约约有一牙弯月悬挂在上。他笑了。这一笑，全身的担子消失无踪，他释然了。

2223班刘汇美创作

第十四章　天意

　　此刻，谢忆年望着远处黛青色的明月，内心释然，他正身处在那个他日日夜夜想要拯救的地球之上。望着眼前的一切，不知要惆怅多久，才猛地反应过来手中似乎攥着什么东西——是那张记录开普勒星人罪行的、破旧不堪的羊皮纸——羊皮纸已经开始泛黄，仿佛指尖一碰即可化成一片片的纸屑。恍惚间，谢忆年下意识地回头一看，竟是曾经的那棵幽蓝色的大树，熟悉感莫名而生，脑海中又浮现出那个空灵的缸底回音，贯通五脏六腑的清凉笼罩全身，又勾起了他那段回忆，模糊不清的声音逐渐清晰起来，"拯救……总部……"

　　谢忆年在宛如废墟般的地球间奔跑着，浑浊的空气进入肺中，呛得他直咳嗽，可现在管不了那么多了，他现在是拯救地球的唯一希望，他需要跑，不停地跑。终于，熟悉的建筑映入眼帘，是星海组织，谢忆年颤抖的手拨通了操作台上积满灰的联络器——是令他放下焦虑的组长。谢忆年感到无比放松，那一刻，眼眶中积存已久的眼泪也顺着泛红的眼角从脸庞滚落。谢忆年仿佛要吐露一切般地向组长诉说着他的经历，那是无数个世界的自己，是与裴峰，与肖灵熙，与谢曦，与0028在无数世界的冒险，是通过意念激发超动去往Q023、开普勒22K、水凌星等各处的星球与时空，是奇异的生物、收集的资源和毫无人性的机器智人，当然还有那封记录开普勒星人罪行的羊皮纸。

最后，谢忆年沉默了，只剩机器运转的声音在耳边环绕，他在思考"自己"为何而出现。只见，慈祥的陆晨向他笑起来，眉眼弯弯，用那谢忆年无比熟悉的如缸底回音般空灵的声音云淡风轻地答道："或许……这就是天意。"又是沉默，寂静充斥一切。

是天意吗？无数个自己的出现都是天意吗，远处散发着幽蓝色柔光的大树反复出现都是天意吗，那犹如缸底回音般带给人熟悉与清凉、勾起他回忆的声音也只是天意吗，一切的一切都只是天意吗？那拯救地球的意义又是什么，只是单纯地捍卫家园吗？

陆晨的声音在诡异的寂静中响起，打破了沉默："或许，我需要更深入地了解一下纳核这种来自外星的神奇物质。"谢忆年从沉思中惊醒，慌忙抬头答道："纳核这种物质能够将污染的环境净化、复原，对于地球现在的环境有很大帮助。但是，如我所说，我在收集它时，被紧紧包裹在纳核外壁莹蓝色的物质卷入了另一个时空，所以并没有收集到很多。同时，我也猜测，纳核这种物质本身具有复原性，在某种特殊环境下可以无限生成，并且外壁的莹蓝色物质可以通过意念控制其穿梭终点，对于人类数量很庞大的地球来说，我们可以实现快速到达多个地方修复环境。""很好。"陆晨悠悠地答道，"现在，我们就能以纳核作为修复地球的主材料，以外壁的莹蓝色物质作为修复地球时到达各处的媒介。"

谢忆年怀着坚定的目光走出基地，外面如废墟般荒凉。由于人类无节制地砍伐树木，地球上的植被被啃食殆尽，空气中来源于光合作用而产生的氧气大大减小，人们不得不戴上氧气罩来呼吸。污水和废气的不断排放使污染指数达到前所未有的高峰。尘土飞扬，黄沙四溢，混浊不堪的黑烟笼罩着大地，一切都显得毫无生机，只有瘫倒已久的大楼砖片墙瓦和碎了一地的玻璃碴儿被踩在脚下，发出咯吱咯吱的声响。谢忆年看着荒无人烟的废墟，更加坚定了自己的意志，他比任何人都清楚自己的使命，他比任何人都明白自己现在要做什么，才能挽回这个人类赖以生存的"母亲"。

谢忆年令 0028 将事先研磨成粉末状的纳核取出几克均匀地撒在黑漆漆的地面上，只见淡蓝色的幽光被大地渐渐吸收，土地恢复了原有的颜色和含有的水分，几片绿色的嫩芽也从土地下面钻出身子，享受着那一片空间中清新的氧气。"起作用了！"谢忆年惊喜地叫道，兴奋地拉起0028触摸其分离开的纳核外壁的莹蓝色物质，眼前出现一个散发某种气息的幽蓝色光洞，两个人被光洞吸去了另一个地方。

就这样不知道过了多久，或许只过了几天，或许几年，可谢忆年从不关心这些，他满心兴奋地看着一寸寸被他亲手复原的土地，那一刻他感觉自己仿佛是造物主，创造着大地间的一切。渐渐地，地球恢复了昔日的生机，各类生物以奇迹般的速度繁衍着后代。鹰击长空，鱼翔浅底，万木繁茂，百花竞秀，虽然人类文明倒退回了几十万年前的样子，但这样的结果也很美好。文明会持续发展，但是地球永不复生。地球被彻底"改造"，人类吸取了先前的教训，谢忆年和0028无时无刻不在呼吁人们保护环境，延缓地球的衰老。

一晃间，十几万年匆匆而过，有着寿命芯片的谢忆年依然活着，可现在的文明却无人记得他的贡献，只有一本老旧的古籍上还隐约留着"谢忆年"的字样。如今的地球，人们重视保护环境，政府清正廉洁，一切都在有序运转，科技发达，万民一心，没有了十几万年前的雏形，这使谢忆年仿佛已经记不起当时废墟般的地球。

谢忆年站在树荫处，呼吸着清爽的空气，金灿灿的阳光为其发丝镀上一层金光，照亮他的面颊。他思绪又倒回从前那个渺无人烟、破败不堪的地球，想起自己一心一意用纳核挽救一切的兴奋，想起曾经的曾经无数个平行时空中的自己和冒险……谢忆年欣慰地笑着，此刻他感受着生命中的无限风光和美好，他只觉得，人生的意义已被重新定义。

文明会持续发展，但地球永不复生……

最后防线

卷一 使命

第一章 失联

人类只有两段历史：发现铁钛之前的历史与这之后的历史
——月球公务印刷出版社《铁钛之前》

地球标准纪月的金秋九月，月球正面却还是炎炎夏日。尽管气象控制卫星开足最大功率来散发月球所受到的来自太阳的炙热烘烤，但月球地表温度依旧居高不下。44 摄氏度的高温对于人类来说已经相当难以忍受，不过相对于月球还未被开发时白昼的 127 摄氏度，就显得微不足道了。控制月球气象的计划已经持续开展了近百年，气象控制卫星只是其中一环，地表的基站、月球地下的恒温设施，使得月球的环境早已没曾经那么恶劣。月球地表的大气层在氢类化合物的催化下形成，如今的月球，晴空万里，空气清新，藻类植物经过基因改良后引种到了月球上，使一望无际的月球增添了几分绿色。远处，是数不尽的环形山，与地球上平直的山峰不同，拔地而起的环形山看起来更具雄浑色彩。

孙继强看到这景象，也不禁感慨万千，一是感叹人类的非凡智慧；二是感叹联邦的设计师竟然能找到这个位置，竟然刚好能从阿尔忒斯市的市中心看到远处的卿海山。这里是月联的国际历史纪念公园，孙继强的背后就是整个公园最负盛名的大理石纪念浮雕。孙继强走近这一系列雕塑的起点，抚摩着这精妙绝伦、巧夺天工的浮雕。第一座比较短，大约有 3 米长，浮雕上惟妙惟肖地雕刻着一个身穿老式太空衣的地球人，一边向前走一边呼唤着后方的同伴，他的前方，是一个左手拿着激光裂解器的人，他右手拿着一块矿石，这矿石代表着月球上最为珍贵的资源——铁钛。他的后方，是数不清的来自地球的星舰与运输舰，浮雕的左下角刻着几个字——大殖民时代。第二幅是一个稍长一些的浮雕，中央是两个科学家，拿着一份设计图在讨论，左侧的穿着耐热蒸发服，左上是一个巨大的太阳，下方则是萎蔫的移栽植物以及干瘪缺水的人群，寓意着月球上白昼的高温；右侧的穿着防冻恒温衣，衣服上还结着霜，右侧是冻伤的人群以及冻结住的机器，寓意着黑夜的寒冷，右下也有题词："环境适应运动，气象控制卫星就是这一运动的产物。"再下一座，是一个矿工正在擦汗，身后是深邃的矿道以及采矿作业机器，这是大开发时代，铁钛的开采活动达到了顶峰。接下来是座大雕像，左侧是一个月球人独有的面孔侧像，咬牙切齿地盯着眼前的地球人，地球人也怒目而视，他们的身旁都排列着军舰、导弹与大炮，题词则是"月球独立运动"。而接下来，则是一面长约 10 米的大理石块，一片空白，什么也没有，甚至都没有大理石独特的花纹。空白，就是这个作品的唯一特点，浮雕右下角写着一行字：空白的 10 年。在这 10 年里，月球方面先是发布了一级传染病防治通告，紧接着切断了一切与地球的联系，地球的间谍——拍摄微卫星一夜之间全部失灵。由于月球方面所声称的传染病，地球方面一直不敢登陆月球，仅有的一次也以失联告终。直到 10 年后，地球方面才登陆了月球，然而令人意想不到的是，月球人竟然全部消失了，不是死了，而是完完全全消失了，偌大一个月球，竟然找不到任何一个人的踪影，就连尸体也不留一个，谁也不知道这 10 年间到底发生了什么，因而被称为空白的 10 年。接下来是二次殖民时期，在这之后，地球方面决定重新展开对月球的殖民，恢宏的二次殖民开始了。由于有曾经的基础，很快月球又重新复兴，月球和地球又恢复了月地经济共同体的经济交往架构，浮雕到这里就戛然而止了。孙继强站在这里，回望刚才的几座浮雕，刹那间竟有一种在时光尽头守望的感觉，这恐怕也就是这些浮雕的作者想表达的吧。

孙继强每次回顾过去都会平静下来，为历史的厚重与深邃所震撼，然而此时他的心里却依然一团乱麻。他还是搞不懂官方为什么突然调动他这个早已退居二线的特警参加联合调查行动，一般的任务都是由一个单独的相关部门独立完成的，而联合调查行动却需要军警、特情、科研三大部门联合组织，每一方都需要投入巨大的物力与人力。这类任务都是执行难度极高却不得不完成的，而一般的联合调查行动仅需调动一部分精英一线特派专员就可以了，可如今却点名要他这个二线人员上前线，这次任务的情况究竟有多特殊，他想不出来，也不敢往下想了。

这时，远处几辆车的驶来引起了他的注意，这 5 辆车排成了一个车队，前后的两辆挂着"警"字开头的车牌，而中间那辆则没有车牌，只在车侧身上刻着"41 师 223 步兵旅财产"。果然，这几辆车直挺挺地朝着孙继强开来，在他的面前猛然停下。

车上下来一个健壮的军官模样的人，戴着月球样式的贝雷帽，两步就走到了孙继强的跟前，然后从兜里掏出了一份印着 MJPF（月表联合维和部队）的证件，说道："是孙继强警官吧，我是联合调查行动组的奥森，负责对接工作。"说着，就打开了车门，"时间紧迫，客套话就不多说了，上车吧。"孙继强木讷地跟着他上了车，随着车门啪的一声关上了，孙继强这才开始打量起这个奥森。他看起来 30 岁出头，眼里有从军者的刚毅与血性。孙继强开口了："兄弟，方便透露一点儿这次行动的具体信息吗？""到了那儿，自然有人跟你讲的。"奥森毫不领情。孙继强也只好闭嘴，他看向车窗外面，才发现高楼大厦已然被甩在了后面，他们已经出城了。

车开了一个多小时，终于遇见了第一个哨卡，紧接着，第二个、第三个、第四个，哨卡越来越密集，孙继强还看到了一面墙，这道墙连绵不断简直无法看到尽头，他听到奥森嘟囔了一句："防扩散组的还真把整座山给围了。"

又经过大约半个小时的路检，孙继强这才终于下车了，奥森带孙继强来到了一处露天广场，广场上人很多，人们的制服也五花八门，孙继强勉强认出了几个，有航天工程科学院的，有毕德科将军纪念师的，有特殊情报研究所的。这些平常毫无关联的部门就这样搅到了一起，如此广的涉及面，如此复杂的人员结构，孙继强内心不住发问，这里到底发生什么事了，"咳咳……"广场上安装的扩音器突然开始发声了，"各位战士、警官、学者、联合特派专员们，大家好，我谨代表行动中央管理组对大家表示欢迎。"一个浑厚而有些沙哑的男声从扩音器里传出，"这次的行动采取分组自由行动制，中央管理组综合各位特长、工作能力，对在场的 350 个人进行了分组，共分 7 个大组，每个大组又分 10 个自由小组，每个自由小组包含 5 个人，分组明细、集合地点与任务内容已经发送到各位的微端上，请各位仔细阅读，预祝各位圆满完成任务。"声音就这样戛然而止了，只剩下滋滋的电流声。

孙继强打开了微端，先打开了分组明细的共享文件，孙继强是属于第三大组的第七小组，孙继强一边向集合地点走去，一边阅读着任务内容。据文件所说，这里曾经是一个矿业城市，叫格林威尔城，然而近两个月却完全失联了，军方试了无数方法，甚至还专门发射了一个微型红外卫星监控这里，然而这里却非常诡异，在卫星传回的图片上是一片通红，分辨不

使命

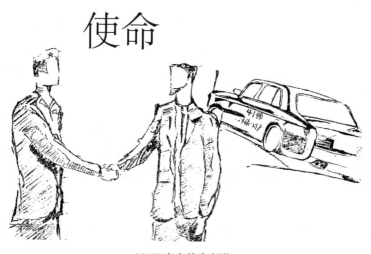

2217 班李佳宸创作

出任何物体，常规监控卫星也由于这里起雾了而无法拍出照片，军方也派出了许多精锐部队，却没有一个回来，是生是死尚是未知数，万般无奈之下，才策划了这次的联合行动。

　　孙继强看完了这份文件，刚好也到了集合点，其他小队队员已经到了。每个人都做了简短的介绍，有曾经是这里安全部部长的萨克森、月球高等师范学院的教授张维、太空作战特种部队的军人刘建龙、北半月特区理工大学的年轻工程师吉薇，还有他自己——特警孙继强。广播里传来集合的命令，各小队队员换上了铁钛复合外骨骼装甲，开始一步一个脚印踏向一望无际的磁悬浮高速轨道，两条绝缘轨缠绕着、蜿蜒着伸向远处的地平线，像天使柔软的臂膀，又像毒蛇扭曲的身躯，前路，究竟是苦难的开始还是荣誉的奠定，一切都是未知数。

第二章　空城

救我！

——格林威尔城内的一篇日记

经过一段时间的跋涉，他们终于进入了格林威尔城的工业区，城市基础设施的衰退使得街道逐渐荒废。街灯暗淡无光，街道上的裂缝和坑洼到处可见，飘浮在空气中的辐射尘如同雾气一般弥漫在大街小巷。孙继强一边端着枪，一边不禁发问："这里，到底发生了什么？"突然，刘建龙握紧了枪，一手指向远处迷雾中一处若隐若现的黑影，说道："看那里，恐怕有什么东西，都小心些。"众人顺着刘建龙所指的方向看去，只见一个人形的黑影在迷雾中闪烁。几人小心翼翼走过去，不敢发出一丝声响，手中的武器已经蓄势待发，重能匣闪烁着蓝紫色的电弧，只待扣动扳机，次导膛体便会喷出一道高能离子流，把面前的敌人撕碎。

一片寂静无声，空气仿佛凝固，只有电弧与空气摩擦的微弱电流声。几人神经紧绷地走在迷雾中，待到迷雾微微散去，众人才看清楚那黑影的本貌，只见一具面容恐怖的尸体，一根钢筋自头盖骨而下直接贯穿了眼前这个人的身躯，又扎入了地面。他满头的深红的血液已经凝结成淡紫色，面容惨白如纸，身上穿着防弹衣与头盔，地上的那把枪应该也是他掉落的。

看到这一具尸体，众人不禁神经紧张，刘建龙胆子比较大，走到尸体的跟前，一把扯下了这具尸体侧臂的臂章，然后打开手电筒，只见那臂章上印着一只狮子，背景是一把锐利的阔面剑。看到这幅图案，所有人都脸色大变。纵使是在太空军见过世面的刘建龙也喃喃自语："蒙塔尔军，怎么会在这里？"只有吉薇还在纳闷儿，问道："蒙塔尔是什么？很厉害吗？""何止是厉害。"孙继强捡起地上的那把枪，语气中无不敬畏地说道，"蒙塔尔是月球军利用基因改良技术秘密改造的超级战士，无论敏捷、战术还是力量，都是常人的3～5倍，还记得当时闹得很大的新柯林城独立事件吗？30万的叛军打退了月球政府的直辖军，甚至差点儿打进了阿尔忒斯中央城市行政区，结果……"孙继强咽了口唾沫，接着说，"结果5000人的蒙塔尔'重垒'支队直接突破了敌人的重重工事防线，在敌占区内部占领了叛军的临时首都，屠了整个叛军中央指挥部，群龙无首的叛军不出半个月就被消灭了，敌我战损比将近3886.25∶1。官方报道只说直辖军击溃了敌军，完全隐瞒了蒙塔尔的存在。以前这只是军营中的传说，却没想到是真的。"孙继强又脸色严肃起来，说道："不过，这更说明了这次的任务非同小可，这次任务竟然能惊动蒙塔尔军，甚至蒙塔尔也失败了，而任务表中行动策划组绝口不提蒙塔尔的事，同为中央机构，他们不可能不知道蒙塔尔行动了，再结合他们既然出动了蒙塔尔，说明这里一定有什么触动了政府的核心利益，这里……""一定有什么被隐瞒的东西，这个东西政府自己也搞不懂，但需要向外界隐瞒。"萨克森接上了话，脸色凝重，"蒙塔尔都解决不了，我们这些杂牌兵更不用说了，即使我们解决了，恐怕也会被灭口或软禁。"萨克森转过头来，大声地说道，"所以，各位，问题已经显而易见了，我们面前只有两个选择，要么继续前进，但要面对蒙塔尔都完不成的挑战，或者败退。于我个人而言……"萨克森拉动了手中冲锋枪的充能栓，"我是这里的安全部部长，死而无憾。"众人陷入了沉默，这个决定关系到他们的生命与一生的财富，沉默间，孙继强挤过人群，走向了萨克森，说着："人生只有一次，为什么不拼一把呢。"紧接着，第二个、第三个……所有人都站到了萨克森的一边。"既然如此，"萨克森看向身边的众人，说道，"那就出发吧。"众人迈开了脚步。阴沉的迷雾还未消散，城市的大街小巷如同蜿蜒盘旋的迷宫，这一去，是生，是死？是荣誉，还是败退？孙继强心里没底。

很快，几人就见识到了杀死蒙塔尔的那东西。郊外不明显，可是一旦到了主城区，却有形态各异、凶猛恐怖的怪兽正在这里游荡，怪物像是猎犬，通体发光，身体畸形，浑身生长着散发蓝色光芒的尖刺，并且大小不一，这些怪兽正在向他们发现的生物发动攻击，这些怪兽数量远远超过他们的想象。

他们终于在小镇中的一个废弃房屋中发现了一本日记。这本日记记录了关于这些怪兽的基本特点。通过阅读日记，他们得知这些怪兽具有强大的攻击力和快速的移动能力，而且对辐射有着极高的抵抗力。此外，日记还提到这些怪兽存在的某种弱点，但具体是什么并没有详细说明。

在阅读完日记后，他们决定前往格林威尔城的行政区，希望能够寻找更多的线索和答案。队伍提高警惕，并做好了与怪兽战斗的准备，这次行动或许是他们的最后一次机会。但为了揭开格林威尔城的谜团，他们必须继续前进。

经过一片废弃的广场后，大家来到了一座庄严的建筑面前。这座建筑是格林威尔城的政府大楼，也是行政区的核心。在进入前，他们商讨了接下来的行动计划，大家密切注意着周围的动静。孙继强等人小心翼翼地推开了大门，进入了这座空荡荡的大楼内部。

大楼显得一片混乱，办公桌上散落着文件，墙壁上的画像也被撕毁。在一个办公室内，桌上放着一份报告，报告里记录了许多重要信息。

根据记载，这座城市曾经遭受了一场突如其来的辐射波动，导致许多人或动物变成怪兽。这些怪物外表各异，有的长着獠牙，有的拥有强大的力量，还有的能够释放出火焰。而这些怪物越来越多，每天都有更多的人被他们杀死，生还者们被迫撤离城市中心，寻找可以安全居住的地方，可是他们却无法离开这座被怪物包围的城市，因为城市的出口已被这些怪物封锁。

了解完信息后，队伍决定寻找幸存者，向他们了解具体情况。他们离开了政府大楼，继续前进来到了城市的边缘。这里已经是一片废墟，房屋倒塌，草木凋零，他们小心翼翼地穿过这片废墟，希望能够找到一条出路，前方一排排废弃的建筑映入眼帘。这里以前是一个繁忙的商业区，现在却一片死寂。孙继强和队员们慢慢靠近，突然一声巨响，通体发光的怪兽向他们冲了过来，教授张维联想起受辐射过量而异变的人们和运行失败的机器，而怪兽并没有给他们过多反应时间，孙继强等人立刻举起武器与之应战。战斗进行得异常激烈，队员们用尽全力与怪兽搏斗。

终于，在一场激烈的搏斗之后，他们成功将怪物击败，但同时他们也发现自己所在的城市已经变得越发危险，怪物的数量越来越多，他们必须尽快找到方式离开这个地方才能保住性命，才能把信息传递出去。

孙继强带领队员们匆匆前行，试图找到一条安全的逃生通道。他们遵循着资料地图上面的标记，朝着离城市最近的避难所赶去。随着越发深入城市的工业区，他们的心情越发沉重，浓厚的烟雾笼罩了整个工业区，雾霾让天空变得灰暗而阴沉，空气中弥漫着一股浓重的腐烂味道，尸体遍布，他们小心地迈过这些尸体，不敢有丝毫大意，终于来到了城市的住宅区域。

这里的街道破败不堪，建筑物大多倾倒，气氛异常诡异。在这片废弃的住宅区，孙继强等人发现了许多奇怪的现象，有时他们会看见一些人影从窗户中探出，然后又迅速消失，有时又会听到一些奇怪的声音，仿佛有人在低语，这里到底还有没有人生还？孙继强开始怀疑。

2217 班郑书香创作

第三章　真相

无知，有时也是一种福气。

　　　　　　　　　　　　——著名评论家埃克尔

　　他们慢慢靠近一栋陈旧的别墅，推开门进了屋子。内部一片黑暗，只有微弱的灯光透过窗户洒在一楼的客厅里。他们发现了别墅主人的尸体，手边还放着一把手铳，看样子是自杀而亡，旁边还摆着他的日记，众人从事件开始的那天起翻看，里面翔实记录了主人所见事情的经过：

月球历 21 月 8 日

　　新闻上所说的大筛查开始了，相较往常来说提前了两个月球月，与往常的放射病筛查一样，不过唯一让我感到些许不安的是负责的部门与规模，往常都是由疾病监察部来筛查，而这次竟然是由放射控制部来组织，在门外我还看见了基因工程保全局的车，他们说是市政府为了裁减预算把他们三个部合并了，但设备上的编码还没统一，坊间早有市政府要裁减预算的传闻，没想到这就开始了，在政府上班的艾劳德恐怕要遭罪喽，还有他姑妈……

月球历 21 月 12 日

　　封锁开始了，我时常看到有大批货运车与中央直辖军的运兵车进出边境，恐怕马上就要有大事发生，现在人心惶惶，离市区远的地方已经停电断水将近一周了，物价升得飞快，市政府对抗议人群的反应也特别强烈，前几天博纳德就因为抗议被军警一棍敲进了医院，我还得改天买些水果去……

月球历 21 月 27 日

开始了，听他们说，中央直辖军已经包围了那个试验所，蒙塔尔据说也参与其中，周围居民都迁到这边的安置所了，网上天天说事态有多严重，但我看这种状况持续不了几天，蒙塔尔都出动了，事情得到解决的日子还会远吗？

月球历 21 月 38 日

一切都完了，那东西已经开始上街了，军队不到一天就被打败了，军警和直辖军对付平民挺威风，面对那种东西却只会往外跑，边境不知道什么时候修上了电阻墙，据他们出去的人说外面还有 5 道，到处都有军队把守，据说试验所深处有什么东西……

月球历 22 月 4 日

断粮断水已经 6 天了，家里的存粮全被吃光了，我现在连提笔写字都难，不敢上街，因为街上的那群魔鬼！整个城市的人都被他们吃得差不多了，我不知道什么时候会变成他们的口中餐！

接着空白了几页，最后一张纸上写着狰狞的几个字：

都因为他！

了解完事情经过，孙继强和队员们决定离开这个令人毛骨悚然的地方，他们知道在这里等待只会面临更大的危险，他们迅速离开了别墅，重新踏上了前进的旅程。他们距离这个城市的中心越来越近，只有揭开这个城市背后的真相，才能为月球上的居民带来安宁和希望。只要坚持下去，他们一定能把城市的信息向外界传递出去。众人又恢复了信心，开始了他们向真相的最后冲刺，来到了最后发出信号的市中心。"这儿的味儿可真难闻，真像坏掉了的臭鸡蛋。"吉薇埋怨道。越往深处走，难闻的气味明显变多，队员们不得不戴上了防护面罩，这里到处都是怪物和人类的尸体，很明显这里发生了惨烈的战斗。张维紧皱眉头："看尸体的情况，应该是3天前发生的打斗，我觉得我们应该加快前进的速度，说不定能发现一些更有用的线索。"队员继续向市中心前进，突然，刘建龙伸出手挡住了大家前进的脚步，原来是有分岔路，一条大路和一条小路。吉薇拿出一个超声波探测器，分别向大路和小路发射了声波。"小路更近一些。"吉薇说。孙继强和萨克森一起说："为了尽快到达市中心，走小路吧！"张维反驳道："去市中心固然重要，但是万一小路的危险更多呢，还是走大路为上策！"孙继强说："走大路那么慢，走到那里估计什么都没了吧！"张维："可是……"刘建龙发话了："别可是了，依我看还是走小路吧，咱们这么多人，即使遇到危险也相互有个照应。"张维无奈地叹了口气，刘建龙注意到了张维教授的不愿，说："张教授，我知道您是为大家的安全着想，可是咱们这么多人，只要团结起来，又有什么困难无法克服呢？""那行吧。"就像张维教授说的那样，大家在走小路时果然发生了危险。一个庞大的怪兽挡住了一行人的去路，队员们来不及做出防御，三四个队员被怪兽一掌打飞了十几米远，非死即伤。就在这时，孙继强急中生智想起了吉薇背包中的小型炸弹，他来不及多想，大喊一声："快闪开！"孙继强把炸弹扔向了怪兽，只听轰的一声，怪兽被炸得粉碎。队员们缓过来后，开始了救援。刘建龙扫描了怪兽尸体的数据后，传输给了月球基地的实验室。他想，希望这可以有用。

　　他们治疗好队员们后一直前进，突然，脚步声停了下来，吉薇说："我们到了线索上给出的市中心了。"孙继强疑惑地说："不对呀，我记着线索告诉我们这里应该有一个实验室啊，可是怎么没有呢？吉薇，你没搞错吧？""绝对没问题！"吉薇拍着胸膛自信满满地说。突然，轰的一声巨响，地面上出现了一个大洞，萨克森来不及反应直接掉了进去，孙继强一个箭步冲了上去，不过直接被刘建龙拦了下来。孙继强大喊："你干吗？"

刘建龙说："别冲动，你救不了他，你也会掉下去的，冷静点儿，好吗？"萨克森在队员们的注视下逐渐消失了踪影，他的救命声在队员们耳中回荡，让队员们悲痛万分。队员们都在伤心时，孙继强三步并作两步冲到刘建龙面前，恶狠狠地盯着他。队员们不解地看着孙继强，这时孙继强直接掐住刘建龙的脖子，径直向墙面冲去，还振振有词地喊道："都是因为你，没有你拦着我的话，萨克森一定都被我救上来了，都是你的错！"

刘建龙怒吼道："麻烦你冷静一点儿，你想过后果吗？我是一名军人，已经有人掉下去了，我不能眼睁睁看着再有人掉下去！"孙继强自知理亏，悻悻地走远了。张维说："我觉得应该先找到去实验室的路或者找到萨克森……"教授的话还没说完，又出现了不计其数的大坑，大家都掉进了坑里。队员们看起来在一个非常深的地方，漆黑一片，伸手不见五指，刘建龙打开地上的手电筒，这应该是实验室的科研人员逃亡时落下的。吉薇被这突然亮起的光吓得尖叫了一声。

大家都醒来后，吉薇说："刚刚我测量了数据，令人难以相信的是这里竟然是地下1000多米。"孙继强调侃道："还真是'十八层地狱'啊，哈哈哈。"

"先别笑，这里可能随时会发生坍塌，而且萨克森还没找到呢。"听完这话，队员们都在心中默默地为萨克森祈祷。张维说："大家找找实验室吧，我有预感，它就在我们的身旁。"孙继强到处摸，到处寻找，突然，他好像摸到了一个类似钢铁的东西，吹去表面的灰尘，实验室的门出现在了大家的面前。看到苦苦寻找的东西终于被找到，大家欣喜若狂。吉薇拿出从月球基地带来的密码破译卡片，轻轻松松地打开了大门。灰尘像雪花一样止不住地向队员们的鼻腔进攻，惹得队员们接二连三打喷嚏。进入实验室之后，根据线索，队员们迅速来到了实验室的总控制室。控制台上的信息告诉队员们，原来科学家在格林威尔城发现了一种月球原生单细胞生物，与地球生物结构大相径庭，能够释放生物电并且能散发辐射。作为一个工业城市，格林威尔城十分需要这种新能源来摆脱对进口能源的依赖，所以格林威尔城高层高度重视这种生物能，并且想将这项技术据为己有以

最后防线

加速格林威尔城的发展，因而没有向JLSC（月球联合政府）上报。然而，在培育过程中却出现意外，这种能源发生爆发性分裂繁殖，进化出多细胞生命体，需要大量蛋白质以加快繁殖和转化生物能，人类作为它们所能接触的唯一生命体受到了攻击。格林威尔城高层以为能够战胜怪物，也害怕自己私自研发月球生物的事情败露，所以决定继续隐瞒，自行解决。然而怪物不仅数量极多，而且再生速度极快，即使只剩下一只断臂依旧能再生出整个生物体，很快城市设施就遭到破坏，有人想要逃跑却依旧被一批又一批的怪物杀死，同时由于怪物的存在，整个城市已经辐射过量，人在里面很快就会死亡。

就在查阅电脑信息的时候，队员们终于受不住持续的辐射侵蚀，一个个晕倒了。很快，萨克森找到了队员们。可是他也无能为力，崩溃地哭了起来。突然，一群月球基地的士兵发现了队员们。原来，就在刘建龙向总部发射数据之后，总部就尝试联系队员们，可是始终没有人回应，总部担心队员们有危险，就派出了小队来找队员们。

2217 班赵承轩创作

由于格林威尔城的特殊位置，其长期封路会对社会造成巨大的经济损失，所以JLSC（月球联合政府）来不及听取先遣小组汇报就被迫与格林威尔的铁路接通。漫漫长夜中，没有人在意这一期新闻，却不知道自己脚下的地下铁道中，危险正在嘶吼着，朝四面八方蔓延，格林威尔每个铁路换乘站都响起了令人心悸的号叫声。所有的人都不敢靠近这个巨大的旋涡，生怕一失足，就再无生还的可能。

几天后，怪物的叫声响彻了月球的每一个角落，辐射过量的警示在每户的家中响起。居民们被迫穿上防护服，整个月球一片恐慌。

随着舆论的发酵，政府的压力越来越大。

突然，月球上所有的电子设备瞬间黑屏。几秒钟后，屏幕上显示总政府总理端坐在椅子上，他穿着黑色西装，双手交扣，神情严肃，说道："月球上出现新物种，形似猎犬，身体畸形，浑身长着蓝色尖刺，大小不一，散发辐射，请大家穿好防护服。"他顿了顿，继续说，"政府会派出军队，消灭怪物。"这时，屏幕黑了一下，又切换到之前的页面。

人们都兴奋地讨论起来，好像中了大奖一般。突然，有人冷不丁地说了一句："怪物的再生能力很强，军队能打过吗？"所有人都沉默了。

得到命令后，军队立即出发。他们穿着防护服，手里拿着特制的枪。他们和怪物相遇了，指挥官命令开枪。枪响过后，士兵发现怪物并没有倒下，而是完好无损地站在那儿，士兵们都惊呆了。怪物冲了过来，士兵们拼死抵抗，但终究敌不过怪物。战场上尸横遍野，每个尸体旁都漫着幽蓝色的血迹，每个在场的人都不禁浑身颤抖。

由于怪物的再生繁殖速度很快，而军队得不到补充，不久，军队溃散了。

怪物们冲进城市，失去军队保护的人们四散而逃。怪物们在城市里肆虐游荡。

不久，所有的太空城尸横遍野，一片死寂，俨然变成了人间炼狱。

卷二　末世

第四章　新任务

要么面对，要么死亡。

——戏剧《凯伦与剑》

　　"哎呀，终于出院了，再待下去，我都要闷死了。"吉薇伸了个懒腰说道。"安静一下，"孙继强拍了拍手，"这段时间大家都休息调整了一下，我简单介绍一下如今的局面：JLSC 虽然已经解散，但要求大家尽可能多地帮助在月人民返回地球，不知各位意下如何？""我认为如今我们连装备都没有，自保都不行，还是不要参与进去了。"张维教授沉默片刻开口说。"那怎么行，难道我们要见死不救吗？"刘建龙愤愤不平地说道，"那是多少条人命啊！"张维教授没有说话，可以看出他并不想牵扯进去。"教授，你想去还是不想去由不得你。"萨克森看着孙继强一脸纠结，拍了下他肩膀说，"JLSC 虽然解散，但还有高层那几位，您也是知道的，那几位可不是什么好惹的主，何况装备问题不过是小问题，抢也可以呀，总会有不听命令的队伍！"听了这话，张维教授也只能点了点头，表示同意了。"其他人应该也没问题吧？"萨克森扶了扶眼镜，看向别人。"照你这么一说，肯定都没问题了！"吉薇打诨道。"那就这样定了，明天上午 10 点大家来这儿集合，我们就出发！"孙继强愉快地总结道。

　　"我们可以看到 JLSC 给的附件中，有几个离我们较近的避难所，因为人有点儿多，所以我找来了几辆吉普车。刘建龙你开一辆，孙继强开一辆，我开一辆，吉薇和张维教授你们上孙继强的车，了解了吗？"萨克森有条不紊地指挥着。"还有把这个小车，用绳子这样绕一下绑个结，拉在吉普车后面。"经过一番折腾，终于安排好，孙继强一行人出发了。一路上，尸体遍地都是，原来的高楼大厦变成了一片废墟，乌云布满天空，怪物浑身发出的蓝光，映得周围也散发着鬼火般诡异的光。现在月球简直就是人间炼狱，孙继强一行人不敢过多逗留，赶忙加快行车速度离开了这儿。"前面便是避难所，因为之前是一片废弃的纯手工牛奶厂，JLSC 也没有重建，怪物还没有找到这个地方，人们才得以暂居下来，靠着剩下的工具，制造食物。"萨克森简单介绍了一下情况。"行了，到了。"孙继强缓缓停到了铁栅栏大门前。"慢点儿教授。"吉薇扶着张维教授，其余三人把物资卸下来，而里面的人们听到动静，也出来查看情况，一见是救援人员，赶

2217 班韩雨轩创作

紧出来帮忙。"大家伙儿快出来吧，是救援人员来啦！""真的是！""太好了，我们有救了！""政府果然没有抛弃我们！"一瞬间，男人的呼喊，女人的哭声，夹杂在一起。大家七手八脚地把物资搬下来，很快分配好东西，张维教授看着那些人里面有六七十岁的老头，皮包着骨头，面色蜡黄，佝偻着身体，看起来让人觉得更加瘦小。还有一些小孩儿，甚至有刚出生的婴儿，他们本应是快乐的，谁承想短短几个月便发生了这样的事。张维教授不禁感慨万分，眼眶微红，有些湿润。"我们接到命令要帮你们返回地球，但还要尊重你们的选择。""现在都这样了，谁还会留在这儿。"吉薇小声嘟囔着。"还是要象征性地问一下。"刘建龙回道。萨克森也是怕出什么变故。"没有长官，我们早就想逃离这儿了！""对呀，太感谢你们了。""赶紧走吧！"避难所的人们纷纷表示要离开。萨克森立马组织大家上车，"吉薇，你和张维教授最后再走，检查一下避难所，再乘飞船赶上我们。"萨克森嘱咐道，"一定要注意安全。""好！保证完成任务。"吉薇自信满满地答应着。"教授给你一个护目镜，以防万一。"张维一脸无奈地接过戴上了。

第五章　同伴

滴水不成海，独木难为林。

——大开发时代谚语

3辆吉普车开往发射场，本以为不会遇见什么，可谁知刚出发没一会儿，迎面便看到了黑压压许多艘飞船缓缓落在地面。"你们是谁？"孙继强一见他们拦住路，十分恼火，怒气冲冲。"大家别慌，镇定。"萨克森安抚大家，又嘱咐刘建龙待在车里，以防万一，说完便下去了。"我们是来帮助你们离开月球的，没有恶意，只是想组队一起完成任务。"其中一个脸上有疤、穿一件有甲弹挂的背头男说。孙继强刚想开口，萨克森赶忙附在他耳边说："我看他们装备挺全，而且我们人也太少，肯定会有料想不到的地方，不如顺他们意。"孙继强一听，也对，如果他们有什么意图，我现在也不清楚，还不如先答应下来，以免打草惊蛇。"好哇，我们同意你们的加入，欢迎！"这时，另一边一艘飞船飞了过来，众人马上做好准备。谁知，"你们就是这样迎接老队友的吗？"一个爽朗的说话声传来。"是吉薇他们来了。"萨克森说，"情况如何？"他看向走下来的张维教授。"非常不好，我们发现有一处设备被人故意破坏，目的是引起怪物注意。现在那个避难所已经全部是怪物了，根据破坏手段推测是JLSC在编官员或军人，和我们一样，但他们没有遵守命令，而是选择抢夺平民的资源。一旦他们发现我们，免不了一场战斗。"张维报告完，萨克森对另一路人马说："你们也看见了，现在情况很不妙，你们现在走还来得及。""那怎么行，那么多条人命呢！"一个挂着十字架的人说，"我叫埃尔斯凡·D. 奥尔，这是我的伙伴斯贝奇·卡萨、赫拉答旦·穆克尔和吉雅赛音。"那个脸上有疤的人上前一步："你们好，我叫斯贝奇·卡萨，这个队的队长。""冒险才是一个人生存的意义，退缩是一个懦夫的选择。"一个身体板正的人说道，"我叫陆凡，初次见面，还请多指教！"他旁边那个背着登山包的人，拍了拍身上不存在的灰："你好，我叫金高泰，非常高兴认识大家。这位是切阿纳托利·彼得罗夫。"切阿纳托利听到有人提他的名字，便"傲娇"地点了点头。"既然大家都决定了，那我说一下我的安排，让一部分人坐飞船，剩下的人坐吉普车，这样不会浪费太多时间，到了就可以直接出发返回地球。"萨克森简单说了一下计划。"OK，没问题。"大家答应的话音未落，几艘飞艇便停在了他们斜前方，"就是你们坏了我们的好事啊！"一个恶狠狠的声音传出来，随后一队全副武装的人落到地上，前面还在自我介绍的众人一见其不怀好意，便立即准备战斗。接着，陆凡朝孙继强一行人扔了一袋武器，并冲向了敌人，埃尔斯凡、吉雅赛音、孙继强和刘建龙也紧随其后，而赫拉答旦在收到斯贝奇的指使后，拔腿就向后跑，两队人马展开激烈交战，我方仗着人数优势，二打一，但敌方装备领先，一直僵持不下。这时砰的一声，敌方倒下一人，是吉雅赛音打倒的。"好样的！"埃尔斯凡喝彩道。敌方一看，马上下令转移目标。孙继强几人一看，立马拦住敌人扭打起来。敌人个个心狠手辣，血飞溅，枪声起，一声未平一声又起，很快敌方只剩下开始时说话的那人，但我方也个个受创，局面又僵持住了。"砰——"那人倒下了。众人回头望去，发现吉普车顶有一个人，是赫拉答旦，他一枪击毙了那人。孙继强见状道："好极了！"孙继强跑向前，开始捡装备。"怎么就九个人了？"萨克森疑惑道。"陆凡、埃尔斯凡、吉雅赛音阵亡了。"孙继强声音哽咽。大家赶忙围上前去，人们也从吉普车上下来。人们悲痛地挖了 3 个很深的坑，小心翼翼地把 3 个英雄放了进去。这时天空开始下起了淅淅沥沥的小雨，伴着人们的哀悼声，孙继强抬头望向那灰蒙蒙的天空。雨还在下，战争仍在继续……雨过天晴，哀悼之后，孙继强一行人搭载太空车前往城外边的发射场，途中遇到一处环形山，在地图上，这里的山脚下有一处难民的聚集点。众人决定顺路救下他们。到了那里，大家才发现那是一座研究中心。

那个研究中心地方不大，但是里面的实验器材应有尽有，而且都更先进，里面到处是被撕碎的文稿，角落处遍布着蜘蛛网，好似很久没有人来过这里了。

"怎么这里这么多纸片啊，看得我好难受！"吉薇不满道。孙继强道："这看起来好像是有人故意撕碎的，吉薇，你试试把它们都拼凑起来。""噢。"只顾着说话了，都没人注意到张维教授不见了，孙继强忙喊道："张教授！张教授！""好啦好啦，我在这儿呢，别喊啦。"张维教授眉头紧蹙，眼神里透露着不可置信。"张教授，你是不是有什么新发现？不妨说出来听听。""我本以为这只是一个普通的实验中心，没想到里面还有有关怪物的研究，哈哈哈，真是天赐良机呀！""天赐良机？怎么说？"孙继强疑

2217 班苏子墨创作

惑道。"强哥！我拼好啦。"吉薇喊道。张教授浅笑了笑，眼神示意孙继强去看看。

"嗯……据我所知，这应该是一些有关怪物的研究报告。"吉薇抓了抓后脑勺。"对喽，有了这个，我们就可以发明能抑制怪物繁殖，甚至能够令其萎缩、死亡的药剂了。"说着，张教授便开始实验制作抑制药剂，没一会儿，就做出来了。"教授，怎么才这么点儿啊……"吉薇道。"行了行了，有就不错了，快走吧。"萨克森说道。

所有人带上药剂之后正准备离开时，金高泰说："这儿好像还有一套重要的研究设备，可以制造出使怪物萎缩的一种药剂成分。"众人一听，顿住了脚步，"我去。"吉薇道。"我也去。""我也去。"孙继强本想一人去拿，但听到他们说之后就改变了主意："一起去吧。张教授，您老先在这儿待一会儿，我们马上回来。""我也去吧。"孙继强拧不过张维教授，便同意了。

没过一会儿，几人顺利拿到设备，然而却意外触发了这里的安保系统。几人奋力逃跑，虽然与其他人会合，但实验室内机枪与机器人也开始对众人展开攻击，情况不容乐观。众人一面战斗，一面保护平民撤离。斯贝奇由于带伤，行动不便，最终阵亡。张维教授也由于年老体弱、行动不便阵亡了。其他人则幸运地在最后一道安保闸门关上前逃离。

众人继续向发射场出发，然而由于人数过多，一个发射场无法容纳这么多人，所以只好兵分两路。孙继强一行人先带着一部分平民从这个发射场出发，赫拉答旦和切阿纳托利一行人则护送剩下的平民前往另一个发射场。

切阿纳托利一行人和赫拉答旦遇到了一个能力强大的怪物，这只怪物同时具有钻洞和飞行的能力，甚至还能在一定程度上指挥附近其他怪物的行动。众人依靠药剂才勉强将其制服，但制服过程中切阿纳托利中了怪物的计谋，不幸牺牲。

众人强忍悲痛，金高泰浅浅抹了把眼泪，强装无事，拍了拍赫拉答旦的肩膀："走吧。"他们带上张维教授发明的药剂踏上了去地球的太空船。

卷三　解药

第六章　重返月球

人命是不可用金钱衡量的，这正是人有别于动物的一大特点。
——《月球地理》期刊论文《何谓自然人？》

地球政府总部的会议室里，来自全球各个地区的领导人都围在了这个椭圆会议桌旁，所有人都一言不发，眉头紧蹙地翻阅着面前的资料，房间内只有时钟的嘀嗒声和翻阅资料的声响，气氛显得异常紧张。

位于这张桌子一侧的主席站了起来，脸上堆着笑容，"很感激各位能够在百忙之中……"主席正说着，一个代表突然站了起来，急躁地打断了主席："我说，这些客套话就没必要说了吧！"他看着主席说，"你先说说这份文件到底是怎么回事，月球是出什么事了？"这一问像是问出了在场很多人心中的疑惑，所有人都看着主席，看着他将如何答复。"那好，既然您这么说了，我们就进入会议的主题。"主席这么说着，脸上的笑容也骤然消失了，神色严肃而庄重。"在座的各位肯定有很多疑问，的确，我本人第一次看到时也吃了一惊，这件事太过惊世骇俗了，但是……"他刻意地顿了一顿，"此事的确不虚。"

会议室又陷入了死一般的寂静，"那你又有什么依据呢？"突然一声质疑打破了寂静，众人又看向主席。主席轻笑一声，又说："月球已经半个月没有向你们进口物资了吧，月球从 JLSC 成立到现在，只要存在一天，什么时候停止过资源的进口？而现在突然停止进口，这不就是最有力的佐证吗？再者说，月球现在已经停止了所有频段的电磁波的外溢，这代表月球已经彻底断绝了电子产品。而且我们最近的研究发现，月球的辐射性突然涨了上千倍，这些事实，我相信足以证明这件事情的真实性。"他扫了一眼在座的代表，又说，"我们这次会议的主题，不是讨论这件事情的真假，诸位，"他清了清嗓子，"而是 JLSC 发来了求援信，我们需要决定是否支援月球，各位有什么想法？""月球向地球求援？""JLSC 还能放下架子，看来是真出事了！""我就说 JLSC 迟早出事，你看看。"会议室立刻沸腾了起来，在月球全盛之时，地球在月球面前向来抬不起头，如今月球横出祸端，反而要向地球求助，不能不让人感到新奇。"诸位，安静一下！"主席呵斥住众人，会议室又恢复了沉寂。"我认为应该实施救援！"刚刚一言不发的一个代表突然站起身来，这是地球政府的防务部部长卡耐基，30 岁就登上如此高位的他是如今政府里最年轻的高级领导，也正由于这一点导致了很多人质疑他的工作经验和能力。如今开会的众领导中就不乏持这种看法的，在这些质疑与不屑的眼光中，卡耐基接着说出了自己的意见："我认为人的生命是放在第一位的，我们应该摒除曾经的隔阂，从人类大家庭的一员而非地球的一员的角度出发，如果我们不顾这些难民面临的危险，和屠杀又有什么区别？所以，我觉得我们应该提供帮助！""说得轻巧，但光凭这些大道理就能救出月球上的难民吗？"一个衰老却严肃的声音响起。卡耐基顺着这声音望去，只见一个老者佝偻着身体，眼里充满了不屑，这是对卡耐基最为质疑的土地管理署的领导卡努，他说："月球的情况尚不明朗，风险都是未知数，你让我们的人去救他们，不也是对这些援军生命的不负责，不也是一种变相的屠杀吗？"他看着这个年轻人，眼神充满了戏谑。卡耐基紧锁眉头，看着卡努，脸上流露出坚定的表情："卡努先生，我理解您的担忧和疑惑。但是，我们不能因为未知的风险就放弃救援。如果月球真的出现了问题，我们需要面对的就不只是月球的难民，还有那些可能存在的连锁反应。因此，我们必须尽快做出决策，以保障人类的生命安全和未来。"主席在一边倾听着两个部长的争论，他心中感到满意，这正是他想要的结果——一个讨论和质疑的环节。他清了清嗓子，打破了紧张的气氛："两位的辩论很精彩啊，都很有道理，我看两位部长的意见可以折中，这样吧，我们先继续观望一段时间，弄清楚月球的情况后再派援军。""可是主席，难民的生命还……""卡耐基部长，我觉得我已经给了你足够的尊重。"主席打断了他，这一句话简短而有力。卡耐基不好意思继续纠缠，坐回位置上。主席分配完各部门的工作，会议就结束了。

散会后，卡耐基心中一直布满了阴云，主席在会上这么说无疑是对他的蔑视，他以前就有向所有人证明自己能力的想法，今天这个念头变得无比强烈，他一定要救出难民来证明自己的能力，堵住卡努那帮老东西的嘴。他突然想到，既然孙继强一行能从月球带着难民成功撤离，那再重复一次肯定也不在话下，想到这儿，卡耐基赶忙找出电话，打给自己手下的人，让他们打听孙继强的住所及联系方式，他要亲自见一见这个月球人。

在月球土生土长的孙继强还是自出生以来第一次到地球，而这也是他第一次与正宗的地球人打交道。3周前，就有人找到他，说有一位大人物要在今天见见他。

孙继强来到了一座宏伟的建筑前，这就是地球政府的办公大楼，卡耐基就在这里工作。大楼的守卫很森严，当他们看见孙继强时，都摆出了戒备的姿态，但当孙继强说明自己的来意并出具了相关证件后，守卫们就放行了。孙继强走进了这座大楼，他被这座建筑的雄伟壮观所吸引。他跟随一名守卫的引导，穿过了许多走廊，来到了一间办公室前。守卫敲了敲门，然后对孙继强说："先生，就是这里了，希望您的会面顺利。"孙继强深吸了一口气，然后推开了门。他看到一个年轻的男子坐在办公桌后面，正低头看着一些文件。孙继强走上前去，说："先生，我是孙继强，前来赴您的约会。"卡耐基抬起头，看了看孙继强，然后说："孙先生，很高兴您能来。请坐！"孙继强坐了下来，卡耐基接着说，"孙先生，我们长话短说吧，听说您是月球本地人，对月球的情况比我们了解的多得多，而且您也有对付怪兽的经验，所以……"卡耐基呷了一口茶，继续说，"所以我们希望您能利用您的经验，再次返回月球，营救剩下的难民，不知您意下如何？"说罢，他好像看出了孙继强的顾虑，又说，"您放心，我们对有价值的伙伴从来不会吝啬，您这次行动的所有消费全会由我们负责，当然，您在地球的后续消费也可以找我们报销。"这句话不禁让孙继强有些心动了，自从来了地球，他们4个人就没怎么吃过一顿饱饭了，仅仅靠萨克森一个人在某些小报上发些文章赚取稿费来解决几个人最基本的温饱问题，如今能够报销后续的所有花销，正好解决了他们的难处。"就我们4个人吗？"孙继强问出了他最后的顾虑。"当然不是，还有更多的士兵和您一样接受了这项任务，我们总能找到可靠的盟友，因为我们总能提供优厚的酬劳。"卡耐基说。这一下孙继强完全踏实了，他迫不及待地与卡耐基签订了合同，约定好时间，孙继强就兴高采烈地回到与其他人合住的出租屋报告这个喜讯。原先斯贝奇和切阿纳托利两帮人就剩下两个人了，赫拉答旦早就与他们分开，只有金高泰一直在他们这里蹭吃蹭喝蹭住，一听到以后花费都能报销，金高泰自然也要参加，卡耐基正愁人手不足，允许了金高泰参加，就这样，一行5人坐上了飞船，来到了月球。

　　下了飞船，第一眼看到的就是残缺不全的月球城，防御陨石的纳米材料保护罩几乎只剩下了骨架，破烂的尸体和残肢随处可见，曾经的不夜城漆黑一片，深邃而黑暗的小巷仿佛怪物的巨口，隐藏着致命的危险。然而孙继强一行人却没空对着这末世景象空发感慨，几人找出电子地图，在城市里兜兜转转，终于找到了卡耐基所说的难民安置所的门口。"这里就是了。"萨克森关掉地图，望向眼前巨大的金属防爆门。"这门太厚了吧，子弹都打不穿。"刘建龙开了一枪后说，语气中带着点儿畏惧。"吉薇，这门还能开吗？"孙继强问道。吉薇在门旁边的闸门上摸了摸，回答道："电路几乎全报废了，电闸也坏了，这要是别人，还真不一定能打开。"吉薇一边说着，一边从防辐射衣的口袋里掏出了一个形似镊子的东西，"但是对我来说，肯定是小菜一碟啦！"说着，她就把这个东西的一头塞进防爆门的门缝中，按下另一头的开关，只听见一阵齿轮转动时如滚雷一般的轰隆声，门竟然被硬生生撑出一条大约能容一成年人侧身通过的缝隙，"愣着干吗，快进去啊，这个撑不了多久就关上了。"做完这一切后，吉薇赶紧招呼众人进去，几人这才回过神来。几人刚通过不久，身后一阵断裂声响起，门又轰隆一声合上了。

众人开始打量起四周，这里漆黑一片，他们只好打开探照灯照明，这里只是一个入口，还有一个狭长的楼梯通往地下，几人在楼梯走着，忽然孙继强叫住了众人。"怎么突然不走了？"金高泰一脸疑惑地问，孙继强打出手势让他小点儿声，脸色凝重地指指前方楼梯间拐角的黑暗处，众人看向那里，脸色也变白了。"那是个怪兽？怎么这么大！"金高泰一边说着，一边本能地举起枪，警惕地对准那只怪物的头颅。那只怪物的确很大，大约有3米长，和一辆小轿车体形相当。"重点不在那只怪物，它已经死了。"孙继强说。众人这才发觉这怪物的脖颈还冒着血，猩红的血液流了满地，看上去死状十分惨烈。"你们看看这只怪物的影子旁边。"众人赫然发现这怪物旁边竟然还有一个人影，贴着墙。他好像察觉到众人看到了他，身影一闪，又看不到了，"这怪物不会是他杀的吧，那这个人实力得多恐怖啊。"刘建龙惊讶地说。"我觉得很有可能，如果真是这样的话，我们五个人应该都不敌他一个。"孙继强面色凝重地说，"刘建龙你放个烟幕弹，咱们站分散一点儿，快速通过，不要磨蹭，懂？"孙继强又看向几人，众人点了点头。

于是众人就这样进了烟幕弹的范围里，可正走着走着，只听到一声闷哼，孙继强就看到不远处一个人影重重地摔倒在地，孙继强自然知道这代表什么，赶忙喊道："大家都在吗？在的话喊一声自己的名字。""萨克森""刘建龙""金高泰"众人纷纷叫出自己的名字，孙继强心中却暗叫不妙，刚才倒下的估计就是吉薇，对方终究是有所行动了。"大家赶快聚到一起，小心……"孙继强话还没说完，只听远处传来刘建龙的吼声："你是谁，快放开……"又是一声闷哼，然后就是刘建龙重重摔到地面上时的肉体与钢铁的撞击声。刘建龙也遭毒手了，这不能不让人感到情况的危急了，正当孙继强去找其他几人时，又听到金高泰的惊叫声："萨克森你怎么了，怎么你也……"话刚说到一半，又是一声闷哼，说话的声音戛然而止，孙继强喊了一遍又一遍同伴的名字，却完全没有回应，他知道他的同伴恐怕已经全军覆没了，正当孙继强这么想着的时候，眼前突然出现一张人脸，在烟雾下模糊不清，还没等孙继强反应，对方就一腿将他踢翻在地，又一记手刃劈向了他的后脖颈，还好孙继强一翻躲过了这一击，刚拿起枪准备对准，却被对方撞到了墙上。他那双手抵着孙继强的手腕，导致孙继强动弹不得，对方再一使劲儿，只听嘎的一声，孙继强的手腕立刻脱臼了，手里的枪也应声掉落。他的脸上也浮现出痛苦的神色，孙继强奋力一踹，对方被踹出了两米远，孙继强又扑在对方身上，两人就这么厮打着，等到烟雾慢慢散去，孙继强看清楚了对方的脸，脸上一脸的诧异："张鸿？""孙继强？"对方也认出了他。

刘建龙醒后第一眼就看见那个袭击他的人，条件反射的他立刻跳了起来扑倒了对方，"就是你小子偷袭我。"他一边喊着一边出了一记狠拳，然而对方只用一只手就接下了这一击，又使了一个巧劲儿，刘建龙的手立刻扭曲了起来。"张鸿，差不多得了。"孙继强对张鸿说道，张鸿立刻收了手，刘建龙捂着手臂，看着孙继强和张鸿两人，"认识啊？"刘建龙疑惑地问道。刚苏醒的几人也凑过来，张鸿给众人讲了他和孙继强曾经在军校的交情，又给大家讲了他是怎么和他们一样接受卡耐基的邀请来到月球，并且怎么把孙继强一行人当作是强盗的。解除误会后，众人来到了难民所在的避难所。

可以毫不夸张地说，这个避难所聚集了世界上最多的苦难。断粮、疾病、受伤、死亡，每一天都在这个小世界里发生、重演。很多人对苦难已经麻木，特别是当他们眼睁睁看着他们的亲朋好友由于各种原因而与世长辞，甚至自己也随时面对死亡威胁的时候，信仰与希望已经在这里绝迹。长期在怪物所造成的高辐射环境中的他们，身体已经开始癌变、畸形，他们在梦中多次梦见有人来营救他们，醒来后的苦难却一次又一次击垮了他们的希望。所以当孙继强一行人来救他们的时候他们竟然无动于衷，或许是他们将现实和梦境混淆了吧。这也难怪，毕竟在死亡边缘徘徊的这些人怎么可能还保持着清醒的神志呢，而当他们终于确定这是现实时，有多少难民又把他们当成了神明的化身。当孙继强一行人准备护送所有人离开这个他们一直以来与老鼠、臭虫同居的地方时，一位难民找到了孙继强："先生，我有一件事想请您帮忙……"他恳求道。"什么事？"孙继强问道。"我有一份重要的文件丢了，您能不能帮我找回来？是关于R37-8P的。"对方说。"那么，这个R37-8P是什么呢？"孙继强问道。"是……是我们格林威尔城的一项重要研究项目，我曾经的工作就是研究它，对了，它就是外面的那种怪物。""格林威尔城？"孙继强激动地问，这个词他一辈子也忘不了，这个一切祸端的起源。对方显然被吓了一跳，唯唯诺诺地说："对，格林威尔城。""那你拿什么证明你确实是格林威尔城的呢？"孙继强又问道。"我有袖标。"对方说着，拿出了一个红色的袖标。孙继强一眼就认出了这个，这就是格林威尔城科技能源署的标志，孙继强激动万分，他知道这可能会直接关系到人类的生死存亡。当机立断，孙继强把众人留在这里保护难民，自己和张鸿则前去取文件，商量好之后，孙继强当即乘上了飞船，快马加鞭赶往灾区。

2217班郑书香创作

第七章 张鸿之死

天下没有不散的筵席。

——古地球谚语

孙继强和张鸿乘着飞船来到了那个星球，找到了研究员所说的基地，孙继强用切割器切开了基地的大门，这里到处都是死掉的研究员，隔离门全都被打了个粉碎，地上是一片片血迹，各种仪器上都冒着火星，似乎被什么东西强行破坏过。孙继强和张鸿来不及多想，快速商量好了对策。由人高马大的孙继强在外看守，心思缜密的特种兵张鸿去找那份重要的资料。二人毫不犹豫，立即开始了行动。

张鸿身形如电，动作迅速，右脚在地上猛地一踏，身子一跃，腾空而起，在空中一个翻倒，双足落地时轻盈无声。二人配合默契，很快就找到了资料。

张鸿抬头看了看四周，见附近没有什么变异体，便轻声对孙继强说："资料拿到手了，准备撤退。"

"好，我打掩护。"孙继强应道。

孙继强和张鸿静悄悄地走在荒凉的街道上，周围满是狼藉，他们时不时望向四围。突然一阵声音从背后传来，只见一只浑身散发着红色幽光、身体畸形的变异体正向他们匍匐着靠近。

孙继强不管三七二十一就举起激光枪，朝着怪物就是一顿射击，嘴里念道："来啊！你们过来啊！咱们看看谁更厉害！"

"继强，先别冲动，这些家伙再生能力都很强，咱们还是要小心一点儿，咱俩看看能不能先摆脱这些家伙，等待救援，千万不能心急。"张鸿一边注视着蜂拥而上的怪兽一边说着。

"是我疏忽了，一时竟忘了出飞船时多拿点儿弹药。怎么办，绝缘炮（一种激光武器）的弹药快用完了，我们要尽快离开这里。"孙继强焦急地说着。

二人还来不及商量，那些怪物便又近了一步。"快用绝缘炮！"张鸿喊道。突然有一只怪物猛地扑上来，张鸿用力举起绝缘炮朝着怪物扣动了扳机，霎时间，一股发光的蓝色射流击中了变异体，绝缘炮在变异体身上打出一个大洞，但是他们没有料到这变异体愈合速度极快，而且每次愈合后都会再次发生变异，变得比上一次更强大，很快弹药就打光了，张鸿只好赤手空拳与怪物搏斗。"给你！"孙继强扔给他一个次声波炸弹，张鸿接过炸弹，冲着变异体冲了过去，变异体企图咬住他，但是张鸿早有准备，他猛地一闪，同时把炸弹插进变异体的嘴里，变异体怒吼一声，将张鸿打晕在地。孙继强按下引爆器，砰！一声巨响过后，那变异体应声倒地。

孙继强拖着被打晕的张鸿走向飞船，准备逃离这里，正当他们以为终于可以带着文件逃离这里时，谁知另一只变异体以极快的速度跟了上来，变异体牢牢咬住飞船，给飞船外壳上咬出个深深的牙印，将飞船拉回原地，孙继强驾驶着飞船又进行了几次摇摆，企图甩掉变异体，可最终都以失败告终，无奈的孙继强只好打开了加速，火红色的尾焰猛地喷射而出，变异体被那上千摄氏度高温的尾焰烧了个体无完肤，但变异体还是不肯松口。

更多的变异体爬上了飞船，不断撕咬着飞船的外壳，飞船损毁严重，冒出滚滚浓烟，朝一座山坡一头扎了下去，碰撞中，孙继强拽着昏倒的张鸿跳下了飞船。他奋力爬起身走向前方，飞船的残骸冒着熊熊烈火，上面站着几只变异体，他举起枪不断地做着徒劳的射击，激光束打在变异体上只能伤及皮肉，根本阻止不了他们，他感到无尽的绝望，几近崩溃。

他心里想着：任务可能完不成了，但至少要让张鸿活着回去。他突然发现因为刚才的碰撞，飞船上的燃料箱露了出来，他再次举起了枪瞄准了燃料箱，毫不犹豫地扣动扳机，一束激光以风驰电掣的速度从枪口射出，击穿了燃料箱，里面的燃料发生了猛烈的爆炸，那些变异体被这猛烈的爆炸炸了个灰飞烟灭，孙继强也被这爆炸的强大冲击波震飞到空中，然后重重地摔在了地上。危机暂时解除了，孙继强这样想着，浑身只能感觉到疼痛。视线模糊，隐隐约约听到有人在焦急地呼唤他的名字，随后在他模糊的视线里出现了几个模糊的人影，是刘建龙他们来了吗？孙继强感觉自己已经没力气思考了，眼皮一沉，昏了过去。

孙继强醒来时，只看到队员们正围着他坐了一圈，脸上满是焦急与困倦。"孙继强醒了！"刘建龙兴奋地抱住了孙继强，"我就说你皮糙肉厚的，一点儿小伤死不了。"孙继强推开刘建龙："张鸿呢？"他现在没有心情与队员们嬉闹，他首先要保证张鸿还活着。提到张鸿，众人脸上不免露出了几分失落。几人带着孙继强来到了飞船重症医疗室，在插满导线与体征检测器的病床上，孙继强见到了奄奄一息的张鸿。"咳咳……"张鸿好像是感受到了孙继强的到来，有了些许生气。"张鸿，你还能撑住吗，等我们把你送回地球，马上，马上你就有救了！"孙继强紧紧地攥着张鸿血肉模糊的双手，看着昔日同学奄奄一息的样子，孙继强脸上满是急切与担忧。"不必了，咳……我知道自己已经快死了……咳咳。"张鸿有气无力地说。"说什么傻话，你肯定能活下来的，到了地球，一切都还有希望。"孙继强喊着。"我只不过是个混吃等死的闲人罢了，但是你们……咳咳咳……你们是人类文明最后……最后的防线了。"说着，张鸿的另一只手搭在了孙继强的肩膀上，眼神变得坚定而犀利，"答应我，你们会一直为人类战斗的，对吧。""当然，当然。""那就好了。"张鸿脸上终于浮现出一抹笑意，又是几声剧烈的咳嗽，一口黑血从他口中吐了出来，他的头也疲软地低了下去。

"张鸿你快醒醒啊，快醒醒啊！"孙继强急促地叫着。可张鸿却已是没了呼吸。

孙继强再也忍不住大声嘶叫起来，脸上满是痛苦与无尽的绝望，几近崩溃，心里不禁想着：是我害死了张鸿，他再也回不来了。他的一颗心仿佛被人紧紧握住，然后奋力抛出，扔在这片黑暗和刺骨的寒冷中。大滴大滴的眼泪落在他的手背上，他缓缓松开了手，面目狰狞可怖，呆呆地不说话。几人害怕怪兽再次追上来，忍着沉重悲伤的心情打算返回地球。

2217 班苏子墨创作

众人强忍着悲痛踏上回到地球的路，吉薇打破了飞船中的寂静，询问众人此时地球的现状，孙继强认为地球很安全，而萨克森却认为怪物可能已经蔓延到了地球，刘建龙点了点头，表示同意萨克森的猜想。金高泰认为在短时间内怪物不可能蔓延得如此之快，虽然双方争吵了一段时间，但是大家一致认为在最近一段时间怪物即将降临地球，在紧张的氛围中众人回到了地球。

最后防线

第八章　动荡

它快来了。

　　——戴河前线司令部发向总部的电报

　　回来之后，大家发现地球并无变化，这里目前还没有受到怪物的入侵，大家顿时喜悦不已。而萨克森和刘建龙却始终坚信自己的观点，让大家要保持警惕，金高泰从他们的眼神看出了坚定与紧张，便劝孙继强随时做好面对怪物的准备，他却不以为意。果不其然，过了几日，多地也都发现了怪物的踪迹，一时间头条、热搜、报纸到处都能看到有关怪物的报道。突如其来的变故使地球短时间内突然陷入了恐慌，因为地球抵挡不住无孔不入的怪物，为了防止扩散，地球政府立刻隔离感染区域，将感染人员隔离，大家看到地球政府的举措，心中顿感安慰，可是怪物却悄无声息地进化完成，进化出用孢子繁殖，可以在人类身上寄生、成长，生长完全后便吞噬宿主。隔离已经没有用处，孙继强一行人看着人类一个个死亡，仿佛看到张鸿的牺牲，心里十分悲痛。在这期间，人们不断寻求地球政府的帮助，可是地球政府却置之不理。人们觉得被地球政府抛弃，既无奈又无助，孙继强也大骂政府软弱无能，而吉薇认为地球政府也许在筹备武器。在后面的几日，地球政府如人间蒸发，从未出面，乃至销声匿迹，地球也陷入了水深火热之中，有人将自己与外界隔离，有人想逃离地球，但仍有人坚持着与怪物对抗。人们遭受着生理与心灵的双重折磨，这是对人类文明极大的考验。

2217 班樊业晨创作

此时刘建龙拿出孙继强从月球带回的资料，这份资料对怪物的研究具有重大意义。为了防止极端恐怖分子抢夺资料文件，地球政府决定暂不公布研究进度，且对实验地点保密，在这样的背景下，针对怪物的研究正在悄无声息地秘密展开。除了对怪物基因武器的研究有了进展，科学家们还研制出多款能够有效灭杀怪物的单兵武器。为了不浪费时间，早日拯救人类，研究员们个个废寝忘食、昼夜不分地工作。研究员们都迫切想要成功，但事实却不尽如人意。随着研究时间的延长，研究员们的压力也越来越大，忧郁悲伤的气氛在弥散，有的人甚至产生了怀疑和动摇，我们真的能够成功吗？我们最后会胜利吗？

第九章　叛逃

衣食足而知廉耻。

——古地球谚语

而此时，政府内的情况也好不到哪儿去。大批的科研人员正聚集在这里，夜以继日、马不停蹄地研制武器。正是因为时间紧迫，政府才同意科研员们在这里研究。最开始大家都很积极，对这种高强度的临时工作很认真细心，但很快，有人就扛不住了。这种连轴转的工作不仅工时极长，并且需要时刻保持清醒与理性，每个数据都要准确，不然就会前功尽弃。这不是普通的科研，而是关乎全人类命运的大事，科研员也不知道基因武器是否能抵抗末日的降临。若能，则一切回归从前；倘若不能，后果如何谁都能想到。

科研已经进行了快一个月了，武器研制进入了新阶段，全部科研员已在政府中工作得精疲力竭，但依旧没能得到理想成果。有的科研员心态变得悲观，甚至认为这样做毫无意义，人类最终注定会走向灭亡。还有更多人不满政府的安排，向上提议与其在这儿等死，不如让人在最后的时间里享受短暂的快乐。

地球政府外充斥着人们的怨气，而在这天，这里发生了大事。

"啊，不好了！"一个科研员边喊叫边跑进了大厅。

"怎么了？"

"出什么事了？"

"发生什么了？"

…………

这个科研员眼睛里的红血丝与周围的充血混在一起，乱糟糟的头发像钢丝球般绞在一起，眼皮上的黑眼圈特别明显，这都是他睡眠严重不足的证明。他大喊大叫出来的样子令所有人的心头一紧，预感到了不好的情况发生了。

"资料室里的文件丢了，里面有武器设计的最终定稿，定稿要是没了科研就不能进行。而且还有特制的配置方式，以及我们几天来所有成果，那可是机密啊！居然突然丢了，我找了一天了，哪儿都没有，肯定是有人拿的，到底是谁这么大的胆子？"那人向厅里的人讲述着发生的一切。

政府听到机密丢了，立刻调出监控，费了九牛二虎之力才在一张截图上找到了那个盗贼的身影。他拿着用衣服包裹着的一沓纸进了人比较密集的区域，之后过了很久他再也没出来过。这个人应该是名科研人员，但也不知道为什么他要偷机密文件。当务之急是把文件追回，而这个任务被交给了孙继强一行人。

孙继强收到政府指派的任务后，即刻出发寻找机密文件。通过卫星监控系统在全球定位，他们搜索到了那个偷走文件的科研员，并根据卫星系统提供的位置信息去追踪文件的去向。那个偷盗者逃跑的速度极其惊人，像是早就计划好了路线一样。因此，这人应该是蓄谋已久的。

孙继强他们的行动速度也很快，加上有嫌疑人准确的位置信息，不用几个小时便将那个研究员抓了回来。但在检查了他之后，众人却失望地发现他身上的文件居然不见了！

有人调出他逃跑路上的监控，以此沿路调查，终于发现了他交易的证据，原来，他早已经将重要文件卖给了他人。

找寻文件的行踪已经迫在眉睫，可是有关那些人的线索却微乎其微。孙继强也十分急切，他向地球政府提议，能否根据情报信息来找。地球政府的情报网几乎覆盖了整个陆地上的所有分支，情报网得到的信息很多，想要在这巨大的信息量中找出有用的，难度非常大。虽然数量庞大、筛选处理信息复杂，几乎不可能完成，但这也是唯一的方法。时间紧迫，政府只能动用更多人手。大家如同在茫茫大海中捞针一样寻找那伙人的去处。

一天又一天，政府里的人已经不眠不休了好几天，人们的精神像在被火烘烤，脑子里的那根弦一直紧绷着，不停地筛选情报中的信息。孙继强他们也没闲着，在各地寻找那些人的踪迹，他无比想让灾难赶紧结束。前几日他听说那个科研员是因为不满政府安排的高压工作，想偷走机密文件，让科研暂停，使怪物在人类中爆发，地球政府也必定会受到谩骂与牵连。可他仍未交代那些带走文件的人的行踪，而孙继强这几天也没有找到任何有用的线索。就在他绝望之时，政府联系上了他。

负责情报的人告诉他，找到买家的位置了，就在他们现处位置东南方的海边附近。这几天该地人数增多，可能是要偷渡过去，需要尽快拦下他们，拿回东西，不能让他们渡海。但对方行事小心，可能会有武器，提醒他们小心。

孙继强带人到达了那伙人的位置，他决定让其他人先留在隐蔽处，自己先去探明文件的去处以及对手的数量。毕竟，他知道贸然冲进去绝不是好方法。他悄悄进入对方驻地，那周围空无一人，内部也无想象中的有人来回巡逻。他不禁有些诧异，心想自己是否来错了地方。孙继强怀着紧张又疑惑的心情一步步地探索，这里的地形并不复杂，他轻松地记住了一扇扇门和窗的位置，这能方便自己逃走。

他的经验告诉他这里应该没有安装摄像头，但警报器和窃听器可能会有。他一路都保持着安静，自始至终他都没有看到一个人，这很奇怪。

孙继强穿过几扇木板门，此时他看到一扇铁门。这扇门看上去与普通人家的门没有区别，可当他拉下把手时，一阵警报响起，紧接着急促的脚步声向这里逼近。孙继强从窗户翻下，用手抓着外面的防护网，他看到密密麻麻的人走了过来，连忙用手往旁边爬。

正在卖力躲避的孙继强发现，这里只有一个地方周围聚集着人，就开始向那里移动，趁其不备从窗户翻入那个周围有很多巡逻人员的房间，他推测文件就在这里。果不其然，这个房间只有一个人，他抱着一个黑色的袋子，在看到孙继强后神情极其慌乱。他的第一反应是逃跑，但孙继强抢先一步将他踢晕了过去。孙继强打开袋子，里面正是政府丢失的机密文件。

　　孙继强在拿回文件后就重新从窗户逃跑，他知道门外人员聚集，若从门逃跑胜算不大。但他刚一走，刚才屋里的人就醒来喊人追他。孙继强刚爬到地面，就撒腿往回跑，他知道虽然对方训练得不如他，但他们人人都有枪，面对他们自己胜算不大。孙继强刚跑出外围与同伴会合，枪声已经响起来了。后面的人距离越来越近，孙继强他们虽然也有武器，但那些人数量比他们预估的要多，他们就算硬拼也不一定能赢，只能边反击边撤退。

　　一阵密集的枪声响起，对方的人数已经减少许多，孙继强决定一会儿等枪声小些就撤退。过了十几分钟，枪声小了，三人便一起转头往后跑。不一会儿，后面又有人追上来了，孙继强转身向后开枪，那些人全都应声倒地，枪声已经离他们远了些。正当他们要松口气时，又有枪声响起，有两个人追上了他们，孙继强连忙将两人击杀。但刚刚两人射出的子弹打在了金高泰身上，他的胸口上被打出一个血孔，倒在了地上。孙继强和刘建龙将他扛了起来，扛到来时坐的车上，萨克森与吉薇正等在那里。几人立即驾车先去了医院，但在路上，金高泰就已经没有了生命体征，众人怀着无比悲伤的心情送别战友。孙继强将政府的机密文件送了回去，经过检查后并没有任何损失。而参加了机密文件交易的那些人也全部被抓住，政府会依法审讯并给予他们惩罚。

2217 班郑书香创作

第十章　冲击

相对自然，我更害怕人心。

　　　　　　　　　　——近月球时代哲学家帕罗德

　　科研工作接着开展，科研员们继续研制能够打击怪物的武器，拯救即将陷入末日中的人类。但是这个世界还在继续运转，政府大楼外的世界也在人的视线之外悄然发生着变化。几个月前，一份地球政府高层下达的文件迅速在民众中传开，内容是要求地球各部门完全切断与月球的一切联系，禁止前往月球。很多依托地月商业往来而崛起的企业受到了致命打击，失业人口骤然增多，有亲属在月球上的民众也心急如焚，社会各界都在呼吁重新开放航道，然而他们都低估了月球上情况的危险。政府这个看似剥夺了民众自由的政策却一直在保护着他们不受怪物洪流的吞噬，但没有人理解这样浅显易懂的道理，人们费尽心思地向地球政府抗议、施压，甚至催生出许多暴力事件，但都没有取得他们所希望的成效。地球政府依旧坚持着自己的政策，在一次又一次的暴动中，这些抗议的民众逐渐形成了一个像模像样的组织，即"地月动脉"。今天，他们全员出动，在地球政府本部第三防线外开始了集结，想要挟持最高秘书长以要挟地球政府就范。此时，他们已经完成了准备工作，只待机会出现。

　　"来了来了，看！"文件运输车刚一进入人们的视线，就被外围眼尖的民众发现，其中一个看上去像是领袖的人在人群中大喊一声："机会来了！各小组按预先计划行动！"话还没落，人们很快就有所动作了。数千的民众蜂拥着朝着运输车进入的重型液压门冲锋，气氛紧张而压抑。战争的场面极度紧张而混乱。一条宽阔的道路通向一扇巨大的铁门，这扇大门原本为了放运输车进去而敞开，但现在已经开始缓缓合上，发出沉闷的响声。大门两侧的探照灯突然打开，刺眼的白光划破黑暗，将周围的一切照得如同白昼。

高数十米的围墙上，防御火炮开始充能，发出嗡嗡的电流声，炮口闪烁着蓝色的电弧。这些火炮像是守城的巨兽，随时准备向入侵者倾泻毁灭性的火力；这些火炮仿佛巨兽的獠牙，随时准备撕裂来犯的敌人。哨塔上的狙击手紧盯着瞄准镜，他们的眼神冷冽而专注。瞄准镜的寒光一闪而过，预示着死亡的判决已经下达。他们的瞄准镜在夜色中闪烁着寒光，如同猎豹的眼睛，敏锐而冷酷。广播里传来警报声，尖锐而刺耳，回荡在整个基地的上空。

不过这并没有引起他们的丝毫恐慌，他们知道，除非万不得已，士兵是不会对普通民众开枪的。果然，士兵仅仅是把民众们围了起来，即使面对他们的拳打脚踢也只敢用枪托挡一挡，毕竟这些本来就不是为了防卫这些民众的，而是为了防止怪兽的进攻。一群人就在这里僵持不下，而另一边，一组人已经顺着下水道偷偷溜进了政府内部，为了控制民众，本来把守主大楼的重兵被调走，所以他们轻轻松松来到了内部。"我说头儿，你知道最高秘书长在哪儿吗？这么大一座楼，找人不是堪比大海捞针啊。"这群人中的一人用抱怨的口气说道。"我虽然不知道具体位置，但是我光凭猜也能猜出来他在哪儿。"领头的人说道，口气中不免还有些得意。"像他们这种贪生怕死的政府高官们，都喜欢往地下跑，越深越觉得安全，这个人地位这么高，肯定特别怕死，所以他肯定在地下最深的地方，也就是……"说着，他指向了地图上的最后一层，"地下 21 层！"跟在他后面的人感觉有些不对，可也不敢反抗，跟着他一路来到了地下 21 层。

到了这里，几人却更摸不着头脑了，这里没有他们想象的那么富丽堂皇，反而像一个偌大的停尸间，气温非常低，灯光也摇曳不定。"老大，你确定是这里吗？感觉不像啊。"领头的人也有些心悸，但还是给了肯定答复。很快，他们就来到了一扇钢制的液压门前，"就是这里了，这扇门是这里最结实的，他肯定就在这里。"领头人说着便招呼后面的一个人来把门打开，只见这个人从大背包里拿出了几大捆黄色炸药，安置在了液压门前，轰，只听一声巨响，门应声倒了下来。可里面不仅没有他们想象的豪华办公室，就连一盏灯都没有，气温还直逼零下。就在几人前进的途中，只见一双可怖的大手捏住了其中几人，剩余几人顺着这双手看上去，一个面目狰狞的怪物展现在他们的眼前。原来，这里是收容最特殊的变异种怪兽的地方，所有的怪物都被冰冻，而这只怪物则是这里所有怪物中最强大的，称为"特10057"。此时安装在这一层的生命体征探测仪也检测到了怪物开始苏醒，立刻启动了红色警报，原先还与民众僵持的士兵被紧急召回，留下一部分士兵持电击枪武力疏散民众。这些人一见士兵动真格了，瞬间落荒而逃，而当士兵们来到主大楼时，却发现了一个致命的问题，通往地下的楼梯间全被怪物毁掉，士兵们无法悉数下到地底，只能由一支小队下去解决这个难缠的问题。经过考虑，地球政府立即派出孙继强一行人杀死怪兽"特10057"。孙继强一行人到达怪兽基因实验室门前，门就是打不开。身上带的防电磁波干扰的电子设备都失灵了，这时他们才想起来"特10057"怪兽受到攻击时会从身体上发出一种电磁波，只要有分子结构的东西都会失灵，而实验室内所发出的信号就是分子结构的。吉薇立刻给门禁系统加入了防干扰设置。门打开后怪兽就在距离60米的地方，孙继强先开了一枪，然后几人连忙趴到了地下，躲在安全门废墟的后头，孙继强抬头看了一眼，然而却发现怪物竟然完全没有受伤，但显然被激怒了。这怪物发出一声低吼，环顾四周寻找着竟敢惹怒它的人，"孙哥，你刚才是不是没打中，怎么完全没有用啊。"吉薇低声问道。"不知道，可看它的反应……"孙继强若有所思地说道。可是话还没说完，刘建龙突然说话了："我说老孙，你看那怪物，它是不是有点儿不对劲儿啊。"孙继强伸出头望去，怪物还是没有找到他们，现在正静立在原地，那浑身的暗蓝斑点忽明忽暗，浑身上下的鳞片仿佛都在震颤，几条细小的蓝色电流破空而出，天花板上的吊灯也开始闪烁，他们手腕上的微端也不停鸣叫着，屏幕上显示出了"电磁场错乱"的字样。孙继强立马意识到了危险，连忙向就近的掩体跑去。"快，快找掩体。"孙继强一边跑一边喊道。众人不敢怠慢，迅速就近找了足以藏身的掩体，接着只听砰的一声爆裂声，裸露在外面的机器与集装箱直接被震碎，就连他们藏身的掩体也被震飞了，微端也失灵了，甚至还在冒黑烟，怪物此时已经发现了没有掩体掩盖的他们，正蓄力准备第二次攻击，孙继强下令对它开枪，众人齐射了好一会儿，怪物却依旧毫发无伤，甚至还在接着为攻击蓄力。孙继强连忙说道："来不及了，都打开防护力场，小心别被震飞了。"接着只听砰的又一声，即使他们都戴着防护罩，但还是被震出了10米远，他们趁着怪物喘息的间隔，迅速藏到仅剩的那些掩体后面，这时吉薇抱怨道："不行啊，这枪怎么对它

2217班郑书香创作

完全没有用。"听到这话，孙继强灵光一闪，他突然想起来进来执行任务前看的任务详情，电磁枪对这头怪物是无效的。孙继强躲在掩体后，问其他人："你们有用克雷式弹射步枪的吗？常规武器对它没用。""我的不是。"刘建龙率先回答道。"我也一样。""我的也不是。"众人都一一给出否定的答案。"这可怎么办，电磁枪对它来说就是挠痒痒，这样下去，恐怕我们都很难活着出去了。"孙继强低下了头，焦虑地思索着，怪物的脚步声让大地仿佛都在颤抖，这时，刘建龙说话了："要克雷式的是吧？我曾经学过这类枪械的组装改造，用咱们手里这种 PD-3V 型的电磁枪的零件就能组装出来。"说着，只听几声机械零件契合时的啪嗒声，刘建龙就组装好了，"老孙，你来吧。"刘建龙把枪扔给孙继强，孙继强端起枪，瞄准怪物的头部，他握着手中的枪，却又仿佛握着更深层次的责任与担当，与怪物抗击近 4 年，疲劳、苦难、失去从未远离过他，这一切，是不是该结束了？这是不是最后一战了？

结束吧，也该结束了。孙继强啪嗒一声扣下扳机，随着扳机的扣动，只听子弹嗖的破空声，怪物的脸上瞬间喷出蓝色的血液，如同一朵正怒放着的喜林草，怪物的身体摇摇晃晃倒下了。孙继强一行人的任务完成了，孙继强一手拿着枪，站了起来，看着怪物庞大的尸体。队员们也先后看到了这一幕，欢呼着这次战斗的胜利，簇拥着孙继强回到上层，然而孙继强还是在想那个问题。这一切，是否该结束了，又是否结束了。

孙继强直到地球联合政府宣布生物武器研制成功的那一天还在思考。

第十一章　一切还未结束

苦难的结束也可能是新一轮苦难的开始。

——月神教讲义《月颂经·凡苦》

30 年后孙继强坐在家中的沙发上，深陷在思绪的旋涡中。电视里的新闻联播如同远方的嘈杂，模糊而又遥远。他的目光凝视着前方，但思绪却早已飘到了那个令人难以忘怀的事件上。正当他沉浸在过去的回忆中时，一声清脆的邮件提示音打破了房间的宁静。

他微微皱眉，有些不耐烦地瞥了一眼电脑屏幕。然而，当他看到邮件的内容时，他的眼神立刻变得锐利起来。邮件上写着："我知道那个事件的真相，明早 9 点，×××咖啡馆见，期待您的到来。"他盯着屏幕，心中涌起一股莫名的情绪。

那个事件，是他警察生涯中的一个转折点，也是他一直想要揭开的谜团。当年，一场突如其来的怪物袭击事件震惊了整个城市。那些怪物凭空出现，肆意破坏，造成了无数人的伤亡。作为当时负责调查此案的警察之一，孙继强目睹了那些怪物的可怕力量。然而，就在他们即将找到怪物的来源时，所有的线索却突然中断了。怪物仿佛凭空消失一般，再也没有出现过。

这些年来，孙继强一直在寻找真相。他翻阅了无数的资料，调查了无数的线索，但始终没有找到答案。那个事件成为他心中的一个结，一个无法解开的谜团。他时常会想起那些无辜的受害者，想起他们惊恐的眼神和绝望的呼喊。他知道，他必须找出真相，为那些受害者讨回公道。

现在，这封邮件的出现，似乎为他指明了一条新的道路。他知道，他必须去见这个人，去了解真相。于是，他决定明天与那人会面，一探究竟。

第二天清晨，孙继强早早地来到了咖啡馆。他选择了一个靠窗的位置坐下，静静地等待着那人的到来。他的心情有些紧张，也有些期待。他不知道自己将会面对怎样的真相，但他知道，他必须去面对。

不久后，一个男子走进了咖啡馆。他身材高大，面容坚毅，给人一种不可一世的感觉。他扫视了一圈咖啡馆，然后径直向孙继强走来。

"幸会，孙警官。"男子微笑着打招呼，"我是李峰，您应该听说过我的名字。"

孙继强微微一愣，他确实听说过李峰的名字。李峰是一个著名的生物学家，曾经在基因武器的研究方面取得过显著的成果。然而，后来因为某些原因，他突然离开了研究领域，从此销声匿迹。

"您找我有什么事吗？"孙继强问道，他的语气有些冷淡。

李峰微微一笑："我知道您一直在调查那个事件。我也一直在关注着您。我相信，只有您才能揭开真相。"

孙继强眉头紧锁："您到底知道些什么？请直说吧。"

李峰点了点头："那我就不废话了。您知道那些怪物是怎么来的吗？"

孙继强没有说话，只是静静地听着。

"其实那些怪物是有人刻意而为。"李峰缓缓说道，"当时我正在完善一种基因武器的研究。那种武器可以通过改变生物的基因，使其变得异常强大和凶猛。然而，就在我们即将成功的时候，实验室却发生了一起意外。一种未知的病毒突然暴发，感染了实验室里的所有生物。那些生物在病毒的作用下发生了变异，变成了您所看到的那些怪物。"

孙继强心中一震，他无法想象竟然有人能够制造出如此可怕的武器。他感到自己的思绪越来越混乱，仿佛陷入了一个无底的深渊。

"那些怪物被销毁后，我捡到了一片皮肤碎片。"李峰继续说道，"我对那片碎片进行了研究，发现那种怪物是由硅胶制成的。这说明什么？说明有人在背后操控着整场大局。他们利用我的研究成果制造出了那些怪物，然后试图掩盖真相。"

孙继强感到自己的心跳加速，他似乎已经接近了真相的边缘。然而，他还需要更多的证据来证实这一切。

"您有什么证据可以证明这一切吗？"他问道。

李峰点了点头："我当然有证据。这些年来，我一直在暗中调查此事。我发现了一个秘密组织，他们就是那个事件的幕后黑手。他们利用我的研究成果制造出了那些怪物，然后试图通过那个事件来控制整个世界。他们的目的不仅仅是制造混乱和破坏，更是为了掌握更大的权力。他们的计划被您破坏掉了，但您真的觉得他们会就此罢手吗？""不会。"孙继强若有所思地回答道。"回答正确。"李峰说着，站起身来。扫视了一周，转头来收拾桌上的物品。"所以，一切都还未结束。"他打开门，刚打算走，却又顿了顿，回头对孙继强说，"一切还未结束啊，孙警官。"说着，他的身影就消失在了拥挤的人群中。

一切还未结束吗？孙继强长叹了一口气，望向窗外的天空，云涛在天空中翻滚，仿佛昭示着风暴的降临。

2217 班汤君昊创作

第十二章　一切的终结

善意的愿望让人类进步，亦会招来毁灭。

——静海国立大学出版社《善恶间》

　　第二天早晨，孙继强一边吃早饭一边看早间新闻，新闻中正报告着一起车祸，电视里突然闪出一张熟悉的照片，孙继强一怔，这不是昨天找他的人嘛。他顿时全身起了鸡皮疙瘩，觉得此事有蹊跷。夜晚，他正要入睡时，听到了一声开门声，妻子和孩子在外地游玩，怎么可能会突然回来。他躲在门后，准备等那人进入他的卧室后，来个偷袭，啪，孙继强一记手刀，把那人敲晕，送去了警局。

　　早晨一醒，孙继强立刻给萨克森打了电话，"嗯，原来是这样。"孙继强听到他停顿了一会儿，以他二人多年配合的经验来看，对方一定是推了一下眼镜，接着又听到他说道，"你把那份文件发过来，我帮你调查一下看看有没有新的发现。""OK！"孙继强回答，随即把文件的照片发了过去。

　　时间过得很快，一转眼就到了晚上，萨克森说要请他吃饭，聊那份文件，让他把文件带上，他就去了餐厅。"吃点儿什么？""和以前一样。"孙继强觉得萨克森今天有些不对劲，平常在他到之前他明明都会先点好菜。"您点的餐齐了。"菜上完了，却和以前点的截然不同，两人吃了一会儿，"别装了，你不是萨克森。""哦？那你猜猜我是谁？"萨克森问。就在一瞬之间，他拿起桌上的餐刀向孙继强刺去，孙继强反手把刀拍掉，送出去一拳，那人却自如地躲开了这一拳并从侧面向他身上的口袋掏去。孙继强虽然老了，但实力不减当年，预料到他的攻击方向，向反方向躲去。那人扑了空，孙继强趁机反捆住了他，报了警。

"嗯，对，他假装我朋友约我出去吃饭，然后就突然袭击我。"孙继强做完笔录，大步走出了警局。这些人很明显就是朝着他那份文件去的，看来这份文件对于那群人来说有不小的意义，他打电话给曾经的那行人，相约一起讨论此事。

"我追查到这份文件来自一个海下实验室，或许我们可以去看看有什么。"萨克森说，"那事不宜迟，我们立刻出发。"

几人在海边搜寻是否有下去的通道，吉薇一会儿翻翻这儿，一会儿翻翻那儿，找到不少新奇的玩意儿，却都没什么用处，直到刘建龙去上了个建在沙滩边的厕所……

"他怎么这么久了还不回来。"吉薇嘟囔着。孙继强突然想到了什么，"把厕所门拉开，快！"果然，如孙继强预料的那样，刘建龙消失了。顿了顿，他又说道："大家都站到厕所里。""啊？"吉薇不解道，但还是站到了里面。就在厕所门关上的那一刻，他们集体向下冲去，"啊啊啊啊！"众人爆发出尖叫，再睁开眼时，众人已经到了一间漆黑的屋子。

"这里不会就是那间海下实验室吧？""应该就是了。"飘来的阵阵海腥味让众人不禁皱了皱眉头。他们摸着黑往前走，慢慢适应了光线后，吉薇看到了灯的开关，跑过去摁开。偌大的实验室中终于有了光亮，随即映入眼帘的是一堆废弃的硅胶材料，从这里的摆设来看，已经荒废多年，到处生长着苔藓。"快来看，这台电脑还能用！"吉薇惊讶地发现，电脑上有一个管理记录的文件，最后的日期是当时出现怪物之前的时间，这正说明了怪物不是月球原生物种。在一旁翻阅资料的刘建龙这时又有了发现，是一份署名为地球政府生物科技署的资料，众人都惊愕地看着这份文件。

孙继强率先打破了沉默："没想到真相竟然是这样的。""既然找到了，那我们回到安全的地方再讨论这件事吧。"于是众人又乘着"厕所"回到了地面上。

来到萨克森的会议室，"我认为我们应该公布这份文件，"孙继强说，"政府的嘴脸如此丑恶，我们该向民众揭露，不是吗？""可政府对现在的地球再重要不过了，如果政府再混乱，地球说不定又要陷入混乱，地球已经经不起这样的折磨了。""那难道我们就应该让真相永远沉睡于海下吗？"孙继强噌地站了起来。"孙，我明白你现在的心情，但我们也该为现在的和平考虑，如果公布，一定会有人反抗，到时候我们努力了这么久的成果就会被毁坏。"萨克森故作镇定地推了推眼镜。孙继强非常愤怒，他抓起那份资料，冲下楼，叫了车。

"师傅，麻烦开到电视台，谢谢。"他要公布真相。

在前往地球政府总部大楼的路上，孙继强心事重重。那份地球政府生物科技署的资料使他对地球政府充满疑惑和愤怒，伙伴们的离去又使他感到十分孤独和无力，但一想到那些因为怪兽而死去的平民和伙伴，孙继强就更想把这件事查个水落石出，于是他更加坚定地向总部大楼走去。

2217班王孟阳创作

孙继强敲响地球政府秘书长的办公室大门，"请进！"一个洪亮的声音传出来。孙继强推开门，一个健壮的中年男人微笑着坐在办公桌后。"哦，原来是孙先生，请坐请坐。"孙继强坐在办公桌前，平静地注视着眼前的地球政府秘书长奥克斯顿·J. 蒙斯顿——一切怪兽混乱的幕后黑手。"您找我有什么事？"孙继强从背包里拿出那份地球政府生物科技署的文件放在办公桌上说："我想问问您关于这份文件的问题。"蒙斯顿看了看文件微微一笑道："想不到你连这个都找到了。"蒙斯顿坐下，脸上还挂着笑意，"不过也无妨，与你谈谈也可以，我承认，地球政府确实应该对这次失败的实验负责任，但负主要责任的应该是格林威尔城的那帮贪得无厌的蠢材们，扣留研究运输车辆、没收研究成果，甚至企图利用生物技术创造生物能电站，这些行为都显示出他们对这股力量的可怕之处一无所知。生物基因编程的怪物，每一个都拥有抵御机械化师团的实力，堪称核武之下的最强武器。将如此强大的力量用作能量来源，实在是荒谬至极！我们曾经也没有看出来这项研究的伟大，不过，这场战争使我们看到了什么才叫真正的力量！"

　　"但生物武器带来的灾难，你们又不是不知道，研究生化武器，有百害而无一利！"孙继强激动地说。蒙斯顿摇了摇头："曾经你或许可以这么说，不过如今，我们已经改善了生物武器的操作系统。"蒙斯顿眉飞色舞地说。"可是——"孙继强插嘴道，"月球和地球上的怪兽事件证明生物武器是十分危险的，怪兽还很容易失控，所以地球政府要慎重对待生物武器，停止一切生物学的研究，将有关资料全部销毁！"蒙斯顿说："不不不，月球和地球上的怪兽事件是由于生物武器管理不当而造成的，而如今脑电波控制生物技术已经出现重大突破，一旦成功，人类社会将得到飞跃式的进步，生物武器也会变得十分安全。""这么说，你丝毫不在乎那些在怪兽混乱中死去的无辜民众吗，你应该为此负责！"孙继强几乎要吼出来了。蒙斯顿冷笑一声道："我已经将这些生物技术的所有资料拷贝并发给了几家公司，哪怕你杀了我事情也远不会结束。""好吧，但我不会轻易放弃的。"孙继强强压着怒火，起身告辞。

孙继强来到地球政府总部的广场上，考虑着要不要将这次谈话公之于众，突然他想起了几年前的那次暴民攻击地球政府总部的事件。那次一个暴民放出了实验室里变异的怪兽，是他带着伙伴们冒着生命危险，将怪物杀死。那只怪物张牙舞爪横冲直撞的样子，他至今还历历在目。"不行，我必须结束这一切！"孙继强在心中怒吼。他当即在社交平台上发布了自己与地球政府秘书长的谈话，并讲述了生物武器的可怕。

　　这次谈话一经发出，在民众中引起了强烈反响。人们一传十、十传百。第二天，成千上万的民众将地球政府总部团团围住，要求审判地球政府秘书长。地球最高法院最终以反人类罪判处地球政府秘书长奥克斯顿·J. 蒙斯顿绞刑，并将有关生物武器的资料全部销毁。

第十三章　最后防线

人类的勇气是一曲永恒的赞歌。

——古地球谚语

孙继强仰望着星空，新闻不断地讲述奥克斯顿·J·蒙斯顿被判处绞刑的事。孙继强拿起遥控器，换了频道，是一则有关国际刑警捣毁一违法生物实验基地的新闻，"卡耐基说得不错，一切确实还未结束啊。"萨克森从灯光的阴影中缓缓走出，双手背在身后，"又一次危机已经在暗处滋生了，不是吗？"他走近电视前，微眯着眼睛，一边看一边说道，孙继强没有回答，良久，他才说："萨克森，你还记得张鸿走的时候说的话吗？""忘了，毕竟是几十年前的事了。""他说我们是最后的防线，你还记得吗？"孙继强吃力地从沙发上站起身，拄起拐杖，一瘸一拐地走到窗前，"我知道你在担心什么，萨克森，你是想说危机还未解除，然而我们已经老了，是吧？"孙继强回过头来，平静地注视着萨克森，柔和的阳光从侧面打在他的脸上，一道道的皱纹显得更加明显，"我曾经也有这样的疑惑，张鸿死前的那句话总是在我耳边萦绕，'最后的防线'，这一个词就像一个咒语，无论我处在何时何地，他总会把我从眼前的世界拉出来，告诉我'孙继强，你的任务还没完成，你可是最后的防线了'，那段时间，我一直精神颓丧，直到后来，我想通了，"说着，孙继强用他那干瘪瘦弱的手指指指窗外，是他们几个人的孙子，正在街道上玩得不亦乐乎，"你看他们，才几岁，却成天嚷嚷着要保护世界，刚开始，我也感觉就是孩子的幻想罢了，那我们呢？我们被派去格林威尔的时候不也才20多岁吗？你再看看新闻上的那些刑警们，还有当时在地球政府总部的那些守卫们，他们也很年轻，可能刚踏入社会没几年，就要在第一线与致命的歹徒、怪物搏斗了，萨克森，现在你懂了吗？"孙继强说着，越来越激动，"人类文明的最后防线永远不是单指某几个人，而是一个群体，不分年龄，不分肤色，不分国籍，是一往直前、坚不可摧的勇气所构成的钢铁防线，我们只是恰好是其中之一罢了，它不仅像一堵防线，更像一座灯塔，指引人类文明冲破一切艰难险阻，像一首赞歌，鼓舞着一代又一代的为人类文明抛头颅洒热血的人们啊。"孙继强又转过头去，看向外面的世界，长空雁鹤鸣，大地微风吹，然而湛蓝的天幕外隐藏着多少未知的恐惧，厚重的大地下又埋藏着多少未知的危

2217班郑书香创作

险，人类的群居中又会诞生怎样的阴谋与危机。放眼未来，人类文明还是一个蹒跚学步的幼儿，在文明的长河中刚刚起步，却永远不会因困难而折服，即使有牺牲，即使有伤痛。人类文明的车轮依旧会滚滚向前，永不停歇！

看着窗外几个孩童开心的笑颜，看着他们夕阳下的背影，孙继强和萨克森也情不自禁地流下了激动的泪水。

迷雾中的古城

第一章　成立探险队，谋划寻古城

又是一节历史课。但这节课与往常不同，课上讲述了一段带有奇妙色彩的历史。"传说，在遥远的时代，有一座古城，这座古城中蕴含了成千上万的金银财富，但是最诱人的还是那古城中的神器——一把镶有四颗钻石的宝剑。据说它可以掌控人的命运，但也只能是据说了，无数的探险者都想去研究其中的奥秘，可总是会在登岛后，无功而返或消失踪迹……目前我们对它的了解也仅此而已，而更多关于这座古城的秘密，就只能等你们去探索了。"丁零零，下课铃响了。"好了，这节课就到这儿，同学们可以下课了。"

老师刚刚踏出教室，韩哲就扭过头看着卓卓和丫丫，诧异地问道："这也太玄幻了，又是古城又是神器，这是历史课呀还是讲故事啊。"

卓卓摊了摊手说："你们听到老师说了吗？所有探险家都失败了，真是太不可思议了。"

"切，要是我去，肯定能将真相查得水落石出，小爷我可是天下第一。"

丫丫笑着说："你怎么可能啊？那么多专业的探险家都失败了，你好好睡一觉，梦里啥都有。"

"那么多探险家都失败，肯定是有很多让人意想不到的危险。即便真的要去那里，也得做好万全的准备，还要从长计议呀。作为还在上学的中学生，我们最重要的还是好好看看这些课本，预习一下要学的内容吧。"

卓卓语重心长地说道。丁零零，预备铃又一次响起，下一节课马上就要开始了……

虽然卓卓嘴上说着要从长计议，但是实际上心里却开始痒痒了。一放学就冲进图书馆查阅古代书籍，想看看有没有记载古城的内容，看看古城的真面目到底是什么样子？但是他在图书馆泡了很久，也没有发现关于记载古城的书籍。正当他准备放弃时，忽然瞥见书架的角落里有一本破旧的黄皮书，隐隐约约可以看到书名是《古城怪谈》。卓卓瞬间激动了起来，赶紧跑过去翻出来并打开了这本书，一页一页仔细地翻阅了起来，书里记载的内容与历史课上所讲的内容几乎一致。此刻，卓卓的内心已经是兴奋不已，他发现，这座古城被遗忘在一座偏远的小岛上，而且被一股神秘的力量封印，而封印的原因正是那拥有强大法力的神器。曾经有无数考古队和探险家试图揭开这座古城的秘密，都无功而返。这更激起了卓卓的兴趣，他开始寻找更多关于古城的资料。他对图书馆展开了地毯式的搜索，功夫不负有心人，终于找到了一些古代书籍，里面的一些记载似乎和古城有着或多或少的联系。此时强烈的好奇心让卓卓心生好多疑问，那封印古城的神奇力量真的是为了吓退那些好奇的探险家吗？可是为什么要费心编出这样的谎言？难道这座古城真的有什么不为人知的秘密？探险的念头如火苗般在卓卓心里升腾，他决定趁着周末约上伙伴们聊一聊关于古城探险的事。

"不是吧大哥，大周末的你把我叫来干吗呀，我在家睡觉睡到一半，你一个电话把我轰炸醒了，什么大事啊，周一到学校再说不行吗？这么热的天，这么毒的太阳，把我帅气的脸庞晒黑了可怎么办？"韩哲自迈进了卓卓家就瘫到沙发上，开始和卓卓嚷嚷。

"你先别自恋了，安静一下吧。卓卓叫咱们来肯定是有正事要说。"丫丫打断韩哲的话。

"你们还记得那天历史老师讲的古城吗？其实那些奇奇怪怪的传说都真的只是传说而已，古城的危险系数远没有我们想象得那么高，什么封印都是吓唬人的……"

卓卓把近几天查阅到的资料分享给伙伴们，并提出了共同去探险的建议。"当然最主要还是我也想去古城瞧瞧，毕竟看完资料还是很让人心动的。"

"去古城探险？你搞笑呢，前往那里的探险家可全都消失了，你怎么会想去那种危险的地方冒险？"丫丫感到十分诧异，又有些发怵，"要去你去，我可不去。"

韩哲却笑着说："怕什么？说不定那些探险家只是什么也没发现，特别羞愧，不敢出现了。要我说，咱们几个就叫迎着光奔跑探险队，咱们几个又是高智商，又是武力值拉满，还有一个高端探险专业玩家，就咱几个去那地儿，说不定还能把那些宝藏和那什么神器一起带回来！"

"其实我也想去看看，在那里探险肯定很有成就感。"一直沉默的佳慧开口道。

2222班靳张墨妍、王萧然创作

"虽然是有些危险，但是卓卓这一身的肌肉也不是白练的，实在不行，就撤退呗，玩不起还躲不起啊。"韩哲边说边拍了拍卓卓的肩膀。

卓卓点头道："对，咱们这次探险肯定是以安全为主，韩哲有最敏锐的观察力，当个先头侦察兵也不错啊，加上丫丫的智商和佳慧的后勤保障，肯定没问题的。"

"好吧，那提前说好，一旦出现问题，咱们就即刻返程。"丫丫犹豫着说。

韩哲自信开口："您就放一百个心吧，买不了吃亏买不了上当。有小的在，肯定不让任何人受到伤害，毕竟我可是天下第一。"

"别看他嘴贫，平时也是很靠谱儿的。"卓卓也说道。

"哎呀哎呀，彻彻底底服了，一唱一和的，我去就是了。"丫丫无奈道。

"那好了，为了庆祝我们迎着光奔跑探险队正式成立，干个杯？"韩哲说着端起桌子上的水，"干杯！预祝我们成功！哈哈哈哈……"

就这样，4个鲜衣怒马的少年怀着满腔热血，成立了探险队，推选卓卓为队长，相约暑假出发，几个少年无时无刻不在期待着那一天的到来……

第二章　梦想的启程，危险的开端

　　暑假来临。"残云收夏暑，新雨带秋岚。"清晨天空的那抹流金，向大地洒下了属于它的那缕晨曦，新雨后的街道上蒸腾起丝丝水汽，驱散了夏日的燥热，天空的流云一如既往地悠悠而过，老街两旁的古树也褪尽了浮尘，露出了岁月留下的深沉幽绿。微风拂过，带来的是阵阵独属于自然的清香。萦绕着，萦绕着，默默流淌在岁月侵蚀的大街小巷中。在这份宁静与美好中，经过缜密的计划和精心的准备，一切就绪，四位少年整装待发，他们的眼神中藏不住的是如火般的坚定和探索欲。卓卓低头看了看表："走吧，是时候出发了。"说罢便迈开大步向前走去，其余三个人对视了一眼，也跟了上去。"话说咱们这次探险你们家长都同意了吗？"一边走着，团队的"老大哥"卓卓一边发问。"哈哈，那是肯定的。"韩哲爽朗一笑，连带着脚步也轻快了几分。"嗯，同意了。"佳慧还是那样，虽然没有表情，但是话语中也透着几分坚定。丫丫眉目含笑，轻轻点了点头。几人间的气氛也变得轻松了起来，一路上他们笑着，聊着，说着对这次旅程的期待，谈着一路上的计划。就在这和谐的氛围中，四人到了机场，踏上了探险之旅。

　　在飞机上，透过舷窗从高空俯瞰，云海翻滚，如同一片无垠的绵延不绝的海洋，让人感到无比的壮观和震撼，每一个瞬间都让人感到生命的活力和多样性。看着窗外的云朵，仿佛可以触摸到它们的柔软和飘逸，感受到一种超越尘世的宁静和神秘。这些注定将成为四位少年永远珍藏的美好记忆。

几个小时的行程，时间如溪中的流水款款而过，四人终于抵达了他们此次行程的第一站。

活泼好动的韩哲一下飞机活力满满，丝毫没有飞行的疲惫。为了不浪费他的精力，众人一致决定封他为御用行李官。当然，决议的过程也是"公平公正"的，韩哲也是相当地认可这个决定，心甘情愿担负起行李运输工作。就这样四人来到提前预订好的酒店，准备好好休息一下，精神满满地开启第二天的探险之旅。

一夜无话，四人从酒店出来后，来到了码头，乘上橡皮艇前往探险地图上去往古城的必经之地——小渔村。正所谓："雾锁山头山锁雾，天连水尾水连天。"在阳光照耀下，海面上浮动着一层闪闪发光的碎金，像被揉皱了的绸缎，两岸的风景让四个人心情激动而又兴奋，不知过了多长时间，远处的渔村渐渐展现在四个人的眼前。在这里他们找到了一位当地向导，希望他能带领他们去那座古城所在的小岛。可当他们向向导说明来意以后，本来满脸堆笑的向导，笑意便如同潮水般退去，转身而来是化不开的恐惧。"你……你们是什么人，为什么要去那里？你们有没有听说那可是不祥之地，可是有去无回的，这单生意我可做不了。""你怎么了？你先听我说完，我们只是想……"卓卓还未说完，那人便惊恐地飞跑开，连带周围的人也对他们四人充满了敌意。韩哲说道："有那么可怕吗？真是胆小鬼。""会不会真的有去无回呀。"丫丫此时心里也有那么一丝害怕，怯怯地说道。佳慧安慰她："不用怕，真有事我在你身边，肯定会保护你的。"经过短暂的沉默，卓卓冷静地说："既然是探险，肯定不会那么容易，我们既然已经开始了，不妨就勇敢地试一下，不然我们肯定会不甘心，如果有危险我们一定要先保护好自己，再放弃，这样也不枉我们准备这么长时间。"四个人一致同意卓卓的观点，决定再前进。

通过查看探险地图，他们发现在这个小渔村一个最偏僻的小角落有一条通往古城的河流，但是这条河流极其狭窄，只能乘坐简易的木舟抵达。经过几个人的努力，终于有渔民肯高价租给他们一个小木舟。四个人手忙脚乱地鼓捣了半天，总算小木舟可以入水了。此时水流时急时缓，四个人屏住呼吸，一刻也不敢放松，艰难地行进着。就这样晃晃荡荡，小舟总算漂到一个不知道名字的小渔村。上岸以后，他们发现这个渔村和他们生活的地方简直是两个世界，这里的房屋都是原始的茅草屋，没有任何现代工具，大人孩子看着他们如同看到外来物种一般，对他们充满好奇。很快，他们发现，与渔村的人甚至语言都不能沟通。最终没有办法，卓卓拿出地图，比画着自己从哪里来以及要去的古城。经过好长时间的比画，他们总算有人大概明白了他们的来意，但是并没有人告诉他们该怎么走，而是如同看到怪兽一般四散开去，就在他们不知所措地站在原地时，突然，一群渔民们冲了上来，手持鱼叉将四人围在了中央，并且嘴里都在不停地喊着什么咒语。不久后，人潮分开，从中走出了一位老者，从渔民们毕恭毕敬的态度，可见其在渔村中有着至高的地位。"你们的目的地是不祥的根源，是祸端！"随后他又对渔民开口，"面对侵入我们村庄的异类，我们应该

2222 班姚懿烜创作

怎么办？"说罢他向四周望去，看见渔民们眼中的狂热，似是满意地点了点头，然后转身离开。一声一声地高喊着"烧死他们"，渔民们团团围住了卓卓四人，四个人瞬间蒙了，不知是什么情况，卓卓赶紧向人们解释我们只是来探险，并没有冒犯的意思。韩哲大声地喊道："你们敢碰小爷试试，看我怎么收拾你们。"此时的丫丫已经完全呆住，佳慧甚至想抓起丫丫就跑，奈何渔民人多势众，一下子将几个人困在中间，危险一触即发。就在几个人绝望之际，人群中突然钻出一个男人，撂倒几个渔民之后，拉起四人，大喊"不想死，跟我走"。随即他们在渔村狂奔，眼看渔民马上就要追上来了，他们跑到一个房屋院子的角落处后，那男人打开了一扇暗门，四人只好也一同钻了进去。

到了里面，男人点起油灯，灯光昏暗，使他的脸也染上了几分神秘。"听说你们要去那个古城？"卓卓此时也反应过来，这个地方是当地人的忌讳，再开口时也谨慎了很多。"没错，就是那里，不知这中间有什么缘由，让人们如此忌惮提起这个地方？您……"卓卓说了半句后，就看着男人，等待他的答复。男人也是一笑，冷漠地问道："你们还有别的更好的选择吗？""好吧，那么代价是什么？"看到卓卓已经不再问，原先沉默寡言的丫丫，此时却像是演练了多次一般熟练地开口。"没有代价，不过我事先提醒你们，那里可不是什么旅游胜地。""不劳您费心，我们已经做好了准备。"丫丫此时虽然面带笑容，但心里已经敲起了警钟。既然危险，那他为什么要救我们？还要带我们前往？他是什么人？为什么对这里的地形如此熟悉？一连串的问题好像一层层阴云笼罩在丫丫心中，使她对接下来的旅程提高了警惕。

一行人搭上了男人的船驶向了古城所在的小岛，在四人以为可以稍稍松一口气时，忽然从河流岸边的树林中钻出几艘竹排，借着顺流的水势向他们直冲过来，伴随着怒吼："不信者必将受到神明的制裁！把他们抓回去！"没一会儿一行人便被狂热的渔民们团团围拢了起来，韩哲小声地吐槽着："刚刚就是这样，我看这次怎么钻地洞。"神秘男人似乎听到韩哲的小声嘀咕，但是并没在意，只是脸上露出不屑的笑意。渔民们驾着竹排缓缓聚拢，作势要抓住他们，就在他们要形成合拢之势时，神秘男人猛打船桨，只几下，小船居然灵活地躲过围堵，顺着水流冲了出去。四个人高兴地大声欢呼："太棒了！"小船就这样飞快地向下游冲去。就在他们欢欣鼓舞的时候，突然小船急剧摇摆，一个旋涡毫无预兆地在船边出现，河流下边暗礁遍布，一个个巨大的旋涡仿佛是大海张开了它的深渊巨口，随时都能把他们吞噬。"旋涡应该很快过去，大家不要慌！毕竟有你们智勇双全的韩哲我，保你们平安无事。"就在这个时候韩哲又开口了，"我觉得……"话还没说完，三人就异口同声地打断了他："乌鸦嘴，闭嘴！"旋涡也是非常配合，当时就把船只卷了进去，随后众人便坠入水中失去了意识……

不知过了多久，四个人醒了过来，庆幸的是他们几个人距离并不远，很快就会合在一起，而那个神秘男人却不见踪影了，四个人大声呼喊，却没有得到任何回应。向四周望去，只见层层叠叠的绿色包围了四人，这里巨大的树木拔地而起，遮天蔽日，丛林里很静，只有偶尔响起的鸟叫声，才能证明这个地方确实有生物存在。卓卓检查四周，越看神色变得越凝重，他面带紧张之色，转身对大家开口："我们所在的地方，并不是我们的目的地，换而言之，我们迷路了。"

第三章　迷路雨林中，偶遇神秘人

　　他们此时所处的热带雨林中茂密的树木覆盖了天空，粗壮的藤蔓缠绕着各种大树，似乎在拥抱这一片绿荫，造出一个迷幻的世界。远处的瀑布和河流处处彰显着大自然的鬼斧神工。从眼睛到心灵，所有的一切都被绿色淹没了，层层叠叠的绿从四面八方把四个人包围。不远处隐隐约约透出深不见底的神秘的青绿，幽静碧绿的山谷中，传来不知名的鸟叫声，安静又神秘。一行人坐了良久，卓卓站起来对颓废的小伙伴们说："先别慌，看看我们的东西还在不在？"韩哲立即起身，寻找了起来，丫丫和佳慧也慢慢站起来寻找了起来……"地图、药品、水、指南针、小刀、两个手电筒和两节电池等，还好，还好只一小部分东西丢失了。大部分应急用的物品还在。"汇总完毕，卓卓拿起指南针，问大家："谁能辨别出我们的目的地在哪个方向？""从地图和我们行进的方向来看，我们现在是在去往古城必经的热带雨林小岛，我们的目的地在赤道的南边，所以综上所述，我们要一直往北走。"韩哲凭借丰富的知识宝库迅速回答道。"你也太聪明了吧！"佳慧钦佩地说。"那是，小爷我天下第一！"气氛活跃了起来。卓卓却说："咱们赶紧出发吧，我们要先穿过这片热带雨林，然后制作木筏，到神器所在的小岛！出发！"

　　四人穿梭在热带雨林中，卓卓紧张地观察着四周看似平和的景象——这里太过于安静了，让人不由自主地放松警惕，他总感觉哪里有点儿不太对劲儿。丫丫一边走一边观察着地形,冷静地分析道:"这应该属于最原始的热带雨林,一般这种森林,都会存在一些未开化的危险生物,大家小心为上!"热带雨林地形复杂,大家深一脚浅一脚艰难地向着前方行进。可不一会儿韩哲就忘记了丫丫的嘱托,径直走向一草丛旁,似乎被什么所吸引。众人直直地望过去,提醒的话刚要出口,却愣住了。葱绿色的草丛旁,开出一片密密麻麻的花,小小的,每一瓣都很精致。但最引人注目的是它们的颜色是一整片红,整整齐齐,像燃起的熊熊火焰,中间又点缀着黄色的、细细的花蕊,就像星星点点的火苗从中迸发出来,感叹世界竟然有如此明艳的花。韩哲刚想伸手摘一朵,却被丫丫喝止住了:"此花与一种名为虎刺梅的花极其相似,认真观察,还可看到茎上细小的刺,刺上会流出汁液,它的汁液毒性很强,安全为上,还是不要碰它们了。"韩哲听后,迅速地远离了草丛。经过这一段小插曲,他们继续赶路。

走着走着,脚下传来窸窸窣窣的声音,还伴随着些许腥气。丫丫忍着心中的害怕,依旧用淡淡的语气,提醒探险队小心有蛇。果然,在他们跨

2222班王梓悦、朱子萱创作

过第四条小溪的时候，一条小蛇飞了出来，却只是啪叽一声掉在了地上。一行人看到这一幕，一时不知该害怕还是该笑。这是一条小花蛇，身上黄铜色的条纹软软地印在皮上，眼睛半睁不睁，仅露出的一点儿黑眼珠就暴露了它的狡黠和聪明。丫丫不敢上前，鉴定毒蛇的任务就交给了韩哲。"嗯，它肯定不是毒蛇。""真的？"卓卓明显不太相信。"真的，它看着聪明但没有攻击性。再说了，小爷我何时出过差错？"你出现过的差错太多了，刚才你差点儿就摘了有剧毒的花。卓卓在心里默默吐槽。既然没毒，他们把小花蛇放了，上一秒还在装死的小花蛇下一秒就嗖地隐没在树丛里。

经过一上午的赶路，四位小探险家来到了一条水流湍急的大河前，因为河流的泥沙量巨大，水流激起层层的黄色浪花，暴躁地激溅出黄色浪沫，再奋勇向前，就像狂怒的烈马。丫丫倒吸了一口凉气，又默不作声了。卓卓拿起河边的一块石头，向河中间扔去。"听声音判断，水最多到咱们的腰，手拉着手，拿绳子拴在咱们的腰上，咱们准备蹚过去！"小伙伴们蹚入这齐腰的湍急河流，约莫一刻钟，一行人终于跨过河流。这时一条瀑布又映入眼帘，这瀑布流淌得潇洒，翻滚着白色的浪花，激起一颗又一颗似雪似银的晶莹玉珠。即使微风轻轻地梳理着瀑布的水流，却依然未能抵挡住它的热情，很努力地冲击着瀑布下的岩石，坚定地流向远处碧幽幽的水潭。水潭很深，泛着绿光，在阳光照射下有阵阵凉意。瀑布下面又有源源不断的清水从地底涌上来，清潭不时冒个泡，吐露出一串咕噜咕噜的声音，似乎在感谢大自然的馈赠。韩哲从背包中取来自制的测水质的小装置，测完后赞叹般地点了点头："想不到这里的水这么好，没有毒，好了各位，可以放心喝了。"众人放松地饮着清凉的潭水，冲刷掉了一上午的疲惫。确实，这里的水真是又清澈又凉爽，但探险队可不能在这里久待，他们又开始马不停蹄地赶路。

大概走了二十分钟，卓卓察觉出了不对劲儿，他悄悄打量四周，看到了同样直皱眉头的丫丫，问道："咱们是不是又回到了上午经过的热带雨林？""应该是的。""唉，不过奇怪，按常理来说，咱们一直都在向一个方向前进，应该会很顺利地穿过雨林才对啊。"佳慧很不理解地说道。

丫丫觉得这片森林应该没有这么简单。一个个未知的谜团，还有迷路的古怪让众人的内心变得迷茫，他们急需找到一个答案。"指南针！对，还有指南针！"韩哲突然惊呼起来。只是掏出指南针后，奇怪的事又发生了——指南针竟然失灵了！它就像压死骆驼的最后一根稻草，失望密密匝匝狠狠砸在每个人心里，大家像泄气的皮球一样，瞬间觉得无能为力。头顶郁郁葱葱的树木把天空遮得密不透风，无法辨别方向。他们决定去他们的"失事地"再认真找找，从哪里跌倒就从哪里爬起来。也许能找到什么线索或者运气好能碰上什么船只。

重新回到外围，他们的状态依旧不是太好，一路上连话多的韩哲也一声不吭。很快回到了他们当初醒来的地方，不过此时有了意想不到的情况——沙滩上躺着一个衣衫破烂，并且湿漉漉的人。上前一看，哦，这不正是"送"他们过来的神秘男人吗？四人脸上都难免有惊诧的神色，连一向冷静的丫丫也被惊得说不出话，明明醒过来的时候并没有发现他在这里。四人就这么警惕地盯着神秘人，约十分钟后，神秘人才悠悠醒转。望着四人，眼里也是说不出的惊讶，只是没人注意到，他眸中快速消失的一抹精光。神秘人拖着湿漉漉的身子，艰难站起，向他们询问进入森林后的情况，听完后还像一位智者一样给他们分析。"抱歉！"丫丫打断了船夫，"你还没告诉我们，你怎么称呼呢？""叫我米阿卡就行。"船夫脸上露出一抹不自然的笑，低下头，隐去了眼中晦涩不明的光。丫丫心中对米阿卡多了几分疑惑和戒备，又上上下下将他细细观察了一遍，发现他的袖子上有些泥，但腹部位置看上去也没有那么湿漉漉的。泥？他身上怎么会有类似热带雨林里的泥呢？丫丫暗暗心想。不过她并没有继续纠结下去，她抬头无意间看到米阿卡同卓卓谈话时眼中一闪而过的一丝尖锐，她悠悠转过身去。殊不知，她转过身后，米阿卡微眯着眼睛，用犀利的目光不怀好意地盯着丫丫的背影，似是在筹谋着什么……

第四章　合力建木筏，顺流寻古城

　　阴沉的乌云渐渐凝聚在原本蔚蓝的天空，微风掺杂着潮热的空气，徘徊回荡在身边，缥缈的迷雾弥漫在错综复杂的热带雨林中，整个雨林仿佛是一个巨大的蒸炉，闷得人喘不过气来。"对了，你为什么会无缘无故躺在沙滩上呢？"卓卓诧异地问道。"哦，这个啊……"米阿卡很不自然地顿了一下，"说来还真是幸运，自从那场旋涡吞噬了我的船只后，我就被翻涌的巨浪拍打得昏迷不醒，本以为必死无疑，可幸运的是，海浪把我推到了这座荒岛的沙滩上，等我一醒来，就遇到了你们。"说完，米阿卡的嘴角又露出了假装善意的微笑，好像是为自己完美无瑕的回答感到自豪。"啊，你的船只已经丢失，那我们该怎么回去啊？"佳慧焦急而失望地问道。霎时，绝望的情绪犹如轻烟一般笼罩着探险队，慢慢攀爬进每个队员的心中。队员们面面相觑，一言不发，此时沉闷的雨林缄默不言，只听得见微风的簌簌声。

　　"各位冒险家，我有一个不情之请。"米阿卡风轻云淡地打破了这沉默的氛围。可奇怪的是，他的脸上丝毫不因现在的处境而感到惊慌，反而出奇地镇静。"我是当地的船夫，从小在这里长大，主要从事运货和接送人，偶尔也会打打鱼什么的。因此，我对这里的气候、地形和船只等情况非常了解，包括无垠的大海。所以，我希望可以加入你们，大家一同离开这诡异的地方，去寻找宝藏，不知……各位是否同意？"米阿卡再一次露出那

那遥远星光

244

熟悉的浅笑，像极了那正用渔网捕捉猎物的渔民一样，而这接二连三的表面上和蔼的微笑却被心思缜密的丫丫尽收眼底。"我同意！"卓卓不假思索地回应，佳慧和韩哲紧随其后，唯独丫丫迟迟不发话，表情严肃地沉思着什么。"怎么样，想好了吗？尤其是，那位探险队的小女孩儿。"突然，米阿卡直勾勾地紧盯着丫丫，目光宛若矫健的苍鹰在搜捕弱小的雏鸟。丫丫不觉被这忽然而来的不怀好意的目光吓得愣住，一时不知该怎么办？恐惧如晦暗的层云压在心头。"好了，好了，我替她同意了，别耽误时间了，我们接下来还是想想怎么离开这里吧。"韩哲说道。"这就对了，大家团结在一起才能成功啊！"米阿卡的笑又切换到质朴淳厚，全然没有了刚才的冷漠和算计。

探险队的"老大哥"卓卓开始寻找离开雨林的路，冷静地指挥他们用折断的树枝做记号，以免原地打转。并让韩哲寻找动物的脚印，这样就可以顺着脚印寻找附近的水源，再沿着河岸走出这片热带雨林。不久，随着韩哲一声高喊"我听见了水声"，探险队如同打了鸡血一般，刚才还垂头丧气的一行人瞬间精神百倍，也顾不上饥饿，一个个如脱缰的野马般向水声传来的方向跑去。终于，一条宽阔湍急的大河出现在了他们面前，韩哲迫不及待地趴到岸边，用手捧起河水洗了一把脸。这时，韩哲好像想起了什么，往后跳了一大步，卓卓吓了一跳说："怎么了，水有毒啊？看把你吓得。""这雨林里的河流表面看似风平浪静，实则暗流涌动，没准河里还藏着吃人的鳄鱼。"韩哲说完之后，又累又饿的四人瞬间如同泄了气的皮球，瘫坐在地上，沉默不语。

半晌过后，终于还是队里的"老大哥"卓卓先发话了："大家都先别灰心，吃点儿东西补充补充体力，毕竟只有吃饱喝足才有力气继续赶路。"其余三人努力从刚才的沉思中醒过神来，从包里把出发前准备的压缩饼干拿出来，佳慧看见边上树丛里有一些果实，便摘下来先吃了两个，然后分给了其他几个队友，他们心不在焉地吃着东西，但韩哲却在端详刚才佳慧给他们的野果，突然，韩哲腾地一下跳了起来，大喊着："千万别吃啊！这是马桑果，是有毒的，快吐了啊！"这时，佳慧突然呕吐、头疼起来，其他人也开始有了不适反应，韩哲看着他们，从自己的背包里自信地掏出了一小袋"花椒"，卓卓忍着不适对韩哲说："这……这都啥时候了，你……还有心思拿调料……我……我们怎么办……"韩哲没有理会，迅速用树枝生起了一堆火，拿了一个小铁皮盒子，往铁皮盒里倒入了一瓶水和小半袋"花椒"，而此时他们三人都跑向了树丛开始呕吐，韩哲拿了三个小碗给他们一人一碗"花椒"水，给他们灌下以后，韩哲脸上便显出得意扬扬的表情，炫耀地开始科普："嘿嘿嘿，我觉得，你们刚吃的是马桑果，它的样子酷似桑葚，果实呈豌豆大小，每年五六月份成熟，未成熟是绿色，初成熟是鲜红色，后渐变为紫黑色。马桑果果实内含有成分主要为马桑毒素、羟基马桑毒素等，中毒症状为呕吐、抽搐，严重时直接导致心脏骤停，我刚才给你们煮水用的类似于花椒的东西叫作野椒子，野椒子不但滋味诱人，

2222 班冉晨希创作

它还具有超强的解毒能力，能加快人体内多种有毒物质分解和代谢，平时人们出现食物中毒时就能直接服用野椒子来解毒，把它加清水煎煮，服用后能让人们出现的食物中毒症状很快减轻，这下懂了吧，你们要多加努力学习啊！"佳慧佩服地说："哇，你好厉害啊！懂得真多！""那是，好歹我还是咱们班成绩第一兼学习委员，小爷我天下第一！""等一下，但我认为我们刚吃的并不是有毒的马桑果，应该只是普通的覆盆子之类的果实。至于身体的不适，也不是因为中毒，而是天气酷热中暑而已，只需要在树荫下休息一会儿，喝点儿清凉的水就能缓解，用不着像你说的这么麻烦。"丫丫冷静地反驳道。"呃，这……"韩哲一时无话可说，气氛突然变得尴尬。"对对对，就属我们韩哲天下第一，无所不知。"卓卓一脸鄙夷不屑地嘲讽道。

队员们恢复体力，沿着河边向前行进，丫丫说道："这里有这么多的树木和藤蔓，不如我们做一个木筏。如果顺利的话，不仅能为我们节省体力，还可以加快赶路的速度。""真是聪明啊，小姑娘。我懂得船只的构造，我可以负责制作木筏。"米阿卡不禁佩服丫丫的聪慧，递给了他们一把随身携带的瑞士军刀来砍树，他的嘴角呈弯月状，那蓬松的灰发刚好遮住了他犀利的眼神。丫丫不禁被吓得战栗。"他究竟有什么目的？为什么当初要从岛民手中救下我们？为什么他总是刻意地关注我？难道他已经察觉到，我在怀疑他吗？"想到这里，丫丫不觉加重了对米阿卡——这位奇怪的陌生人的怀疑。

大家说干就干，开始寻找制作木筏的材料，丫丫和佳慧负责收集藤蔓，卓卓和韩哲负责寻找合适做木筏的树枝，米阿卡等材料收集完后开始组装木筏。虽然雨林里遍地是树，但是真正适合做木筏的木材并不多。这里的地上都是倒掉的树木，基本都已经腐烂，肯定是不能用了，不过好在韩哲凭借他丰富的知识储备，在这片热带雨林里找到了巴沙木。这是一种生长在热带雨林里的轻木，是世界上最轻的木材，二战时蚊式战斗机就是用的这种木材，又被称为"飞机木"，既结实又轻便，是做木筏的最佳材料。韩哲和卓卓便费力地砍起来。而另一边的佳慧和丫丫同样也是不好过，缠

迷雾中的古城

247

绕的藤蔓没有尽头，费了很大力气才割到了一些藤蔓。回到河边时，四个人脸上都是被植物刮伤的伤痕，手上满是水疱和擦伤，庆幸的是材料终于凑齐，努力没有白费。正悠闲等待的米阿卡便起身，开始制作木筏。

此时，丫丫突然紧张而恐惧地抓住卓卓的手，悄悄地对他说："咱们得小心警觉一点儿，这个米阿卡来历不明，不能轻信他的话，他的神情总是很反常，仿佛正策划着一个邪恶的阴谋。为什么当初他不顾危险救下我们？为什么他会用船送我们来？又为什么遇到旋涡后，我们四个人一起被冲到雨林，而米阿卡却独自躺在沙滩上呢？这个人一定有什么不可告人的秘密，而你当初又为什么同意他加入呢？你真的觉得这个陌生人可信吗？""其实我对他也有所怀疑和戒备，但就眼下的状况来看，如果他不协助我们，我们就无法造木筏，也不了解当地情况。只能先暂时和他合作，若日后他真的不怀好意，再离开他也不迟。"卓卓自信地回答道。

木筏的制作对于砍树来说是比较容易的，先把木头砍成相等长度，这个对于经验丰富的船夫那叫一个简单，不到一个小时，十几段木材就摆在了队员们面前。第二步是用藤蔓将木材捆绑起来，米阿卡绑起来也是得心应手，没一会儿，木筏制作完成了。可就在四个人齐心协力将木筏推下水时，由米阿卡精心制作的木筏却散架了，幸亏佳慧眼疾手快，拽住了还串联着木头的藤蔓，把它们拽了回来，这才让大家的辛苦没有白费。这时韩哲说："是不是要横着加两段木头固定一下。"众人这才如梦初醒，经过一系列的改动，木筏终于顺利下水，他们抱着用粗壮一点儿的树枝做成的船桨得意地划了起来，这时韩哲突然站在木筏上，一脸得意地说："我觉得，还是得靠我，不然……""得了得了，赶紧划船，别贫嘴了。"大家齐心合力用木桨划船，就这样，他们向着梦寐以求的古城进发了，朝着那个未知的方向，那个他们希望的古城的方向……

第五章　古城在眼前，神秘人消失

　　河水汹涌地推着木筏向前，带着探险队小伙伴的心神飘向远方，众人坐在木筏上，难得放松休息一下，但是几个人心里都有疑惑，为什么米阿卡身为经验丰富的船夫，精心制作的木筏却散架了呢？木筏要保持平衡、稳固，横向要多加几根木头固定防止散架的道理他们几个小朋友都知道。探险队的几人不由得对米阿卡有了一丝戒备。

　　随着河水水面愈加宽阔，两岸的灌木渐行渐远，久违的阳光洒到了众人的脸上，伴随着一声声清脆的鸟鸣声，众人对这神秘古城又多了一丝向往。终于在奋力划行半天后，一座古老神秘的城市隐隐约约地出现在众人的眼前。老大哥卓卓说道："总算到了，但大家还是谨慎一些好，切记不要被喜悦冲昏头脑，那么多探险队都失败了，一定有我们不知道的危险潜伏在这里，我们一定要打起十二分的精神去对待……"话还没说完，韩哲不耐烦的声音也响起了："哎哟！我的好大哥，这话你都说了多少遍了，再说了有小爷我在呢，任何危险在我的面前也掀不起风浪。"众人白了他一眼，也懒得跟他斗嘴了，思绪又飘到了接下来的神秘古城探险上。

　　几人把木筏划靠到了岸边，固定好，免得返回时没有交通工具。一座巨大恢宏的古老建筑群矗立在他们面前，虽然大家在木筏上都隐隐看到了，但近距离观赏下震撼更加强烈。同时大家还注意到前方居然有村庄，并且炊烟袅袅，好像有人居住。探险队决定前往村庄一探究竟并顺便去问问路。

这里的村民还过着原始的生活，显然对卓卓他们这几个不速之客的到来感到好奇，卓卓礼貌地询问了其中一个壮汉："您好，请问传说中宝藏是不是就是在这座古城里面？"说罢还指了指古城的方向，壮汉看到他的手势后，着急又略带惊恐地手舞足蹈比画了几下，又说了一大堆叽里咕噜他们听不懂的语言。壮汉见几人不懂他在表达什么，示意几个人跟随他。他把众人带到一个房子前让他们进去。韩哲说他害怕不想进去，于是自己在房子外等着，其余几人进去后看见一个老头正在翻阅什么，老头注意到他们进来了，点头示意他们坐下，用不太自然的普通话问他们，是否想去探索古城的秘密，得到肯定答复后，他急忙劝阻："你们最好不要去，之前来了好几拨人都一无所获还受了伤，那里潜伏着危险，会伤害到你们！"众人面面相觑，这怎么和他们之前见到的渔民说的那么像。但几人没有在意，只好告别老头，离开了村落。

　　韩哲说他想四处转转，被卓卓一把拉住，卓卓没好气地说道："别以为我不知道你是害怕了，你不是号称天下第一吗，这就不敢了？"韩哲恼羞成怒："你竟敢小瞧小爷天下第一的实力，机智过人的智慧，无人可比的勇气，哼，走就走。"就这样一行人总算踏入了神秘古城，开始了真正的冒险之旅。

　　进入古城，丫丫突然发现米阿卡竟然不见了，把米阿卡的消失以及之前大家对他的所有猜疑联系在一起，众人脸上不由得挂上了凝重的神色。最终还是卓卓给大家打气："没事，走一步看一步吧，我们小心谨慎点儿就是了，毕竟我们还有天下第一的韩哲呢，你说是不？"说着还用肩膀顶了一下韩哲，韩哲顺坡下驴，急忙答道："就是，本小爷都不怕，你们怕什么，跟我走，准没错！"丫丫和佳慧不禁都扑哧一声笑了出来，凝重的气氛也缓和了不少。几人继续赶路，走了十几分钟，亮光越来越暗，他们只好用手电筒照亮前行的道路，这时，前方出现两个岔路口，左边更窄右边更宽，众人决定分头行动，韩哲和卓卓去左边，丫丫和佳慧去看似更安全的右边。四人都小心翼翼地向前摸索，丫丫她们还好，但是过了一会儿惨叫声传来，丫丫、佳慧意识到不对立刻往回赶，正好在岔路口遇见卓卓、韩哲，韩哲扶着屁股一瘸一拐地走，滑稽极了！不用想也知道惨叫声是韩哲发出的，丫丫强忍着笑意问怎么回事，卓卓无奈地解释起来，原本他们走得好好的，可前方突然窜出来几只红色的大蜘蛛，卓卓赶忙拉着韩哲想躲避过去，韩哲却一点儿也不慌，大叫一声："看小爷斩妖除魔，哪里来的孽障，统统给我闪开！"说着就往前冲去，于是在蜘蛛们"友好"的关怀下，韩哲喜提伤口，正是被蜘蛛咬的。卓卓说着韩哲还在一旁倒吸凉气，丫丫、佳慧实在忍不住了，哈哈大笑，此时的韩哲尴尬无比。

笑着笑着心细的丫丫突然问道："你说的是红色的蜘蛛？"卓卓说是，丫丫突然着急说："我想起来了，这叫红寡妇蜘蛛，毒性极强，只存在于热带雨林、洞穴等潮湿的地方，得赶紧找解药才是。"韩哲一听害怕了，问道："是什么解药？小爷我的一世英名可不能毁在这里呀！"丫丫不紧不慢地说道："解药就是赤叶草，此草生长于山洞或者阴暗角落之中，叶

2222 班吴悠创作

子通红，大家想想，既然在这古城有这种毒物出现，而且当地人也不恐慌，那么肯定不远处就有解药。"众人赶紧寻找起来，果然半小时后卓卓在一处古建筑的阴暗角落里找到了赤叶草，大家赶紧捣碎了涂抹到韩哲的伤口上，稳定好伤势后，众人继续前行。只是他们都不知道，在这座古城的重重迷雾中，一双诡异的眼睛正透过迷雾，将他们的踪迹掌握在股掌之中。

　　在古城中七拐八拐之后，小伙伴们再次意识到一个问题，迷路了，他们一直在重复经过的地方。有了上次迷路的经验，他们在显眼的地方做好标记，这样就不会重复走了。可是他们还是太天真了，虽然不会重复走，但是他们依然找不到神器所在地方的入口位置。古城庞大无比，道路又错综复杂，小径和岔路口数不胜数，这也是很多探险队一无所获的原因之一。小伙伴们丝毫不敢大意，在他们的勇敢坚定和精诚协作下，米阿卡的最终目的和宝物的神秘面纱正一层层地被揭开……

第六章　韩哲遇危险，团队齐营救

到了晚上，本就被高大树木遮挡的古城变得越发漆黑，清冷的月光从头顶照下，所有的人仿佛从这里消失一般，各种动物的鸣叫声此起彼伏，古城中危机四伏，探险队不由得紧张起来。想着缓解一下紧张的氛围，团队中的老大哥卓卓最先发话了："大家先把手电筒打开，眼前只有一个方法，那就是继续寻找宝藏。""要是米阿卡在就好了。"佳慧失落地说，"他对这边地形熟悉，清楚寻找宝藏的路，能带领我们找到宝藏。""先别说这个了，眼下寻宝才是关键。"丫丫扭头看了看危机四伏的四周说道。

探险队继续前进探险，时间已经到了午夜，古城中漆黑无比，伸手不见五指，唯有一束手电筒的光照亮了前行的路，队员们一个个又困又饿，几天的行程使他们精疲力竭。"哎呀妈呀太累了，我说要不咱们先在这里休息，大家轮流站岗怎么样？"韩哲话刚出口，大家便纷纷赞同。精力充沛的卓卓本想劝说大家继续坚持前进，但看到队员们一个个累得瘫软在地，也少数服从多数，同意了韩哲的提议。大家围成一个圈坐了下来，轻声细语地聊着天，缓解了一天的疲惫。"嘘，什么声音？"丫丫比画了一个安静的手势低声说。几人听后都安静了下来，过了几秒无事发生，韩哲眨巴着眼睛说："哈哈哈……哪儿有声音？我看你就是太紧张了……"话还没说完，一阵嗞嗞声从不远处传来，正在站岗的卓卓立马警觉起来，拿手电筒向声源处照去，只见一条巨蟒映入眼帘。蛇体背面棕色，上有黑色条纹，正巧与地面融为一体，令人难以察觉。它正慢慢地向卓卓靠近，伺机而动，一双血色的眼睛死死地盯住卓卓，瞳孔散发着危险的光。卓卓被吓得呆愣在原地，他哪里见过这阵仗，被吓出一身冷汗，此时刚刚睡着的佳慧也被惊醒了，眼看巨蟒已经抬起头，准备向卓卓扑去，韩哲眼疾手快地抓起一旁的树枝向巨蟒的头部叉去，不偏不倚，正中巨蟒的左眼，巨蟒顿时变得躁动不安，疯狂地扭动着身子。佳慧大声嚷嚷着："快！找东西盖住它的头！"韩哲听后不知从哪儿摸出块布盖在了巨蟒头上。此时的卓卓也冷静下来，趁巨蟒还在挣扎时，从一旁扯下两根树枝，分别向巨蟒的头部、腹部扎去，黑色的大蟒蛇也终于倒在了地上。丫丫在旁边早就看傻了眼，望着倒在血泊当中的巨蟒，松了一口气。"这次多亏了你们，要不我就命丧于这蟒蛇之口了。"卓卓说道。"那可不，小爷我天下第一！蟒蛇捕食时会慢慢靠近猎物，迅速咬住后用身体缠绕至死，然后整个吞下去，刚才要是再慢一秒，你被缠住，就连我们也无计可施了。"韩哲抢着说。

　　几人正打算继续休息，忽然在不远处出现了一丝光亮，视力最好的丫丫首先看出了端倪："是一群手拿长矛和火把的野人，他们好像正向咱们的方向跑来，古城怎么会有野人的出没呀，快跑哇！"说罢，敏捷的佳慧带头，其次是受伤的韩哲，然后是丫丫，卓卓殿后，一行人向反方向奔跑，野人们也穷追不舍。不幸的是，他们的体力哪里比得上这群野人？身后的脚步声越来越大，卓卓一扭头，一个野人已经追到了眼前，正拿长矛向他刺去，多年练拳的肌肉记忆促使他迅速地出手，趁他不备一个左勾拳将野人打倒在地。

　　"啊！"一声惨叫声传来，韩哲被路旁的荆棘刺中了，野人们趁机包围了他们，卓卓挺身而出，将三人护在身后。野人们一个个肤色黝黑，衣着简陋，身上各处涂有五颜六色的图腾图案，好像象征着他们的宗教。他们面相凶狠，向几人步步逼近，使人看了心里发颤。四个人屏息凝神，被吓得不敢说话。就在这时，身后的树上突然传出了树叶摇曳的沙沙声，随后垂下来一根绳索。"快爬上来！"是米阿卡的声音！队员们依次攀着绳索上了树，受伤的韩哲却慢了一步，被蜂拥而上的野人抓住了脚踝，从绳索上被拖了下来。"救命啊！你们这群野人快放开我！"韩哲惊叫道，声音里隐约带上了哭腔。"快走，野人要追上来了！"米阿卡说。"那韩哲怎么办？你难道忍心让他被抓走吗？"丫丫愤怒地说道。"快走，要不都得被抓走！"米阿卡着急地回应道。

几人摆脱了野人，重新回到地面上。佳慧着急地问道："古城怎么会有野人出没？"米阿卡淡定地说："他们是当地部落的原住民，当年建造古城时一些利益投机者对他们进行驱赶打杀，妄图将他们的家园全部占领，这些人只能到更深的雨林中生活，不过为了生存和报复，他们也会经常趁

2222 柴羽萱创作

着夜深人静的时候偷袭古城。也正是这样，所以古城至今一直居民稀少，刚才他们肯定是把你们也当成古城里的当地人了。不过咱们也要赶紧去救韩哲，要不一会儿野人们就用他举行祭祀，韩哲有可能被活活烧死。"丫丫听后赶紧说："那还等什么，赶紧出发呀。"说完，几个人各自去准备营救所需的物品。殊不知米阿卡正眯着眼睛，死死地盯着丫丫的背影。

　　空地上燃起篝火，一群野人在篝火周围跳着奇怪的舞蹈，嘴里哼唱着奇怪的音调。篝火旁被绑在架子上的正是韩哲。咦，跳舞的队伍里怎么有两个动作不协调的野人，再定睛一看，那脸庞，那神色，是丫丫和卓卓！他们皮肤黝黑，身上抹了黑炭灰以后简直与野人肤色无异。啾！一块石头砸中了一个野人。"快来呀，来抓我们哪！"远处传来佳慧和米阿卡的声音，野人们循声望去，是白天见到的那几个人类！野人们抄起长矛向他们奔去，场面一片混乱。丫丫和卓卓趁混乱之际迅速将捆住韩哲的绳子解开。"是你们！我还以为我就要死在这里了呢，呜呜呜。不过你们俩这脸上抹得也太搞笑了吧。"哪怕是这样韩哲还是不忘调侃几句。"嘘！快跑！"

　　不久，他们气喘吁吁地会合在一片空地上，经过这件事米阿卡取得了队员们的信任。"下面就由我来带领你们，一起探索关于宝藏的秘密吧！"米阿卡提议。"我们的探险队又多了一名得力干将啊。"卓卓附和道。大家纷纷表示赞同。只有丫丫若有所思。"他的神情为什么总是这么反常？仿佛正筹划着什么阴谋，他又为什么一次次不顾危险救下我们？是巧合还是我想多了？"丫丫陷入了沉思。

第七章　分头寻宫殿，齐心破困难

　　经过了一晚上惊心动魄的营救行动，大家又累又饿。卓卓提议："大家都抓紧时间休息一会儿，天都快亮了。"

　　一夜很快过去，大家醒来时已经是艳阳高照，米阿卡走过来，对大家说道："咱们今天就去古城里转转，据说古城里最大的城堡就是宝藏所在的地方。"大家听到后，重新燃起了斗志。

　　这时候佳慧说道："这座古城太大了，咱们最好是分头行动，这样找快一些。"佳慧的提议得到了大家的一致同意。就这样，卓卓和韩哲一组，丫丫和佳慧还有米阿卡一组，大家分头寻找城堡。卓卓和韩哲一起朝东边走去，现在正值上午，太阳从东边照得正刺眼。这时，卓卓发现了远处有一建筑在阳光的照耀下金光闪闪，原来是金砖铺成的地面反射出来的金光。卓卓兴奋极了，看起来这就是米阿卡口中最大的建筑了。卓卓叫上韩哲就往那座建筑的院子跑去，院子里立着一座石碑，韩哲勉强辨认出石碑上的字：穆卡宫。

　　卓卓拿出卫星电话打算联系丫丫他们，却发现丫丫的电话打不通，他又尝试打佳慧的电话，同样打不通。"是不是信号不好？我用我的电话给你打一个试试。"韩哲对卓卓说，说着韩哲就拿起自己的卫星电话拨通卓卓的号码，很快卓卓那端就响起了电话铃声。卓卓把电话挂掉对韩哲说："看来这并不是信号的问题，而是丫丫和佳慧出了什么事情，她们应该是遇到了一些棘手的事情不方便接电话。"

这时候，韩哲分析道："这也不对呀，如果她们遇到了什么事情应该第一时间联系咱们才对，不可能咱们给她们打电话她们还不接。她们肯定是遭遇什么危险了，不方便接电话。"卓卓觉得韩哲说得有道理，便打算和他去找丫丫三人。卓卓一边走一边对韩哲说："看来又是米阿卡在作怪。丫丫一开始就感觉米阿卡不对劲儿，看来她的感觉是对的。"两人一边走一边说，很快就走到了昨天晚上露营的空地。韩哲在空地的一棵树上发现了一张丫丫、佳慧留的纸条，纸条上写着：我们在西边发现了一座宫殿，但是我们的卫星电话都没电了。你们看到这张纸条之后就来西边找我们。韩哲读完纸条上的内容后拿给卓卓看，看到丫丫和佳慧没事后，他们悬着的心终于放了下来。之后，卓卓二人继续向西边走，十几分钟后，一座跟卓卓他们在东边发现的穆卡宫长得差不多的建筑出现在了他们眼前。

卓卓和韩哲走进去之后，在院子中间发现了和穆卡宫石碑相似的另一个石碑，上面也写着三个字：穆鸿宫。"卓卓、韩哲你们终于来了，这座宫殿非常大，我们转了好长时间都没转完。"这时候卓卓发现，米阿卡并没有出现在丫丫和佳慧身后，便问道："米阿卡没跟你们在一起吗？他在哪儿？"

丫丫看到卓卓如此警惕的样子，小声地说道："米阿卡似乎认识这座穆鸿宫，他很轻松地把我们带到了这里。他说让我们联系你们俩，但是我和佳慧的卫星电话都没有电了。米阿卡就让我们给你们留一个字条，然后他就前往咱们约定的地方，但是他到现在都还没有回来。"卓卓听到这里，那颗刚刚落下的心又悬了起来，他说道："我们在空地上看到你们留的字条了，但是没有看见米阿卡。他怎么又不见了？"

丫丫听完卓卓的讲述，又想起了米阿卡之前的怪异举动，觉得这件事十分蹊跷。便对卓卓说："咱们还是先进去看看吧。对了，你们那边有什么收获吗？""我们那边也发现了一个和穆鸿宫差不多的宫殿，叫穆卡宫。我怀疑这两座宫殿应该有什么联系，我们要找的宝剑应该就在这两座宫殿之中。"卓卓说道。

"那咱们就先上穆鸿宫里转转吧。"佳慧迫不及待地一边说一边跑进去了。其他三人紧随其后，走进了穆鸿宫里。

穆鸿宫很大，一楼是一个金碧辉煌的大厅，但由于已经很久没有使用过了，到处都是灰尘和蜘蛛网，阳光洒进来显得有些落魄。一楼的最西侧和最东侧各有一个楼梯通往地下室，卓卓招呼着大家打开手电筒去地下室看一看。地下一层似乎比一楼的大厅面积还要大，由于没有灯而显得非常昏暗和空旷。为了能更快有所收获，他们决定分头在地下室的大厅内查找，就这样，四个人在大厅的四个方向仔细地查看着。突然，丫丫喊道："大家快来，我感觉这里似乎是一道暗门的机关。"其余三个人赶紧来到丫丫面前，他们发现在一个昏暗的角落里有一个做工精美的石雕，石雕突出的把手上似乎比其他部位更加明亮光滑，显然有人动过这里。这时候丫丫说

2222 班杨佳卉创作

话了："如果没有猜错的话，这个机关控制的暗门后边肯定有一个地道。"说着，力气比较大的卓卓扳动了那个把手，果然，暗门在轰隆声中打开。长长的地道深得看不到尽头。"地道的另一头有可能就是你们发现的穆卡宫。我们先去看看吧，之后再走地道去穆卡宫。"说着扳动把手关闭地道。又顺着梯子爬上了一楼的大厅。一楼大厅最里侧是通往高层的楼梯，卓卓发现和通往地下的楼梯一样，东侧和西侧分别有两个楼梯，都通向二楼。大家上了二楼之后，发现了一座石台，石台上有一块边缘碎裂的石头，丫丫认出了这块石头，这是当地特有的石头。石头后面刻着一些不知是什么语言的字符，韩哲拿起石块，十分嘚瑟地说道："你们是不是都忘了小爷我可是百事通，平时里我可是最喜欢研究各种古代文字的，什么甲骨文、玛雅文可都难不倒我，让我来瞧瞧，"说着一边自信地辨认，一边给大家念道，"如果你想得到传说中的宝剑，就需要集齐这块石头上所有的碎片拿去穆卡宫拼好，就可以得到宝剑的线索。"

原来这就是一个集拼图的游戏。那为什么以前那么多探险者都没有成功把宝剑带出来呢？

"这些碎片分布的地方一定非常危险，以至于那么多探险者都没有成功地拿到宝剑。"卓卓说道，"丫丫，你负责保管好这块石块。我觉得我和韩哲在东边发现的穆卡宫应该也有这样的石块，我们一起去看看吧。"

卓卓一行人来到了穆鸿宫的地下一层，来到石雕面前，使劲扳动把手，地道再次赫然出现在大家眼前。大家把随身携带的强光手电拿出来，四束手电光瞬间投射进了看不见尽头的地道里。佳慧和丫丫显得有些害怕，这时候韩哲安慰她们："有小爷我在呢，不用害怕，我一定能把你们安全护送到地道的另一头。"韩哲一边说，一边摆了一个耍帅的姿势。

第八章　误落进地道，惨遭中毒花

在卓卓的鼓励下，佳慧和丫丫终于克服恐惧进入了那条黑漆漆的地道。但是大家没有发现的是，此时在暗处有双眼睛在紧紧地盯着他们的一举一动。

在地道的墙壁上，韩哲发现了许多模糊的文字，依稀辨认出这上面记载的是关于神器的传说。就在韩哲专心地看着墙壁上的文字时，一不小心踩到了一个机关，伴随着清脆的触发声，地面中间出现一个坑，韩哲和佳慧躲闪不及一下子掉了进去，后面的丫丫和卓卓赶忙跟了过来，他们用强光手电筒向下面照去，发现他们已经失去了踪影。卓卓和丫丫十分着急，卓卓对丫丫说："你在这里等我，我下去救他们。"没等丫丫回答，卓卓毫不犹豫地顺着坑壁滑了下去。

卓卓很快来到坑底，但是这里看不到任何机关和路，只有一间房间，房间中央是一个古老的塔台，上面有干涸的血迹，卓卓立马联想到掉下来的韩哲和佳慧的处境，一下子担心起来。仔细观察后，发现这里是一个祭坛，那些血迹不知道是被献祭的动物还是人留下的……卓卓此时有点儿呼吸不畅，因为地下久久没有通风，所以氧气稀少。他用力大喊，只能听到自己的回音，他暂时没有办法出去，呼吸也变得急促起来，冷静了一下的卓卓想到背包里还有救急用的氧气面罩，赶紧取出来戴上，然后在祭坛中翻找了起来，一开始他只找到了一些骨头，在骨头的缝隙里他发现了两块当地特有的石头，他立刻就想到了穆鸿宫中发现的碎裂的石头，决定先把这些石头收好。卓卓接着翻找，发现了一个按钮，为了安全，他暂时没有摁下去，继续寻找别的机关，可是他并没有其他发现。

丫丫久久等不到卓卓的消息，心中十分焦急，她只好克服恐惧也跳了下去，一跳下去便看见卓卓四处张望着寻找着什么。和卓卓会合后，他们确认没有别的机关了，才摁下了刚才发现的按钮，瞬间墙上打开一道暗门，发现韩哲和佳慧正在里面焦头烂额地找出口呢，原来是他们掉下来之后，进入了不同的房间，韩哲和佳慧先掉下去，进入了这道暗门，而卓卓接着下来，直接进入了祭坛。几个人就这样慌乱地翻找着，不知道他们触动了哪里的机关，忽然，旁边又打开了几道暗门，之后便有熊熊烈火从暗门的内室里烧来，大家慌忙躲闪，韩哲拿出包里的钩子绳索使尽全力往上甩去，确定钩牢了，他们顺着绳子脱了身，重新回到了地道里。

他们更加小心地躲开机关，终于跑到了地道的另一端。在地道的另一端，众人发现了上方透过来的亮光，还有一个旋转楼梯，上方的天井口很高，所以楼梯很长，大家花了些时间上去。到了楼上，大家第一眼看到了出口，立刻跑出去，大口大口贪婪地呼吸着新鲜空气。大家抬头一看，这就是穆卡宫，卓卓高兴地说："这果然是穆卡宫，我们快找到神器了！"

丫丫的右眼却跳了一下。"我右眼跳了一下，左眼跳吉右眼跳凶，不会有……"突然外面的树叶传来哗哗响声，大家警戒地回头一看，原来是米阿卡，他也来了！

"嘿，朋友们，又见面了。"米阿卡笑着说。丫丫说："你到底是谁，为什么会带我们来这里，又为什么突然消失？"米阿卡没有回答，而是对所有人说："我们接着去寻找神器吧！"佳慧追上去："喂，你那时……""好啦好啦，先跟着他走吧，要是他有什么问题，我肯定会发现的，小爷我可是天下第一！"佳慧无奈地摇了摇头。不用说，这肯定是韩哲在反驳。"我们去二楼，去那里试一试拼图，之后说不定就可以获得线索。"米阿卡说。

在上楼的过程中，丫丫留意了周围墙上的壁画，从壁画的内容看大概是关于以前未探险的人们的下场，以及原来古城文明是怎么没落的。丫丫把这个发现告诉了大家。韩哲这次并没有大声喊叫，而是神秘地小声地说道："我偷走了米阿卡的小本子。"丫丫顿时睁大了眼睛，十分震惊道："他不是很谨慎很……""哎，我知道你要夸我，不用了谢谢，小爷我天下第一！"不过话音一转，韩哲的脸突然变得严肃起来，语气也变得沉重地说道，"我们之前的猜测是没错的，米阿卡的确不是好人，他在本子上记载了咱们走过的路线和做过的事，并且写了他的最终目的，利用我们拿到神器。"卓卓气愤地压低声音说："原来他真是有所企图，咱们一定要提高警惕，提防着他。""喂，你们在那里干什么呢？"米阿卡喊道。"我们马上就来，肚子有点儿疼。"佳慧道。"这样，你先报警，之后咱们先跟着他，万一他有武器，这样到了神器那里，警察也来了。"丫丫说。卓卓听了，便借着佳慧刚才的借口大声说："佳慧肚子疼，出去解决一下！"米阿卡同意了。

等佳慧走后，他便鼓动大家找缺失的石头来拼图，众人只好照做。众人找了好久，并没有找到一块石头，只好回到刚才的地点，可是，米阿卡忽然不见了，悄无声息就不见了。大家都很疑惑，这时佳慧报警回来，听说了刚才的事后，大家决定先离开穆卡宫，因为没有米阿卡，他们暂时也找不到神器。

转眼间几个人来到一片空地上，刚才紧张的气氛让几个人非常疲惫，卓卓、丫丫、佳慧瘫坐在树下调整着状态，只有韩哲在到处乱转。忽然，一株特殊的植物吸引了他的注意，那株植物叶呈椭圆形，花丝极

2222班侯智丫创作

短，花柱呈柱头钻形，韩哲一把摘下来，"啊，手好疼啊，真服了就摘个叶子。""什么啊，这是什么植物？"丫丫问。佳慧此时却发现韩哲正在挠手，她走过去，发现韩哲的手起了好多疹子，卓卓和丫丫也围过来看。韩哲已经开始痒得不行，使劲地挠，丫丫连忙阻止，从急救药包中找到止痒药膏给韩哲抹上，韩哲一边感谢一边起身："你千万别再挠了，不然就发炎了。"丫丫说。韩哲说："可是我好痒啊！"卓卓也劝说："你先忍一会儿。""那好吧。"韩哲说。此时，旁边树林里传出一阵响声。

第九章　紧急寻解药，开启新探索

树丛沙沙作响，卓卓看向树丛，吼道："是谁？"米阿卡如幽灵般再次出现。他缓缓走出来，佳慧警惕地问道："你怎么神出鬼没的，为什么会出现在这儿？"米阿卡像没听到似的，没有回答佳慧，反问道："那个小男孩儿怎么样了？"韩哲低头看看自己的手，手上的疹子并没有消退，反而肿得更厉害了。韩哲忍着不舒服，低声说道："小爷我感觉不好，手上的疹子好像越来越严重了，我的手又痛又痒啊！"

米阿卡看着韩哲说："他一定摸了见血封喉的叶子，它有剧毒，我们必须在二十分钟之内找到解药，不然就有生命危险。"韩哲着急地说："那可怎么办哪？小爷我一世英名，如果死了那对世界是多大的损失啊！"米阿卡却轻松地说："它只有一种解药，叫红背竹竿草，叶子红绿，植株细长，生长在雨林中。我们赶紧找一找吧！"说完便一头扎进丛林中，卓卓和丫丫不甘落后，紧紧跟在米阿卡身后，佳慧则留下来照顾韩哲。五分钟过去了，他们还没有找到红背竹竿草。卓卓和丫丫睁大了眼睛，加快了寻找解药的步伐。佳慧和韩哲也在焦急地等待着，时间一分一秒地过去了，大约又过去了五分钟，米阿卡大叫一声："找到了！"卓卓和丫丫急忙围在一起，卓卓说："走，快给韩哲！"大家迅速回到原地，只见韩哲躺在那哼哼道："哎呀！小爷我要是死了班级平均分不就低了！世界上又少一个学霸兼帅哥！"佳慧听后哭笑不得，这时，米阿卡将叶片递给了韩哲。

佳慧还是对米阿卡有点儿防备心，盯着米阿卡手中的草叶，似乎想看看草叶是否有毒。米阿卡感受到佳慧提防的眼神，毫不避讳地回盯着佳慧，一副无辜的模样，他还不知道自己的秘密已经被四个人发现了……

佳慧在心里琢磨道：这个人到底是谁？他难道真的只是为了通过我们得到神器吗？他为什么总是突然消失又突然出现呢？他给的草叶靠谱儿吗？……

一连串的问题在佳慧心里铺散开来，她刚想给卓卓使个眼色，听听卓卓的意见。可韩哲早疼痒得忍耐不住了，留的时间也不多了。韩哲急忙从米阿卡手中抢过草叶："谢谢啊！谢谢啊！"卓卓和丫丫同样也对米阿卡有所提防，卓卓在一旁想开口阻止韩哲，丫丫急忙暗中拉了一下卓卓，给卓卓使了个眼色，示意他不要打草惊蛇，卓卓又闭上了嘴。

韩哲也注意到了同伴们对他的关心，他向同伴们点点头，示意他们放心。因为韩哲觉得如果米阿卡在此时就想害自己的话，还为时太早，况且自己已经中毒，不相信米阿卡，自己也是死路一条，不如试试。韩哲挤出草叶中绿色的汁水，抹在手上起疹子的地方。草叶的汁水刺激着疹子，刚开始韩哲觉得很痛，但是没过一会儿，疹子慢慢消退了，同伴们悬着的心也慢慢落下。在韩哲休息了一段时间后，米阿卡急不可耐地带领着四人继续前进。

自从发现了米阿卡的意图后，在行进的路上，四个人都心照不宣地对米阿卡格外地留心。走着走着，一行人来到一片湖水前，米阿卡率先开口，向四个人介绍道："这个湖叫天湖，湖水很深，我们需要划船过去。"卓卓皱起眉："可是我们哪儿来的船呢？难道还要现做一只船？"米阿卡笑了一笑，转身进入旁边的树林，从一个草丛中拖出一堆木板，过了一会儿，木筏就组装好了。木筏虽不大，但刚好容得下五个人。韩哲高呼一声："万岁！有木筏不就省事了嘛！"

丫丫心里又犯起嘀咕：如果米阿卡不经常来这里，他怎么会有那些材料呢？之前来的探险家们是不是也和米阿卡打过照面呢？丫丫迫不及待地想要解开这些谜团。卓卓明白丫丫心里在想什么，他悄悄走到丫丫身边，小声和丫丫说："放心，大家都在，一定会没事的。"韩哲也悄悄凑过来说道："就是就是，有我在呢！"丫丫被韩哲逗笑："我当然不害怕啦，有天下第一的小爷在呢！"韩哲笑了，卓卓拍了拍韩哲和丫丫的肩膀，示意他们跟上米阿卡。

大家上了木筏后，米阿卡负责掌舵，"健将"佳慧负责划船。天湖的美景虽然很美，可是大家却无心欣赏，心里还在想米阿卡的事情，想着拼图，想着穆鸿宫和穆卡宫的关系，想着如何找到神器，想着尽快穿过天湖。丫丫

2222 班柴羽萱创作

瞥到米阿卡似乎想掏什么东西，她突然清醒起来，赶紧和米阿卡搭话，询问木筏是不是有些偏离方向，是不是下边有暗礁来分散他的注意力，果然米阿卡放弃翻找，开始全身心地掌舵，这时丫丫才松了一口气。抬肘悄悄碰了一下韩哲，小声说："你什么时候把那个小本子还回去了？"韩哲一笑："你放心，他没有发现，我做事，你放心！"丫丫没再追问，闭上眼睛，努力让自己不去想米阿卡的诡异之处。

就在这时，看似平静的天湖水面下突然水流湍急，天气也变得异常恶劣，大风裹挟着雨点砸在他们的脸上身上，米阿卡说快抱住木筏，大家紧紧地抱着木筏，就在那一瞬间，木筏翻了，他们都掉下了水。幸好离河岸不远，他们拼命地游，终于游到了岸边，此时他们饥肠辘辘，浑身上下都湿透了。他们感到前所未有的害怕和恐惧，而米阿卡好像什么事情都没发生一样，只是拧了拧衣服，又将木筏拖进了树丛里，丫丫暗里注意着米阿卡的一举一动。米阿卡藏好木筏后，好像什么都没有发生似的，轻松地和

四个人说："前面就是禁地了，我们继续赶路吧，那边很可能有拼图碎片！"小伙伴们听到很可能有拼图碎片，离找到神器更近一步了之后，又都充满了斗志，继续前进。

这拥有神奇法力的"宝藏神器"似乎散发着魔力，吸引着他们前行，丛林里粗壮的藤蔓缠绕着各种大树，密密匝匝，丛林被烟雾缭绕着，一眼望不到头，时不时还有各种动物的哀鸣，四处笼罩着阴森的氛围。丫丫看着前方被烟雾笼罩的树丛，心里的不安加剧了。尽管四人心里充满了不安，但仍继续赶路。突然，出现了一棵参天大树，一阵响动，大树轰然倒下。韩哲急忙大喊一声："危险！"用手把三人向前一推，自己也急忙闪开。轰！震起一阵腐叶。卓卓庆幸道："幸亏韩哲眼疾手快，不然咱们小命不保哇！"韩哲将头仰得高高地说："那是！小爷我可是天下第一！"而丫丫低着头，心里充满了不安，此时佳慧拉了拉她，丫丫抬头一望，看到了更令人不安的事——米阿卡又拿出本子打了一个钩，然后迅速地收了起来。这样的大树为什么会突然倒下，似乎在阻止他们前行，又似乎在阻止他们寻找神器，看着一眼望不到头的丛林，他们心怀疑惑地继续前行。

第十章　误入无名道，巧计逃禁地

　　树林被迷雾缭绕着，一眼望不到头，乌云压下，乌鸦在残败的枝丫上哀鸣，四处笼罩着阴森的氛围。一路上队员们和米阿卡各怀心思，队员们因为之前的事对米阿卡还是心存隔阂。

　　突然，米阿卡举手示意，探险队停住了脚步。在迷雾的前方有一个残破不堪的牌子，因为岁月的侵蚀已经看不清上面的字，米阿卡皱着眉头郑重地说道："这里就是这座岛屿的核心部分，也是最接近神器的地方——禁地。"韩哲举着摄像机连忙问道："那如果进去了会发生什么呀？"米阿卡思索了一下，又深深地望了一下迷雾："这地方传说已经二百多年没有人进去了，上一次进去的人再也没有回来。据说他们在进去之后就少了一个人，在大家清点人数的时候，有人发现不对就开始往外跑，但是也没有逃过尸螯的攻击。有几个幸存的人往里面跑，有的拿着火把才能躲过。在他们继续往里走的时候，遇到了各种稀奇古怪的野兽，进去的人不仅要有敏捷的身手，还得有敏锐的观察力。他们有的是被神秘的力量拉走的，都不知道去了哪里？有的是被血藤给缠住没有了呼吸，整个人都是充血状态，不会给你救人的机会，被缠住的人在一瞬间就被夺去了呼吸。大家都拼命地往里跑，简直就是人间炼狱。"卓卓抬起了头坚毅地说："我们都走到这里了，就算前面再危险我们也要迎难而上，都已经坚持了这么久，这点儿困难算什么？我们是迎着光奔跑的探险队。"正说着他就一马当先地踏进了禁区，探险队的其他几人因为被卓卓坚毅的精神感动了，也跟着进入了禁区。在他们看不见的角落，米阿卡的脸上浮现出一抹不可捉摸的诡异的笑，像是队员的反应正中他下怀。

　　天色渐渐暗了下来，很快便没有了光。卓卓说："如果再走下去，很有可能对我们不利，会发生危险，等到明天一早迷雾散了，太阳出来了，我们再走吧。这样比较保险，你们觉得呢？"米阿卡和队员们都同意了这个提议。"这里晚上气温比较低，我们尽量找些柴火生起火来。既能防御野兽的侵袭，也能让我们暖和一点儿。"米阿卡十分熟练地说。丫丫和韩哲去丛林中捡柴火，卓卓、米阿卡还有佳慧在营地扎起了帐篷。为了方便联系，卓卓还拿出了对讲机。卓卓说道："有事随时联系，米阿卡十分诡异且狡猾，注意安全。""没问题，小爷我可是天下第一，哪儿是那么好欺负的！"韩哲笑道。"我和韩哲一起去捡柴火，一定监督他不乱碰东西。"丫丫说。"好极了，那我和卓卓在这里给大家整理东西。"佳慧道。四人都表示同意，说完丫丫和韩哲就转身去丛林里捡柴火去了。

　　他们走了一路都没看见落下的树枝，当走到丛林深处时，却看见一处空地上有成堆的柴火，丫丫觉得诡异，便问韩哲道："你不觉得咱们走了那么久都没看见一个树枝，空地上出现成堆的柴火很奇怪吗？""哪里奇怪了，老天一定是看我们找得过于辛苦，眷顾我这位天下第一的呗，顺便让你沾沾福气。"韩哲说。"但……我总觉得有什么地方怪怪的？感觉像有人精心布置好的。"丫丫皱眉说道。"哎呀，别想那么多了，我现在是又冷又饿，咱们快捡一些快回去吧，别让他们等急了。"两个人快速地开始捡拾树枝，根本没有留意周围有什么异常。"咦？咱们该怎么回去啊？我记得我做了记号了呀？"丫丫问道，"咱们不会迷路了吧？"就在这时，米阿卡忽然出现在他们面前。"你为什么会出现在这里？是不是跟踪我们？"丫丫和韩哲一起说。"没有，见你们太久没有回来，我就过来看看你们是不是遇到了什么麻烦。"米阿卡说道。"好吧，我们再暂且信你一次，那你知道回去的路吗，米阿卡？""试试看吧，跟着记忆走。"丫丫和韩哲两人对视一眼，不约而同地想到一件事——进来的时候不是做过标记了吗？韩哲抢先问出了口："你在路上没看到标记吗？"米阿卡脸上闪出一抹慌乱，但只在一瞬就又消失了。"没看到啊！"他装出震惊的样子……丫丫和韩哲一时也没了主意，只能认命地跟着米阿卡向黑暗中走去。殊不知就是这个选择会在后面带给他们灾难……

2222 班柴羽萱创作

走了一段后，丫丫和韩哲并未看到自己留下的标记，他们开始怀疑起米阿卡。正在沉思中，忽然听到米阿卡不安的声音，定睛一看是一个岔路口，米阿卡故作惊慌地说忘了哪一条路是正确的，米阿卡的反常举动让韩哲他们更加怀疑米阿卡，不得已，他们只能兵分两路，米阿卡故意指着对的那条道路说："我去这边，你们去另一边。"他转身时眼底露出了一抹阴险的光……

殊不知，就在丫丫转身离开的时候，狡猾的米阿卡瞅准时机悄悄地往丫丫口袋里塞了一小瓶液体。在他们走后没过多久，对讲机里就收到了卓卓和佳慧焦急的询问："是不是有什么情况，怎么这么久还没回来？"可是过了好半天，卓卓和佳慧都没听到回复，只有刺啦刺啦的声音断断续续地传出。突然对讲机里响起了一声尖叫，是丫丫的声音，声音过后，不管卓卓和佳慧怎样询问，都没再发出声音……卓卓和佳慧就如同热锅上的蚂蚁焦急万分，不容多想，卓卓和佳慧拿起背包就向着黑暗深处跑去，现在也只能祈祷丫丫和韩哲没有受伤。

两人一边跑一边关注着对讲机，生怕漏掉什么重要信息，可惜还是没有一丝声音传来。砰的一声巨响吓了卓卓一大跳，两人转头，看向了那条路，

迷雾中的古城

月光透过树叶的间隙稀稀疏疏地洒落在地上，越向深处看，树木越是茂密，宛如一张吃人的血盆大口，等待愿者前来上钩。可是韩哲和丫丫一想到卓卓和佳慧的安危，就顾不上危险和恐惧，加快脚步跑向了里面。跑着跑着两人突然怔住，几个高大的黑影出现在他们的面前。

卓卓大着胆子拿着手电筒向前方照去，发现竟然是几头白象，而丫丫和韩哲就坐在其中一头小象的身上，见到伙伴安全，卓卓和佳慧心中的那块大石才终于落下了。

就这样白象带领着四个人来到雨林空旷的草地上，他们生起了火堆，丫丫向他们讲述着刚刚的经历。原来是米阿卡故意将吸引动物的一种液体塞到了丫丫的口袋里，那是一种带有特殊气味的东西，人类闻不到，而动物恰恰相反。白象家族闻到了这股味道，循着气味找到了丫丫他们，不过让米阿卡没想到的是，这群白象不仅没有伤害他们，反而对他们特别友好，还用鼻子高高地将他们举起，带他们找到了正确的道路。这一幕应该是阴险狡诈的米阿卡最不想看到的吧。他本来想让白象攻击四位少年，他可以趁机坐收渔翁之利，不承想白象作为最有灵性的动物之一，当它们看到韩哲、丫丫纯净的眼神，而且也并没有做出伤害它们的举动时，就没有把他们当作敌人。当一切平静下来，四个小伙伴在篝火旁商量着寻找神器的路途。

第十一章 继续寻神器，危险重重现

夜，悄悄降临。繁星满天，一缕轻柔的月光给静谧的天空蒙上一片朦胧的纱，渲染出一个平静祥和的夜。万籁俱寂的树林深处，点点篝火映衬着四位少年迷茫的脸。沉默中"老大哥"卓卓先开口了："朋友们，在我看来，如果想找到神器，我们就要跟着丫丫和韩哲继续往禁地里走。"但丫丫却露出惴惴不安的神情："啊，这个禁地这么危险，还是不要去了吧。""我们都已经坚持了这么久了，怎么能轻言放弃呢？"卓卓说道。旁边的韩哲也附和说："就是，有小爷我在，你们还怕什么？"丫丫扭过头看向佳慧，发现佳慧也冲着她微微点头，最终丫丫下定了决心："好吧，我认命，但我不认输！""对嘛，这才是我们的丫丫！"卓卓微笑着说道，"那就休整一晚，明天拂晓出发！"

天空渐渐亮起，大地还沉浸在梦乡中，只有一丝微弱的晨光透过树枝洒向大地，卓卓一行人又踏上了征程。转眼间，他们来到了昨天的岔路口，丫丫似乎还是对岔路口有股莫名的恐惧感，便躲在了佳慧的身后，佳慧似乎感受到了丫丫心里的不安，紧紧地拉起了丫丫的手。"要走哪条路呢？"卓卓问。"走哪条路？小爷我觉得啊，肯定要走米阿卡走的那条路！他一直这么鬼鬼祟祟的，我们去一探究竟如何。"韩哲说道。卓卓大喜过望："想不到我们韩哲也有这么干脆有主意的时候啊，走吧。"于是，卓卓一行人向着洞内走去。

迷雾中的古城

韩哲打开了手电，路口的洞口好似有四五层楼高，两旁都是巨大的石头，走进山洞，洞内漆黑一片，阴风阵阵，隐隐听见水滴答滴答的声音。四面都是钟乳石，水滴顺着钟乳石滴下来。经历过那么多的危险，现在这个山洞可都吓不住卓卓他们，他们头也不回地继续往前走着。突然，转角处一块硕大的钟乳石后，露出了米阿卡邪魅的笑容。"飘忽不定的罪孽之影啊，可悲的宿命！迷失的道路！因憎恨和被憎恨而破碎的镜子，是双重的枷锁，在交错的时光和黑暗中浮现，你的贪念，替你消除！"米阿卡的突然出现让四个人吓出一身冷汗，他喃喃自语的声音在山洞中回荡，特别瘆人。面对米阿卡，四个人虽然害怕可还是强作镇定地问道："米阿卡，

2222班郭思延创作

你去哪儿了，好久不见了啊。你为什么不和我们一起走？"这时，米阿卡脸上露出了一丝不易察觉的诡笑，笑嘻嘻地回答说："我当然是帮你们探路啊，你们不会不相信我吧。"卓卓虽然还有疑心，但是为了找到神器，也就只能跟着他走了，于是卓卓说："好吧，你前面引路，带着我们走吧。"几个小时过去了，几人终于看到了洞穴前的一丝丝亮光。

跟随着米阿卡的脚步，卓卓一行人终于走到了洞穴的出口，韩哲感叹道："真是'清如雅操直如弦，此意于今久不传。月冷风高清禁地，只将古调奏钧天'啊！"就在韩哲感叹禁地清冷时，丫丫却突然面露惊慌之色："韩哲，先别急着吟诗了，米阿卡又不见了！"听到这话后的卓卓他们才发现神出鬼没的米阿卡再一次在他们眼皮子底下神秘失踪了，"什么，米阿卡跑了！他又去做什么了？"还不等其他人搭话，几株在暗处隐匿的血藤倏地从四面八方伸了出来，四周也响起了野兽的咆哮声，韩哲顿时大惊失色："不行，小爷我可是天下第一，怎么能说没就没啊？"卓卓说："伙伴们，暂时先不要惊慌，咱们围到一起。"在卓卓说完之后，一只饥渴难耐的豺狼便飞快地蹿了出来，目标直指卓卓一行人，卓卓连忙大喊："快退，快退！"但是豺狼的速度远非人类可比，就在卓卓绝望时，丫丫迅速地扔出了一团东西，原来是能扰乱动物们气味的草药。忽然，那股豺狼奔跑时所刮出的凛冽狂风消失了，取而代之的是野兽的嘶吼与哀号，卓卓立马拉住早已吓傻的三人："快走了，再不走就来不及了！"

一路狂奔，四个人很快就到了禁地的深处，这里伸手不见五指，隐隐还听到了凄厉的惨叫。"除了有些恐怖外，似乎也没有什么危险啊？"韩哲问道。可就在韩哲这一句话落下后，禁地似乎在剧烈地晃动，也出现了一股莫名强大的吸引力将卓卓一行人向地底吸去。卓卓大喊："伙伴们快来抓住我的手。"就这样四个人试图用身体抵抗这强大的吸力，可是吸力实在是太强大了，没过一会儿，四个人便直直地被吸进了一个未知的地方……

第十二章　取舍难抉择，探险终成长

在这一股强大的吸力后，卓卓一行人又意外地坠入了一个新的地方。不过丫丫可不在意这里的环境究竟如何，她只是在一直寻找着米阿卡的踪迹。终于，丫丫在一片茂密的丛林后，发现了米阿卡的踪迹，纵使米阿卡躲得很隐蔽，可丫丫依然能看到了米阿卡诡异的笑脸。"这群傻子还真以为他们是探险家，等我把神器拿到手后就杀了他们灭口，我就发达了……"丫丫听完被惊出了一身冷汗，压根儿不敢怠慢，赶紧快步走向卓卓他们……

当四个人清醒过来以后，发现在这个未知的地方竟然没有任何出口，四周陡峭的石壁似乎隐藏着更大的危险，四个人一时没了主意，不知该何去何从。丫丫说："我们要怎么出去呢，面前这么高的石壁怎么上去呀？"丫丫满脸疑惑，并望向这四周的岩石，同伴们的目光也一同望了过去——高耸的石壁上垂下了稀疏的枝丫和藤条，身手矫健的佳慧拽着藤条试了试，说道："让我试试攀岩？"于是"健将"佳慧开始向上爬，在攀爬的时候看到石壁上隐隐约约好像有文字，佳慧向下喊："这个石壁上有文字，但是我不认识。""小爷我天下第一，让我上去看看。"在他们齐心的帮助下，韩哲也爬到了有文字记录的地方："哇，石壁上记录神器是一把宝剑，上面写解封宝剑需要有特定的时间、方法和力量，否则一旦解封古城就会消失，拥有宝剑者可以拥有至高无上的权力和用之不竭的财富，同时可以操控人的心灵和意念。若是心怀善念者得到它，便可一生无灾无难、富贵无虞；若是心怀恶念者得到它，将会带来无尽的灾难，操控别人的意念为拥有者所用，为恶一方，到那时宝剑会即刻自毁，化作烟尘消散。"念到这儿韩哲沉默了，卓卓说："你们都下来，咱们商量一下。"韩哲说："我们都探险这么长时间了，应该找到神器。"佳慧说："可是我们不会解封的方法，万一错了，古城就消失了，在我们没有完全掌握方法之前，不应该解封它，我们要保护古城。"丫丫赞同佳慧的看法，卓卓说："一旦找到和解封神器，必然会引起很多人的争抢，万一让这些贪图权力和财富的人得到，就会破坏和平的，所以我建议我们放弃寻找神器，并保守这个秘密，就当我们从来不知道一样。""我同意。"丫丫说。"我同意。"佳慧说。"好吧，我也同意。"韩哲不情愿地说。韩哲把目光移到了石壁的边缘，"既然刚才试了试，可以往上攀爬，那我们先出去吧。"佳慧说："是的，我们首要任务是先离开这里，而且现在大坏蛋米阿卡还不知道在什么地方，说不定他就在我们周围伺机而动。他肯定发现了自己的小本子不见了，说不定他已经知道我们发现了他的阴谋。刚才他居然不揭穿我们，说明他还有更大的阴谋，想利用我们找到神器后，再来对付我们。我们千万不能让米阿卡的奸计得逞，我们一定要保守秘密。"佳慧的提议大家一致同意。稍事休息以后，由佳慧来打头阵顺着藤条往上攀爬，然后再帮助同伴艰难地逃出这个神秘的巨坑，当四个人逃出巨坑时，已经精疲力竭。

此时四位少年心情异常复杂，既有放弃的不甘，也有懂得取舍的喜悦。凭着来时的记忆，他们趁着夜色，加紧赶路。他们从禁地深处一路来到来时的河流旁。他们记得来时的木筏米阿卡放在了周围的丛林里，可他们四处寻找，也没能看到木筏的影子。就在几个人正焦急地寻找时，韩哲忽然大叫："大家快来看，这居然有个山洞！"伙伴们闻声赶来，果然，在粗大的藤蔓和树叶的掩映下，似乎有个山洞，如果不走到跟前，根本不会发现。韩哲指了指眼前的一个洞口，大家走近一看，洞内似有无数的反光镜，光怪陆离的闪光与倒影显得十分神秘，和外边简直是截然不同的两个世界。卓卓迟疑了一下，问道："我们该怎么进入这个洞呢？"丫丫刚想说话，急性子的韩哲嗖地一下向洞里伸出了手，只见闪光骤然放大，漫天都是翻飞的虚影。一股吸力，几人转眼消失在洞口。几乎就在他们离开的瞬间，米阿卡也出现在洞口前，他举目四顾，发现没了四人的影子，心一横，也跟着跳进了洞里。

仿佛是经过了时光隧道一般，过了一会儿，几个人再次出现时已经身处他们来时的第一个雨林中。四个人异常兴奋，毕竟回家的路更近了一些。"这里还有我们曾经乘坐的木舟。"佳慧的提醒使大家欢呼雀跃。四人迅速跑到岸边，找到了他们曾经固定好的木舟，朝着家的方向行驶。一路上，几个人非常高兴，开心地聊着这一路经历的种种危险趣事，所有的饥饿疲劳统统被他们抛在脑后。忽然不远处的岸边传来米阿卡愤怒的吼声："几个小崽子，你们竟然中途放弃，给我回来！我一定不会放过你们。"一边喊着，一边将木筏放在水上准备拦截他们。四位少年惊慌失措，做好应战的准备。可稍后他们发现，米阿卡大喊之后并没有其他的举动，而是发出了阵阵惨叫。韩哲拿着望远镜一看，米阿卡居然被巨蟒缠住了动弹不得。韩哲高兴地说："嘿，恶人自有恶人磨，他被巨蟒缠住了，这下这个大坏蛋肯定完蛋了。"大家听到后喜笑颜开，轻松地继续赶路。丫丫把指南针拿了出来，发现指南针恢复了正常，将指南针放在木舟上，一行人按照指南针的方向前进。

四人聊着天，韩哲道："唉，还是有些舍不得宝藏啊，努力了那么久……"佳慧道："你不觉得我们成长了吗？我们知道该放弃什么，该拥有什么，该保护什么，我觉着我们好伟大呀，还有我们经历了一场惊险刺激的探险，这也是我们人生最宝贵的回忆和经历。"几人说笑了一会儿，又划起桨离开，小船顺流而下。晚上大家有了困意，轮流守夜。不知道过了多久，天已大亮，几人都简单地轮流休息。接下来一路无话，大家轮流划船、休息、赶路，如此又过了一天。

第二天早晨，韩哲忽然指着前方，兴奋地大叫："渔船渔船！"不远处还真有一艘出海打鱼的渔船，他们蹦着跳着大声呼喊着，终于引来了渔船，好心渔民大哥答应带他们回到陆地。三天后，船终于靠岸了。几人兴奋地大叫，欢快地跳下船，和渔民礼貌地告别，回到岸上后，四人第一时间打车到了最近的警察局。他们四个人如同讲小说一般和警察叔叔说了他们的探险故事，一口气将发现古书到在渔民的帮助下回到陆地的过程向警察叔叔叙述了一遍。经过了近一小时终于讲完了，听完他们的叙述，警察叔叔神色凝重地说："孩子们，你们这次的经历真是惊心动魄。虽然你们最终回来了，但过程实在危险。像进入雨林、进入禁地这些行为，稍有不慎就会造成不可挽回的结果。以后千万不要随意进行探险活动了。关于那个米阿卡，交给我们处理就行。"

2222 班金可馨、韩佳玉创作

几人听后，纷纷点头，并向警察保证今后一定小心谨慎，珍爱生命。他们向警察表示了感谢，然后走出警察局。

忽然，不远处有几个人，焦急地叫喊着他们的名字。佳慧大声喊道："妈妈！"女人跑过来，紧张地看着她："有没有受伤？有没有……"另外三个人的父母也纷纷跑来，上上下下打量他们，询问他们的身体情况，问他们的经历……问了一阵后，几人踏上了回家的路。

尾　声

　　十五年后，背着个专业大单反的韩哲正在拍摄场地中闪展腾挪，灵敏的步伐配上快准狠的帅气动作，专业摄影师的气质显露无遗。镜头里，此时正呈现着他们探险团队的最新纪录片中的片段——佳慧落水。演佳慧的女演员正在水里拼命挣扎，并大喊救命。赶来救人的卓卓在水花中奋力地挥舞着手臂……

　　"Perfect！"一旁指挥现场的导演喊道。这代表着这段镜头完美结束。韩哲停下脚步，擦了擦汗，嘴角漾起微笑。

　　沙发上的孩子挥舞着手臂："妈妈，我要看嘛，我要看那个……"一旁的中年男人接口道："这是要看什么呀，宝贝？"女人答道："还不是那个最近大火的《神秘岛屿大发现》嘛，这小子这两天老吵着闹着要看。"男人说："正好！我也挺感兴趣，来吧，我们一起看。"孩子高兴地拿起遥控器，打开了电视……

　　韩哲此时在家，也在欣赏自己拍的纪录片，不时发出赞叹声。忽然，手边的电话响起，他随即接通："谁啊？"电话那头传来兴奋的声音："是我，卓卓啊！"韩哲激动地蹦了起来，大喊道："好久不见，老朋友！"

　　卓卓道："可不是嘛！"韩哲问道："今晚有时间吃个饭？""行啊！"卓卓道。"我再叫上丫丫和佳慧，重温咱们的旧时回忆。太好了，我去订饭店！"韩哲挂了电话，仍沉浸在与故友即将相聚的喜悦中。他连忙换了衣服，联系饭店订了房间，冲下楼，对晚上的聚会充满期待。

佳慧接到电话，放下手中的笔，十分激动，换好衣服，冲下楼。

丫丫放下电话对同事说道："小赵，我今晚有个饭局，你先帮我盯一下吧。"年轻护士回道："好的主任。您好久没这么高兴了，今天是有什么事吗？"丫丫道："没什么，有几个老朋友，一起吃个饭。"笑了笑，拎包出门。

雅间内，四人几乎同时到达。望着彼此那熟悉但又历经岁月有些陌生的面庞，都笑了起来。

韩哲："今儿大家随便吃，我请！"卓卓笑道："最近赚大钱了？"韩哲道："没有没有，我现在搞摄影，最近拍了个片子，反响还不错。"佳慧道："就是那个什么岛屿大发现吧，你们应该也看过，就是以咱们为原型的！"丫丫惊呆了："你拍的？"韩哲骄傲地一甩头："那是！好了，先不说我，大家最近在忙什么呢？"

卓卓道："我先说，我现在当了警察，当初咱们从岛上回来找到警察局时，我就想，如果没有警察同志们，我们的生活怎么能有保障呢？所以，我现在也是一名光荣的警察了。"

佳慧道："可以呀，为人民服务啊！我呢，现在算是个作家，发表些文章，也小有名气了。当初咱们在岛上，你们救了落水的我时，我就立志要当一名作家，用笔来写出人生百态。"

丫丫道："真好，写写东西多有趣啊。我现在在医院工作，每天治病救人，研究医学，也很不错。正是因为咱们的那次探险，我才勇敢起来，做一名医生。"

韩哲笑道："咱干一杯！"说着，举起手中的酒杯。几人相视一笑，纷纷举起酒杯。

人生既复杂又简单，他们虽然没找到宝藏，却找到了最珍贵的友情。

暮色降临，这家小酒楼里灯火通明、人声鼎沸，说笑声不时传出，逐渐凝成这夜空中最亮的那颗星。

迷雾中的古城

281

重塑 · 星际求生

第一章　误入

飞船时间 2210 年，人类将目光转向那浩瀚无垠的星际。为了防止受到宇宙中外来文明的侵袭，在忧患意识的警示下，人类科技迅速发展，各国家联合起来，共同建立了寰宇和平公司，在银河系边缘，树立起一座座庞大的哨所，连接着巨龙般绵延的保护网。这一雄伟又壮观的年代往后被称为"星际时代"。

星际 19 年，也是科技发展最为昌盛的时代，出现了一件令全地球都震惊的怪事。尚且不说在边缘哨所执勤的星卫，就连寰宇和平公司军事部成员都感到惶恐，各国政府都对这件事情高度关注。

星际 19 年 6 月 13 日，位于雅佳宜居星球旁的保护网异常损毁，附近哨塔遭破坏，内部运转人员生死未卜，据哨所最后影像记录，保护网被猛烈地撕扯开来，碎片宛如星光般漂泊于太空之中，全人类的心血毁于一旦，成了一堆孤独的太空垃圾。

各国的无人巡查舰都对应地记录了场面。在传回来的报道中，大同小异，无一例外地说明了保护网的破坏程度："毁坏的痕迹并不像某种强力武器能在太空中做到的，反而如同被某种蛮力直接撕扯开来。"如果陈述属实，那就不免令人遐想，在这深幽的宇宙中诞生了一种体形和力量堪比成熟巨型战舰的外星生物，或许它的历史要比人类更早。有没有形成文明还另说，但现役的任何从事生物有关的科学研究人士，都会尽力否认它的存在。他们想不到驱使那怪物行动的能源，除非那怪物某天兴致大发，飞在地球上空让人们一睹真容。

外星生物论并不靠谱，更多人相信较为可信的空间塌陷论。有关空间学的专家认为雅佳地区空间薄弱，经历几次空间迁移后发生异常，保护网上方与下方产生压力，相互挤压，产生破裂。这种言论是在众多说法之中较为可信的。但如果真是如此，那么在接下来几百年甚至上千年中这处空间将会随时因波动而塌陷，直到时间将这一切恢复，此前只要深入这里的舰队都会有覆灭的风险。

同年7月21日，位于母星地球旁的昆仑空间站筹备回收并维修破损保护网，联合寰宇和平公司军事部，派出维修中型舰船飞鸽与重型军事战舰堡垒陪同前往雅佳边缘地带。

徐岚收到邀请电信已经是9月1日了。

亲爱的岚：

　　您好！

　　最近是否安好。想来也有几年没与您通电邮了，略显疏忽，但显然此地并非叙旧之地，我也不弯弯绕绕了，这几天的《寰宇日报》你也应该知晓，我们即将踏上这美妙之地，去探寻这茫茫宇宙中的未知。尽管有些许危险，但请相信我们的安保技术。如果可以，9月1日来罗德。

恩特

恩特是个不折不扣的疯子，至少在徐岚看来是这样的。恩特曾只身乘坐穿梭舰，动用分子重组技术前往其他星系探寻高级文明，等徐岚见到他时，他乘坐着舰船必备的逃生飞船飞来，穿梭舰被不知名力量摧毁，至少他没看见什么高级文明。

"或许是该出门看看了。"徐岚顿了一下，弹出打字界面，缓缓回邮。

恩特先生：

　　您好！

　　您的来邮我已经阅读，我非常荣幸登临舰船，我会按时到达
罗德。

徐岚

　　恩特是科研怪人，他们俩虽是朋友，但徐岚与他向来没有共同话题，自然也无话可说。将电邮发送后，徐岚慢慢起身，看了眼时间：9点18分。

　　"真是麻烦，还要去收拾行李。"他抱怨着，但还是诚实地走向尘封的卧室。

　　徐岚很久没有进卧室了，不仅是因为科研繁忙，更是因为亲人的离去让他不敢直视卧室的每一处。他快步走向衣柜，吹了口气，灰尘如同沙尘暴般铺开。他皱了皱眉头，很不喜欢这脏乱的环境，但他又没有打理的习惯，导致面容跟眼前的环境一样邋遢。他翻了翻眼前的衣柜，随便从中抽了几件，塞入了空间包中。

　　"这次维修活动是公共场所，还是打理一下自己吧，要不然出去准丢脸。"徐岚喃喃道。

　　他来到镜子前，看着镜子里那陌生的人，莫名有些悲哀。胡子已多年不刮，长在脸上如野草般，头发油腻盘绕在头部，徐岚不喜欢脏乱，但自从父亲死在外太空后他就没了斗志，干什么事都失去了精神，只有科研的时候他才感觉自己是活着的。

　　大约一刻钟，徐岚的行装收拾好了。他关上门，交代了邻居几句话，随后搭乘星际列车前往罗德宜居星球。

　　他经一号列车港口径直前往白玉号中型舰船停泊港口，然后沿着一号待飞行区，来到了总指挥处。

　　徐岚如同刘姥姥进大观园般看着这由科学瑰宝集合而成的总指挥处："无差别机械臂，洛宁激光式武器，巨舰指挥令牌，啧啧啧，万恶的有钱人。"

　　"哈哈哈，你也这么说吗，你科研所得的钱不也远超这些总共的价值

吗？"忽然背后传来一阵声音，让徐岚心中一紧。

"恩特，下次走路还是发出点儿声音吧，要不然指定给人吓出个好歹。你忘了上次来玉衡科研研究所给一个小职员吓到住院的事？"徐岚无语地看着身后的人，来人正是恩特。恩特撇了撇嘴，摆开手，无辜地说："这又关我啥事啊？都说了我不是故意的，我哪知道12点了研究所还有人啊！研究所压迫员工就算了，还让我出医药费……"

徐岚看着恩特，似乎很不相信他的鬼话，但还是点点头，表示理解："不说题外话了，接下来的行程呢？"

说到行程，恩特脸上的神色转为严肃。

"略微有些麻烦，雅佳地区通信电路被掐断，目前所知状况很少，能够传回来的照片就是上传在网上的那张。能够造成如此破坏的只有空间异常，巡查舰前往该地时记录了状况，但之后就失去了联系，我们别无他法，只能派人前往此处。"

徐岚低头沉思，说："这无疑是危险的行为。"

"但的确很有趣不是吗？"恩特的严肃化为泡沫，笑脸又重新浮现在了坚毅的脸上，"徐岚先生，军舰储备完成，是时候启航了。"

夜晚8点13分，徐岚踏上"飞鸽"号，躺在悬屋内，望着窗外的世界，用手抚摸着冰冷的舰体，他感觉到了久违的温暖。齿轮转动，机械碰撞的声音总是令人心安的，怀着期许，在轰鸣声中，徐岚闭上了眼睛，陷入了睡眠。

"先生，先生，起来了先生。"

在工作人员的声音中，徐岚睁开了双眼。

"舰体准备进行迁移运动了先生，指挥官邀请您到驾驶室一叙。"

徐岚整了整衣物，在工作人员的带领下来到了驾驶室前。在一阵毫无生气的鉴别后，舱门缓缓打开。

"徐岚，你来了，快坐下，要不然空间迁移会将你摔骨折的。"又是恩特的调笑。

徐岚无视恩特的笑容，径直走向座椅处。驾驶室的视野开阔，很清晰地看到舰船下一群人在欢呼、鼓掌，在为"飞鸽"送行。一阵空间撕裂的声音传来，空间迁移传送门调试完毕，随着四周声音的消散，徐岚知道，这是一条不归之路。

…………

"Power failure ！ Power failure ！"动力失效的刺耳警报声回荡在整个"飞鸽"里。

恩特惊醒过来，看着满仓狼藉与地板上已经昏迷不醒的徐岚，怔住了。

没过多长时间，恩特猛地反应了过来，双手拽住徐岚不断摇晃，满脸焦急大吼道："该死的，快点儿醒醒！徐岚！"

徐岚艰难地睁开了眼睛，说："恩特，我感觉很不好，发生什么事了？"

"雅佳空间异常范围太大了，严重影响到了空间迁移的降落，空间似乎要塌陷了！"恩特绝望地说道。

"镇静下来恩特，我们还有什么办法？"徐岚冷静分析道。恩特想了想，脸上扯出了丝牵强的笑容说："救援舰，岚。我们还有救援舰，那是架穿梭舰，机体小，速度快。"

"那还愣什么，快点儿，带上记录器，叫上其他人，快走！"徐岚脸上的神色稍有缓和。

"刚才机体产生大幅度震动，舰上人们十不存一。我刚向工作人员群发电邮了，快走吧，没时间了。"恩特焦急道。

随后两人打开舱门，向外部走去。宇宙是多元的，其中孕育了奇迹与毁灭，空间的波动使驾驶舱外的世界犹如破碎的镜面，充斥着不真实之感，这里是过去与未来同时存在之地。徐岚和恩特小心地越过一块块空间碎片，看着舷窗外，些许梦幻萦绕在徐岚心头，但他此时内心只剩紧张。

迅速穿过大厅，救援舰机体"乌鸦"存储舱到了。"乌鸦"整体偏黑色，线型的设计配上这个恰到好处的颜色，刚刚好点亮了每个男孩子的梦。

徐岚环顾四周。除了恩特似乎并无他人，可空气中的寒气却异常令人窒息，来不及多想，通过应急装置打开舱门，徐岚和恩特钻了进去。

映入眼帘的是"乌鸦"的操作台，两人压在心中的大石终于可以放下一点点。

舰船动力能源已经失效，所以现在必须使用救援舰的自备能源。使用救援舰的自备能源，也就意味着要去扳动外面的大型启动闸才可以，而扳动启动闸又很费时间，舰船又不知何时就会报废，所以目前情况是困难重重。

两人对视一眼，做出决定，随后便同时冲了出去，飞奔到启动闸边使出吃奶的劲儿扳起启动闸，可启动闸却仅仅挪动了一点点就像卡住了一样，任凭两人用多少力也再无法移动半分。

两人脸上都是绝望的表情，瘫靠在墙上，任凭自己刚刚用力过度的手臂抽动着。

这时舱外却走进一个女人，身材高挑，脸上全然是自信的表情，有条不紊地迈着步伐走进舱内。

"你们是想要利用自备能源启动救援舰吧，呵呵……"女人一顿，继续说道，"实不相瞒，这个启动闸年久失修，已经不能正常运作了，毕竟本来'飞鸽'也并不很受关注。"

"停下！你是谁？"徐岚镇定地问道。

毕竟这种时候还能活下来，并且知道来寻找救援舰的一定不是什么简单之人。

"先生，在您招募机组成员时就应该知道舰上的职位需要，但当务之急不是离开这里吗？"女人继续有条不紊地说。

徐岚打算暂时相信她，便问道："那你知道启动救援舰的办法？"

"当然。"她带着二人走进救援舰，随后拿出一把黑色的小钥匙，打开操作台旁一个小方盒，把钥匙插了进去。

随后伴随着一声哗的刺耳响声，救援舰恢复了动力。这时李露满脸自豪地站在二人面前，而二人已是满脸黑线，"早知道要个钥匙就行，还费什么劲儿啊。"

不过结局也是好的，在李露有条不紊地操控之下，最终救援舰还是顺利起飞。

在三人刚刚远远飞走之后，便听见轰隆的爆炸声，"飞鸽"自此不复存在。

"你们好，我叫李露，救援舰机组指挥部部长。"这时李露开始缓缓地做起了自我介绍。

"你好，我叫徐岚。"徐岚道。

"你好，我叫恩特……"恩特还没说完，就被打断了。

"等一下！"李露一脸凝重道，"我刚向地球发射了求救信号，但是我在追踪轨迹的时候发现信号不知道在哪里被拦截了。"

"也就是说，我们只能靠自己回去了？"徐岚严肃起来。

"对。"

伴随着一句肯定回答，徐岚和恩特都陷入了沉思。

"但救援舰的动力能源还是比较完整的，在这里回地球应该不成问题。"李露一句话让他们又有了希望。

就在救援舰平稳行动，几人畅谈时，警报声响了起来。

"注意，前方时空裂缝产生频繁！注意，前方时空裂缝产生频繁！"

"不好，已经避不开了！"李露语气里带着惊讶与紧张，"这次裂缝区规模非常大，只能一搏了！"

李露聚精会神地操控着救援舰。

"注意，进入裂缝区！注意，进入裂缝区！"机械女声的警报继续大声地响着。

进入裂缝区，几人便在小舷窗外看到许多飘零的碎片，又看到许多似乎吸力很强的黑色区域，有小，有大，小的没有人头大，大的却可与足球场相比。

这些黑色区域却又缓慢移动着，这一惊奇场景看得徐岚和恩特无比震惊。毕竟，这是平常所看不到的。

而李露此时却已无暇欣赏窗外令人惊奇的场景，匆忙躲避着时空裂缝。她的熟练告诉我们，这种场面她绝不只经历过这一回。

"不好！失灵了，要撞上了！"李露大喊道。

徐岚和恩特回头一看，只见白茫茫的光芒四射，从舷窗照了进来，救援舰却也似撞上什么东西了一般，产生了巨大的震动，几人伴随着最后一丝光芒，昏迷了过去。

　　"快点儿醒过来！徐岚！"徐岚醒来，又是被恩特摇醒的。此时能听到李露焦急的大吼声："我们被传送到了艾德拉星系！救援舰破损了，我们怎么办？"

　　徐岚尽可能地平静下来，分析道："艾德拉星系吗，这种距离，凭一个破损的小型救援穿梭舰，是不可能回去的，我们现在或许只有一种办法了！"

　　"什么办法？"恩特和李露齐声问道。

　　"在这片星系寻找能源和技术，寻找逃回地球的办法！"徐岚道。

　　恩特和李露齐声应和道："好，那我们就在这片星系寻找回家的路！"

第二章　深渊

在艾德拉星系，笼罩在救援舰上的，是永恒的黑夜。

救援舰舷窗上的灯亮着，照亮了方圆几十公里的大地。然而对于已经持续了数百万年乃至数亿年没有一丝光线的艾德拉星背面，却是那么渺小，那么渺茫。

"恐怕我们是不能等到日出了。"李露面无表情地对徐岚和恩特说。

恩特默默地望着只能供三个人生活 30 年的生物循环供能系统，突然想到可以利用仅有的资源航行到这个星球的正面吸收太阳能，再去研究雅佳星系的异常问题。于是让李露继续计算，自己和徐岚则驾驶飞船，准备航行到艾德拉星球的正面。

在明亮而又略显昏黄的灯光下，李露在计算雅佳被破坏的原理。

突然，李露喊道："雅佳防护罩的破坏并不是由于空间撕裂，而是被一个人类所不知的力量扯开。

2206 班苏梓豪创作

而雅佳和艾德拉星系的距离是如此之近，在这场旅行中我们可能还会受到那个未知力量的攻击！"

"雅佳是一个宜居星球，星系运转的结构和速度都相当稳定，很可能是受到了外星文明的攻击。"

"不可能！绝对不可能！"恩特说，"自人类诞生以来还没有遇到过外星生物，而且人类在雅佳星系居住过，怎么可能还会有其他的文明？而且尽管有其他的文明，也不可能比人类的科技更先进，怎么可能会有那样的撕裂痕迹？"

"不会是……"徐岚欲言又止。

"什么？"

"可以以光速航行的生物。"徐岚坚定地说。

"我觉得也可能是。"李露拿出了一沓厚厚的稿纸，"看！如果这个生物以光速撕毁防护罩，就会出现现在这样的情况。因为宇宙中的万物都是三维的，而四维的时空强加了一个时间的维度到三维事物上，使事物开始随时间而变化。所以我们就可以把三维类比到四维之中：在三维中有长、宽、高三个维度，我们走同样的路程，在任意一个维度中走得越远，在另外两个维度走得就越近；同理，在四维中有长、宽、高和时间四个维度，我们在长、宽、高的距离上走得越远，在时间上走得就越近。在那艘可以以光速航行的飞船上，时间比飞船外的时间慢了很多，而又因为时间慢了，所以空间就会缩短或者膨胀，就可以造成雅佳保护罩的撕裂。"

李露滔滔不绝地讲着，徐岚和恩特却似懂非懂。

"我看你俩也没听明白，干脆我研究算了。"李露信誓旦旦地说。

"徐岚，你过来看看，这是什么？"恩特举着移动预测操控仪说。

徐岚看了看，露出了诧异的表情："奇怪，这……这是一个飞船的图像，看起来不像是人类的。它是以多快的速度运动的？"

"我不知道，预测仪好像没有捕捉到它的运动。"

"预测仪没有捕捉运动有两种可能：一是这艘飞船是操控仪上的投影，二是这艘飞船是以光速航行的。但是很显然，第一种情况几乎不可能，除非这张图片是你合成的。"

"光速……"恩特稍加思索后说，"走，去找李露。"

"你们是不知道光速下时空会被扭曲吗？我上次不是讲过了吗？"李露反问道，"飞船后面连扭曲的痕迹都没有，怎么可能是光速？"

"但是它没有被预测仪捕捉到轨迹，只能是光速！"徐岚坚持道。

"那就让一个小型探测器去看看有没有空间的扭曲。"恩特提议。

"可以。"

原本开阔的总部大楼，现在也混乱不堪。

门外是车水马龙的街道，门内也是车水马龙的街道。

无数的人来来往往，又有无数机器人穿梭在人群之中。

它们抬着无数的抗议书，穿过人声鼎沸的大厅，进入各个办公室。

"抗议！""protest！"

办公室内，史密斯部长一脸深沉地站起，猛地关上窗户。

桌子和地板上厚厚的几沓抗议书，在烟雾笼罩的室内已经无处安放。

"该死的！"

史密斯烦躁地随意翻开一封：

联合总部部长：

　　你好，请你看看现在联合大厦已经成了什么样子？这一切都是你这个压根儿就配不上这个称号的"联合总部部长"干的吧！雅佳保护网的破裂你无动于衷，而全世界领先的三位科学家、航天员和物理学家的失踪你也置之不理，这是什么态度？你的行为已经激起了我们广大人民群众的强烈愤怒。我们宁肯不要部长，也不会让你这样的一个东西来祸害人民。

　　希望联合政府采纳建议。

人民群众

史密斯吸了一口烟，默默地将这些抗议书装进许多的大袋子，让机器人扔掉。

收到了抗议书的，不仅是他，还有许多联合总部的人。因为那可疑的雅佳破裂案和三人的失踪，已经引起了社会的极度恐慌。

在遥远的艾德拉，三人默默沉思着。

一个小时之前，他们发出了飞向那艘神秘飞船飞过路径的小型探测器，如果探测器没有受到挤压而变形，那么那艘飞船就是虚幻的投影。

然而，探测器还没有飞到那里，就因时空的扭曲直接被碾成了碎片。

银河系，有比人类更强大的外星生物。

三人陷入了沉思，这一消息无疑是对人类生存的一次重大考验，没人知道这一外星生物的力量会有多么强大。或许，人类将会死于这一外星生物之手，但也许，人类会凭借某种强大的力量打败它。

"当务之急还是去到艾德拉的正面不是吗？"李露说道。在两人发呆的时间里，李露已经找到了去往艾德拉星球正面的方法——通过生物循环供能系统积攒能量，再用救援舰所携带的能量再生系统，使救援舰可以在最短的时间内积攒足够的能量。两人听了这一方法后立即行动起来，将外星生物的事抛在了脑后。而李露则用智能电子传讯手环将这个消息传回到了全球科研基地。

不过几天救援舰就积攒够了能量，三人进入救援舰，向艾德拉星球的正面行进。

忽然有什么东西从三人眼前一闪而过，目测至少有 300 米的长度。能够做到以这么长的长度从人眼前一闪而过的东西，除了目前新研发出的"明月 2 号"飞船就只有那个神秘的外星生物了，而"明月 2 号"目前还在测试阶段，不可能出现在三人眼前，剩下的就只有那个外星生物了。

"快追！"徐岚喊道。一旁的恩特还没回过神救援舰就已经冲了过去。

"以救援舰现在所储备的能量只能跟它 3 分钟。"李露说。

"那就加大速度截它的路。"徐岚说。

李露不再说话，默默地加大了速度。时间一秒一秒地过去，神秘生物的轮廓逐渐清晰起来，但追上它还是遥不可及。

"HAZARD WARNING！"电子屏上显示着让人触目惊心的红字。救援舰已经到了极限，李露不得不将救援舰所携带的导弹发射出去。一秒后，救援舰缓缓降落在了去往艾德拉星球正面的路上。随之而去的，是在红外探测仪上的一片淡淡的彩色。

"看来导弹射中了他。"恩特说。

一旁的徐岚跪坐在地上，巨大的颠簸让本就晕车的他更加难受，整个人像是飘浮在空中。

他缓慢地爬到警报处，举起手臂拍了下去。

在零下273摄氏度的太空，瞬间冻成血块的蓝色血液在可见光和红外频率上难以分辨。

"现在有一个好消息一个坏消息——好消息是，利用紫外传感器跟着那个外星生物的血，我们就可以找到它。坏消息是救援舰的能量彻底没有了，而距离艾德拉星球正面还有800公里。"李露面无表情地说。

李露的镇静让恩特感到可怕，她不像是个人，而像是个没有感情的机器。

不过与李露比起来更让恩特害怕的是现在的处境，飞船的能量耗光意味着飞船上的三人不能做除日常生活外的任何事，而单靠生物循环积攒能量继续前进需要的时间至少10年。即使联系总部派出救援飞船，在现在人民恐慌的环境下，总部会不会在乎他们的死活都是问题，即使派出飞船，能否顺利到达艾德拉星球也是个问题。所以干脆就自找生路，接受命运。

时间一天天过去，三人已将方圆3公里的地方走了个遍。

飞船时间2211年8月26日，三人打算向5公里的地方出发，刚走没多久，眼前的景象就令恩特震惊了，一艘飞船正静静地躺在沙地上，三人进入飞船内就见几个尸体胡乱躺着，像是互相残杀致死。在科技发展的时代，人与人之间的关系变得越发僵硬，人们变得自私自利，一切都为自己着想，这样的场景更是常见。

李露走进驾驶舱，解锁了屏幕，即使这艘飞船"星驰"已经尘封了30

多年，但由于无人启动的原因能量依然充足，现在面临的就是两个问题——是驾驶飞船回到地球，还是继续追踪神秘生物。

这次，三人的选择出奇一致——继续追踪神秘生物。当初登上"飞鸽"就是为了成就一番大业，这次机会来了，他们都不想无功而返。

将飞船收拾了一番，就准备启动了，虽然已经停飞好几年，但飞船的性能依旧良好，可以供三人使用很久。

李露三人一路追着神秘生物残留下的血迹。不知飞了多久，飞出了艾德拉星球，终于是看见了它的身影，但不是他们想的那样，这生物不是一个，而是像人类一样，形成了自己完整的生态体系和文明。

它们大体和人类一样，不同的是它们是蓝色的肤色，胳膊很长，头上长着像电线似的东西。它们生活在帕拉幻星球，这一星球因为生态环境危险，从未有人涉足。不知何时，这些神秘的外星生物已经建立了自己的生态文明。

它们的生活环境不比人类的好，但它们的科学技术要远强于人类。如此辉煌的科技让三人不禁瞪大了双眼，它们有可以超远程追踪的大炮弹，以及拥有多项特殊技能的飞船。对比人类的文明，外星人的文明要领先好几个技术时代。

2206班常钦哲创作

李露冷静地说道："我们可以利用我们的优势打败它们！比如，我们可以利用我们之间的距离差，如果外星人要来占领银河系，由于空间的距离太远，就必须得通过光速或者接近光速的速度航行。但是如果它们用这个速度来，它们飞船里的时间会被扭曲进而缩短，所以可供它们发展的时间，就没有人类在地球或者太阳系中发展的时间长，我们可以利用这个时间差来缩短技术上的差距。"

"就这？单凭这个怎么可能超越它们？"徐岚质疑了。

徐岚突然想到，还可以从人类技术的爆炸出发。其实，纵观人类的历史，已经发生了很多次技术爆炸。人类的历史可以追溯到十万乃至上百万年前，人类文明的历史也长达数千年。然而，从狩猎时代到农耕时代，人类用了几十万年的时间；从农耕时代到蒸汽时代，用了 2000 多年的时间；从蒸汽时代到工业时代，用了 200 多年的时间；从工业时代到信息时代，人类只用了几十年的时间。

"哦，这就是人类科学技术爆炸的特性啊，我觉得这个原理仅在人类社会适用，至于外星文明则不适用，所以，有了这两个优势，外星人算什么东西，根本就不能威胁到人类。估计过几年它们就被人类当宠物养了。"恩特略略一笑，打趣地说。

浩茫的星空之中，唯有恒星般的信念永存。

第三章　怪物

继续追踪神秘生物的行为无疑是大胆且冒险的。飞船时间 2211 年 8 月 27 日，三人登上人类自古以来一直幻想的"外星人"母星，飞船开启无声模式，悄悄降落在星球一角。下了飞船，三人警惕地望着这里，可无不被此刻的景象所征服：在这里，光线滑板随处可见；小型飞船在天空轨道上高速行驶；全方位行走机器人穿梭在大大小小的街道。"总有一天，我们也会拥有这么先进的技术，只是时间问题。"李露率先开口，打破了寂静。

"但愿如此，前面的路还远着呢。"恩特笑道。

谈话间，一股冰凉的触感从三人身后传来。回头，只见三个帕拉幻星球上的士兵，一人拿着一把聚变枪，抵住他们的背，机器人从四面八方涌来，三人同时瞪大了双眼，看来帕拉幻星球实力确实强。

只见其中一个士兵对着自己的领口小声不知道嘀咕了什么。霎时间，刺耳的警报声在这片土地上响起："警报，警报，有外来者入侵！"几人见情况不对，想要挣脱束缚，却被飞来的迷你战机团团围住，三人面面相觑，只见彼此的额头上都被红色激光瞄准，机器人将一个黑色耳机状的物体塞入恩特耳中，是翻译器。"请立刻离开星球！"冷冰冰的声音响起。

"无意冒犯领土，我们这就走。"徐岚说着拉着三人回到飞船中，驾驶飞船飞走。

"雅佳保护网的破裂或许与他们有关。"在飞船上，恩特抱臂发声。

"我觉得不是，或许只是把我们当成了敌人，将我们驱逐。"李露反驳。

"去帕拉幻星球看看吧，就算不是他们破坏的保护网，也能学习一下他们先进的科学技术，何乐而不为呢？"恩特提议。"你说呢，徐岚？"恩特将期待的目光投向了徐岚，李露面露担忧，同样望向徐岚，希望从他口中听到否定的回答，可并没有。李露张了张嘴，想说点儿什么，但终是一个音也没有发出。

彼时，帕拉幻星球上，士兵们把今天外来者入侵的事告诉了总统。

"怎么处理的？"总统问道。

"按照您以前说的，只要是有可能对国家不利的人都将他们驱逐，今天也不例外，将那三人驱逐了。"士兵回答。

三人在浩瀚的宇宙中驾驶着飞船向着帕拉幻星球缓缓前行，突然，一块巨大的碎片以极快的速度朝着飞船飘来，李露来不及躲闪，只能尽可能地将飞船损坏的风险降到了最低，好在是飞船足够坚硬，并未造成大的损伤。

"你们只一股脑儿地说要去帕拉幻星球找线索，可是你们有想过吗，这并不是说说那么简单的事，宇宙并不安全，我们不是在地球！"显然，经历过刚才的"碎片风波"，李露对于恩特的提议很是不满。

"再者说，将我们驱逐，自然说明他们的警惕性很高，难道我们就这样过去吗，如果产生冲突怎么办，刚才不是也见识过他们的科技了吗，难道你们觉得我们能够打得过他们？说话之前能不能先过一遍脑子，难道世界顶尖的两位科学家连这个简单的问题都想不明白？"李露显然正在气头上。

"你先别激动，我承认我刚才确实有些冲动，我感到非常抱歉，我们可以商量，一定会有更好的办法的，这次行动确实很危险，但总得有人去做，如果我们真的发现了什么，在人类探索宇宙方面将是一个重大突破。"恩特顿了顿，又说，"来之前我已经做好了十足的准备，如果连这点儿困难都害怕的话，当初就不会义无反顾登上'飞鸽'号，即使危险，我也愿意放手一搏。"

"恩特说得对，既然上了'飞鸽'号，就必定要干出一番事业来。"徐岚表示赞同。

李露无语，只得跟随他们再一次前往帕拉幻星球，飞船再次降临帕拉幻星球。下飞船时，三人感觉周边开始嘈杂起来。

"&*……&￥……#……*&￥￥%@#￥@&*。"

"*……&%￥……%#&*……*。"

三人并未听懂。"你们好，我们并不想伤害你们。麻烦带我们去见你们的国王。"在千钧一发之际，徐岚冷静开口。

帕拉幻星球上的人面面相觑。

"&%&……%￥&……%%……##……&。"

它们相互点点头，似乎是决定好了。三位机器人被召唤出来，将三人眼睛蒙上后，绑住手走向国王办公室。

再睁开眼，一位气质非凡的人走来，是国王。机器人退下了。国王手里拿着三个黑色的小东西，将他们戴到三人的耳朵上。

"你们是谁，从哪里来，到我们星球上干什么？"国王上下打量着他们。

国王在审视三人，三人同时也在审视国王。见对方没有明显的恶意，恩特说道："我们来自太阳系的第三行星地球，自称人类。我们从未见过除我们以外的文明，因在银河系边缘建立的保护网被不知名力量破坏，在去往雅佳，哦，就是被损坏的地方的路上……"

在对话后，三人了解，他们自称"Viradue"星人，雅佳似乎是被Viradue星人的飞船撕裂开的，国王对此深表歉意。国王和三人约定，将在2211年8月30日，驾驶飞船，亲自前往地球道歉。尽管他们技术先进，但仍然充满着人类不可及的热情和希望。

国王热情地招待了他们。这些天里，相互的疏离已经散了大半，取而代之的是Viradue星人对三人无与伦比的热情。

飞船时间2211年8月30日，飞船起飞了，三人乘坐的不再是"星驰"，而是Viradue的飞船"飞梭"。

"不愧是高级文明，飞船就是舒服和高级啊！"恩特半躺着笑呵呵地说道。徐岚坐在恩特边上喝着茶，他有随时随地在兜里塞包茶的习惯。一切都在按计划进行着。

当！一阵巨大的声音响起，伴随着声音的是一阵巨大的颠簸，徐岚的红茶洒了出来，杯子也险些碎了，恩特则直接从沙发上滚了下来。

"报！飞船被袭击后撞上了陨石，好在外部并未有损伤，只是漆被蹭掉了一些。"

国王浅皱了一下眉："跟上它，计划有变。"

国王走到三人面前："实在是抱歉，只是我们星球已被这个生物纠缠多时，这次偶然遇上了它，想将它铲除干净。"

"哦天哪，除了你们星球，竟然还有生物！"恩特发怔。

咚！吼！又一声，一阵眩晕过后，"追吧，我们也想见识一下它。"徐岚开口。

"先给你们说一下它的情况吧，我们只知道它是一个异形生物，它身躯庞大而强壮。皮肤呈灰黑色，覆盖着坚硬的外壳，能够抵御太空中的极端环境和碎片的撞击。有着巨大的利爪和锋利的牙齿，能适应太空中绵延不绝的无重力环境。这个怪物通过吞食太空中的垃圾来维持生命。它飘浮在太空中，利用强大的觅食能力，迅速捕捉和消化附近飘荡的废弃物和碎片，可以将各种材料转化为能量，并从中获取所需的养分。当然，它什么都吃，包括你我。最开始遇见时，我的子民差点儿被它都吃掉。它由于长期处于太空环境，身体具备了高度适应性，幸好没有眼睛，只能靠听觉辨认和帮助它寻找食物。它还拥有强大的移动能力，可以在太空中自由飞行和悬停。能释放出黏液，用于捕捉猎物或保护自己。在遭遇威胁时，它会剧烈震动，并发出低沉而嘶哑的吼声，以警示其他生物远离它的领地。"

国王顿了一下，又说："它太强大了，如果不铲除，银河系中的很多物质将都被它吃掉，像你们这种'人类'不久就会成为它的'盘中餐'。"

三人跟随国王来到驾驶舱。"报——已接近生物，接下来怎么做？"

"发射矢量粒子炮。"

重塑·星际求生

"收到。"

"不好，国王，炮在上次和它战斗时用完了，没来得及补！"

"糟了，快下落！它朝这边来了！尽量让伤害降到最低，所有人屏气凝神，不要发出一点儿声音！"

得到操控的"飞梭"迅速向下落去，见躲开了攻击，众人都松了口气，却没想到突然哐一声，整个战舰因为巨大的冲击晃动起来，"战舰底部撞到了一块时空碎片！"

话音刚落，舰底已经被砸出了一个大洞，正上方的两个人瞬间被抽走，众人见状立马抓住身边的所有能扶住的东西。徐岚距离洞口很近，还没来得及寻找可以抓住的地方，就被往外抽，他眼疾手快地扒住了洞口的边缘才没有被抽走。战舰的高温加上吸力使血液喷涌出来，顺着徐岚的胳膊流下去。恩特看见了，向前够了一下却没碰到徐岚，因为强大的吸力不得不抓牢了栏杆才保持安全。恩特环视了一圈，看到大家都在吃力地抓着身边的东西，咬了咬牙，一手抓着栏杆，一手伸向徐岚。恩特眼里闪出焦急的光芒，他抓住了徐岚的手，将徐岚拖了上来。

暂时躲过了怪物，它向另一边飞去了。

"危险，舰底受损严重！危险，舰底受损严重！"没有感情的警报声环绕在众人耳边。"快！先找最近的星球降落！战舰快撑不住了！"国王发出命令。"是！"的确，数条裂缝正以舰底为中心蔓延开，前进的舰体正在剧烈颤抖，警报声变得更加刺耳。"马上就到了！""战舰撑不住了！"两个 Viradue 星人同时开口，伴随着两道声音的还有战舰裂开的声音，战舰碎片下，映入眼帘的就是一颗绿色的星球，众人落在了软乎乎的草坪上。

"抱歉，十分抱歉！"国王道。

"没事，我们还好。"李露说。"好了，当务之急是找能再修建一个战舰的资源。"恩特说道。"对，我们现在所在的星球有没有可以供我们使用的资源？"徐岚问其中一个 Viradue 星人。

"有的，这颗星球是雷兹星，有较丰富的可利用资源，但我估计光一个星球的资源可能不够，至少要用两个星球的资源才能重造战舰。"Viradue

星人回答。"好,那我们现在就分头寻找可以重建战舰的资源,两人一组,找到了就用联络设备报告一下。"李露听完 Viradue 星人的回答说道。

徐岚和恩特走在一起,恩特看着徐岚血肉模糊的手,说:"我先给你找找有什么能治疗伤口的草药。""不用了,先找资源,别管我,再说,不是还有……"

"还有什么?战舰都没了,我们也没带什么消毒药品。"恩特挑了挑眉打断了徐岚,"再说,到时候重造战舰你还要出力呢,就你的手那样,能干什么?"

徐岚拗不过恩特。好吧,再说,是真挺疼的,徐岚小声念叨,"看来就算是现在的科技也还有不能做到的事啊……"

"嗯?你说什么?"

"没什么事。"

大概找了一天时间,众人找到了不少可以重造战舰的铁、煤、金属。休息后,众人向着下一颗星球出发,"距离我们最近的一颗星球是潘多拉星球,是近 10 年新发现的星球,目前并没有太多了解。"听着 Viradue 星人的介绍,恩特感了兴趣:"不太了解?那就说明可以搞一些新玩意儿了!"

"不太了解并不能说明会有什么新资源。"李露冷不丁的凉水泼下来。恩特撇撇嘴,没有说话。

"李露,我真发现一个新玩意儿!"不到一会儿,联络设备里就传来恩特的声音。

"毕竟不是在我们管理的范围内,帕拉幻星也还没深入了解,有新资源很正常。"但说着,李露还是往恩特的方向走去,还没走到,就见前面一小片草坪已经烧起来,"哎,李露你来了,你看,就是这个,一受挤压就会发生小范围的爆炸,并且冲击特别大,把我的防护用具都炸出一个坑。"

恩特把自己的头盔递给李露看。李露一顿,要知道,他们几人出来完成任务用的防护道具都是国家顶尖的技术,李露的防护头盔已经不知道保护了她多少次性命了，这个金属竟然可以把它炸出坑！徐岚灭掉周围的最后一点火说："这个的威力确实不小，再找找看还有多少，可以适当地带回去研究研究，到时候重造战舰时也可以加上这个，以防再次遇到攻击。"

　　飞船时间 2211 年 9 月 5 日，众人坐上了重造的"大鹏"。"大鹏"整体上要比"飞梭"小，防御系统整体上没什么变化，但在攻击方面，新发现的金属加上地球、帕拉幻星的结合技术，绝对要比之前提升了一个档次。在速度方面，众人经过"飞梭"的教训，都想尽办法将"大鹏"的速度提升了不少，国王也是带着上一个战舰的系统核心，因此战舰重造起来还是很容易的。此时他们还不知道，这个地球与帕拉幻星科技结合的"大鹏"，将是未来 500 年无人能超过的战舰。开启卫星导航，众人向着地球出发，徐岚把绷带从手上一圈一圈拆下来，看了看并无大碍的手，慢悠悠地喝了口茶，欣赏着"帕地"科技结合的战舰。

　　"报，又发现了怪物，正在向我们横冲过来！"

　　"快躲开。""收到。""大鹏"紧急一个甩尾躲开了怪物的攻击，但尾部还是与怪物发生了摩擦，迸出了零星火花。

　　"啧，没完没了。"国王这次没有发命令，而是问三人："要不先别追了，先去地球吧，我们已经耽误好几天了。"

　　"追。"三人同时回答，"这怪物不能再留着了，上次让我们战舰损坏，不能再让它再去伤害别人了，帕拉幻星不行，其他星也不行。"恩特被激起了胜负欲，"再说，我们现在有了新技术，刚好试试看啊。"

　　"话虽如此，但还是要以安全第一，小心为上。"徐岚嘱咐道。

　　国王对两个操控战舰的帕拉幻星人说："从现在起，听从并执行徐岚、恩特与李露三位的所有命令！"

　　"是。"

　　"发射爆炸弹。"恩特说。

　　"是。"

　　"就 5 颗，你省着点儿用。"李露面无表情地提醒道。

　　"放心，3 颗就够了。"恩特笑了笑，一颗爆炸弹发射，怪物向旁躲去，但还是被打中了左臂。打中的同时，爆炸弹爆炸了，周围爆出许多颗粒，怪物的左臂被炸出一个坑。

"有效果！继续发射！"

"是。"

"小心点儿，怪物会把那些物质吞噬的。"国王有些担忧。说话间，又一颗爆炸弹打中怪物的腹部。"没事，那些可是有毒的。"恩特一点儿都不担心。"而且毒性还不小。"徐岚双手环绕在胸前补充道。果然，那怪物就如同国王所说的，张开大嘴，把这些颗粒物质吸了进去。刚吸进去，怪物便开始猛烈地咳嗽，腹部肉眼可见地变成了绿色。

"那么喜欢吃，就让它吃个够。"徐岚冷笑一声，"冲着它脸上发射。""是。"

怪物还在弓着腰咳嗽，抬头迎面就被爆炸弹打在脸上，躲都躲不及，直接晕了过去。

"是被毒素麻痹了大脑和小脑。"帕拉幻星人检查完说道。

"用拖绳把它拖在战舰后面，咱们把它拖走吧。"国王提议。

3 天之后，众人行驶到了距离银河系 7 光年的位置，把怪兽放了下来。

"终于能返程了！""赶紧上来，走了。""哦，好！"

飞船时间 2211 年 9 月 8 日，战舰到达地球。恩特、徐岚、李露三人在经过简单的医学检查、伤口包扎后同 Viradue 国王来到地球联合大厦，此时大厦前已经挤满了记者、摄影师。地球联合大厦高级领导人员也亲自来到大门前迎接。在会议中 Viradue 国王与地球联合高级领导人员达成共识，由地球派遣人员修复雅佳保护网，Viradue 星赔偿经济损失，双方共同消灭威胁人类和 Viradue 生存的那个怪物。同时 Viradue 国王和随行人员将在地球参观学习一周。

地球联合国派恩特、徐岚、李露三人带领一批工作人员乘坐"正义号"修复保护网，他们小队被命名为"雅佳保护网修复小队"。

飞船时间 2211 年 9 月 15 日，"正义号"来到雅佳边缘地带，准备修复损坏的保护网。徐岚站在飞船的舷窗旁，远远地看那被破坏的保护网的碎片飘浮在太空中。

"看来任务并不容易。"恩特皱起了眉头。

"确实，这是一项艰巨的工作，但我们有能力完成它。"李露鼓励道。

飞船"正义号"停靠在一块较大的碎片旁边，徐岚、李露、恩特三人带领十几位队员穿上宇航服，准备出发进行修复工作。他们紧紧握着工具，迈出了第一步。

他们小心翼翼地穿梭于保护网的碎片之间，修复着被撕扯开来的部分。每一次的修复都需要精确而细致的操作，他们需要时刻保持着高度的警惕。

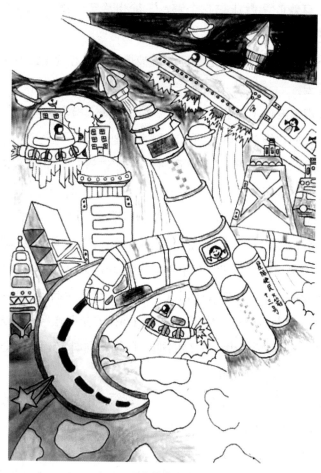

2206 班韩青丘创作

在修复的过程中，他们发现了一些异常现象。某些碎片的表面上出现了奇怪的纹路，徐岚和李露推测可能除 Viradue 外还存在着未知的力量干扰着保护网。

随着修复的进行，小队成员越发感到挑战的艰巨性。

保护网的修复工作已进行了大概 13 个小时（修复小队成员每两个小时都会换一批），李露正修复着自己负责区域的保护网，可她和其他小队成员都并没有注意到远处正有五六块带着些蓝色光芒的碎片向她所在的位置高速飞来。

"小心，李露！"徐岚喊道。

这时，高速飞来的碎片只距李露 20 米！李露这才注意到那几块碎片。距李露最近的徐岚以最快的速度拉着李露向左方躲去。就在这同时，高速飞来的碎片抵达保护网，较大的碎片被已恢复的保护网拦截，但仍有几片较小的碎片穿透了保护网，与李露擦肩而过。

经过数小时的努力，终于，小队成员完成了对保护网的修复。碎片重新连接在一起，形成了一道完整的保护屏障。他们的努力没有白费，人类的未来又多了一份保障。

"我们成功了！"恩特喜悦地大声说道。

"是的，我们成功了！"

他们回到了飞船，准备暂时返回昆仑空间站调整。在飞船的舱内，小队成员们感到了一种深深的满足感和成就感。他们明白，他们的努力不仅是为了修复保护网，更是为了人类的未来。

回到昆仑空间站后，雅佳保护网修复小队受到了热烈的欢迎和赞扬。他们的修复工作被认为是一项伟大的壮举，为人类带来了安全和希望。

第四章　危机四伏

飞船时间 2211 年 9 月 19 日，人类还沉浸在胜利的喜悦之中。然而，一条极不引人注意的细小裂痕却打破了平静，悄悄地向四周慢慢扩散开来……

由于保护网刚刚修复，保护网外的探测卫星还未修建，人们就在喜悦中酣然入睡了。凌晨 2 点左右，一颗直径 200 米的小行星以 124960 米 / 秒的速度向雅佳飞来，人类浑然不知。

"喂，睡了没？"恩特悄悄地说道。

徐岚从床上坐起："还没，睡不着。"

恩特于是神秘地说："走，给你看看我们制造的高科技！"

两人便悄悄走进了昆仑空间站军火仓中。军火仓不大，却有 5 个显眼的东西。

"这是？"徐岚问道。

"啊哈，这便是我说的高科技。"恩特激动地说，"这是用帕拉幻星的科技制造的新型'拉利吉斯'小型宇宙救生舰，由于这还是实验品，所以只有 5 艘，不过运载量可不小，能足足装满 6 人呢！"徐岚和恩特继续聊着。

昆仑空间站的单人宿舍内，忙了一天的李露终于得到了休息的时间，往床上一躺，便睡去了。

夜是那样宁静，那样祥和。凌晨2点30分，伴随着一声惊天动地的巨响，灾难即刻来临。又一声刺耳的巨响，雅佳保护网被震了个粉碎，外界突然出现强大的吸力，昆仑空间站被那恐怖的吸力连根拔起！

"不不不！快！快跑！"正在巡逻的几个士兵哀号着拼命往回跑，"喂！喂！呼叫总部，雅佳保护网破裂，请求支援！"为首的巡逻队长拿着呼救传讯器拼命嘶喊，却无济于事。昆仑空间站和巡逻的士兵们像微小的灰尘般被巨大的"吸尘器"吸入无尽深渊……

"警告！警告！因空间站受外界撞击，系统全面崩溃，开启自爆模式！倒计时2分钟！"李露被刺耳的警报惊醒，从床上一跃而起，空中急速飞来量子战衣，刹那间量子宇宙战衣便已披挂在身。她拿起S7型定位器边走边说："定位救生舱。""已为您找到最近救生舱！""警告！警告！离空间站自爆还有1分11秒！"

李露寻思着：时间不够了，最近的也要30秒，不知道是否来得及，搏一搏单车变摩托！空间站一共有50个救生舱，可空间站一共却有100余人……

"那是……"李露定睛一看，是救生舱。她立即进入了里面。"请设置命令！""快快离开空间站！"只听嗖的一声，李露被弹射了出来。随后，空间站爆炸了，有许多科研人员壮烈牺牲！

"这里是？"救生舱解体后，李露被抛进了一望无际的宇宙。只见前方许多白点闪烁着。正当李露还在疑惑时，一个巨大的碎片向她飞来，她眼疾手快躲过一劫，随后，急忙环顾四周："这，这些都是！"只见数万块行星碎片在空中无规则飞行，"快！快救救我！"一个幸存的战士向她呼喊着，这个战士被飞来的碎片划伤了！李露刚想过去，只见一个疾如雷电的碎片一闪而过，那个战士便消失了，只剩下残留的太空战衣和保护罩碎片了。

就在刚刚，徐岚和恩特在听到警报后立即向外看，"雅佳保护网，破了？！"徐岚被眼前的一幕震惊到，他简直不敢相信自己的眼睛，"快上救生舰，岚！"徐岚听后，随即跟恩特乘坐"拉利吉斯"飞出了空间站。

"打开生命探测仪，寻找幸存者！"恩特道。"哦，好。""岚，你觉得到底是什么东西使保护网破裂的，真的只有小行星撞击这么简单吗？""我觉得不大可……别说了！快看前面！"一片行星碎片向他们高速飞来。恩特急忙转满方向盘，拉动单尾加速器，飞船倾斜180度，巧妙躲过碎片。

"呼，还好还好，有惊无险，'拉利吉斯'A-1号，打开定位系统。""已接收命令，正在打开定位系统。"救生舰发出了机械的声音。已过去十分钟了，两人在这漆黑一片的宇宙中搜寻着。"这么久了，怎么还是看不到幸存者？"就在此时，定位板上突然闪起一个绿色的小点，那个小点正在慢慢地变红。

"咳咳，氧气……已经快没有了吗？难道就这样结束了吗？"正当李露准备放弃时，一道强劲的光束笼罩住了她。"快看，是李露！岚，快打开舱门，把她拉上来，快！""李露，快伸手！"李露向前望去，竟然是徐岚和恩特。她看到了光，那是温暖而又充满生命的光，她随即伸出了手，徐岚猛一拽，把她拽了上来。"谢，谢谢，刚才真的太危……"李露话还未说完，便晕了过去。

"不好，恩特，她晕过去了！""关好舱门，把她保护罩摘下来，'拉利吉斯'打开固体氧气发生器！""收到。"又继续寻找了一段时间，仍未看到幸存者，徐岚随手拿出一包茶泡了起来，说道："'拉利吉斯'定位帕拉幻星。""正在为您定位帕拉幻星。"

在帕拉幻星的一个阴暗的角落里，一个大家伙从睡梦中醒来，由于帕拉幻星人的疏忽，没有把它彻底消灭，它中了毒又被轰炸了脸，晕过去后被扔到距银河系7光年的地方。昏睡中被炸得血肉模糊的身体在迅速恢复，毒素被身体分解，苏醒后，它瞬移到帕拉幻星的一个万丈深渊，它疯狂地吞噬周围的一切生物。在帕拉幻星的地底疯狂蠕动着，裂变重组。它贪婪地吞噬着这个星球的生物，尽管它逐渐恢复了原本的模样，可仍不满足，它在不停地吃，不停地变大，直到它不能再隐藏，被赶来探测的士兵发现了。怪兽从崖底吼叫着跳出来，张开巨口吞噬了几个士兵。"快！快跑，它，它出来了！"可怜的 Viradue 星人被它当作了食物，它贪婪地吃着这美味的自助餐……

十几分钟过去后，李露终于醒来："岚，刚才发生了什么？""你刚才缺氧晕倒了。"徐岚平静地说。

"帕拉幻星发来通信系统，请求连接。"正当两人谈话时，救生舰内发出机械的声音，恩特听到后激动地说道："连接！""喂喂喂，这里是帕拉幻，不！不好！它……它来了！快，快……嘀——"听到声音的众人表情瞬间凝固了下来，李露冷冷地说："这次我们非去不可了。""目标已到达，请重置定位。"

"我们到了，岚，李露。"恩特激动地说。在听到恩特的话后，徐岚的眼睛依然没有离开舷窗，随后沉重地说道："前面就是帕拉幻星，我们好像来晚了。"恩特和李露听后，也随着徐岚的目光向外看去。

帕拉幻星已经失去了原本的样子，部分变成了宇宙中的垃圾。恩特驾驶着救生舰缓缓降落到帕拉幻星上。原本科技繁荣的模样早已不复存在，只剩下荒凉的土地和灰色的天空，还有无尽的狂风卷起。徐岚三人立即拿出了生命探测仪四处寻找着幸存者，刚打开生命探测板，探测板上突然亮起一阵红点。"地上都是 Viradue 星人的尸体。"三人不禁感叹道。原本华灯璀璨、金碧辉煌的城市，现在却变成了这些 Viradue 星人的火葬场了。

三人乘着救生舰继续找寻着，不知找了多久，探测板上突然亮起无数绿光，三人立即向前望去，只见一艘巨大的战舰从空中驶来，那艘战舰平稳地停在了他们面前，上面缓缓走下来一个气质不凡的外星人。三人定睛一看，此人正是帕拉幻星国王。

国王道："乌克拉依稀波私卡沪西……"三人尴尬一笑，竟然忘了戴翻译器。"幸好我早有准备。徐岚，李露，接着！"恩特笑着将翻译器抛给了两人。"离上次见面已过去几日，在这几日中它又来到了我们星球，我的子民们被它当成了美味的食物，现在能找到的幸存的 Viradue 星人都在战舰里了。"国王激动地继续说着。"它？它还活着？"三人听后震惊极了。

正当四人聊着时，地底有一个庞大的生物正在疯狂地向这里风驰电掣而来。约莫过去两分半，李露的探测板突然极速地闪烁起来，时而变红，时而变绿，时而变黄。"李露，快躲开！"徐岚见势不妙，急忙向李露喊。李露立即举起手中的等离子激光枪，向地面一阵扫射。它在感受到一阵刺痛后，便停止了追赶，显现出了原形。

　　只见一个身躯庞大的异形生物出现在他们面前。现在的它已经是原来的3倍高了，他的皮肤呈灰黑色，覆盖着极为坚硬的外壳。最让他们震惊的是它的背后，有一个巨大的眼睛，那眼睛中充满血丝，眼角还有血液流过的痕迹。现在它不仅可以靠听觉来辨认和寻找食物，还可以靠那只眼睛。毫无疑问，这个异形生物，发生了异变！

2206班赵浩森创作

国王立即跑上了"帕普拉"战舰，三人见状也上了救生舰。"对了，用上次那个，幸好我把其余两个爆炸弹带来了，快装上连续发射。"恩特急促地说道。

两颗爆炸弹连续发射，精准击打到异形生物的后脑勺上，异形生物的整个头颅掉在了地上。"好啊，成功了！"三人欢呼雀跃着。可就在这时，它的脖子上迅速长出了一个头，原先的那个头颅灰飞烟灭了。"怎么可能？它变得更强了，现在唯一能用的只有等离子激光枪了，李露打开舱门！"徐岚镇定地说着。

李露应声后，随即打开了舱门。恩特驾驶着救生舰奋力躲避着怪物的攻击，另两人，举着激光枪向它的背后扫射。在周旋了一小段时间后，救生舰的能量耗尽了，国王的战舰也加入了战斗，可也迅速败下了阵来。"战斗还没有结束，我们还有生存的希望，都打起精神来！"国王鼓舞着帕拉幻星人们。

"咦，那是什么？"李露发现救生舰后面有一个木板箱子。

"嘿，岚，你看我发现了什么！"李露举起一把激光炮说道。这竟然是重离子激光炮，不过只有一发。"继续射击啊，李露，你在干什么？"徐岚喊道。"它有心脏吧。""当然，李露快点儿过来呀，你在后面干什么呢？"李露大步流星地走向舱口，平稳举起手中的激光炮，瞄准它胸部的左侧。只听砰的一声，一颗巨大的重离子炮，穿透了它的心脏，那异形生物摇摇欲坠朝着天空嘶吼，随后急速飞出了帕拉幻星，逃到了宇宙深处。

"谢谢你们，要不然我们就……"国王紧紧地握着三人的手，激动地说着。等待他们的又是新的挑战。

那异形生物躲在宇宙的某个角落，就像隐形的炸弹时刻威胁着宇宙的安全。此时在地球联合大厦的会议室里，各国高层和科研人员正在召开视频会议，讨论着雅佳保护网再次破裂的话题。这是一次偶然的灾难，还是另有蹊跷？在浩瀚的宇宙中，是否还有像它一样的异形生物存在着？人类又迎来了一个不眠之夜……

第五章　逃离

飞船时间 2211 年 9 月 19 日，雅佳保护网破碎，地球出现危机。地球联合大厦会议室旁边是总部楼，外面仍混乱不堪。史密斯派两个机器人打扫好办公室，丢掉所有的抗议书。他悠闲地享受着豪华的一切：金色的台灯，最前卫、最舒适的桌椅，开阔的办公室。此时快到会议时间了，他仍不在意："在如此聒噪的环境之中，只要我能安静地享受属于自己富足而美妙的人生就好了，根本不用在意别的。想想看，混乱的世界，美好的我，哈哈哈哈，世界的演变与我何干？"

很难想象，这个悠哉的联合国总部部长竟是以前带领大家建造雅佳保护网的领头羊。他为大家加油鼓劲儿，与大家刻苦钻研，到头来却只是一个演员，一直扮演着老好人这个角色，他一直伪装着。原来他才是那个最自私自利的人，因为他想要的只是优渥的生活。"走吧，我过去与大家见个面，再回来好好享受也不会太迟。"

会议开始，史密斯发话了："大家尽力想办法修好雅佳保护网，我还有其他事，先走了。"这时传来了大家的抗议："作为地球联合国总部部长，至少也要听听大家的意见吧。""这件事事关宇宙安危，不可怠慢。""作为部长，你不应该优先提出探讨方案，积极解决吗？"

"与我何干？"他冷冷打断，"只要尽情享受我的生活就好，世界混乱又能让我怎样？"

"地球没了，还有什么？"一位科研人员用强有力的声音说着，史密斯仍不在意地向外走去。"没了地球就没有氧气，即使是航天员也活不长久，人类可能就灭亡了！"

"那……那就让世界重启，让人类文明再度演变不就好了。"

"那现在的人们呢？你就不会再去管他们吗，你作为联合国总部部长就一意孤行吗？如果这样，人类死去时该有多痛苦？我们死去时有多痛苦，你自己死去时就有多痛苦！"

史密斯怔住了，他从未想过地球没了会怎样，或许是沉溺于美好的幻想和优渥的生活中无法自拔，让他无法想得更长远吧。"当我们残喘于宇宙中时，真的，就什么都没有了。"空气瞬间完全凝固了，甚至都无法再呼吸了。"总之，"史密斯说，"你们先商议吧。"他再也没有停留，走出了会议室。

史密斯终于明白大家为什么这么反感他的碌碌无为，他想着：或许现在有很多种人，努力抗争的人、惶恐的人、努力生活的人、躺平无力的人……或许大部分人都想努力地活着吧，过着不一定富裕的生活。现在想想，灾难随时都会发生……

与此同时，李露四人也在一起，徐岚、恩特和帕拉幻的国王正尽最大努力在残骸中寻找生命迹象。另一边，李露也在寻找异形生物的肉体或血液做标本研究，但似乎一切进展都不太顺利……

忽然，三发极其隐秘的麻醉针接连而来，除了趴在地上收集血液的李露外，无一人幸免，汽车的轰鸣声正在向四人逼近。这突如其来的变故把大家打了个措手不及。

眼看着三人倒下，李露想要冲上前去救助却被努力保持清醒的徐岚喝止。"只有你逃走，我们才有救！快跑！"这三发麻醉针明显是有人故意为之，单凭李露的一己之力，是不足以与之抗衡的。李露被徐岚一语点醒，奋力爬起，朝着针射来的反方向奔跑。她在心里不停默念着：坚持住，救大家！

过了不久，李露的双腿犹如被灌了铅，越来越僵硬，举步艰难。连续的超负荷工作，已经让她的体力透支了。她最终还是不堪重负，倒了下去。

时间来到了第二天早上，李露缓缓睁开眼睛，只见头顶的手术灯摇摇欲坠。她小心地环顾了四周。等等，那是……Viradue 星人！

在这陌生环境的角落里，一个 Viradue 星男孩儿正小心翼翼地注视着李露。他看见李露醒来，还没等李露反应，猛地站起身，冲下了楼梯。李露起身追下楼，被眼前的一幕震惊，阳光穿过残破不堪的玻璃窗轻轻洒下，形成一束束粗细不一的光柱，只见几个小姑娘忙来忙去地照顾伤员，被汗水浸湿了衣裳。她们个个衣衫褴褛，面容憔悴。"他们是……幸存者？"李露不禁唏嘘。

"醒啦。"温柔的女声传来，只见刚刚的那个男孩儿领着一个女人来到了李露面前。"别害怕，我们都是这场灾难的幸存者，这是一家废弃的医院，我们把这里当作基地，每天都会出去寻找其他的幸存者。"女人耐心地安抚着李露。

听到这里，李露迫不及待地想把找到幸存者的消息告诉同伴们，但更多的是担忧他们的安危。"你看到我的同伴了吗？"李露问道。"同伴？你还有同伴？快带我去找他们！"女人激动地说。"其余的 Viradue 星人被国王安置在战舰里，我们找到了国王大家就有救了。"李露说罢，打开定位系统，前去寻找同伴们。

反观徐岚这边，在确认李露离开后，他最终坚持不住闭上了眼睛。再度醒来是在一艘废弃战舰里。徐岚被绑在驾驶座上动弹不得。他轻轻抬眼扫视着眼前的一切。身下的驾驶座、面前已经旧得生锈的显示器和操作台使他瞬间明白了自己的处境。他看了看身侧安睡着的同伴们，放下心来。一阵寒气袭来，一把尖锐的匕首抵在他的下颚，面前是一个身材魁梧的Viradue 星人。

那人面貌狰狞，眼神凶厉，鼻梁的疤痕仿佛在宣示自己的权威。"你会开这个大东西吧，快带我离开这个星球！"他怒吼道。见徐岚不为所动，他焦急地说："你们不知道吗？这个星球没救了！那怪物不知什么时候就会回来寻仇的！"说罢，一颗豆大的汗珠从他的额角滑下，握着刀柄的手止不住抖动。这细小的动作被徐岚尽收眼底。他在紧张？他的立场不坚定。

徐岚在确认了这一猜测后冷静安抚道："你放心，我们一定会尽力寻找解决办法的，幸存者们都被国王安置在战舰里，我们一定会保证你的安全的。"男人有些动摇，握着刀的手也松了松。

这时，角落里一块屏幕吸引了徐岚的注意："我们在与它战斗时，发现了它畏惧强光的弱点，这次虽然攻击到了它的心脏却还是让它逃了，不知何时它还会再次现世，请加以重视！""这是？"徐岚好奇问道。"这艘战舰原来的主人留下的，他说的正是那怪物。"徐岚的眼睛瞬间亮了。"这不就是那异形生物的弱点吗，快放了我们，我想到解决这危机的办法了。"徐岚激动地说。眼看着恩特和国王接连苏醒，男人终于决定相信徐岚，为三人解了绑。

"畏光？"一想到光，徐岚脑海里闪现出了雅佳星球上的人造太阳。当初，为了让雅佳星球更适宜人类生存，中国和美国的科学家联合制造了三个人造太阳，均匀分布在雅佳上空。这三个人造太阳实际上是太阳能发电站，它们在太空中把太阳能转化为电能，然后把电能以微波形式传输给星球上的基地。如果一开始没有这三个人造太阳，人类在星球上自由活动是很困难的。

现在由于时间原因，人造太阳的计划来不及，那何不利用能媲美太阳光线的装置，来让那怪物退避三舍，我们再徐徐图之呢？

想到这里，徐岚快步跑向救生舰，从保险箱中取出一片光能芯片，芯片里存储了足够的拟光粒子，可以转换成高强度的光子射线。魁梧的 Viradue 星人目不转睛地盯着徐岚手中拿着的那片奇怪的东西。

"朋友，快，找一处地势高的地方，收拾出一个平台！"徐岚一边跑，一边冲着 Viradue 星人喊道。

两人来到一处山丘顶上。Viradue 星人看着徐岚手中熠熠发光的奇怪物体，问道："这么小的东西发出的那一点儿光，能有什么用？"

"朋友，你说得没错，我就是要靠它发出强光来抵御那个怪物，你别看它这么小小一块，它里面储藏了超过 10 星际年的太阳光能。太阳是我们地球、移民星球，甚至整个星系的能量之源。不过这还不是御敌计划的全部，还有其他很多相应的防御以及配套设备，需要的设备和资源都在这个保险箱里。"徐岚打开保险箱后说道。

Viradue 星人看着箱子中密密麻麻的材料以及配套设施，不由得暗自心惊。

"可是，只有我们几个人，怎么完成这么浩大的工程，万一中途那个怪物来袭击我们怎么办啊？"Viradue 星人感叹道。

"用不了多少人力，这个工程大部分的建造工作都会由纳米机器人来完成。"徐岚说道，"而且，建造的同时，我们还会部署电磁防御护盾、激光卫星，还有附近的 10 座太空电站，太空电站上的光动能板，就可以将光能汇聚成一点，能照射在这个星球的各个角落，完成之后，这将不仅是一个防御工程，甚至可以算是一种天基武器，而且还环保无污染。"

一边说话，徐岚一边打开了自己智能手环的摄像头，对着保险箱里面的一张设计图纸扫描了一下，然后摄像头冲着对面空旷的平地，释放了一幅巨大的全息投影。紧接着，他手腕上的黑色手环，突然开始变化起来。如同液态金属一样缓缓向下流动。一整块的黑色慢慢变小，慢慢分解，直至不见。

与此同时，对面的全息投影上出现了一幅幅紧张忙碌的施工现场图像。这里面就是纳米机器人工作的过程。数以亿计的机器人，合则成人形，散则如蚁状，这里面没有任何的机械设备，但是有着类似于人形的机器人，机器人前面摆放着一块块巨大的如同山丘一样的材料，这些机器人手中的手指变成了各种形状。

正当一切有条不紊地进行时，危险悄悄潜入了他们身边。一瞬间地面剧烈震动了起来，一时间，天空渐渐暗淡了下去，是那异形生物！糟了！它突破地面，并迅速用血红的眼睛恶狠狠地盯着他们。"快，快啊！快逃离这里！"魁梧的 Viradue 星人大吼道。

异形生物十分快速地向这里狂奔。经过那次变故后的休整，怪物变得更高大，更健壮，普通的激光枪早已伤不了它分毫。它嘶吼着，忽然一下子向光能芯片扑去，尖利的爪子险些将光能芯片的保护罩撕裂。糟了，它来寻仇了！

徐岚努力让引擎运作，那怪物继续嘶吼着，仿佛想要生吞了他们。"我们之前太小瞧它了，只可惜功能芯片工程还没有完全完成。"viradue 星人感叹道。

"快躲开！"徐岚喊道。原来怪物站在 Viradue 星人身后，用力挥舞爪子，想要从背后偷袭！此地不宜久留。

"快，快啊！快启动飞船逃离这里！"已经来不及多想，徐岚和 Viradue 星人迅速跑上飞船，徐岚快速启动飞船，怪物依旧不依不饶向这里狂奔。它嘶吼着，忽然一下子向飞船扑去，尖利的爪子在船舱上留下一道道骇人的划痕。

"有了！我们可以先用飞船前置光照灯拖住它！"刺眼的光线向怪物照去，使其痛苦不堪，让怪物睁不开眼。忽然，一声吼叫声过后，怪物昏

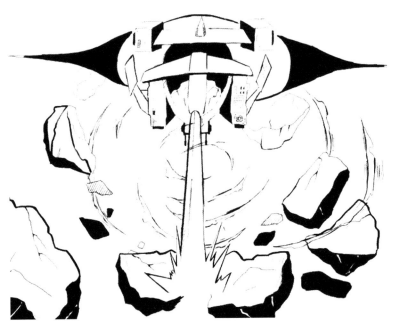

2206 班林桉朵创作

倒在地上。

在一刹那，地面露出了一道又长又深的裂口，天空反常地黑着，似乎又有可怕的事情要发生。

联合国最高检察官仰望那没有一点儿星光的天空，不禁皱了皱眉头。轰！一声巨响打破了可怕的宁静。这引起了联合国的注意，各国首脑们决定让太空站查明原因。

1小时后，人们果真得到了一个可怕的信息：由于 I 天体活动出错，导致 I 天体撞到了一颗小行星。被撞的小行星偏离了轨道，将于3小时后撞到地球，已经无法挽回了。人们由于过度开发小行星举办活动，最终导致了世界末日的到来。在人们都忙于奔向本地的卫星发射站的时候，联合国最高检察官办公室却发出了一阵阵的争论声。

"我们至少应该采取一些措施，尽可能地让更多的地球人逃出去！我们有先进的科技，已经可以让人类在其他星球上面居住了，你忘了？"

"这都是因为人类的过度开发，我想，或许人类的灭亡是必然的！况且我们并没有那么多设备可以供那么多人逃亡。"

"够了！我们至少还有3个小时，3个小时！这3个小时是地球最后的寿命，也将是你我最后的寿命！我们要好好抓紧！"

又是轰的一声，小行星已经冲破了大气层，向地球冲去。人们有的发出尖叫，有的则闭着眼睛独坐在墙角。就在小行星即将撞地球的一瞬间，却在空中爆炸了。碎片崩得到处都是。

这时，人们发现空中有一个亮点，是，是飞船！飞船上，Viradue 星人和徐岚终于松了一口气，在关键时刻，徐岚用激光枪穿透行星，小行星瞬间爆炸，变成了一片垃圾。

见地球已无大碍，徐岚和 Viradue 星人便乘飞船接上恩特、李露和国王一同前往帕拉幻星球。

第六章　枯木逢春

"重建帕拉幻星球？"恩特不解地问。

"对，我们要重建星球！建一个宇宙中最美好的星球！"徐岚、李露、国王三人异口同声又斩钉截铁地回答。

浩瀚的宇宙，往往充满神秘的色彩，一望无际的尽头，吸引着人们去发掘探索。

乳白色的银河，横贯中天，照耀着一方空间。远处有明亮的光芒，好似有人提着灯笼在巡视那浩瀚的太空。

帕拉幻在宇宙中不停歇地轮转，沉默又包容。

一艘宇宙飞船穿越星河正在向着目的地航行。此时的飞船内部，徐岚、恩特、李露以及国王四人正在交流信息。

"终于回家了，帕拉幻的武力不是特别强大，而且我们这个星球比较爱好和平，最大的特点就是陆地上布满了无数巨大的藤蔓，在这个星球上没有江河湖海，人们只能从藤蔓中获取生存所需要的水。"

"也正因如此，这个星球上的所有植物都具有非凡的地位，你们要注意不能对帕拉幻上的任何植物造成损伤。"

"因为这一点我们甚至都没有带上蔬菜类食物，据说在他们星球上使用植物是犯重罪的。"

"虽然哭笑不得，但我们要先尊重他们的文化信仰才能起个好头。"

"可是重建星球可不是一个小任务，我们能完成吗？"

"你看你，这还什么都没干，你自己就先不自信了，我们的老话怎么说的？事在人为，人定胜天！"

"对对对，我明白了。"

"预祝我们旗开得胜！"

根据李露的指示，他们先将飞船开到了停留港，刚一停下来就听到了声音。

"这里是帕拉幻停留港，检测到陌生飞船停靠，请停留在原地等待指示。"

不一会儿飞船主控舱就传来了陌生的信号连接，徐岚立刻吩咐进行对接，映入眼帘的是一位拥有冥色瞳孔的帕拉幻星人。

"欢迎国王回家！"

国王一行人在临时搭建好的应急所里，探讨着重建星球的第一步。最后大家一致认为民以食为天，所以要先恢复生态系统，让星球重新变得富饶。但是毕竟从前的那个繁茂、富饶、和谐、百姓安居乐业的土地不复存在了，所以国王决定向"隔壁"星球斯迈澳星球召集一点儿人才、土地和市场。

人类先进的技术和知识，让他们有了信心，有了活下去的依靠……

科学家们开始研究动物的生态，生物学家用先进的技术发明了种子，存活的人类也开始协助他们。

科学家们研究出一种种子名字叫 Asioyl，它能在一个星期长成一棵树，但是这种种子的使用时期不能超过一年，超过一年种子会变质，这便也是它的坏处，所以他们呼吁在做出种子后要尽快完成种植，绝不要耽搁。

一位叫白钰辰的科学家还研究出一种神奇水，听白钰辰描述：这种神奇的水给他们带来了很多帮助，例如，即使树濒临死亡，只要用这种神奇的水，瞬间就可以把树从死神的手里夺回来。

陈筱是出类拔萃的科学家，她喜欢研究地球上的每一种事物，她在地球上被评为第二个"爱因斯坦"。她的研究成果颇丰，她不仅研究总结了外星人的生态环境，还研究出来了新的生物体——抗毒虫，这个虫子可以在短时间内让人类恢复意识，抵抗强烈的病毒，这种虫子在外太空起到了很强的作用，并且它也参加了这次的重塑星球计划。

这次的计划非常大，需要重新在新的星球上创造新的生物体，所有的科学家和劳动人民被分为了5组。

一组：创造新的植物，找到新的星球上的土，分化绿色区域。本组由5位科学家及45名劳动成员组成。

二组：寻找仅剩的化肥，研究化肥的成分并做出化肥，协助一组完成工程。本组由5位科学家及45名劳动成员组成。

三组：寻找水资源且恢复水资源、恢复电能。我们派出了5名科学家。

四组：协助三组完成工程且研究新颖的水果品种，10位科学家完成本次的任务。

五组：建造房子工程，研究本地球的生态环境。本部分内容需要10位气象学家和100位劳动成员。

各个科学家都分到了他们最拿手的任务，都分好了组，他们也迅速开启了工程……

经过时间的推移，慢慢地科学家们有了许许多多的发现……例如研究出了新的水果品种，如菠萝瓜：外皮是一层金灿灿的颜色，皮上好像有一座又一座的小山，那个就是皮上的刺，里面是绿色的嫩果肉，夏天来上一口，冰凉解暑，它是由第一组生物研究学家研究出来的。

大家都开始陆陆续续忙起来，即便不是5个组的队内人员，幸存下来的人类也开始帮忙。

过了数年，专业团队修复了水资源和电能，创造了新的城市和农田。他们用自己的努力，为帕拉幻星球提供了重要资源。帕拉幻星球的一切都在向好的方向发展。但很快，科学家发现，神奇水的原料在星球上非常稀少，于是科学家们不得不紧急派出第一组人员去寻找原料，第一组也是毫不犹豫即刻出发。而且由于第五组劳动人员较多，所以第五组也跟随而去，如此几天便有了收获，而且发现帕拉幻星球的环境也超出了目前的认知。

气象学家发现，帕拉幻星球的氧气密度较低，于是便有了"加密氧气"计划。从地球上抽取密度较高的氧气放到帕拉幻星球。再把帕拉幻星球的低密度氧气抽出，这样的氧气正好适于人们的呼吸，但这又是一项大工程，光是在建造设备上就要耗费大量的人力和物力，在这样的前提下就诞生了第六小组——劳动组，有劳动人员数百人，只是帮忙建造设备。另外的困难就是如何把氧气运走，这也是最大的一个困难，要设计一个捕捞桶显然不行，或是用一个巨大的袋子……

在无尽的苦思冥想中，科学家们依然没有恰当的办法。而有一个人似乎是有恰当的方案，在座位上蠢蠢欲动，嘴里时不时念叨着什么东西。

一会儿之后，他起身说道："我想我应该有一些可行的办法，你们想，既然没有非常好的办法，那不如将办法都结合一下，先弄一个非常大的袋子，再将这个袋子放到一个特制大桶中，用宇宙飞船挂住袋子，就是不知道有没有实力建造这个袋子。"

"有实力是有实力。那我们就按你说的做，立刻开工！"科学家们异口同声。提出这个计划的人是谁呢？他就是这里最年轻的科学家江淮，他参与了很多科研活动，是一位得力干将。这次提出的想法，更让别人对他刮目相看，也让他对自己更加自信。

帕拉幻星球开始越来越好，但给人的感觉还是有些空荡与陌生，这里的环境还需很多时日才能变得适应人们居住。目前帕拉幻星球整体还是一个不能形容的景象：土地得不到雨水滋润，便裂开；小河的水干涸了，便成了一条没有用的沟道，水中的鱼翻着肚白，有些甚至还露着可怕的白骨！人们在屋里，没有水喝，也没法子煮饭；普通的花草树木也不是倔强的仙人掌，也枯了。枯萎、干涸、饥荒、死气沉沉仿佛成了帕拉幻星球的主旋律……

斯迈澳的科学家来了，他们像是一阵春风带着细雨。俗话说，春雨润物细无声。又或者是这些聪颖的科学家想到了授人以鱼不如授人以渔。科学家们决定传授给帕拉幻星球的人们先进的能源技术。基础设施为根本！科学家们先带领帕拉幻星球的人民修复了基础设施，并在此基础上增设了许多斯迈澳的先进科技。巨大的动力水车拔地而起，巍峨壮观的水坝屹立在水边。似巨龙般的地下抽水装置像是永远喝不饱，没日没夜地向这片慷慨蔚蓝的地下水索取着。

　　基本问题已经解决，接下来是令人头疼的循环问题。说是棘手，但是在斯迈澳的科学家面前当然也是小菜一碟。利用太阳的能量、风的能量等，再加上最先进的能源核心，科学家的作品终于完成。将地下水抽到高山上，再利用水的向下势能，如此一个"飞流三千尺"的瀑布就形成了，瀑布不留情面地冲刷着动力水车。此时水车上的能源核心就像是被充满电，再向抽水装置源源不断地输送能量。看着这与之前不同的景象，四处散发出的生机勃勃，科学家给他的作品命名为：高山流水。

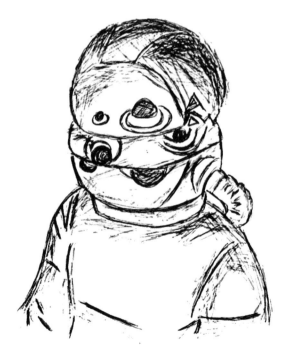

2206 班张源航创作

未来人们要在节水的问题上大做文章，需要考虑废水处理效率、污水再生等问题。

　　经历血的教训，政府呼吁全民节水，大街小巷上都贴满了节水标语。回想以前水比油贵的日子，帕拉幻星球的人民深知今日的来之不易。他们在心底种下了一颗种子：用帕拉幻之水来浇灌，用帕拉幻之土来栽培，用全体帕拉幻人节水爱水之心来使种子肆意生长！

　　随着时间的推移，我们的星球已经完好如初，甚至比之前的星球好了不止一倍，而是千倍甚至万倍。

　　这重建后的星球，仿佛是东晋田园诗人陶渊明笔下的世外桃源一样，美得不像话，让人觉得这一切都是自己的幻想，人们忍不住掐了一下自己的胳膊，才恍然大悟：这真的是新的星球！

　　接下来带你们介绍一下这个新星球。首先是生活方面的改变，先是建筑的造型不拘于正方体，而是有各种形状。因为在新的星球上面发现了一种新的物质，这种物质可以使建筑保持坚硬，并且不会坍塌或者倒下，只要拿这种物质在壁上涂一层，就可以让建筑有这种功能。

　　而这种物质就是由恩特、徐岚和李露他们三个一起去帮助人们重建家园的时候发现的，因此在重建好家园后国王给了他们一个荣誉称号，叫作"圣者仁心"。

　　其次是人们吃的食物也更加稀奇古怪，尤其是在水果方面出现了更多种类，而这些种类多是由两种水果杂交而成的。例如有一种水果名字叫作龙果，它的形状像杧果，里面是橙色火龙果果肉；除此之外还有菠萝瓜，它是由菠萝和哈密瓜组合而成，它的外皮是金灿灿的，形状是菠萝样子，里面是哈密瓜绿色的果肉。

　　这个星球跟地球不一样，只有温带，全年温和湿润。

　　太阳从地平线上升起，照亮了城市的尽头，照亮了他们的生活。

第七章　新的开始

　　飞船时间 2211 年 10 月 22 日，距帕拉幻星球重建任务基本完成，已经过去了一个月左右的时间。在这一个月中，四人发现并解决了大部分人们生产生活中遇到的普遍问题，成为和国王同地位的"大英雄"，似乎一切都在向好的一面发展……

　　飞船时间 2211 年年末的一天清晨，帕拉幻人在帕拉幻星体外侧，筑起了由国王组织设计的、仿宜居星球样式的行星保护网。可突然土质层中钻出了一个又一个细长的触手，正大肆破坏着还未完全建成的保护网，保护网碎片七零八落飞得到处都是，场面一片狼藉。恩特三人同时接到救援通知，先是震惊，再是疑惑。突然，触手将三人的房间撕裂。

　　这……这到底是什么怪物，为什么会出现在城中？来不及多想，先跑出去再说吧。徐岚先踩着块支离破碎的石板，轻盈地跳了出去。"快拉住我的手，恩特！""我不用你管！你先出去！我还要拍下这怪物的真容呢！"就说话的工夫，触手再次袭来，块头很大却又不失速度，用力拍下，紧接着浓烟出现，恩特消失在了烟火中。

　　"恩特！"徐岚呆在了原地，"不可能，这不可能！那李露也……"

　　怎么会这样！徐岚眼中浮现了和恩特、李露在一起重建家园的美好时光。来不及悲伤，徐岚便掏出了一个小型飞行器，点开开关即可变大，徐岚赶紧俯身爬到飞行器上，前往了事发地。

徐岚在路上看到了许多触手，且好像并不是出自同一只怪物。

抵达前线时，徐岚看着破烂的保护网和满地狼藉不禁出了一身冷汗。他刚想爬下飞行器，飞行器就被一只触手从底部贯穿，飞行器当场报废，他的左手手掌也被插穿。徐岚忍痛将手掌拔出，快步跳下飞行器，此时又一个触手向他拍来。

正当徐岚绝望之时，恩特开着飞行器过来，后面跟着一个大型飞行器，里面坐满了帕拉幻星人。

"原来你还活着啊。"徐岚脸上洋溢着笑容。"现在不是开玩笑的时候。帕拉幻行星地核出现混乱，导致怪物滋生，我们现在最好的办法就是搭乘由李露开启的时空传送门，直接回到我们的母星地球。但前提是要取出怪物体内的动力能源，并装到飞行器动力机组中使动力超越最大值，才能打开传送隧道，回到地球。先不说了，要传送了。"

刹那间，一行人进入了时空隧道。这次要去往地核，那里是怪物的藏身之处。这是大家在被触手打到的一刹那发现的，相机的热检报告显示，温度已超出了可以测量的水平并还在直线飙升，像个正在燃烧的熔炉！几人看着前方突然裂开了缝，他们竟被传送回了地球，可这儿怎么这么热啊，正当几人不知所措之时，突然一个火球飞来……

这是一个牛头、章鱼身体的怪物，透过热成像相机，人们发现它有三个脑子，有两个次脑和一个主脑，可为什么它会出现在地球呢？恩特提起怪物用力向外一砸，发现手上全是墨汁，砸中的地方也露出了原本暗红的深层火山岩。它可以用墨水伪装地形，动力装置在它的主脑中，但只有它的两个次脑被破坏，主脑才会显现。"大家准备防热服和武器迎敌！"恩特喊道。

李露先用量子武器打击，却被怪物喷出黏稠的墨水控制，并且鼻子中喷出了一缕白气，遍布了整个地核区。"怎么测热相机也探测不到了，可能是白气可以屏蔽些热量吧，小心李露！有触手！"

李露闻声快步跳开，并回身跑上怪物的手臂，利用热检相机发现并利用帕拉幻居民研发的手刀，刺穿了第一颗次脑。怪物发出了撕心裂肺的惨叫，毫无章法地动起了它的触手，徐岚他们快速离开了怪物的攻击范围。

　　李露开始快速计划第二次的攻击，此时怪物发生了变异，开始吸收地球的生态能量，怪物的触手上长出了许多的尖刺，体形上也变成了之前的一倍。徐岚顿感不妙。

　　"如果不快速解决这只怪物，地球的生态能量迟早会被吸干的！"徐岚快速说道。恩特和李露也意识到了事情的严重性，他们迅速开始了行动。

　　恩特开着飞行器用上面的机枪向怪物不断射击，吸引着怪物的注意力。徐岚和李露从两侧绕到了怪物的手臂上，不断寻找着怪物第二颗次脑的位置，但始终没有找到。此时恩特飞行器上的机枪的子弹已经全部打光了，怪物也发现恩特没有子弹了，向恩特发射出它那手臂上的尖刺。

　　恩特在空中飞行，不断地躲闪着怪物的袭击，可是飞行器的翅膀还是不幸被击中。恩特只好紧急迫降。好在此时徐岚和李露已经找到了怪物的

2206 班宋昕桐创作

第二个次脑。他们手起刀落，很快破坏掉了这第二个次脑。怪物疼痛难忍向远处跑去，徐岚眼疾手快，一个闪身跳上怪物的触手。

徐岚艰难地在怪物身上爬行，突然他发现怪物的身上有一处出现了一个暗紫色的光斑。他心想：这肯定就是怪物的主脑。他向前爬去，怪物好像感觉到了徐岚的存在，疯狂地抖动着身体想要把徐岚甩下去。徐岚拿出钩锁，将钩锁甩到了怪物主脑的旁边，继续拽着钩锁向上爬去。一步又一步，徐岚艰难地爬到了主脑旁边，拔出匕首一刀就捅了下去，牛头章鱼怪在惨叫几声后，就彻底没了生机。随后徐岚剖开它的主脑，拿出了里面的动力装置。此时，恩特也修好飞行器带着大家飞了过来。

李露打开传送门，大家一起回到了帕拉幻行星，将动力装置放入了帕拉幻行星的地核中，这场地核危机也就此解除了。徐岚、恩特和李露的任务顺利完成，回到了地球。

两个月后，帕拉幻行星的保护网也修复完成。

在这次探险之旅中，他们不仅发现了这个神秘星球和它的能量源，还结识了许多外星朋友。他们的冒险经历和彼此间的友谊，成了地球和这个星球之间宝贵的纽带。

带着新的文明和资源回到地球后，他们将这个神秘星球的发现报告给了联合国星际探险委员会。他们的发现引起了全球的广泛关注，许多国家和组织都表达了对此深入研究并开发利用该能量源的意愿。

在地球科学家们的共同努力下，他们成功地开发了一种能够稳定利用这种能量源的技术。这项技术的发明，不仅解决了地球上的能源危机，还推动了人类的科技进步，使地球成为一个更加繁荣和谐的家园。

与此同时，他们与外星生物的友谊也得到了进一步的发展。通过相互交流和学习，人类与外星生物都在文化、科技、环保等领域取得了丰硕的成果。

在这次探险之旅中，他们不仅实现了他们的目标，还收获了更为宝贵的友谊和成长。他们的故事激励着后人继续探索未知的宇宙，开启更加辉煌的星际探险时代……

永生计划

楔　　子

　　窗外，雷雨如恶狼般嘶吼着，韩羽真的心也伴随着那一次次的"嚎叫"颤动着，这个成熟的男人像一个在森林中迷路的孩子一样瑟瑟发抖。

　　韩羽真，一个被王氏集团在身体内植入芯片的高级工程师，一个掌握了永生计划核心技术却无任何人身自由的高级工程师。

　　"明天的谈判让我感到很害怕……"韩羽真在日记中这样写道。

　　永生计划被山城两大集团控制，王氏集团与萧氏集团的无休止争夺让永生计划一拖再拖……

　　黑暗如同出笼的野兽，命运的乐章已经为他们奏响……

永
生
计
划

第一章　监狱风波

"据您看，以目前王氏集团的医疗水平，能否顺利完成对维生冬眠舱技术的开发呢？"

"韩先生，请问这次全球瞩目的永生技术会被公之于众吗？"

"您认为这项技术是否有利于人类文明发展？"

前来采访的记者几乎把演讲台淹没。韩羽真敲了敲快要待机的翻译耳机，缓缓开口："既然大家对冬眠舱技术这么感兴趣，那我就来介绍一下，所谓维生冬眠舱，其实就是低温治疗。将接受治疗的人员体温降低，同时降低人体内的细胞活性以及新陈代谢，从而维持人体基本生命活动。而且我们通过对动物和人类的不断实验，发现冬眠舱不仅可以减少对资源的消耗，还能有效降低外界的辐射。所以，合理开发和运用这项技术能让人类如愿以偿，完成这几万年来的夙愿——永生！"

台下顿时响起如雷鸣般的掌声，众人脸上都带着一种狂热的表情，仿佛他们所有人都能得到永生似的。韩羽真趁机离开激动的人群，悄悄地离开了会场。

众人一边打趣着一边返回机场。突然，一辆黑色运输车停在了众人面前，挡住了路。几名身穿黑色西装的人从车中跳了下来。

其中两个人走上前，推开疑惑的众人，一人按住韩羽真，粗鲁地给他戴上了手铐，另一人举起对讲机，沉闷的声音响起："任务已完成。姓名韩羽真，王氏集团高级技术人员，报告完毕，收到请回复。"

顿时，天空似乎被蒙上了一层黑色的纱。

经过几小时飞机上的颠簸后，韩羽真被人推搡着进入一间牢房。灰白色的墙壁让人感到不安，墙壁与地板上还有干涸的血痕，但老式的吊灯和落灰的地面告诉他：这里很久没有启用过了。

哔哔哔哔……他脖子上套着的项圈不断发出声响。那是一个为囚犯专门定制的项圈，只要囚犯离开牢房就会立刻爆炸。

"这里到处是机关，别妄想能逃出去！"一个守卫恶狠狠地说。

韩羽真环顾着监狱四周，四个角落都安装着高清摄像头，360度无死角监视着囚犯的一举一动。与此同时，密室里还有若干台黑色的"标准类人型"防暴机器人，每个近3米的高度，都是6双高倍率电子副眼，闪着猩红的光芒，这些电子眼就是用来对付行为不轨的囚犯的。

就在韩羽真仔细观察的时候，他突然发现了两个熟悉的面孔，"天木、子照，你们怎么也在这里？"韩羽真吃惊地问道。

张天木是韩羽真同公司的技术主管，林子照是发明家，但目前是公司的实习生。通过和他们的交谈，三个人达成了一个共识——他们被抓进监狱，还被扣上窃取国家机密的罪名，这完全是一次被人精心策划的陷害。

通过几天的观察，他们发现每天中午12点到12点30分的放风时间里，防暴机器人会自动充电，在充电的时候会出现短暂的重启。黑衣人里也总有几个人会通过各种手段和方式勒索囚犯，想从他们身上捞到好处。囚犯生病时可以去医院就医，并且项圈会暂时摘下来。监狱里的保洁人员也会帮一些囚犯与外界传递信息，或者从外面偷偷夹带东西到监狱，当然，这自然不会是免费的。

保洁人员为他们联系的费用是高昂的，但是韩羽真、张天木、林子照被抓进来的时候身上没有钱，所以他们想通过金钱来与外界取得联系的方法是行不通的。

在多方的打听中，他们得知保洁人员与外界联络时获得的财物是用于给丈夫看病，她的丈夫得了绝症。他们看到了逃出去的希望，因为韩羽真所在的公司正在研究维生冬眠舱的技术。

一天中午 12 点的时候，他们找到了与保洁人员说话的机会，他们把想法努力传递给她，但对于能否成功逃跑，他们没有百分之百的把握，所以保洁人员犹豫不决。

保洁人员的犹豫是可以理解的，当一个人的未来充满不确定因素时，她往往会选择符合个人利益的立场，以保守的态度来应对一切未知。这种思想是刻在人类的潜意识中的，是人类趋利避害的本能。考虑再三，他们三人决定再次去找保洁人员。

当他们再次找到保洁人员，想让保洁人员配合他们逃跑时，没想到保洁人员早就想好要去找他们了，在一个隐秘的转角，几人撞了个满怀。

"你们还在计划着如何逃跑吗？"保洁人员说。

"当然了，我们正要去找您呢！"韩羽真说。

"你们有什么需要我配合的？"

张天木说："您先听我跟您说一下具体情况，我们需要逃跑是因为我们是被诬陷的，但这里到底还是戒备太森严了，我们没有百分之百的把握。如果失败，你会付出很大的代价，您确定要配合我们？"

保洁人员接着说："我有一个要求，你们成功逃跑后，一定要救我的丈夫。"

"那肯定的，您只需要帮我们与外界取得联系，记住，我们公司就是与萧氏集团敌对的王氏集团。"

"谢谢，非常感谢。"保洁人员的声音不知何时哽咽了起来，几滴冰凉的眼泪落在了地上。

"你确定他们没在看着我们？"韩羽真向四周的墙壁上望了望。

"早有准备。"保洁人员指了指身后的监控，那监控的摄像头歪向了一边，像一个死气沉沉的病人。

2203 班王怡然创作

第二章　一场骗局

等待是一种煎熬，它犹如一个无声无息的黑洞慢慢将人逼入发疯的边缘。整整一天韩羽真都处于一种高度紧张的状态中：时不时旋转的高清摄像头，时而急促时而缓慢的黑衣人走路声，来回巡视的防暴机器人，都在不断刺激着他敏感的神经。终于，当最后一缕阳光消失在牢房狭小的窗口，一切都没入黑暗时，韩羽真及其朋友等到了行动的时机。

"这机器人连个枪都没有，反应还这么迟钝，就是个摆设，我可以直接跑过去。"张天木看着慢步移动的防暴机器人说。

"这铁疙瘩都不需要枪。"林子照弹了一下张天木的脑门。

他们按照事先的约定巧妙地避开监控并顺利地找到保洁人员在厕所留下的 3 颗药丸。尽管吞服药丸有很多难以预料的风险，但这是目前他们能找到的唯一一个摆脱项圈、逃离监狱的方法。

韩羽真闭上眼睛，快速吞下药丸。霎时间，他觉得天旋地转、七荤八素，迅速失去意识。

海风轻轻拂过，带来了波涛的声音，仿佛是大海的轻语，让人感到一种深深的平静和安宁。

当韩羽真再次醒来时，他已经离开了阴森恐怖的密室。刺鼻的消毒药水及刺目的灯光将他迅速拉回现实。他下意识地摸了摸脖子，项圈已经被取下。正当他决定采取下一步行动时，病房的门却咔嚓一声被推开。

永生计划

看到来人，韩羽真再次警觉起来。他小心翼翼、充满警惕地打量着来人——将他抓入密室的黑衣人。他心想，眼前的黑衣人怎么和之前的不一样？难道是王氏集团怀疑自己，派黑衣人抓自己？

"好久不见，韩先生，我们按照王氏集团的指令接你来到集团的专属岛屿。"满脸横肉的黑衣人笑着说。

韩羽真静静地躺在病床上，并没有给予任何回应。此刻，他对自己及朋友的处境一无所知，只能保持沉默。

"韩先生，我想我们这几天的事情应该只是个误会，我真挚地向您道歉……"黑衣人对于韩羽真的沉默并未当回事，依然自顾自地含笑说。

黑衣人态度的突然转变，让韩羽真一时无措。直觉告诉他，事情绝对不会像眼前的黑衣人说得这样简单，他必须快点儿离开这里，找到朋友，了解事情的真相。他在脑海中迅速地盘算着接下来的行动，可表面上却表现得从容淡定，他慢慢地说："既然是误会，还请长官迅速放了我。"

很快韩羽真便登上了回城的轮船。表面看上去云淡风轻的韩羽真其实非常紧张。他借由观光的名义迅速地探察了轮船的情况：各个角落的先进摄像头、防暴机器人、伪装成旅客的训练有素的特工人员，这一切都使韩羽真意识到事情不简单，还会有更大的危险与阴谋在等着他。

正当他处在严密的监控中无法得知任何消息，也无法联系任何人而在甲板上来回踱步时，张天木和林子照突然出现在他的视野中。三人的目光交汇时都微怔了一下，自离开密室后，三人便失去了联系。此刻，他们佯装成久别重逢的朋友，靠在轮船的桅杆处谈天叙旧。呼呼的海风淹没了他们说话的声音，三人默契地讲述了离开密室后各自的遭遇，原来他们都被严密监视着，对外界的消息一无所知。

"到底发生了什么事？"张天木严肃地说。

"事情很突然，我完全不知道自己为什么会被抓起来，而现在又被严密监视着。"林子照焦急地说。

韩羽真沉默了一会儿说："事情绝对不是黑衣人所说的误会那么简单，王氏集团或许已不再相信我们。"

三人都沉默了，因为他们知道，哪个集团掌握"永生"项目的机密，哪个集团就能获得长足发展的机遇。

　　王氏集团与萧氏集团的博弈由来已久，原来只是在经济领域，像现在这样，如此明目张胆地拘捕科研人员还是第一次。紧张的形势让甲板上的三人充满浓浓的危机感。

　　带着无限的忧思，韩羽真一行三人顺利地回来了。然而他们一下船，却又被王氏集团秘密拘捕。王氏集团的一系列操作，使韩羽真证实了一直徘徊在他心头的不安：还有更大的阴谋和危机等着他。

　　审讯室里，韩羽真接到一个令他十分震惊的消息：维生冬眠舱的源文件被破坏了。这意味着，他们辛苦建造的冬眠舱不再是避难之所，而是变得极其脆弱，可能会被敌对势力利用。

　　审讯黑衣人严肃地盯着韩羽真，他直言不讳地说："韩先生，'维生冬眠舱'材料的破坏是否和你有关？"

2203 班刘竟萱创作

永生计划

341

韩羽真迅速从震惊中回过神来，面对审讯黑衣人的无端指控，韩羽真并没有做出任何回应。他知道为了诬陷他，他们一定还制造出不少证据。他冷静地看着审讯黑衣人，没有给予任何回应，监控那边不知有多少心理学家和语言学家在分析他的微行为。

　　面对韩羽真的沉默，审讯黑衣人并没有急躁，他左手食指缓缓地敲着桌子，慢慢地说："萧氏集团的人为什么要拘捕你？为什么又轻而易举地放了你？'渗透者'是如何进入实验基地的？只有你一人知道'维生冬眠舱'项目资料的启动密码，所以，韩先生，你是不是与萧氏集团演了一出'苦肉计'？你必须把这些交代清楚。"

　　韩羽真慢悠悠地站了起来，他倾身向前，附在审讯黑衣人的耳边说了几句话。

　　审讯黑衣人瞪大了眼睛，难以置信地望着韩羽真，片刻后，他迅速地跑出了审讯室。几分钟后，一名身穿笔挺制服的男子出现在了审讯室，他走上前，紧紧地拥抱了韩羽真。

第三章　正式启动

上午 10 点，王氏集团大楼门前。

这是一座高 688 米的巨大建筑，兼有雕塑般的美感与轻盈的动态性。整座建筑由 99 个独立的塔状结构组成，既可以视作一个整体，也可以说是很多部件的组合。看似没有保安，但无论是坚不可摧的高墙，还是那一道道刺眼的远红外线，都显示出这座大厦与众不同的地位。在常人眼中，这里神秘，令人望而生畏。几个人同时打了个寒战。

马上，韩羽真一行人整理整理衣服准备进入大厦。来到王氏集团大厦顶层——会议室。

"韩先生，我们已经知晓了事情的来龙去脉。但是在我们看来，事情还有救。"

韩羽真还没发话，一旁的林子照倒是先开口了："那就赶快！现在事情真的很严重！"

"先生们，请随我来。"一位西装革履的年轻人说道。他们一行人穿过神秘的长廊。

张天木向两边望了望，走廊两边的监视系统都是最高级别："如果有人进入了这里，后果是什么？"

"这里的每个角落都安装了人脸识别系统，一旦有非法进入就会发动警报。你们进来时不是看到那些防暴机器人了吗？"年轻人说。

"这和我们在密室中看到的可不太一样，配枪了。"张天木盯着防暴机器人手中的枪。

防暴机器人的配枪酷似 MPSAA-12 自动霰弹枪，但枪身与弹鼓都捆绑着密密麻麻的黄色警示胶带，枪管还时不时冒出幽蓝色的电光。

"不就是修复'维生冬眠舱'材料嘛，小事一桩，包在我身上！"韩羽真的目光从上扫视下来，面前的这位好像还是名中学生，但是这种场合……

"这是 Y，世界级的天才黑客，这次特地赶来帮忙。"身边的人向韩羽真一行人介绍道。

"不用这么拘谨。既然你们能来到这里，必然是十分可靠的。叫我银斓便可！"谈话时，银斓的手就没从键盘上离开过。尽管韩羽真见多识广，也不禁感叹银斓仿佛是为网络而生的。

无数的数据和代码在屏幕上跳动着。银斓的双手在键盘上舞动着。忽然面前出现了闪着红光的"Warning！Warning！"，众人惊讶了一阵，随即而来的便是灰心丧气。

"文件被破坏得很彻底，但别灰心丧气，事情会好起来的！"

"你有信心？"

"那肯定的！"众人听到这里，也算是恢复了一些信心。

"终于好啦！对面可真够狡猾的。整个技术文件不仅被破坏得很严重，还设置了三层防修复的代码，从来没有遇到过这么难办的事。不过说这些已经没用啦，事情已经搞定啦！"

Warning！Warning！（警告）

"怎么警报又响了？"韩羽真问道。

银斓尴尬地挠了挠头说："文件又被入侵了。"

"快看看文件怎么样了？"

"放心吧！"银斓拍着胸脯说，"我又布置了一层保密系统，他是进入不了的。"

"你小子，还挺聪明。"林子照摇了摇银斓的脑袋。

而此时韩羽真才真真正正意识到这份文件的重要与危险。对方到底有多么想得到或者破坏文件。

　　危机解除后，韩羽真收到了一个令人震惊的消息，王氏集团决定启动维生冬眠舱技术。

　　韩羽真飞奔出去，奔向了会议室里："不可以现在启动！"

　　"这不是你一个人能决定的，韩先生。据我们的情报来看，这项技术已经很成熟了。"为首的是一位年纪稍长的CEO王亚奇。他西装革履，文质彬彬，但是态度却异常强硬。

　　"虽然技术成熟，但是一定不能现在应用！要不然会造成不可逆转的后果！"

　　会议室的灯光有些压抑，似乎使人抬不起头，连那份技术文件，也黯然失色。

　　窗外正是落日黄昏。细弱的枝头挂着一轮红日。那红，染了西边的云彩。尽管一天的混乱削弱了韩羽真欣赏的心情，但他感到世界因这日光，变得温暖、美丽。

　　"我同意使用这项技术，但我必须说的是，维生冬眠舱技术必须合理使用。如果太过疯狂的话，一定会得不偿失。"韩羽真最终被迫同意却又无奈地说道。

　　最终维生冬眠舱这项技术被正式地启用了……

2203 班栗一诺创作

永
生
计
划

第四章　物极必反

　　自古，人们就渴望永生，然而，那只是美好的憧憬。

　　"永生"是指人体处在极低的温度下时，新陈代谢的速度会无限接近于零，而人体将吸收来自外界的营养以维持生命迹象。这一过程需要消耗大量的钾元素。韩羽真所在的公司正好研发了可以直接从土壤或海水中提炼出来的固态钾。各大开采公司、制造公司，逐渐形成了一条新的商业链。但是将钾元素安全注射到人体需要海蛞蝓（这是人类在 2089 年新发现的物种）这种鱼类结缔组织中的提取物，虽然只需要微量，可是它们在海中的分布却十分稀少，这也是该计划的一大弊端。

　　物极必反，噩耗也随之传来。

　　钾的过度开采，使得土壤中钾含量极低，很大程度上影响了植物的生长。开采工厂的建造，少不了浓烟的排放，环境问题也日益严重。对于海水中钾的利用，人们也取之无度。陆地和海洋环境令人担忧，已经影响了民众的生活。而且大量捕捞海蛞蝓也严重影响了海洋生物圈的稳定，流入市场的海货经检验后发现其中有大量重金属。食用后，人们身体均出现了不良反应，这种危害是不可逆的。社会上开始出现两种声音，一种是继续"永生"计划，因为死的恐惧太大了，同时生的诱惑太强了。不过有一部分人却坚决要停止计划，他们认为万物轮回是不可转变的，而且他们预测在不久的将来自然会惩戒这一行为。

社会基层辛勤劳动的人们没有话语权，利益是这件事的导火索，也是推动者。有人支持，有人反对，渐渐形成两派。随着时间的推移，当事人韩羽真也认为对这项技术的应用，应该循序渐进。

资本者不顾底层的感受，为了实现"永生"计划随意牺牲他们的权益、自由。人们的怒火被点燃了，集团内部涌出一批有觉悟的领导，带领着一群有志之士游行示威，要求停止"永生"计划。

夜幕降临，落日的余晖消失在地平线上，天空逐渐转为墨色。三个身着黑色斗篷的青年，站在街旁望着狂热的游行队伍穿过大街小巷，街道上热闹非凡，显得他们格格不入。人们聚集在一起，心里充斥着激动与狂热，拉着横幅，大声怒喊，璀璨的街道更加绚丽。群众已将理智抛之脑后，追求着他们认为的真理。就像在说："看吧，这就是群众的力量，看着人们坚持着自己的理想，真叫人热血沸腾啊！"

张天木看着游行队伍，点起一根烟，深吸一口，闭上眼睛说道："乌合之众，他们根本不会采取行动，只会在街道上大声嚷嚷，祈求反对派的回答……"

"只要有人站出来，那便是一切的开端。"沉默许久的林子照说道。这时，人群开始出现骚动，韩羽真一行人穿梭其中。

发达的科技、强大的资金是一切的基础。这次抗议活动引起了资本家的警觉，他们意识到计划可能会引发内乱，便开始采取镇压措施。

几名黑衣人涌入了韩羽真的家里，逮捕了他和他的家人。韩羽真被抓走时大喊道："我犯了什么罪，你们没有权力逮捕我，我是王氏集团的员工！"

黑衣人没有说一句话，一把就将他丢上了车。等韩羽真一家上车后鸣着警笛扬长而去。

不久林子照得知了这件事，大吃一惊连忙找到了韩羽真的同事，商议着如何营救他。

林子照急切地说道："公司的保安室有几支小口径冲锋枪。"

其中一位同伴摇摇头说道："有特遣队在那里看守着，这些武器恐怕远远不够，他们人手一把重武器，到那儿只有被灭杀的份儿。"

几天后林子照一行人来到了关押着韩羽真的密室，以探监为借口接触了韩羽真并告诉了他们的计划。

计划正式开始，他们分为两拨人，张天木带领一拨人打晕守卫进入通风管道，林子照与公司员工拖住特遣队的人，为上一拨人提供足够的时间救出韩羽真和他的家人。在第一层十分顺利，守卫并不多。上二楼时他们选择了楼梯，所有人都十分配合。就在楼梯拐角处时，张天木停了下来，打了一个手势示意全队人停下。他让林子照过去，发现在无人察觉的楼梯后面，有几台配有致命武力的防暴机器人，林子照从背包中掏出了3枚自制的电磁脉冲炸弹，扔了过去，弹体在触地的瞬间释放出了幽蓝色的脉冲波，瞬间摧毁了它们的神经电路与存储器，几台防暴机器人瞬间成了废铁。

"快过来！"林子照向还没有武器的队员挥手，"有好东西！"

防暴机器人无形中为他们提供了不少物资：4枚高爆激光手雷、3支灰白色的便携磁轨炮。

突然，隐隐约约有诡异的笑声传入了林子照的耳朵，林子照拿出包里装的窃听器，贴在墙上，听到了里面谈话的内容："恭喜你博士！"

2203班高语辰创作

"哈哈哈，这一刻，我等待很久了……"信号逐渐变差。

"人类……将实现……跨越，终于掌握……基因的……"到这儿，信号就断了。

张天木果断地说道："先不管这些了，当务之急是救出韩羽真。"时间是宝贵的，一行人也没有多想，就匆忙离开了。"他身上有被公司植入的芯片，我已经精确定位了他的位置。"林子照说。天木就按照他给的信息，与小队潜入了进去。

经过了 12 个小时，他们绕过了层层守卫终于救出韩羽真和他的家人。

繁星正挂满夜空，人们都沉浸在梦乡，本以为将会是美好的一天，不承想，却是噩梦的开始……

第五章　荒芜岛屿

夜阑人静，迷蒙的月光照在韩羽真的脸上，他静坐在屋子里，火炉上的水开了，但他仿佛没听见。在这样一个雪天，围抱火炉，他吃着菜想着一些人和事，想得深远而入神。柴火在炉中啪啪地燃烧着，炉火通红，他的手和脸都烤得发烫了，但脊背依旧感觉凉飕飕的。他不禁打了个寒噤，转头一看，老旧的木制窗户被寒风推开，韩羽真缓缓起身，站到了被推开的窗边望向天，月上中天，月明如昼，一轮皎洁的明月高挂夜空。他不禁点燃了烟，缓缓送到嘴边，氤氲的烟雾围绕着他，香烟的味道勾着他的思绪回荡……

只有逃离，让他得以喘息。被张天木、林子照救出后，这个手握"永生"核心技术的高级工程师逃到了荒芜的岛屿。为了防止被王氏集团找到，他亲手把自己身体内的芯片取出、摧毁。他看不清自己的价值，迷茫侵入了他的内心，他只想过一段清静的日子。

这里山明水秀，人烟稀少，韩羽真过着与世无争的生活，他明显感受到自己身体在变强壮，头发、胡子长了，他也不愿理会。但在午夜梦回时刻，内心的躁动总是在每时每刻地提醒他：他不属于这里，他不能这样碌碌无为地过完一生，他想回去看看家人，看看"永生"计划怎么样了。

已经许久没有人联系他了……或许只有在生死边界徘徊的紧张感，才能让他暂时忘记痛苦。

他决定去找林子照、张天木，但前提是他得找机会离开这个荒芜的岛屿。此时，王氏集团关于选拔身体素质好的人来负责维生冬眠舱安保的消息传到了韩羽真的耳中，这对他而言是个很好的机会。选拔通过后，他将又有机会回到维生冬眠舱，他等待这样的机会已经很久了。他终于可以逃离荒芜的岛屿，去到另一个残酷的训练岛。他梳起自己很久没有打理的头发，像野人一样，与之前西装革履、文质彬彬的形象完全不一样。他想，这样的自己一定不会被王氏集团的人认出来。

长夜漫漫，他无声地躺在床上假寐，等待晨曦初露。他走的时候，天还是半明的，回头望向曾经朝夕相伴过的屋子，心中反倒是多了坚定，随后转过头来，眼神坚毅地离开了小屋。

按照规定，他被安排乘登陆艇离开，站在登陆艇的舱门前，船缓缓地行驶。被选中的人将可以无条件享受"永生"技术带来的永生，这对没有巨额钱财的人来说，机会太重要了，大家都心照不宣。韩羽真默默地在一旁观察其他人，他们的面容表情各异，有惴惴不安，有心潮澎湃，更有不知所措……也有一些人，他们身穿统一的衣服，神情坚毅。

渐渐地，舱门打开，韩羽真沉默地在里面待着，一言不发。震动和喧嚣的声音填满了他的大脑，让他感到心烦意乱。他那么安静，几乎没有人注意到他在场。他也曾出去，但看到的只是风平浪静的海面与浩瀚无垠的天空。他孤身一人，虽然孤独，但只有他自己知道，在所谓的"训练岛"他能找到一个属于他自己的地方。

为了躲避那些闲言碎语，他便一直留在甲板上，观赏着景色。

突然间袭来的浓雾让韩羽真措手不及，他紧握住扶手，注视着前方即将抵达的笼罩着一层浓厚迷雾的荒岛。雾气升腾着，很快便吞噬了他们的登陆艇，令人不寒而栗。不安侵入了韩羽真的内心，虽然他早已下定决心，但此刻内心仍感到一丝忐忑，他总感觉，会有不好的事即将到来。

他走回舱内，不知是不是心理原因，室内的噪声比走时少多了。寂静的氛围更加深了他的不安，还好，此时广播响起："我们即将到达目的地，请做好准备……"房间里的嘈杂声又渐渐响起……

登陆艇停稳后，舱门又自动打开，韩羽真被风吹得头发凌乱，但当他踏上结实的土地时，那颗悬着的心终于放下了一点儿，他看到人群都在朝一个方向去，他深吸一口气，以坚定的步伐加入人群中。

韩羽真踏上岛屿，一股压抑和荒凉感向他袭来。岛上的环境令人心生寒意，仿佛置身于一个被遗忘的角落。

他注意到岛上的植被稀疏而凋敝。干枯的树木散落在地面上，枝条光秃秃的，没有一丝生机。草地也是黄褐色的，几乎没有绿色的存在。阳光透过稀疏的树叶洒下来，显得苍白而无力，无法给整个岛屿带来温暖和活力。

岛上的人工建筑也显得破旧和荒废。韩羽真发现了一座废弃的建筑物，以前应该是一个工厂，墙壁已经倒塌，只剩下残垣断壁。周围散落着破碎的家具和杂物，给人一种荒凉和失落的感觉。这座废弃建筑物散发着一种阴森的气息，让人不寒而栗。

韩羽真深入探索岛屿，他来到了岛屿的内陆地区，发现土地干燥贫瘠，几乎没有植被覆盖。土壤贫瘠且缺乏养分，无法支持植物的生长。这使得岛上的动物数量也非常有限，只能依靠稀少的水源和有限的食物维持生存。

他站在岛上的高地，并没有立即与其他人交流或表达自己的想法，而是选择了一个相对僻静的角落，静静地观察着周围的环境。他的眼神中透露出一种深沉和思索，仿佛他正沉浸在自己的世界中。他的面容显得有些严肃，似乎有着一种难以捉摸的情绪在内心深处。

他选择了一个相对安静的地方坐下，开始思考和整理自己的思绪。他的身体语言表明他希望与众人保持一定的距离，不愿意过多地暴露自己。

2203 班高语辰创作

在与其他人交流时，韩羽真的回答显得有些短暂和冷漠。他很少主动提出自己的观点或意见，更多是听取他人的发言。他的回答通常只是简单的肯定或否定，缺乏过多的解释或讨论。

韩羽真显得有些孤僻，但这并不意味着他不关心团队或不愿意参与其中。相反，这种孤僻是他思考和准备的方式，他在寻找自己最适合发挥作用的方式和时机。韩羽真会逐渐打破孤僻的外表，与团队建立起更紧密的联系。

傍晚，海风刮过，海浪呼啸击打着沙滩，四周一片寂静，所有的景物都被黑暗吞噬。韩羽真踩在被海浪打湿的沙滩上，天完全黑透了。脚步声惊醒了正在思考的韩羽真，他猛然回头，看见两道身影从树林后出现，径直向他走了过来。

他默默观察着这座荒芜的小岛，思考着"永生"计划。

韩羽真紧盯着他们，这两人都穿着黑色的训练服，他们对视了几秒，个子较高的开口说道："你好，我是梁森，这是我兄弟刘源。我们刚登岛的时候就注意到你了，你当时的行为举止和神态都极其特别，请问你的名字叫什么？"

韩羽真心中一震，但脸上却看不出表情，似乎无动于衷，只是眼眸眯了起来。

梁森见状，并没有露出尴尬之色，微笑地说："我们希望和你合作，若是碰到一起了，彼此之间还能有个照应，如果没在一起……"他停顿了一下，"那就，只能听天由命了。"说罢，他用带着些期许的目光看着韩羽真。

韩羽真略一沉思，刚要开口，便听见集合的警报声响起，来不及多言，他冲着梁森微微点了点头，三人一起向场地跑去。

第六章　荒岛生存

　　韩羽真、梁森和刘源来到了集合警报声响起的地方，看了看和他一起参加选拔的 5 个人：身体最强壮的是于辰；那个看起来弱不禁风的是牛博；和韩羽真在一起站着的有梁森和刘源；最后，刘洋躺在一旁的大石块上休息。教官在一个巨石前面给他们 6 个人讲述任务的内容，他们万万没有想到，迎接他们的任务是 6 个人在一座与世隔绝的荒岛上存活下去，并且最后只有一个人能入围，这使韩羽真彻底认识了"永生"计划的残酷。

　　一说完任务教官就走了，留给 6 个人的只有震惊还有措手不及。韩羽真和刘源最先回过神来，他们两人与梁森一起重新探索了一遍这个荒岛。

　　岛的南面是一片大的沙地，紧挨着海。时不时有一些海物被浪冲到沙地上，如果稍加利用，还能自己储备一些物资。岛的东面是一座废弃的工厂，墙壁已经倒塌，只剩下残垣断壁。周围散落着些破损的生活用品，应该也有些还能用的。韩羽真有预感：在以后 6 个人必定会爆发一场关于食物、地盘或水源的争夺战。

　　探索完岛屿后，三人一拍即合，决定在岛的大沙滩上驻扎下来。三人分工明确：韩羽真去搬木头和石块作为建筑材料和制作工具的必需品；梁森去捡一些螃蟹贝类，准备午饭。刘源负责搭建庇护所，因为三个人暂时结盟，住在一起，所以庇护所要建得尽可能大一些。下午，梁森和刘源在修缮庇护所，他们用的是一块大的黑色防水布，配合着一些树林中散落的枝条。将防水布搭在捆好的枝条上，在帆布周围放上沉重的木块和石块，庇护所的雏形就出现了。韩羽真去废弃工厂看了看，顺便拿了一些有用的物资到庇护所。其中有一盒受潮的火柴，但只有几根勉强能用；有一个放大镜，可以用来聚集阳光生火；还找到几枚刀片。这座废弃建筑物十分破败，给人一种荒凉和失落的感觉，就好像在一直散发着一种阴森的气息，让人不寒而栗。

韩羽真回到庇护所后，碰到了在沙滩上寻找食物归来的梁森。梁森在沙滩上发现了一个半陷入沙地的油桶，于是便搬了出来，用锋利的石片在锈迹斑斑的桶身上划出一个缺口，可以向里面填装燃料，做成一个简易的火炉。韩羽真看到火炉已经建好，也没有闲着，便孤身一人到森林中寻找猎物了。

此时正值黄昏，夕阳染红了湖面。

韩羽真发现庇护所比想象中强百倍：庇护所的外面有一个他们自制的火犁，它可以说是升级版的钻木取火工具，在一块软木的底部刨出一条直沟，然后用一根矛状硬木的尖端在上面前后摩擦，就可以产生火种了。在树林中他们还制作了尖刀桩落井，原理是用石块增加树上陷阱木的重量，而且在陷阱木上绑上自制的石刀，猛击加上猛刺效果会更好。他们还用石块和一个废旧的铁网搭建了一个烧烤架。一天的努力总算是没有白费。

13 天后发生了一件令韩羽真痛苦一生的大事：三人在庇护所一起吃晚饭，韩羽真吃得很快，吃完后照常在不远处的废弃工厂锻炼，刘源和梁森在庇护所聊天看家。

这时，牛博偷偷跑到他们的庇护所，一把火烧了庇护所里面的刘

2203 班高语辰创作

源和梁森。韩羽真看见了远处庇护所方向火光冲天，赶忙跑了过去。火焰在火炉中跳动，熊熊烈火在无情地燃烧，火焰照耀在他心中。该来的总会来的，火焰几乎吞噬了庇护所，韩羽真的心中有一簇燃烧不熄的火焰。他不忍眼巴巴地看着朋友被活活地烧死，他的心像刀绞一般，泪水和愤怒模糊了他的眼睛。韩羽真看见了牛博，把他拽了过来，质问他："怎么回事？说！"

"他们……自己烧着的。"牛博被韩羽真掐着脖子说。

"你确定不是你放的火？"

"不……是……"

韩羽真放开了他，跑去救火。牛博在他背后鬼鬼祟祟，想把他推进火里。韩羽真转身一拳把他打飞，把他像拎小鸡一样拎起来："说！是不是你放的火！"牛博无奈说出了实情：原来他知道了韩羽真三人结了盟，就想一把火烧死他们，却不知道韩羽真晚饭后有去锻炼的习惯。韩羽真不想面对这一切但他忍不住盯着看，他盼望出现什么奇迹——火突然间熄灭，所有人都还活着，大家一起离开这个该死的"训练岛"。

巨大的轰鸣声忽然在耳边响起，是直升机，他的幻想被打破了，他经历得太多了，已经无法再回头了。在争斗中，他误杀了牛博、于辰、刘洋。

他从训练岛逃离，成为这场杀戮中唯一的胜利者。

几小时以后……

韩羽真缓缓地睁开了双眼，他想迈一步，但却感觉全身无力，只得被穿着防护服的工作人员扶着走上了一个精密仪器，像一只想逃出主人手心却希望渺茫的小白鼠，"训练岛"的残酷训练使韩羽真在休眠前变得冷漠多疑。

"你们干什么？"韩羽真无力地嘶吼着，却喊不出一点儿声音，只能愤怒地看着工作人员将一管不明液体注入他体内，然后便感到头越来越沉。眼前仿佛有一道霞光，那是他所追求的，可是他抓不到那道光。那道光不属于他……接着，只剩一片黑暗，他昏昏沉沉地睡了过去……

第七章　疯狂行为

韩羽真从直升机下来，又转坐大巴，一路颠簸。终于，乘坐的大巴到达了基地。一下车，韩羽真就被赶到了基地住所里，但他还没有机会进入维生冬眠舱。

"妈，我出去打一桶水。"

"嗯，出去小心点儿，别被别人发现了。"

一个瘦弱的男孩儿扛起一个水桶，接着戴上一个口罩，像疾风一样三步并作两步冲出家门。

门外，狂风像一只怒吼的野兽，卷起阵阵黄沙，乌云黑压压的，压在天空上，压在贫民窟的上空，更压在人们的心上，如同这个男孩儿毫无希望的未来一样……

男孩儿跑到一条乌黑焦黄的水管旁，用双手吃力地拧开开关，即使开关分明的棱角像平常一样在他瘦弱的小手上留下了一道道伤痕。接着，乌黑的脏水掺杂杂质被装入桶中，看着如同金子、彩虹一般的污水，小男孩儿会心地笑了，虽然他并没有见过金子和彩虹……

一会儿，小男孩儿狠狠地咬着牙，艰难地把比自己还重的水桶拎了下来，在干裂而焦黄的土地上留下了一个个深深印入土壤的脚印。

在黑云与迷蒙的空气的掩映下，正发生着一起罪恶。

小男孩儿一步步走到王氏集团训练场地，时时刻刻监视人们的防暴机器人、待命的哨戒机枪营造了一种庄严而可怕的气氛。在这种压迫感下，小男孩儿像一只灵巧的小野兔一样躲过监控和持枪的防暴机器人，在一个盲角掀开井盖跳了进去，而后又在湿润的下水道里小心翼翼地爬行着。

咚……咚咚，随着几声闷响，小男孩儿小心翼翼地从井盖里探出头来。

此时，他已经进入了训练场内部，小男孩儿迅速地从井中爬出，他趁人们都在吃午饭时，弯着腰潜入了一间水房。小男孩儿轻松地拧开圆滑的开关，一股股清流流入装了半桶污水的水桶。一会儿，小男孩儿迅速地关上开关，用一点儿水洗去了自己的手印，又在走前擦去了自己的脚印，用漆黑的双手翻开沉重的井盖，却不能再跳下井盖。有两把枪抵在了男孩儿单薄的后背上……

2203班王怡然创作

"你是谁？"不等男孩儿回答，两个人便踢翻了水桶……

审问室审讯员一边看着记录，一边让人拉男孩儿出去。韩羽真看着小男孩儿被恶狠狠地推入密室，他艰难地从地上爬起，用手背擦掉嘴角流出的鲜血。他想解释，自己只是想要些干净的水，但还没等他开口，男孩儿就以盗窃罪被基地秘密击毙。

韩羽真看着这一切，他想不明白：人类为了永生，还有什么事干不出来！男孩儿只是想喝上清澈的水，他有什么错！可这些人却连孩子都不放过！

第八章　质疑永生

韩羽真只有愤怒，却没有改变的方法，在经历了"训练岛"一事后，他已变得冷酷无情。

"不是我干的！不是我干的！"突然一声凄惨的吼叫打破了宁静，大家蓦然回首，看到一个抱着头发呆的人。他脸色渐渐地青了起来，额上的一条青筋绽了出来，紧接着脸上连着太阳穴的几条青筋如蛆一般在那里抽动。他的眼睛突然通红，红得好似要焚烧掉一切的火，瞳孔可怕地抽缩着，紧接着他握紧双拳，吼叫着并向着站在最前端的上司跑来，却被那毫无人情的防暴机器人扼住喉咙，扔了出去。那人还想站起来，却被另一名防暴机器人拎起来，在众人面前，一拳打向他的头部，只听嘎吱一声，他的头骨上似乎裂了一个缝。

在一旁的韩羽真看到后感到很意外，可自己却无能为力，只能无助又迷茫地跟着回到基地里。

几天后的深夜，基地里的围墙被炸弹炸开，这些粗制滥造的自制炸弹超常发挥，在围墙上开了个洞。一个个人影从缺口中涌入，基地里顿时枪声四起、炮火连天。在这几天的战斗中，韩羽真目睹了久违的血腥的场面，心里觉得非常内疚，晚上一直睡不着觉。这天夜里，他依然是在床上辗转反侧。突然，他隐约听见轰隆的声音。就在这时，基地的警报响了，韩羽真嗖地一下跳起，急忙穿戴好衣服跑出门外。外面喊杀声一片，火光四起，爆炸声轰鸣。一群穿着破衣服、破鞋的人和基地里的守卫扭打在一起。那群穿的跟乞丐一样的人，拿着不同样式的棍棒，拼命地喊着打着，但他们面对的却是装备齐全的防暴机器人！他们像蚂蚁一样成群结队纷至沓来，似乎无穷无尽，永不止歇。

韩羽真努力寻找着这群人突破的入口。找了许久才发现，在一个蓝色的大集装箱后，有一面围墙被炸碎了，一个一个的人往里冲，韩羽真搬过一挺轻机枪，架在离缺口最近的沙包上，对着缺口外疯狂扫射，将人潮压了下去，冲上来的人胸口都喷出血雾，倒了下去。

韩羽真有些不知所措，他不知道是该反抗还是跑掉。

他不禁开始反思，难道"永生"计划真的是为了民众好吗？无休止的镇压使得生灵涂炭，百姓家破人亡。

韩羽真变得魂不守舍，十分迷茫。他现在就好像手握着两条绳，自己站在悬崖上，一边是曾经一起生活的战友，一边是疾苦的群众，可他不知

2203 班刘竟萱创作

道自己该把谁救上来。无助与迷茫填满了他的大脑。

黎明之前是黑夜，在这黑夜之中是无尽的黑暗与恐慌。

他必须做出决定！

渐渐地，渐渐地，太阳光越来越亮了，朝霞的范围也在慢慢扩大，太阳在朝霞的迎接中，露出了红彤彤的面庞。霎时，万道金光透过树梢，给基地染上了一层胭脂红。

韩羽真朝基地冬眠维生舱走去，利用之前的密码进入冬眠舱的内部。他看着熟悉的这一切，无情地将火把扔到维生冬眠舱主机器上。他走出冬眠舱，望着被大火吞噬的建筑，无比痛苦。曾经日日夜夜研究的维生冬眠舱，倾注着他这半生的科研成果。火焰在夜空中翻腾，烟雾弥漫了整片天空，人们惊慌失措地四处奔逃。

火势退去后，死寂般沉静。

第九章　永生再生

民众游行示威，抗议。

必须暂停"永生"计划。

韩羽真抬头仰望着阴森森的天空，他的心情也像此时的天一样。

"永生"计划伤害了太多人了，这个计划让很多人都失去了自由，让

2203 班栗一诺创作

很多人变得像机器一样，这些人已经没有自我，已经不能称为人了。而这些人的家庭也都被破坏，老人没有了孩子，孩子没有了爸爸。像这样的计划应该存在吗？他大脑一片空白，不知该何去何从。

不知过了多久他才缓过神，他也不知道自己怎么了。或许自己已经没有了人的感情了吧，经历了那么多自己的性格变得越来越孤僻，越来越冷酷，越来越像机器人。

晚上狂风呼啸，乌云密布，闪电在乌云中如同一条游走的恶龙，在召唤着暴雨。

早上韩羽真揉揉惺忪的睡眼，看着熟悉的一切，回忆过去的种种，想到曾答应保洁员的承诺，他做出了一个让自己永不后悔的决定：将自己掌握的永生核心技术无偿捐给国家，去帮助那些患有绝症的病人。

大街小巷的人们都在谈论着"永生"计划。张天木、林子照心照不宣地笑了笑，他们太懂得如果"永生"计划核心技术被两大财团控制将会发生什么。虽然此时他俩未与韩羽真在一起，但他们清楚地知道韩羽真内心经历着怎样的挣扎。

科技绝不是一种自私自利的享乐，有幸能够致力于科学研究的人，首先应该拿自己的学识为人类服务。韩羽真内心笃定地告诉自己。

后　记

　　不知不觉间，到了尾声。当我们读完这本小说时，心中洋溢着的感动再也按捺不住，喷涌而出。这份感动是收获后的喜悦，我们陪伴着这群孩子们走过春夏秋冬，一行行文字在时间的轨迹里穿梭，终于一份成熟的作品来到眼前；这份感动是历练后的充实，那嗒嗒的键盘声，是黄昏下的思考，是深夜里的奋笔疾书，是清晨的灵感迸发，每一次键盘的响起都好像是叩响梦想的声音。是的，写小说的日子，里面有我们的梦想。

　　时光匆匆，我们亦脚步不停。我们走过很多的路，看过很多的云，我们更坚定了脚下的路，那就是给每一个活泼可爱的孩子以爱的陪伴和精神的引领。孩子们说："老师，我怕小说写不成。"我们说："孩子，不怕，让老师拥抱你，给你力量。"亲爱的读者，您是不是也会给这些有梦想的孩子们爱的拥抱和成长的力量？

　　我们的故事，未完待续；我们的小说创作，还在路上……下面是参与创作的孩子们，附以姓名，以资纪念和鼓励。

刘二彦　范红蕊

2024 年 6 月

2219班 《未来·2050》 指导教师：李振辉

主　　笔：

王子睿、陈又暄、董泽航、葛昱彤、李姝瑶、李宇塘、梁子墨、刘君昊、刘添翼、刘祎达、王佑赫、杨紫安、尹怡霖、郑喜悦

参与创作：

安梓嘉、冯琢淳、郭亚轩、韩沛希、胡艺一、黄可欣、康继升、李皓轩、李怡墨、李雨嫣、李泽成、李泽楷、刘沛语、刘荣谦、刘欣怡、刘雨嘉、刘紫涵、柳子言、马悦成、孟柏丞、强楠轩、尚瑾萱、苏建宁、田恒睿、王傲之、王江好、王骏钢、王子宣、魏子腾、吴芸菲、杨骞皓、杨芸淇、杨泽睿、张乐迪、张墨臻、张奚源、张心远、张徐妍、张泽安、赵卓逸、赵梓涵、王翊安

插　　画：

张墨臻、陈又暄、尹怡霖、王傲之、李宇塘、刘沛语、柳子言、杨紫安、李雨嫣、李姝瑶

2221班 《火种不灭》 指导教师：王彩霞

主　　笔：

徐一宸、郭沐霖、张效硕、张航嘉、苏怡帆、刘怡呈、史一诺、邹云帆

参与创作：

杨紫涵、李冰玉、刘雨萱、韩朋成、刘可、徐高梓奕、郭津伊、孙誉瑄、杨子恒、张恺睿、宋伊、王昊涵、关天宇、王炳深、韩文策、解鸿琪、王浩磊、巩泽萱、代雅心、阮思源、王一淼、童霜霜、殷泽鹏、王馨萱、梁雨萌、李一诺 、赵仁宇、张函硕、刘恩溪、郑涵桐、刘若琪、陈刘孟、艾宇阳、张瑞熙、刘柏华、骆芊宇、王籽岩、田东铄、房靖轩、聂林溪、刘一鸣、连子萱、高嘉淇、王子威、董妍初、任杭、何畅

插　　画：

杨紫涵、李冰玉、刘雨萱、韩朋成、刘可、徐高梓奕

2223班　《宇宙回响》　指导教师：仇素敏

主　　笔：

郭思嘉、赵绍伊、李怡萱、赵卢洋、崔一涵、李金泽、刘一涵、乔浩洋、
王馨瑶、刘子涵、赵梓默、郝韵涵、王康祺、陈马天泽、孟祥硕

参与创作：

艾子淳、曹博达、曹惜墨、陈谷啸、陈又嘉、段雯博、耿若涵、何红瑜、
贾沛衡、靳昳琳、靳昳瑄、李帝庆、李昊初、李婧芯、刘博昊、刘馥玮、
刘汇美、刘锐珩、刘玟嘉、刘一宁、刘子翰、牛梓萌、乞铭泽、乔浩洋、
乔祎霓、邱屹凡、石东玉、王天麒、王艺涵、王奕然、王语涵、杨濡嘉、
姚依彤、于心怡、于泳嘉、于跃、张浩洋、张为栋、张逸实、张煜轩、
赵思博

插　　画：

王馨瑶、郭思嘉、刘锐珩、孟祥硕、刘汇美

2217班　《最后防线》　指导教师：刘二彦

主　　笔：

苏子墨、边雅萱、董子祎、韩雨轩、霍思羽、李佳宸、李言笛、王嘉欣、
王浩博、王孟阳、吴沛泽、朱怡萱

参与创作：

孟益泽、房子扬、许子涵、马铭远、王泊元、王孟阳、王嘉欣、边雅萱、
朱怡萱、汤君昊、李佳宸、吴沛泽、郑书香、赵承轩、黄飞翔、董子祎、
韩雨轩、樊业晨、霍思羽、于烁杰、王一诺、王浩博、王梦晨、王梓涵、
王裕宁、孔琳依、田泽阳、吕元召、刘一鹤、刘宇泽、刘烨霏、李言笛、
李昱泽、李宥佳、李梓睿、李媛媛、张昊凝、张熙卉、林思宇、周轩如、
庞焯幻、赵卓峰、袁歌谣、郭润泽、陶周逸轩、曹健文、常景淇、常皓、

董力畅、董力歌、韩雨琦、燕硕涵、杨麒瑞

插　　画：

郑书香、苏子墨、汤君昊、樊业晨、韩雨轩、李佳宸、赵承轩、
王孟阳

2222班　《迷雾中的古城》　指导教师：李智勇

主　　笔：

王梓悦、景奕恺、任一泽、梁亦淼、李涵哲、白卓逸、蔡卓尔、王佳妮、
刘泽廷、鞠镇远、张小雅、蔚瑞泽、朱星颐、朱子萱

参与创作：

张方远、靳章诚、宗怡然、冉晨希、杨渊策、杨泽文、单晨枫、满一诺、
魏子皓、李璟赫、孟令然、柴羽萱、陶韵竹、李雨泽、侯智丫、杨佳卉、
李天泽、邓茵泽、王一力、韩佳玉、王萧然、蔡骐泽、郭智航、刘义鸣、
王博巍、刘昊宸、姚懿烜、魏梦溪、龚烁涵、付若云、朱函成、李钊磊、
李昊泽、郭思延、贾滢硕、胡斯远、张宸浩、金可馨、孙卓惟、吴悠、
靳张墨妍

插　　画：

王梓悦、冉晨希、吴悠、柴羽萱、侯智丫、杨佳卉、王萧然、姚懿烜、
韩佳玉、郭思延、金可馨、朱子萱、靳张墨妍

2206班　《重塑·星际求生》　指导教师：张艳辉

主　　笔：

白雨轩、赵浩森、解博焱、常钦哲、张源航、林桉朵、吴忻阳、
乔天歌

参与创作：

宋佳沐、李鸿任、赵奥韩、邢之然、唐海岳、窦佳煜、李苏一、周轶彤、
楚谨铵、张雅珊、张洛瑜、常奕喆、李宜山、李奕冉、梁梓凌、常永康、
陈泉烨、董华鹏、樊禹辰、范嘉润、冯晋山、高涵钰、高子纯、郝首泽、

何悦同、季昀、李佳璇、李佩时、刘锦霖、刘子菡、龙滢堃、齐心、石子瑜、苏陈玥、王诗博、辛岱宸、张宇辰、张钰澎、张子卿、赵天扬、曲静萱、周凯文、王煜涵、冯思远

插　　画：

苏梓豪、宋昕桐、韩青丘

2203班　《永生计划》　指导教师：肖焕蕊

主　　笔：

张天睿、高语辰、于浩宸、蔡佳晨、张雪晴、范雨萱、卜一航、栗一诺、陈世博、宋若菲、王子照、刘佩宸、刘竟萱、冯乐研、张舒雅

参与创作：

蔡正奇、蔡佳昊、邸靖媛、刘子艺、赵鑫泽、郝珈瑶、姜墨涵、张佑康、柴一哲、吕沐轩、王亚涵、杨明泽、高夏喆、赵启飏、王怡然、张宸若、赵月瑶、乔诗涵、祖恺希、于诺涵、马梓原、赵珩宇、曹家宁、牛浩宇、刘凯星、梁皓森、刘泽源、王禹石、池昕洋、王卓然、马斯卓、曾子婷、王程宇、王天琪、麻焱梓霖、杨李煜铭、郭芷希、张轩铭、赵紫铭、宁紫涵

插　　画：

高语辰、栗一诺、王怡然、刘竟萱